L'Auberge des Anges

Liza Perrat

traduit de l'anglais par Marcel Rieu

À Jean-Yves qui a toujours cru en moi.

Prologue

Juillet 1794

La lumière du petit matin sur les joues de Victoire semble lui annoncer que cet été sera particulier. Elle perçoit les cris des villageois bien avant d'arriver sur la place de Lucie-sur-Vionne.

« Robespierre est mort ! crie Léon en dansant sur la place de l'église avec les autres. Guillotiné !

— Il paraît que les Parisiens sont descendus dans la rue et fêtent la mort du tyran sanguinaire ! s'écrie le boulanger.

— Comme lorsqu'ils ont guillotiné le Gros Louis et sa putain autrichienne ! hurle une dentellière.

Victoire ne s'était pas réjouie de la mort de la reine qui était certes méprisante et dépensière mais qui avait aussi servi de bouc-émissaire. Nous sommes tous victimes, pense-t-elle, tout se joue à la grande loterie de la naissance.

Léon lui prend la main.

— Viens faire la fête avec nous, Victoire ! propose-t-il. Tout le monde dit que son règne de terreur est fini.

— Espérons que, maintenant, on va pouvoir vivre en paix, répond-elle.

Elle tourne la tête et regarde la diligence qui roule bruyamment sur les pavés de la place du village.

— Trop de sang a coulé et souillé notre terre », reprend-elle.

Entraînée par l'allégresse de la foule, Victoire ne prête pas attention aux deux personnes qui descendent de la diligence. Pourtant elle remarque la jeune fille qui en sort à leur suite. Elle a une quinzaine d'années et ses yeux gris-vert évoquent la Vionne un jour d'orage. Elle regarde autour d'elle la place du village. Ses cheveux bouclés sont tenus par un ruban et ondulent doucement sous le vent. Leur couleur rappelle celle d'un renard ; ils en ont les mêmes reflets. Elle porte autour du cou un lacet de cuir avec un pendentif qu'elle tient dans l'une de ses mains.

Victoire ne peut plus ni bouger ni parler. Elle reste là à regarder fixement la jeune fille. Elle a peur que ce ne soit qu'un mauvais tour de son imagination, une simple illusion de l'esprit, comme celle qu'elle a eue ce jour-là, cette terrible journée au bord de la rivière. Elle sent les battements de son cœur s'accélérer dans sa poitrine.

Non, ce n'est pas possible, cela ne se peut pas !

Ses jambes fléchissent. Chancelante, elle s'approche de la jeune fille.

Lucie-sur-Vionne

1768 – 1778

1

Le Père Geoffroy gesticulait et sa soutane s'agitait bruyamment. Nous nous assîmes sur les bancs en prenant soin de calmer les animaux que nous avions amenés pour que le curé les bénisse.

« Sorciers et sorcières, démons et magiciens, quittez cette église et que commence le sacrifice divin ! »

D'après Grégoire, certains villageois pensaient que notre mère était une sorcière mais je ne croyais pas mon frère. Quelqu'un qui aidait les bébés à sortir du ventre de leur mère ne pouvait pas être une sorcière. De plus, non contente de mettre les bébés au monde, elle était aussi guérisseuse ; ce qui était loin d'être satanique.

Pourtant, j'avais quand même peur. Mon cœur s'arrêta de battre pendant une seconde et je retins ma respiration, attendant de voir si Maman allait se lever et sortir de l'église. Personne ne bougea. Pas une seule personne ne quitta l'église Saint-Antoine. Ma peur s'estompa. Il n'y avait ni démon ni sorcière à Lucie-sur-Vionne.

Grégoire disait aussi que notre mère était une faiseuse d'anges. Je jetai un coup d'œil vers elle et me sentis rassurée. J'avais vraiment de la chance d'avoir une mère faiseuse d'anges. J'espérais que, quand je serais grande, Maman m'apprendrait à faire des anges, tout comme elle m'apprenait aujourd'hui à lire et à écrire.

Maman estimait que, pour réussir dans ce monde cruel, il fallait savoir lire. Après toute une journée aux champs, elle nous lisait des fables de Jean de la Fontaine, des histoires passionnantes de serpents, de dragons, de princesses et de trésors. J'attendais ce moment avec impatience et j'imaginais qu'un jour, moi aussi je trouverais un trésor fabuleux.

Elle disait aussi que, maintenant que j'avais six ans, j'étais assez grande pour tourner les pages du livre ; alors, doucement par peur de les abîmer, je feuilletais chaque page en regardant bien ces mots qui étaient magiques à mes yeux. Jamais je n'aurais pensé qu'un jour je pourrais les comprendre.

La messe s'éternisait et je m'ennuyais, mais j'appréciais être dans l'église. J'aimais bien l'arc-en-ciel de couleurs qui dansait au soleil sur les murs, les odeurs de bougies et le sol en pierre froid. À chaque coin étaient érigées des statues dont les courbes en or scintillaient. Sur les murs, des peintures colorées étaient accrochées. L'une d'elles, la plus grande, représentait Jésus sur la croix. Du sang coulait de ses pieds et de ses mains, là où les clous pénétraient la chair. D'autres peintures montraient des femmes nues. On voyait leurs seins mais des voiles recouvraient les parties intimes que personne ne devait jamais voir.

Je sursautai au premier grondement de l'orage. Il était encore loin derrière les champs de blé. Comme je me trouvais au dernier rang, je levai la tête le plus haut possible pour voir les fidèles assis devant moi. Les fermiers ne bougeaient pas, ne sortaient pas en courant de l'église. Il n'y avait donc rien à craindre de cet orage, même si de gros nuages noirs obscurcissaient les vitraux. Je me retournai et regardai derrière moi par la porte grande ouverte. Les premières gouttes de pluie tombaient sur les pavés.

Je me souvins que je n'avais pas le droit de bouger. Je repassai mes jambes devant et me retournai vite vers le curé. Je levai les yeux pour regarder mon tableau préféré : un homme vêtu d'un habit marron, portant une longue barbe. Il tenait dans la main un bâton terminé par une clochette et un cochon était assis à ses pieds.

« Saint Antoine, patron de notre église, était un moine ermite qui incarnait toutes les vertus, m'avait dit un jour le Père Geoffroy. Le cochon représente sa victoire sur le démon de la gloutonnerie. »

Je ne savais pas ce qu'était un démon de la gloutonnerie mais c'était sûrement quelque chose de terrible, comme la maladie du démon tacheté qui vous dévorait le visage, vous rendait aveugle et pouvait même vous tuer.

Maman se pencha vers moi par-dessus les jumeaux : « Écoute, Victoire, arrête de rêver. »

Je regrettais de ne plus pouvoir m'asseoir à côté de ma mère à l'église et de ne plus pouvoir serrer très fort sa main chaude qui, avant que Félicité et Félix ne viennent au monde, avait l'habitude de tenir la mienne. Mon père se mettait toujours à un bout du banc, puis venaient mon grand frère Grégoire, moi, les jumeaux et enfin ma mère qui veillait à ce qu'aucun de nous ne gigote, ce qui était interdit à l'église.

Papa disait qu'à chaque fois qu'on se conduisait mal, on enfonçait les clous de la croix plus profondément dans la chair de notre Seigneur. Je ne voulais pas que cela se produise, alors je me remis à regarder le Père Geoffroy en haut de sa chaire. Sa voix résonnait fortement.

« Nous, simples gens, devons nous débarrasser de ces superstitions : les amulettes, les yeux de démon, les exorcismes les jours de pleine lune. Il est de mon devoir de dissiper de telles croyances païennes qui perdurent bien des siècles après l'établissement de notre religion chrétienne. »

La voix du père Geoffroy devint plus forte encore et il leva le poing. Je n'ai jamais compris contre quoi notre curé semblait être en colère mais je baissai les yeux comme tout le monde dans l'assemblée et me tins aussi immobile qu'un chat qui guette une souris.

Le premier éclair éclata alors que le Père Geoffroy bénissait les moutons, illuminant l'église telles mille bougies. Tout le monde sursauta et regarda dehors. Les animaux se mirent à trembler. Les chèvres et les moutons bêlèrent, les vaches meuglèrent.

Je me retournai de nouveau et regardai par l'ouverture de la porte la place du village et l'horizon lointain. La pluie tombait dru et un voile gris recouvrait la campagne. Le tonnerre gronda de nouveau, plus près, plus fort. Dans l'église, les familles commençaient à s'agiter et à murmurer.

Des fermiers redonnèrent forme à leur chapeau d'un léger coup de poing puis sortirent en courant de l'église. Le Père Geoffroy n'avait pas fini de bénir les bêtes et pourtant il ne leur dit rien. Il ne réprimanda pas non plus les fidèles qui faisaient du bruit. Au contraire, il descendit en vitesse de la chaire et sonna la cloche.

« Il nous faut prier au son de l'angélus, dit-il. Dieu entendra plus facilement vos prières. »

Je savais qu'il allait devoir sonner la cloche longtemps et bien fort pour chasser les sorcières qui avaient apporté ces gros nuages noirs et qu'il devait aussi demander aux anges d'emporter l'orage très loin.

Le Père Geoffroy était censé régler tous les problèmes dans notre village, y compris les orages. Ce n'était pas normal qu'alors qu'il sonnait la cloche à toute volée, le tonnerre gronde encore, et qu'un rideau de pluie s'abatte sur nous.

Les animaux tremblaient et hurlaient de peur. Tandis que nous étions agenouillés devant l'autel de la Sainte Vierge pour lui demander de nous protéger contre les orages, les maladies et la pauvreté, je remarquai qu'ils avaient souillé le sol en pierre et que cela ne sentait pas très bon.

Mon père agrippa plus fermement la longe qui retenait les deux moutons et nous fit sortir très vite sous la pluie.

« Il faut courir se réfugier à la maison ! » dit-il, tirant sur la longe des moutons qui ne cessaient de bêler et refusaient d'avancer. Maman prit les jumeaux sous son manteau, attrapa la main de Grégoire et nous traversâmes à la hâte la place de Lucie-sur-Vionne.

C'était amusant de marcher vite sous la pluie. On passa le relais de poste, la boulangerie et les ateliers du sabotier et du forgeron. Je sautais dans les flaques d'eau boueuse qui se formaient au pied de la potence et j'éclaboussais tout autour de moi en riant tandis que mes cheveux cinglaient mon visage. Puis je levais la tête vers le ciel, fermais les yeux et laissais la pluie me piquer les paupières.

Les jumeaux aussi riaient. Avec leurs petites jambes, ils trébuchaient et, arrivés à côté du mur de pierre, Maman dut les porter à moitié. Papa disait que ce vieux mur protégeait Lucie des bandes de voleurs.

« Victoire ! Dépêche-toi ! » cria mon père.

Je rouvris les yeux et vis que mes parents ne riaient pas. Ils fronçaient les sourcils et secouaient la tête à chaque fois qu'un éclair zébrait le ciel. Haletants, nous montâmes rapidement la colline, passâmes la ferme de monsieur Bruyère qui surplombait la Vionne.

Je mis les mains sur mes oreilles pour atténuer le son des canons anti-orage que monsieur Bruyère avait dirigés vers le ciel. Les gros nuages semblaient toucher les champs. Pendant toute la descente vers notre chaumière au bord de la rivière, le vent nous sifflait dans les oreilles. La pluie tombait maintenant de biais et le ciel était aussi noir qu'une nuit sans lune.

Nous arrivâmes chez nous tout dégoulinants et le sol mouillé se transforma vite en boue. Maman alluma une bougie et nous donna des morceaux de tissus pour nous sécher. Papa poussa les moutons derrière la cloison et les mit avec les poules.

« Mathilde, le chêne est en feu ! cria-t-il à ma mère. Il a dû recevoir la foudre.

Il avait les yeux écarquillés comme la folle qui habitait dans le bois, cette sorcière qu'il nous était interdit d'approcher.

— On va chercher de l'eau à la rivière pour éteindre l'incendie ? demanda Grégoire.

— Pas la peine, fils, répondit Papa. Les flammes sont trop grandes. On ne peut que prier Dieu que le feu s'éteigne tout seul.

Maman lui prit le bras.

— Prions ensemble, Émile », lui dit-elle.

Nous nous regroupâmes et baissâmes la tête en silence. Je savais que le feu était la chose la plus dangereuse entre toutes, pire que la maladie qui vous mangeait le visage, pire que celle qui vous faisait cracher du sang en toussant. Des incendies provoqués par la foudre avaient déjà détruit des villages entiers.

Dehors, le vent soufflait sur la forêt et les arbres gémissaient. La pluie s'était un peu calmée. Les jumeaux en eurent assez de prier et coururent dans l'autre pièce pour caresser les animaux. Mon père fronçait les sourcils et se caressait le menton. Ma mère jouait nerveusement avec son chapeau. On entendit l'arbre en feu craquer et se fendre.

« Laissez les moutons tranquilles ! Félicité, Félix, dit Maman, revenez ! »

Je voyais qu'elle était inquiète mais ni mon petit frère ni ma petite sœur ne l'écoutèrent. Ils continuèrent à tirer sur la laine des moutons. Un grondement terrible et un courant d'air soudain arrivèrent à mes oreilles. Le chêne s'écrasait sur la maison, juste au-dessus des moutons et des poules. Maman hurla et se jeta sous l'arbre qui avait transpercé le toit.

« Courez, les enfants ! Allez ! ordonna Papa.

Dans tout ce tumulte, j'essayai de rejoindre ma mère.

— Maman ! Maman !

Je voulais lui prendre la main mais mon père me retint.

— Sors ! dit-il. Sors tout de suite !

Terrifiée, je sortis en trébuchant. Grégoire me suivit. Des flammes sortaient du toit tels d'énormes doigts orange qui montaient jusqu'au ciel. J'entendais encore mon père appeler ma mère.

— Mathilde, il faut sortir de là maintenant !

Papa finit par sortir en titubant, tirant Maman hors de la maison en flammes. Ma mère secouait la tête de tous côtés et essayait de se dégager.

— Non, laisse-moi ! Les jumeaux !

Elle enfonçait ses ongles dans le bras de mon père.

— Mes petits bébés ... il faut les sauver... mes bébés ! hurlait-elle.

Papa la poussa vers moi mais elle était trop lourde et nous tombâmes toutes les deux. Il retourna vite dans le brasier et Grégoire le suivit courageusement. Une épaisse fumée sortait par l'ouverture de la porte et à travers le toit effondré.

— Non, Grégoire, reviens ! cria ma mère dont la voix, couverte par le bruit des flammes, devenait presque inaudible. Émile, ça va ? Est-ce que tu vois les enfants ?

Les gens du village arrivèrent en courant. Ils parlaient tous en même temps et criaient pour se faire entendre. Dans tout ce vacarme, je ne comprenais que quelques bribes :

— ... le feu a pris ... foudre ?

— ... vite, de l'eau ... rivière !

— ... la volonté de Dieu ... c'est terrible ! »

Je mis les mains sur mes oreilles. J'entendis la voix du Père Geoffroy résonner dans ma tête.

« L'eau et le feu, acceptez ces symboles de purification ! » répétait-il.

Je ne comprenais pas comment on pouvait accepter quelque chose qui était en train de détruire ma maison.

Épuisés, Papa et Grégoire ressortirent. Ils se tenaient la gorge et respiraient fort. Mon père se dirigea doucement vers ma mère. Des larmes coulaient le long de ses joues. Jamais je ne l'avais vu pleurer auparavant et cela me faisait peur. Il secoua la tête puis s'effondra dans les bras de ma mère qui ne put le soutenir, et ils s'écroulèrent sur le sol.

La pluie s'arrêta. L'orage passait. Il faisait chaud, si chaud que les villageois durent éloigner Papa de plus en plus loin de ce monstre de feu qui dévorait notre maison. Bientôt, il n'y eu plus rien debout, à part la cheminée de pierre entourée d'un amas de débris, de branches et de bois calciné. Le sol était couvert de brindilles, de feuilles et de petits oiseaux morts au cou tordu et aux yeux grands ouverts.

Je pris la main de ma mère. Elle était froide et molle.

« Où est Félicité ? Où est Félix ? »

Maman ne me répondit pas. Sa main se referma sur le talisman qu'elle portait autour du cou, monté sur un lacet de cuir. Une petite figurine d'ange sculptée dans un os.

2

« Quand Papa rentre-t-il ? demandai-je.

— Ton père devrait revenir aujourd'hui ou demain, répondit maman, maintenant que les foins sont finis et que l'automne arrive.

— Pourquoi doit-il toujours partir aussi loin ?

— Je te l'ai déjà expliqué, soupira maman. Il n'y a pas assez de travail dans le village pour un charpentier et il nous faut de l'argent pour reconstruire notre maison. Je gagne bien quelques sous comme sage-femme mais les gens sont bien souvent trop pauvres pour me payer. Ton père part gagner un peu plus d'argent en travaillant comme rémouleur ambulant. Il est comme ces voyageurs que tu vois et qui traversent Lucie, ces colporteurs, ramoneurs et autres marchands. »

Maman nous répétait, à Grégoire et à moi, qu'il ne fallait pas regarder derrière soi. Nous ne devions pas reparler de cet orage, ni même y repenser. C'était par la volonté de Dieu que le chêne s'était écrasé sur notre chaumière et que la maison avait été réduite en cendres.

Mais je ne pouvais pas m'empêcher de repenser constamment à cette terrible journée. Le feu avait emporté Félicité et Félix et m'avait rendue malade comme si des cendres étaient entrées dans mon ventre et obstruaient ma gorge. J'essayais aussi de ne pas me sentir coupable d'être heureuse lorsque, à l'église, je tenais de nouveau la main de ma mère puisque j'étais redevenue la plus jeune. Je ne lui ai jamais dit que, quand le vent soulevait sa jupe, on ne sentait plus ce mélange de lavande musquée, de menthe poivrée et de thym sauvage. L'incendie qui avait ravagé son jardin botanique qu'elle aimait tant et son armoire à plantes médicinales lui avait aussi pris son odeur.

Le Père Geoffroy avait eu beau sonner et re-sonner la cloche de l'église, les anges n'étaient pas venus chasser les sorcières et leurs nuages noirs. Le curé devait avoir honte de n'avoir pas fait correctement son travail car il mit à notre disposition une petite pièce dans le presbytère pour nous y installer le temps que Papa reconstruise notre chaumière. Il laissa aussi ma mère utiliser un coin de son jardin pour qu'elle y fasse pousser ses herbes et des légumes. Mais cette pièce était humide, sans cheminée, sans fenêtre et sans meubles. L'endroit était triste et misérable, comme Maman quand Grégoire et moi parlions de Félicité et Félix.

« Viens, Victoire ! On va être en retard ! dit Maman en mettant son manteau. Et mets ta capuche, le vent est froid. »

D'aussi loin que je me souvenais, les premières gelées annonçaient les temps froids, les longues soirées d'hiver et le vent du nord glacial qui apportait toujours les gros nuages rosés chargés de neige. Les villageois se retrouvaient alors au coin du feu chez monsieur Armand Bruyère.

L'hiver était long, froid et rude mais j'étais contente que soit fini pour l'année le temps des durs labeurs dans les champs. Avec Papa parti la moitié de l'année, il ne restait plus à Lucie que Maman, Grégoire et moi. Je restais souvent seule avec mon frère quand Maman partait mettre des bébés au monde, guérir des gens avec ses potions magiques ou faire des anges.

Nous étions sur le point de sortir pour nous rendre chez monsieur Bruyère et Grégoire allait ouvrir la porte, lorsque celle-ci s'ouvrit toute seule. Mon père se tenait là, dans l'encoignure, et piétinait de froid. Un large sourire éclairait son visage brûlé par le soleil.

« Papa ! m'exclamai-je avant de me jeter dans ses bras.

Je bouillais du plaisir d'avoir de nouveau mon père à la maison. Il me prit par les épaules.

— Regarde-toi, ma fille, tu es plus belle chaque année !

— Oui, elle a huit ans maintenant, notre Victoire ! répondit Maman. Elle compte désormais dans le montant de la gabelle à payer. Dieu merci, tu nous es revenu sain et sauf, Émile !

— Je sais lire et écrire maintenant, Papa, lui dis-je, enfin presque. Maman nous apprend, à Grégoire et à moi. Elle dit que c'est le seul moyen de sortir de la pauvreté.

Je ne savais pas très bien comment la lecture pouvait nous sortir de la pauvreté mais je continuais d'apprendre en espérant qu'un jour la réponse se révélerait à moi.

— Les paroles de ta mère sont pleines de sagesse, ajouta Papa.

Il se retourna vers Grégoire et lui donna une tape dans le dos.

— J'espère que tu as coupé beaucoup de bois, fils, lui dit-il. Tu auras onze printemps l'année prochaine. Tu seras en âge d'être un vrai charpentier et de faire le travail tout seul.

— Heu... Oui ! répondit Grégoire. Mais tu m'as promis de m'emmener avec toi la prochaine fois, n'est-ce pas ?

— Ah non ! dis-je. Avec qui est-ce que je ferais des batailles de boules de neige ? Avec qui irais-je m'amuser dans les bottes de foin en été ?

Bien sûr, je me suis bien gardée de parler de nos jeux au bord de la rivière ou de nos visites dans les bois pour espionner la sorcière dans sa cabane.

— Pense à toutes les histoires que j'aurai à raconter à mon retour, expliqua Grégoire, comme Papa.

— Vite, entre te réchauffer et raconte-nous tout, Émile. As-tu trouvé du travail ? As-tu été bien payé ?

Maman prit la louche et servit un bol de soupe à mon père qui s'assit sur une des deux chaises que Grégoire avait fabriquées.

— Est-ce que c'est bien de voyager ? demandai-je.

— Je m'étais imaginé des endroits exotiques, des gens intéressants mais, en fait, j'ai surtout vu la misère, soupira Papa. Un colporteur quitte son village et sa famille pendant les mois les plus froids de l'année et s'en va battre la campagne en n'emportant sur son dos que le strict minimum. Le travail est rare, pas seulement pour les rémouleurs, mais pour tous les marchands ambulants. J'ai vu des hommes et des femmes labourer la terre pieds nus, sans chaussures ni chaussettes. J'ai vu des enfants avec le ventre gonflé, des gens aussi maigres et mal habillés que des épouvantails.

Il s'arrêta de parler un moment pour finir sa soupe.

— Les gens, ici, se plaignent du prix du pain, des impôts et des fainéants de nobles, reprit-il, mais à Lucie, un maçon peut gagner jusqu'à quarante sous par jour, un ouvrier vingt sous et une dentellière à peu près la moitié. Au moins on peut survivre ; ce qui n'est pas le cas dans beaucoup d'autres endroits.

— Alors nous n'arriverons jamais à économiser suffisamment pour reconstruire une chaumière, dit Maman.

— Je me fiche de savoir combien d'argent tu as gagné, dis-je. Je suis simplement heureuse que tu sois de retour. Ainsi nous pouvons aller tous ensemble chez monsieur Bruyère. Tu viens avec nous, n'est-ce pas ?

Papa me fit un clin d'œil.

— Bien sûr ! répondit-il. Et j'ai une belle histoire à raconter. »

✳✳✳

Nous sortîmes de cette pièce lugubre du presbytère de l'église Saint-Antoine. À chaque fois que nous respirions, de petits nuages de buée sortaient de notre bouche. Le soleil de novembre formait un rond jaune pâle au-dessus des cimes des monts du Lyonnais. Il était si bas qu'il donnait l'impression d'hésiter entre se coucher ou rester dans le ciel. On entendit le hululement d'une chouette au loin, derrière les champs. Le vent s'engouffrait dans nos manteaux. Je me secouais pour mieux lutter contre le froid qui me transperçait. Je claquais des dents au rythme de mes sabots qui frappaient les pavés de la place de l'église.

Je baissai la tête pour mieux affronter les rafales de vent qui cinglaient mes joues et me mis à courir pour rattraper mon père qui marchait devant à grandes enjambées. Arrivée à sa hauteur, je lui pris la main et lui demandai :

« Pourquoi veux-tu raconter ton histoire aux gens du village ?

— Parce que, Victoire, la plupart des paysans d'ici n'ont aucune idée du monde extérieur qui les entoure. Ils meurent d'envie d'entendre des histoires qui se passent dans des régions lointaines.

— Et où sont-elles, ces régions lointaines ?

— En dehors de Lucie, répondit Papa. Avant qu'on ferme les grilles le soir, les gens passent de leurs champs à la rue. Ils ne vont jamais plus loin. Ils ne connaissent que les endroits où ils ont besoin d'aller pour survivre, saison après saison. Ils imaginent des terres mystérieuses et des peuplades étranges qui, dans leur esprit, ne peuvent être que de dangereux barbares.

Ma mère s'emmitoufla dans son manteau, se rapprocha de mon père et lui prit le bras.

— S'il n'y avait pas de conteur comme ton père, dit-elle, si nous n'apprenions pas avec les compagnons et les pèlerins, nous n'aurions peut-être jamais entendu parler de Jeanne d'Arc, ni même du mot "France".

— Ni des anciens qui ont donné son nom à Lucie-sur-Vionne, dis-je. Qui étaient-ils déjà ?

— Des Romains riches et puissants, dit Grégoire. Le soldat Lucius.

— Et monsieur Bruyère ? Est-il riche, lui aussi ? demandai-je.

— Eh bien oui ! Cet homme est assez riche pour un paysan.

Il montra du bras le vaste domaine de monsieur Bruyère.

— La ferme lui appartient, et la terre aussi, continua-t-il. Ce n'est pas comme nous qui devons la louer à un seigneur.

— Et il embauche des paysans comme nous et nous paie à la journée, ajouta Maman, ce qui nous permet d'avoir de quoi manger et du feu pour nous chauffer.

— Il garde pour lui les récoltes et tout ce que les animaux produisent, dit Grégoire alors que nous entrions dans les bois qui nous protégeraient un peu du vent. Il produit du vin aussi, et tout le village se sert de son blé pour faire le pain. »

Il semblait donc que beaucoup de choses lui appartenaient et, pendant que nous traversions la forêt, je me jurai de bien étudier les lettres pour qu'un jour, moi aussi, je possède plein de choses.

****

Les hommes du village accueillirent mon père d'une tape dans le dos et monsieur Bruyère sortit du vin et le versa dans des gobelets.

« Je vous apporte des nouvelles du feu d'artifice », annonça mon père.

Les adultes alignèrent les bancs puis s'assirent : monsieur Bruyère d'abord, puis Papa et Maman, les dentellières et leurs maris, le sabotier et le forgeron avec leurs femmes, et enfin le boulanger qui s'assit seul car sa femme était morte en mettant au monde leur dernier enfant. Grégoire et moi nous assîmes par terre, jambes croisées, avec les autres enfants. La femme de monsieur Bruyère donnait le sein à leur petit dernier.

Je me frottais les mains et les approchais des flammes. J'aimais bien la cheminée de monsieur Bruyère. L'endroit était gai et je m'y sentais en sécurité, comme si les vieilles pierres m'entouraient de leurs bras protecteurs et que plus rien de mauvais ne pouvait m'arriver ; ni foudre, ni incendie, ni accident mortel. Je m'inventais des anges dans les ombres que les bougies projetaient sur les murs. Je les voyais déployer leurs ailes fragiles et chasser les vilaines sorcières.

Léon Bruyère, le fils aîné de monsieur Bruyère, vint s'asseoir derrière moi. Il avait quatorze ans et avec lui et Grégoire, nous partions souvent nager ensemble dans un endroit de la Vionne que nous gardions secret.

« C'est quoi cette histoire de feu d'artifice ? demanda le sabotier pendant que les hommes rangeaient le jeu de cartes.

Les conversations sur la Lune, la chasse ou les histoires entendues à la foire cessèrent. Les femmes se turent mais elles continuèrent leurs travaux dans un cliquetis d'aiguilles, les unes cousant des sachets de lavande, les autres tricotant de longues chaussettes qui touchaient presque par terre.

— Le feu d'artifice donné en l'honneur du mariage de nos futurs roi et reine, Marie-Antoinette et Louis-Auguste, répondit Papa.

Il changea de position et posa un sabot par-dessus l'autre ; la position du vrai orateur disait Maman.

— Mais ce fut un désastre, reprit-il. Le peuple y voit encore un signe qui ne laisse rien présager de bon de cette alliance avec une étrangère.

Papa leva le poing, haussa le ton face à la tempête qui sévissait dehors.

— Ces présages ont commencé à la naissance de Marie-Antoinette, quand un astrologue déclara qu'elle aurait une fin terrible.

Maman nous lisait souvent des histoires mais, même si les mots des fables de la Fontaine nous enchantaient toujours, les histoires que Papa rapportait de ses voyages étaient plus passionnantes encore. Peut-être était-ce parce qu'elles étaient vraies et que nous étions sous le charme de sa voix ?

— Pourquoi est-ce que cette étrangère se marie avec notre futur roi ? demanda le boulanger.

Papa regarda son auditoire.

— L'impératrice Marie-Thérèse d'Autriche a arrangé le mariage entre sa fille, la princesse, et notre Dauphin pour sceller l'alliance entre les deux pays.

Je n'avais vu que des images de princesses mais j'espérais qu'un jour, j'en verrais une en chair et en os et que je pourrais toucher sa belle robe. Elle aurait le visage poudré et ses serviteurs s'affaireraient autour d'elle. Papa nous raconta ce qu'il avait entendu au sujet du mariage royal : Marie-Antoinette avait reçu en cadeau du dauphin un bijou magnifique valant deux millions de livres. Deux millions ! Je n'arrivais pas à imaginer une telle somme.

— Oh là là ! s'écria la femme du forgeron.

Assise sur les bancs de bois, l'assistance commençait à s'agiter.

— Et puis, continua Papa, il y eut cette horrible tragédie pendant le feu d'artifice. Nous étions plusieurs charpentiers à avoir trouvé du travail sur un chantier, dans le grenier d'un hôtel particulier de Paris. Du toit, on avait une vue dégagée sur la place Louis XV. Les rues étaient noires de monde. Les carrosses avaient du mal à se frayer un chemin. Tous allaient voir le grand feu d'artifice donné en l'honneur du mariage du dauphin.

Il reprit doucement sa respiration, changea la position de ses pieds tout en prenant soin de garder sa pose d'orateur.

— Et tout ce vacarme ! Les carrosses, la foule, les gens qui se bousculaient pour atteindre la place Louis XV, les cris des cochers qui s'arrêtaient pour allumer leurs lanternes.

J'essayais d'imaginer tout ce monde rassemblé. Cela devait ressembler à la foire d'été ou au carnaval ou à l'époque des moissons. Papa leva les yeux au ciel.

— Les premières étoiles apparurent dans le ciel parisien et leur lumière se reflétait dans les eaux de la Seine. On entendit un bruit sourd d'explosion. Le spectacle commençait.

Ses yeux se posèrent sur moi et mon cœur se mit à battre plus fort. Nous n'avions peut-être pas un sou pour reconstruire notre maison et parfois il n'y avait pas assez de nourriture sur la table pour nous rassasier tous, mais j'étais tellement fière de mon conteur de père. Il en savait tellement plus que les autres habitants de Lucie.

— Là, les problèmes commencèrent, continua-t-il. Une fusée s'éleva droit dans le ciel, se retourna, plongea tête en bas dans le bastion utilisé par les artificiers et explosa. Le bastion fut coupé en deux par l'explosion et une épaisse fumée s'en échappa.

Mon père parlait en faisant de grands gestes, comme à chaque fois qu'il racontait le moment important d'une histoire.

— La superbe colonnade qu'ils avaient construite devant la statue du roi s'embrasa. On voyait d'énormes flammes. Personne ne comprenait ce qui se passait. Puis tout s'effondra. Des gens tombèrent dans les fossés. On les entendait crier. C'était comme des cris d'animaux blessés.

Dans la pièce, les paysans compatissaient. Papa but alors une grande gorgée de vin et reposa son gobelet sur la longue table.

— Les chariots de pompiers arrivèrent pour éteindre le feu mais les chevaux, paniqués par tout le bruit, s'emballèrent et piétinèrent le public. Vinrent ensuite les voyous des faubourgs qui, arme au poing, attaquèrent la foule terrorisée et la dévalisèrent. Les gens se jetaient dans la Seine pour éviter d'être écrasés.

Papa ouvrit les bras et haussa les épaules.

— Si j'étais descendu, j'aurais été aspiré dans la cohue. Je ne pouvais rien faire d'autre qu'écouter les gens crier quand les carrosses les renversaient et les écrasaient.

Il se toucha le nez.

— Une odeur âpre et humide dégagée par le feu et le sang arriva à mes narines.

Je ne comprenais pas vraiment pourquoi les gens autour de moi en avaient le souffle coupé et secouaient la tête, mais ce qui se disait devait sûrement être terrible. Alors je fis comme eux et me mis à secouer la tête.

— Là, au milieu de la place, le roi de bronze, tout de fumée couronné, regardait les Parisiens d'un air peu concerné, condescendant, méprisant même, continua Papa. Bien sûr, la plupart des victimes étaient des petites gens.

Nous nous sommes alors tous regardés et, assise derrière moi, ma mère s'avança et me mit la main sur l'épaule. Je savais que nous n'étions que des petites gens, et que même monsieur Armand Bruyère, propriétaire de sa ferme, de ses terres et de ses récoltes, en était un aussi.

« — Comme toujours, ce sont les plus forts et les plus riches qui en réchappent. C'est injuste, dit monsieur Bruyère.

— Bien dit ! s'écria une dentellière en levant son verre.

Tout le monde l'imita.

— Bien dit ! crièrent-ils.

— Le lendemain matin, quand je me suis réveillé, continua Papa, une brume épaisse, comme une tâche de sang informe, recouvrait Paris. Et lorsque la nouvelle arriva à Versailles, une ombre terrible assombrit le mariage du jeune Dauphin.

— Un mauvais présage, c'est sûr ! » conclut le forgeron.

Tout le monde approuva d'un signe de tête. Dehors, le vent hurlait entre les fermes comme s'il souffrait et désirait se réfugier à l'intérieur.

3

Au début de l'automne 1772, alors que je révisais les lettres de l'alphabet, Léon Bruyère frappa à la porte de la pièce attenante à l'église que nous occupions. J'ai cru qu'il venait nous prévenir de l'arrivée d'un autre voyageur dans le village, également porteur d'histoires tragiques de famine et de gens mourant par milliers. La grêle avait détruit les récoltes. C'était un désastre et le Père Geoffroy s'épuisait à parcourir le village à la hâte pour donner les derniers sacrements ou enterrer ceux qui n'avaient pas survécu à la famine. Bien sûr, nous aussi, nous avions le ventre vide, mais grâce à Maman et à ses plantes et fleurs comestibles, nous ne mourions pas de faim. Hélas, Léon n'était pas venu pour nous parler d'un voyageur.

« C'est votre père, dit-il en reprenant sa respiration.

Son regard passait de moi à Grégoire.

— Je l'ai croisé au bord de la route en venant, continua-t-il en indiquant le nord de son bras. Il vient par ici mais il est fiévreux. Quand je l'ai laissé, il se reposait le long du chemin près de la vieille grange.

Mon sang se glaça dans mes veines.

— Il va bien ?

— Il doit être épuisé par la faim, dit Léon. Je vais chercher la charrette et mon père et moi allons le ramener ici. Où est ta mère ?

— Elle est partie aider à un accouchement, répondis-je d'une voix serrée.

— Nous venons vous aider », dit Grégoire.

***

« Nous y sommes presque ! s'écria Léon en montrant la vieille grange en pierre.

— J'espère que Papa va bien, dis-je. Rien ne peut lui arriver, n'est-ce pas ?

— On va prendre soin de lui, répondit monsieur Bruyère. Ne t'inquiète pas, mon enfant.

Une silhouette apparut en haut de la petite colline, toute courbée. Papa marchait doucement sur le côté de la route en traînant les pieds.

— Regarde ! Le voilà ! m'écriai-je.

— Ton père est quelqu'un de fier, dit monsieur Bruyère. Cela ne m'étonne pas qu'il essaye de rentrer chez lui sans l'aide de personne.

Soudain, un nuage de poussière soulevé par des chevaux lancés au galop obscurcit notre vue. Un carrosse décoré d'or arrivait, ballottant de gauche à droite. Il roulait à toute allure vers nous, vers mon père.

— Mets-toi sur le côté, Papa! répétait Grégoire.

— Non ! Papa ! Non ! criai-je.

— Oh ! Mon Dieu, mon Dieu ! Poussez-vous ! » hurlait monsieur Bruyère.

Papa était trop faible et trop malade pour entendre le bruit des chevaux derrière lui. Il n'entendait pas non plus nos cris affolés. Je n'étais même pas sûre qu'il ait vu que nous étions là, si près de lui. J'écarquillai les yeux. Le carrosse se rapprochait de plus en plus. Nous hurlions le

31

plus fort possible en faisant de grands gestes mais nous restions totalement impuissants. Je m'étranglais et toussais tant je criais fort. J'avais du mal à reprendre ma respiration. Les chevaux piétinèrent mon père sans même ralentir.

Monsieur Bruyère eut à peine le temps de pousser la charrette sur le bas-côté pour éviter l'attelage qui, lancé à pleine vitesse, nous frôla. J'attrapai le bras de mon frère pour me redresser et, par la fenêtre, je croisai le regard froid et impassible du noble assis sur la banquette.

La charrette revint sur la route et s'arrêta à côté du corps ensanglanté de Papa. J'étais sous le choc. Je ressentais une intense douleur dans la poitrine ; des centaines d'aiguilles me perçaient le corps. Je me sentais mourir de douleur. Je poussai un hurlement. Mes jambes tremblaient, elles devinrent de plus en plus faibles jusqu'à ne plus pouvoir me porter et je m'écroulai par terre. D'une main, je m'agrippai à la jambe de mon frère, mes ongles s'enfoncèrent dans son mollet. Je serrai le poing et commençai à frapper sa jambe.

***

Nous n'avions pas encore ouvert la bouche que Maman avait compris que quelque chose n'allait pas. Elle resta silencieuse tout le temps que monsieur Bruyère lui raconta l'accident. Son visage était livide. Ses grands yeux verts fixaient le mur. Elle porta une main à son cou et ses doigts cherchèrent son pendentif. Elle prit la figurine de l'ange entre le pouce et l'index et la caressa doucement.

« Il est mort sur le coup, madame Charpentier, expliqua monsieur Bruyère. Émile n'a pas souffert. »

Maman ne bronchait pas. Seuls ses doigts bougeaient doucement. Ils caressaient le pendentif qui montait et descendait au rythme de sa respiration saccadée. Les larmes ne lui vinrent que lorsque Grégoire lui dit que le noble ne s'était même pas arrêté, qu'il n'avait pas daigné descendre de son superbe carrosse pour un simple paysan qu'il avait renversé.

J'éclatai aussi en sanglots. Les larmes me brûlaient les joues. Je pleurai beaucoup et longtemps la mort de mon père, tous ces contes fascinants qu'il me racontait pour me distraire, ces histoires de loups-garous, de serpents volants avec des furoncles à la place des yeux et de bonhommes verts à l'allure méchante mais qui se révélaient très gentils. Je ne l'écouterai plus narrer ses légendes de pêcheurs pleines de sirènes qui trouaient les filets et de bonshommes cornus qui enlevaient les petites filles parce qu'il n'existait pas de femmes cornues. Je regrettais aussi les caresses tendres de ses mains que des années de dur labeur de charpentier et de rémouleur avait rendu calleuses et rêches.

***

Papa fut enterré à côté de Félicité et de Félix.

« Dieu n'existe plus ! s'écria Maman pendant l'enterrement.

Les villageois poussèrent un cri d'horreur. Comment cette femme, leur guérisseuse, leur sage-femme, dont les mains avaient tant de fois sauvé la vie de nouveau-nés et de mères, pouvait-elle ne plus croire en Dieu ?

— Je n'entrerai plus jamais dans une église, ajouta-t-elle.

33

— Maman ne devrait pas dire des choses comme ça, me confia Grégoire dans l'oreille. Elle met de l'huile sur le feu des rumeurs dont elle allume elle-même le brasier.

— Elle est triste et en état de choc, répondis-je. Maman ne pense pas ce qu'elle dit.

Tous les deux aussi, nous étions tristes et sous le choc, mais la colère que j'avais contre ce baron meurtrier ne faiblissait pas, ni la douleur que je ressentais, comme si toutes les aiguilles à coudre de Maman me transperçaient le corps en même temps.

— Nous retrouverons ce scélérat, dit Grégoire, et on lui jettera des pierres sur la tête jusqu'à ce que lui aussi perde tout son sang.

Ses yeux devinrent noirs et son visage pâle de rage.

— C'est moi qui vais le tuer ! » répondis-je.

Je sentais monter en moi un sentiment nouveau et puissant, la haine profonde des nobles.

4

L'année suivante, maman décida que j'étais assez grande pour assister à ma première pendaison publique.

« Non, dis-je, je ne veux pas y aller. Je ne peux pas voir de choses horribles comme ça.

— Ne sois pas bête, c'est marrant de voir des pendaisons, dit Grégoire. Et il y a toujours plein de monde.

— Tu as onze ans maintenant, Victoire, tu es largement assez grande pour voir ce qui arrive aux vilaines gens », dit Maman.

Elle me prit par le bras et me fit traverser de force la place du village. Durant tout le trajet, je tirai sur mon bras pour essayer de me dégager. L'échafaud de bois se dressait face à l'église Saint-Antoine et la corde du pendu se balançait du haut de l'énorme poutre.

Tout Lucie-sur-Vionne s'était donné rendez-vous sur la place cet après-midi-là pour voir mourir un jeune garçon sous le soleil du mois de mai : les vieux, les enfants, les femmes qui, d'habitude, restaient à tisser la soie chez elles, la famille du boulanger, celles du sabotier, du maçon et du maréchal-ferrant. Même les ouvriers agricoles s'étaient arrêtés de travailler.

J'avais déjà vu ce garçon. Grégoire me dit que sa famille était arrivée récemment d'un village à deux lieues d'ici.

Personne ne savait vraiment pourquoi ils avaient quitté leur village. On ne connaissait pas leurs noms, alors on les appelait les Étrangers.

« Qu'a-t-il donc fait ? demandai-je.

— Il est accusé d'avoir célébré une messe noire sur le corps nu de sa sœur, répondit Maman.

— Une messe noire ?

— Le pire des blasphèmes, expliqua maman, la pire des moqueries de la Sainte Messe.

N'y comprenant toujours rien, je fronçai les sourcils.

— Ils saignent un bébé à mort et font couler son sang sur le corps nu d'une femme allongée sur l'autel, dit mon frère.

— Grégoire, ta sœur n'a pas à connaître tous les détails, dit maman. Et où as-tu appris tout ça ?

— Chut ! Ça commence ! » dit la femme du maréchal-ferrant, un doigt sur ses lèvres.

La foule se tut. Tous les yeux se tournèrent vers le condamné dont on voyait les larmes couler sur ses joues. Il était, à l'évidence, trop jeune pour mourir. C'est alors que Félicité et Félix me revinrent en mémoire. Ils n'avaient que trois ans quand Dieu les avait rappelés à lui. Deux hommes corpulents poussaient le garçon. Ils le forcèrent à monter l'escalier qu'il refusait de gravir. Il se débattait et on l'entendait crier :

« Non ! Non ! Je suis innocent !

Le Père Geoffroy le suivait.

— Repens-toi, mon fils, avant qu'il ne soit trop tard, disait-il de sa grosse voix de curé.

Sa longue soutane s'ouvrait avec le vent comme si elle essayait d'avaler les cris plaintifs du garçon. Le bourreau lui passa la corde au cou. Une grosse tache apparut sur sa culotte. Quelques personnes rigolèrent.

— Ha ! Ha ! Il s'est pissé dessus ! s'écria l'un d'eux. C'est signe qu'il est coupable !

Le jeune garçon était glacé de peur. Il ouvrait les yeux si grand que je crus qu'ils allaient sortir de leur orbite.

— Pourquoi le Père Geoffroy ne tente-t-il pas de sauver ce garçon, Maman ? »

Ma mère ne répondit rien. Elle serra ma main plus fort tandis que les doigts de son autre main se resserraient sur la figurine en os de son collier. Elle la fit glisser le long du lacet de cuir. L'ange allait et venait lentement autour de son cou. Les cris du jeune garçon devinrent des lamentations. Personne ne fit plus un bruit. Les oiseaux s'arrêtèrent de chanter et je crois que même les fleurs et les arbres s'arrêtèrent de pousser à ce moment précis où la vie d'un enfant s'achevait. Un lourd silence régnait sur la place. Tout le monde retenait sa respiration. Le bourreau poussa le jeune garçon dans le vide. Je croisai les bras autour de ma taille et me retournai pour ne pas voir le corps se tordre et se contorsionner comme un poisson au bout d'une ligne.

« Regarde Victoire ! me dit Maman. Les exécutions publiques sont un bon moyen de dissuader ceux qui veulent commettre des crimes.

Elle me prit par les épaules et me fit pivoter.

— Mais comment peut-on être certain qu'il est coupable ? Et s'il était innocent et qu'il était mort pour rien ?

J'essayais désespérément de détourner les yeux pour ne pas voir ce pauvre garçon qui continuait de se tortiller. Combien de temps met-on pour mourir ?

— Chut ! dit Maman l'air sévère.

Le bourreau prit alors les jambes du pendu et les tira violemment vers le bas. J'eus un mouvement de recul lorsque son cou se cassa comme une brindille sèche. Maman me serra fort contre elle. Au loin résonnaient dans la vallée les pleurs d'une femme, lancinants et tristes.

— Je sais que la mort d'un enfant est terrible à voir mais la mort fait partie de la vie. Maintenant tu sais que, à part dans le cas d'événements tragiques imprévus, la vie est courte pour ceux qui ne suivent pas les voies du Seigneur.

Je hochai la tête. Le jeune garçon ne s'était pas repenti avant de mourir. Je l'imaginais qui tombait, tombait, vite, loin, au plus profond de la terre, jusqu'en enfer. Le diable devait l'attendre, rouge, cornu, au milieu d'énormes flammes. Avec son trident, il l'attraperait, le mettrait dans sa bouche pleine de bave et l'avalerait. Ainsi disparaîtrait-il à jamais dans les ténèbres de l'enfer.

Une petite fille à la chevelure tout emmêlée apparut derrière nous et tira sur la jupe de ma mère. Elle me fit sursauter en interrompant mes pensées d'enfer et de diable.

— Madame Charpentier, le bébé arrive. Ma mère m'envoie vous chercher.

— Grégoire, Victoire, rentrez à la maison, dit Maman, et ne traînez pas en chemin dans les bois. Attention aux mendiants. Ils sont si sauvages et si pauvres qu'ils seraient capables de vous voler vos habits et vos sabots. Souvenez-vous aussi de ne pas vous approcher de la rivière, c'est trop dangereux.

— Oui Maman ! répondit Grégoire en hochant la tête.

— Allume le feu sous le pot, s'il te plaît. Et toi, Victoire, prépare la soupe. C'est son cinquième bébé, ce ne sera pas long. »

Il n'y avait pas de médecin dans le village, c'était ma mère seule qui soignait les gens. Elle avait l'air sérieux avec ses cheveux tirés en arrière en un chignon porté très bas sous son bonnet. Je savais bien qu'elle devait avoir cette apparence pour mettre les bébés au monde ou soigner les habitants de Lucie. Pourtant elle n'était pas toujours si sérieuse. Elle nous souriait souvent le soir, quand nous étions seuls et que nous lisions des histoires drôles, sauf lorsque quelque chose lui rappelait la triste journée de l'orage. Dans ce cas, elle s'arrêtait de sourire et ses yeux verts devenaient noirs. On aurait dit qu'elle pouvait voir, là-haut dans le ciel, ses deux enfants, Félicité et Félix.

***

« On y va ? dit Grégoire.

J'acquiesçais de la tête, trop heureuse de m'éloigner du corps de ce garçon qui se balançait au vent tel un épouvantail oublié. Nous quittâmes vite la place de l'église pour courir à travers champs. Les blés étaient aussi grands que moi et leurs épis déjà tachetés de jaune. Les cerisiers et les poiriers étaient en fleurs et, tandis que nous passions près d'eux, des pétales blancs s'envolaient avec le vent comme des flocons de neige. De gros corbeaux croassaient et dessinaient des cercles au-dessus de nos têtes comme si nous étions des proies à chasser. Hors d'haleine, nous atteignîmes enfin le bois et nous ralentîmes l'allure.

— Nous voilà à l'abri, maintenant, lança Grégoire. Personne ne peut plus nous voir. Pas de faiseurs d'histoires pour dire que nous ne sommes pas rentrés directement à la maison.

— Elle est là, la folle, la sorcière ! m'exclamai-je. Ne t'approche pas, Grégoire. Elle va te voir et nous jeter un sort !

Je montrai du doigt une vieille cabane en bois si bien cachée parmi les grands chênes qu'on pouvait facilement la prendre pour un amas de branches mortes, de feuilles et de lierre. J'étais sûre que la sorcière nous avait déjà repérés. Dans l'embrasure de la porte, un œil noir, injecté de sang, scrutait les alentours.

— Les sorcières, ça n'existe pas, répondit Grégoire en levant les yeux au ciel. Ce sont encore des histoires stupides inventées par les paysans. Quand tu auras mon âge, un jour, tu comprendras, Victoire ! »

Sorcière ou pas, j'étais bien contente de passer mon chemin. Je ne me remis à respirer que quand nous sortîmes du bois. Nous arrivâmes du côté des vignes de monsieur Armand Bruyère. Léon Bruyère y travaillait. Il avait dix-sept ans. Un jour, au début du printemps, je l'avais observé enlever les mauvaises herbes et labourer la terre. Il était fort comme un homme. Nous lui fîmes signe de la main et il nous sourit en retour. Sa peau bronzée, éclairée par le soleil, prenait des teintes qui évoquaient la statue du roi sur la place de l'église. Il leva le poing, pouce tourné vers le haut, signe qu'il pourrait s'éclipser et nous rejoindre au bord de la rivière.

Grégoire et moi continuâmes notre chemin. Nous passâmes la ferme des Bruyère qui dominait la vallée tel un souverain surveillant son immense domaine. Après quelques roulades dans les prés, nous descendîmes jusqu'à la Vionne qui serpentait à travers les monts du Lyonnais. Je sentais les rayons du soleil chauffer mes joues. Ça sentait bon le printemps, les hautes herbes, et la terre humide. Nous suivîmes la rivière dans la direction opposée à celle qui menait à notre ancienne chaumière. Depuis ce jour fatidique de l'orage, Grégoire et moi évitions de retourner là-bas. Il ne restait plus qu'un amas de pierres et des poutres calcinées. Seule la cheminée était restée debout et rien que de l'entrevoir, même furtivement, j'en avais la nausée. Maman disait qu'une cheminée sans maison, c'était pire qu'une maison sans cheminée. À un tournant de la rivière, un groupe de femmes lavait des habits et des draps.

« Viens vite ! me murmura Grégoire.

Il me prit le bras et m'emmena derrière un grand chêne. Nous nous adossâmes au tronc pour écouter les conversations. Elles racontaient ce que leurs maris leur demandaient de faire au lit :

— À quatre pattes comme un chien... disait l'une d'elles.

— Attaché, avec une corde autour du cou, racontait une autre femme en riant, et je le conduisais comme un cochon... »

Je donnai un coup de coude à mon frère. Nous portâmes nos mains à nos bouches pour atténuer le bruit de nos rires. Après avoir bien ri, nous reprîmes notre route vers notre endroit secret. Là, la sinuosité du lit de la rivière créait des remous qui couchaient les fougères, faisaient rouler les pierres recouvertes de mousse et emportaient glands, feuilles et petites branches vers des eaux plus profondes. À l'abri sur la rive de galets, nous fîmes des ricochets dans l'eau en attendant Léon. Grégoire fanfaronnait, se vantant de faire plus de ricochets que moi.

Très vite, Léon vint nous rejoindre. Il ne portait pas de sabots mais des bottes. Alors qu'il les enlevait, je remarquai que Grégoire les regardait avec envie. Je savais qu'il rêvait d'en avoir de pareilles. Si, un jour, on trouvait un trésor comme ceux du livre d'histoires, mon frère s'achèterait une belle paire de bottes et moi, une jolie robe de princesse.

Les garçons remontèrent leurs jambes de pantalon et pataugèrent dans l'eau. Grégoire fit la grimace car elle était glacée. Je remontai ma chemise et mon jupon, les nouai sur le côté et je les suivis dans l'eau. Je ne comprenais pas pourquoi Maman avait autant peur de la rivière. Grégoire et moi avions appris à la connaître dans ses moindres détails : nous connaissions chaque fossé, chaque trou d'eau où nous n'avions pas pied, chaque tournant de la rivière où le courant devenait violent et formait de dangereux tourbillons. Jamais nous n'avions pris au sérieux les gens du village qui l'appelaient la Vionne Violente. Si maman apprenait que nous étions allés nager, elle se ferait un sang d'encre. La rivière ne servait que pour la lessive, la cuisine et la boisson. Personne n'aurait l'idée de s'y laver, ni même de s'y baigner.

Grégoire disait toujours qu'il ne fallait jamais dire aux gens que nous venions là parce qu'ils étaient persuadés que la rivière était dangereuse voire mortelle si l'on osait se tremper dedans. D'après lui, ils se conduiraient envers nous comme si nous étions maudits.

De tout petits poissons brillaient dans l'eau comme des lucioles. La mousse des pierres luisait d'un vert éclatant à la lumière du soleil qui éclairait les moindres petits galets ronds de la rive. J'éclaboussais les deux garçons en riant. Chaque année, j'attendais l'été avec impatience pour que nous puissions nous baigner et nous prélasser au pied de la cascade.

« C'est le meilleur endroit au monde ! dis-je.

— Tu dis ça parce que tu n'es jamais sortie de Lucie, répondit Grégoire.

— Un jour je le ferai, Grégoire. Je voyagerai à travers tout le pays, comme l'a fait Papa, et je verrai des endroits passionnants.

— Je ne vois vraiment pas pourquoi tu voudrais faire ça, grogna Grégoire.

Léon attrapa une truite et la sortit de l'eau. Il la tenait fermement dans ses grandes mains. Elle se contorsionnait avec une telle force qu'elle me fit penser un court instant à ce pauvre garçon pendu au bout de sa corde.

— Voilà votre dîner ! s'écria Léon.

— Garde-la pour toi, dit Grégoire. Si je rentre avec, ma mère va vite comprendre qu'on était à la rivière.

— Tu n'as qu'à dire que c'est moi qui vous l'ai donnée ; c'est la vérité non ? répliqua Léon en jetant le poisson vers moi.

Grégoire secoua la tête.

— Garde-le, je te dis, j'en attraperai une pour nous ce soir.

Léon fit un feu et nous dansâmes autour des petites flammes. Après avoir réchauffé nos pieds, nous nous laissâmes tomber dans l'herbe en riant. Je ne savais pas ce qu'il y avait de si drôle mais nous n'arrêtions pas de rire.

Nous nous tenions les côtes et nous avions du mal à respirer. Ensuite, Léon cueillit un coquelicot, souleva ma coiffe et coinça la fleur dans mes cheveux. Le soleil de l'après-midi chauffait mes épaules. Les mots de mon père se mirent alors à résonner dans ma tête. « Tu as les mêmes cheveux que ta mère, Victoire. Ils brillent comme la robe du renard au clair de lune. » Papa me manquait beaucoup et la colère montait en moi chaque fois que je repensais à ce baron et à l'impuissance des paysans à punir de telles gens.

— Arrête de lui toucher les cheveux, ordonna Grégoire. Tu n'as pas le droit de jouer avec les cheveux des filles.

— Qui t'a dit des choses pareilles ? demanda Léon. Ta sœur n'a pas l'air de s'en plaindre.

— Elle n'a que onze ans. C'est bien trop jeune pour ce que tu as dans la tête !

Grégoire m'attrapa par le bras et me releva.

— Viens, dit-il, il faut arriver à la maison avant Maman. »

Pendant tout le chemin du retour, je me demandai pourquoi Grégoire ne m'adressait plus la parole et pourquoi il marchait si vite que je devais courir pour le suivre.

***

Je sauçais le fond de soupe aux petits pois avec un morceau de pain noir et je tremblais. Je n'avais pas vraiment froid mais après cinq années passées dans cette pièce humide du presbytère, je frissonnais chaque fois que la cheminée bien chaude de notre chaumière me revenait en mémoire. Maman alluma une bougie et de grandes ombres apparurent sur les murs.

« Sois contente de ce que tu as, dit Maman. Nous avons de la chance d'avoir un toit et, Dieu soit loué, on n'a pas à vivre comme de pauvres mendiants dans une cabane dans les bois.

Elle ouvrit un livre des *Fables* de Jean de la Fontaine que le Père Geoffroy nous avait donné le jour de l'orage puisque nous avions tout perdu. Je m'assis derrière elle pour suivre chaque mot avec mon doigt. Je commençai à lire une nouvelle fable.

— Maître Corbeau, sur un arbre perché...

— Tu lis bien maintenant, Victoire ! dit-elle.

Elle tourna la tête et s'avança pour sentir mes cheveux.

— C'est bizarre, tes cheveux sentent la rivière ! reprit-elle.

Je jetai un œil dans la direction de Grégoire assis de l'autre côté de la salle. Même dans la semi-obscurité, je pouvais voir son visage se raidir. Il renifla puis détourna la tête comme pour étudier les ombres sur le mur.

— Et ça, c'est quoi ? demanda-t-elle.

Elle retira un pétale rouge de ma natte.

— On dirait un pétale de coquelicot, continua-t-elle. Je n'en ai jamais vu ailleurs que près de la rivière !

Je fus sauvée par quelqu'un qui frappa à la porte.

— Madame Charpentier !

— Qui est là ? demanda Maman

— Françoise, la fille du sabotier. Maman m'a demandé de venir vous chercher. Mon père est de nouveau malade. La maladie des poumons est revenue.

Ma mère prit de l'ail, des pissenlits, du thym et d'autres plantes de sa réserve qu'elle avait réussi à reconstituer petit à petit depuis cinq ans. Bien sûr ce n'était pas grand-chose comparé à l'espace dont elle avait disposé dans la chaumière, mais elle appréciait les étagères qu'avait confectionnées Grégoire, où elle entreposait toutes ses plantes, ses fleurs, ses bols et son mortier avec son pilon. Elle nous embrassa vite et disparut dans la nuit avec Françoise.

— J'espère qu'ils ont des colombes, dit Grégoire.

— Pour quoi faire ?

— Parce que, idiote, tu ne sais donc pas comment Maman soigne les angines de poitrine ?

Je remuai la tête.

— Tu coupes une colombe vivante en deux et tu appliques les moitiés sur la poitrine du malade, expliqua Grégoire en souriant.

— Ce n'est pas vrai ! Maman ne pourrait jamais tuer un petit oiseau. Notre mère est incapable de tuer quoi que ce soit !

— Elle tue bien les bébés, répondit-il.

— Maman ne tue pas les bébés ; elle les met au monde. Je vais te frapper, Grégoire, si tu dis encore des choses horribles comme ça !

— Qu'est-ce que tu crois qu'un faiseur d'anges fait alors ?

— Ben... il fait des anges, bien sûr.

Je savais que Maman utilisait trois sortes de fleurs et d'herbes différentes pour faire son breuvage spécial faiseur d'anges mais, en fait, je n'avais aucune idée de comment les anges naissaient.

— Mais non, idiote, dit Grégoire. Un faiseur d'anges se débarrasse des bébés quand ils sont dans le ventre de leur mère. Elle les tue. »

Je mis une main sur mon cœur. Je sentais que j'allais m'évanouir. Quel choc ! Comment une personne si douce et si gentille pouvait-elle tuer des bébés dans le ventre de leur mère ?

5

« Le roi est mort ! Le vieux roi est mort !

La voix raisonnait sur les pavés chauffés par le soleil. Je sortis sur la place pour voir ce qui se passait.

— Approchez, approchez ! Laissez-moi vous raconter la mort du vieux roi ! disait l'ouvrier compagnon.

Ses habits usés de voyageur tombaient le long de son corps émacié. La nouvelle circula vite qu'un colporteur était arrivé au village et qu'il avait une histoire à raconter. Les habitants de Lucie sortirent de chez eux en toute hâte. Après tout, on était vendredi et il n'y avait pas grand-chose à faire : le four du boulanger était froid, les métiers à tisser étaient arrêtés, le marteau du forgeron était silencieux. Travailler le vendredi porte malheur, que ce soit creuser une tombe, accoucher d'un enfant, faire la cuisine ou changer de vêtements. Personne n'aurait jamais commencé les moissons, planté des légumes ou tué un cochon ce jour-là. La pire chose à faire le vendredi était la lessive car les habits termineraient vite en lambeaux.

— Comment est-il mort, notre vieux roi ? demanda une dentellière tandis que les villageois se rassemblaient autour du bonimenteur.

Ce dernier monta sur une caisse et, s'étant assuré l'attention de tous, montra une bouteille de couleur foncée en criant :

— Ceci est mon élixir pour guérir les articulations douloureuses. Il soulage comme par magie.

— Parle-nous d'abord du roi, dit un des ouvriers tailleurs de pierre.

— Le roi est mort de la petite vérole, dit le compagnon. Il s'est fait prendre par le monstre pustuleux.

— Oh là là ! gémit la femme du sabotier. La variole touche tout le monde sans distinction, même les nobles !

— Les aristocrates pensent que nous, les petites gens, sommes des ignorants, dit le compagnon, mais nous connaissons tous hélas cette maladie qui remplit nos cimetières, prend nos nouveau-nés et fait frémir de peur les mères.

— Moi, j'ai un remède contre la variole, dit Maman.

— Ta mixture de chair de serpent et de baume de transpiration ne nous guérit plus, répondit le forgeron.

— Les remèdes de madame Charpentier n'ont plus l'air de guérir personne, ajouta une autre villageoise en claquant la langue sur son palais.

— Non, je parle d'un traitement complètement différent, expliqua Maman, ignorant les moqueries. Quelque chose de bien plus efficace : la variolation, un procédé que le gouvernement du roi a demandé aux docteurs et aux infirmières d'étudier pour traiter la variole.

— Hum… la variolation ! Ça ne met pas vraiment en confiance, dit la femme de monsieur Bruyère, son nouveau-né fermement tenu dans ses bras.

— Il n'y a rien de mystérieux là-dedans, continua Maman. Il y a de cela cinquante ans, une Anglaise qui vivait à Constantinople a clairement dit que, là-bas, la variole n'était pas une maladie dangereuse grâce au procédé d'inoculation volontaire. Elle avait, elle-même, subi cette opération à la fin des grandes chaleurs de l'été. Une vieille femme est venue chez elle avec une coquille de noix remplie de pus de variole. Elles se sont injecté dans les veines autant de pus que l'aiguille pouvait en contenir. Elles ont eu une montée de fièvre et durent garder le lit pendant huit jours, mais ensuite elles étaient entièrement guéries.

— Pourquoi le roi n'a-t-il pas été variolisé alors ? demanda la femme du sabotier.

— Le roi pensait qu'ayant déjà attrapé la maladie, il était immunisé. Mais il avait tort, reprit le charlatan, récupérant ainsi l'attention du public. De plus, bien que certaines personnes plaident en faveur de la variolation, le pays reste opposé à cette pratique. Voltaire, notre grand penseur, l'a vu pratiquer en Angleterre quand il était en exil. Il a supplié ses compatriotes de faire de même. Il disait c'était une question de vie ou de mort et que ça permettrait de garder belles les femmes de notre pays.

— Comment l'a-t-il attrapée ? interrogea Léon.

— Il paraît que c'est une jeune fille qu'on avait amenée à Versailles pour son plaisir qui lui a refilé la maladie, répondit-il.

— Ça lui aura servi de leçon, cria un ouvrier tailleur de pierres. Qu'il aille au diable !

— Pourquoi le roi était-il si mal-aimé, Monsieur ? demanda Léon. Il lui fallait presque crier pour couvrir le bruit des hourras de la foule à l'idée que le défunt roi allait se retrouver en enfer.

— Parce que c'était un mauvais roi, dit le compagnon. C'est nous, les paysans, qui souffrons le plus des impôts et des taxes sur les routes, le sel, les habits, le pain, le vin et j'en passe...

— Et on ne parle même pas de ces fainéants de nobles qui nous font payer les banalités quand on utilise leurs moulins, leurs greniers, leurs pressoirs à huile ou à raisin, cria un tailleur de pierres dont les yeux brillaient. Même pour les fours communaux, il nous faut payer le ban.

Il sortit alors un morceau de pain noir de sa poche.

— Une malheureuse miche de pain vaut maintenant onze sous, continua-t-il. C'est la moitié de ce que certains d'entre nous gagnent en une journée. Il paraît que ça va monter jusqu'à quatorze sous avant la fin du printemps. Et est-ce que nos salaires augmentent ? Non !

— Je ne sais pas comment on va pouvoir payer notre loyer, acheter des bougies ou du lard, ajouta la femme du sabotier.

Toute la foule approuvait.

— Et regardez ce qui se passe à Versailles, dit le marchand ambulant. Les gens de la cour passent leurs journées à intriguer pour obtenir les faveurs du roi et à organiser des banquets où ils s'empiffrent de mets délicats de viandes, de poissons et de fruits confits.

— Raconte-nous la mort du roi, demanda le boulanger.

— Eh bien, commença-t-il, le roi avait passé une bonne soirée. Il avait dîné au Trianon avec la comtesse du Barry, sa maîtresse. Le lendemain, il s'est réveillé avec de la fièvre.

L'homme reprit lentement sa respiration. Plus personne ne parlait.

— La santé du roi empira d'heure en heure. Ses six médecins, ses cinq chirurgiens et ses trois apothicaires décidèrent de pratiquer une saignée qui resta sans effet. Au quatrième jour, les pustules apparurent sur son visage. Il se mit à délirer et on lui donna les derniers sacrements. La cour se rassembla dans les appartements du roi, attendant des nouvelles dans le salon de l'Œil de Bœuf. Le roi prit la couleur du cuivre et commença à enfler. Une grosse croûte recouvrait entièrement ce visage qui avait été si beau. On aurait dit qu'il avait été gravement brûlé ou ébouillanté. Il paraît même que l'odeur était infecte.

Nous fronçâmes tous le nez.

— Il y a un mois, le dix mai 1774 à trois heures du matin, on moucha la bougie de sa chambre. Le roi était mort.

Le marchand s'arrêta de parler et passa la langue sur ses lèvres.

— Et depuis lors, reprit-il, partout dans le royaume, le peuple célèbre la venue des nouveaux souverains, Louis, le roi aux yeux bleus, et sa reine, Marie-Antoinette. Les rues sont décorées de fleurs et d'arcs de triomphe.

— Vive le roi ! Vive la reine ! clamèrent plusieurs personnes.

Le voyageur leva une main au ciel.

— Beaucoup disent qu'il faut se méfier d'un petit roi niais qui bricole les serrures et d'une reine étrangère avec des goûts de luxe. »

***

Le soleil déclinait à l'ouest derrière les monts du Lyonnais, éclairant le village de Lucie d'une lumière ambrée. Le ciel devenait bleu foncé. Les villageois s'étaient rassemblés dans le grand champ près du village. Le Père Geoffroy maintenait sa soutane d'une main et tenait une torche allumée de l'autre. Il s'approcha du tas de bois et alluma le feu. Le petit bois bien sec prit aussitôt et le crépitement se mélangea à nos cris de joie. Le curé nous fit signe d'avancer.

« Approchez-vous pour célébrer le solstice d'été, demanda-t-il. Réjouissons-nous de ce magnifique feu de la Saint-Jean que nous avons préparé ensemble pour nous protéger car, durant le solstice d'été, le voile qui sépare notre monde de l'au-delà devient si mince que les esprits maléfiques le traversent et viennent hanter nos campagnes.

Nous avions sur la tête des couronnes que nous avions confectionnées avec les fleurs de Saint-Jean. C'étaient des petites fleurs jaunes en forme d'étoile, que l'on trouvait partout dans les prés. Des milliers de petits soleils. Puis, tous ensemble, nous fîmes une ronde autour du feu de bois. Nous tenions nos bêtes bien serrées près de nous, avec la tête toujours dirigée vers le sud.

— En cette nuit de la Saint-Jean, jour béni de saint Jean Baptiste, recevons l'eau et le feu comme symboles de purification, répétait le curé pendant qu'il bénissait chevaux, vaches, chèvres et cochons afin de rendre ces bêtes plus robustes et plus fécondes.

Grégoire prit la main de ma mère et je lui pris l'autre.

— Viens danser ! » dis-je.

Je voulais tant qu'elle vienne faire la fête avec nous mais, même si elle nous tenait la main et faisait semblant d'être heureuse, je sentais bien qu'elle ne croyait plus en rien et surtout pas en ce qui était censé éloigner les mauvais esprits ou porter chance. Elle était ainsi depuis le jour où elle s'était écriée que Dieu n'existait plus. Maman avait cessé de croire, et tout particulièrement aux choses censées conjurer le diable ou le mauvais sort. Deux fois, nous avions été frappés par la tragédie. Cela faisait maintenant six ans que Félicité et Félix étaient partis et que nous n'avions plus de maison. Mon père était mort depuis deux ans et, même si Maman nous disait qu'il ne fallait pas y penser, qu'il fallait continuer de vivre, il était évident qu'elle-même ne pouvait pas oublier, comme si ces drames avaient cassé quelque chose en elle et que personne n'y pouvait rien. Elle continuait à m'apprendre à lire et à écrire, elle m'enseignait toujours les rudiments du métier de sage-femme, elle m'expliquait encore comment soigner les maladies par les plantes et les fleurs, mais elle se traînait toute la journée, l'air désespérément triste.

« J'espère que tu rêves de moi ?

Surprise, je sursautai. Léon réajusta ma couronne de fleurs et me prit par la main.

— Viens avec moi, Victoire, continua-t-il. Ce soir, on va s'amuser. Oublie pour un temps ton travail, la famine et les maladies.

Je serrai sa main très fort et nous commençâmes à tourner autour du feu de joie. Les flammes montaient haut dans un ciel bleu sombre qui, en cette nuit la plus courte de l'année, ne virerait pas au noir complet.

— Éclairés par le feu, tes yeux ont la couleur de la Vionne, vert foncé, me dit-il.

Il se tourna vers mon frère.

— C'est pourquoi, reprit-il tout haut, je vais dorénavant t'appeler Mademoiselle aux yeux couleur rivière. Hein Grégoire ? Le nouveau nom de ta sœur, c'est Mademoiselle aux yeux couleur rivière. »

Grégoire, qui tenait la main de Françoise, la fille du sabotier, nous jeta un regard noir. Quant à moi, je ne pouvais pas m'empêcher de me sentir flattée. Les joues me brûlaient, je sentais le bout de mes seins naissants se durcir, s'écraser doucement contre ma chemise et me chatouiller, mes hanches frottaient contre le tissu épais de ma jupe. À chaque fois que Léon s'intéressait à moi, j'oubliais tout, même la tristesse de ma mère ou la jalousie de mon frère. Une agréable chaleur montait de mes chevilles et envahissait le haut de mes cuisses. C'était la même sensation étrange et agréable que je ressentais le soir lorsque j'enlevais mon bonnet et me brossais les cheveux, ou quand je remontais mon chemisier et passais la main sur le duvet châtain de mon bas-ventre.

Éclairés par le feu, les visages tout ridés et sans dents des anciens paraissaient lugubres alors que, bien lavés pour la circonstance, ceux des jeunes rougeoyaient comme des pêches bien mûres. Les flammes projetaient des ombres sur les troncs des gros chênes et je m'amusais à y esquisser des bêtes à cornes avec d'énormes mâchoires baveuses et des corbeaux aux serres pointues. J'aimais bien cette période de l'année. Tout le monde riait, dansait, blaguait, grisé par le parfum des fleurs, la chaleur et la poussière de l'été. Les gens sautillaient de plus en plus haut autour du feu mais c'était Léon qui sautait le plus haut et Armand Bruyère en rayonnait de plaisir.

« Cette année, les récoltes seront aussi abondantes que mon fils saute haut », annonça-t-il, et tout le monde applaudit.

Les flammes commencèrent à perdre de leur intensité et une odeur de saucisses grillées, d'abats bien cuits et de crêpes au fromage et aux champignons remplit la nuit. Des paniers débordant de fruits apparurent. Les danses s'arrêtèrent peu à peu. Les danseurs, fatigués, s'affalaient un à un sur le sol. On but l'eau bénite de la Vionne et le vin des vignes de monsieur Bruyère. J'avais fait signe à Maman qui se tenait debout, toute seule, de venir s'asseoir près de moi pour écouter les histoires que les villageois avaient réservées pour cette nuit spéciale.

« Qu'est-ce que c'est que cette bête du Gévaudan dont le voyageur a parlé ? demanda Grégoire.

— Eh bien, répondit monsieur Bruyère, cette bête était un genre de loup d'une férocité hors du commun qui a sévi pendant deux ans et a tué vingt personnes. »

Plusieurs personnes hurlèrent de peur. C'est alors que j'eus un frisson dans le dos. Je sentais que quelque chose rampait derrière moi. Je me retournai d'un coup et scrutai la lisière des bois à peine éclairée par le feu qui s'éteignait doucement. Je ne vis rien. Il s'agissait probablement d'une de ces lavandières de la nuit, ces femmes infanticides condamnées pour l'éternité à laver les linceuls ensanglantés de ses enfants et que l'on aperçoit la nuit errer dans le bois de chênes. Il est très dangereux de s'en approcher car elle vous demanderait de l'aide et vous vous retrouveriez couvert du sang de ses enfants. Pourtant, tout avait l'air tranquille. Les arbres que j'apercevais ne bougeaient pas.

Les histoires se terminaient. J'avais plus mangé ce soir-là que pendant toute la semaine précédente. Je passai une main sur mon ventre gonflé et, comme les autres villageois, Maman, Grégoire et moi nous allongeâmes près des braises incandescentes pour dormir. Quand je me réveillai, je me frottai les yeux et réajustai mes jupons. Maman et Grégoire n'étaient plus là. Maman était probablement partie s'asseoir dans le presbytère où elle aimait à rester seule et mon frère avait repris son travail de menuisier. Nu-pieds, je marchais dans la rosée sacrée du matin lorsque Léon montra du doigt le ciel strié par les pâles rayons bleutés du soleil au loin sur les collines.

« Tu vois, me dit-il, le soleil aussi danse de joie.

— C'est comme si nous avions nettoyé le monde et qu'il brille maintenant comme un diamant qui nous appartiendrait », répondis-je.

En contrebas, le Père Geoffroy aspergeait les cultures d'eau bénite tandis que les villageois éparpillaient dans les champs alentour les cendres du feu de joie maintenant éteint. J'allai les aider puis je rentrai à la maison. Je me sentais en sécurité… du moins, jusqu'au prochain orage.

6

Ce matin-là, lorsque je sortis vider les pots de chambre, le jour se levait à peine. On entendait les cris perçants des oiseaux, un groupe de colombes volait haut dans le ciel, les oies cacardaient bruyamment. Tout annonçait le début de l'été et par là même le début des moissons.

Je gravis rapidement l'escalier qui menait à l'église Saint-Antoine. Arrivée sur le parvis, je me retournai et regardai les champs de blé et les vignes chargées de raisins. Mon regard se porta ensuite plus loin vers l'ouest, en direction des monts du Lyonnais, frontière naturelle qui laissait hélas souvent passer les orages et les gros nuages chargés de pluie. Ils étaient à la fois nos alliés et nos ennemis et je savais maintenant, grâce à Grégoire qui avait réussi à me convaincre, que le temps n'était ni le fait des anges, ni celui des démons. Les blés se semaient aux mois d'octobre et de novembre. Pendant sept mois, on s'en occupait avec le même soin qu'on apportait aux bébés, mais il suffisait d'un seul orage de pluie ou de grêle pour que la récolte soit entièrement détruite. J'étais contente, ce matin-là, de voir un ciel sans nuages, blanchissant à l'est, là où le soleil allait se lever. Aucun signe d'orage à l'horizon.

Maman et moi mangeâmes du pain et de l'eau au petit déjeuner avant de nous recoiffer, en prenant soin de bien cacher nos cheveux sous notre bonnet car aucune mèche ne devait dépasser, et nous partîmes avec Grégoire pour la ferme de monsieur Bruyère.

« Travailler dur ne me fait pas peur et les longues journées non plus, dis-je une fois arrivée. On s'amuse tellement pendant les moissons que j'aimerais qu'elles durent toute l'année.

— C'est vrai, Victoire, me répondit Maman. Mais souviens-toi qu'il nous faut redoubler d'efforts si nous voulons reconstruire notre demeure.

Je la regardai droit dans les yeux.

— Reconstruire notre demeure ? Ça fait six ans, Maman ! Six longs hivers dans ce trou à rats qu'est notre pièce du presbytère. Je ne crois pas que nous aurons de nouveau un jour une maison à nous. »

Ma mère ne répondit pas. Elle n'avait aucune réponse. Elle baissa légèrement la tête, prit sa faux et se mit à l'ouvrage en rythme avec les autres travailleurs. Des nuages d'insectes bourdonnaient autour de nous. Le ciel était d'un bleu profond, le soleil montait doucement et chauffait les épis, formant des halos autour d'eux. Un deuxième groupe de femmes dont je faisais partie ramassait les tiges coupées pour en faire des gerbes, tandis qu'un troisième groupe les battait au fléau pour séparer le grain de la paille. Ça sentait bon l'été.

Quand la sueur collait chemises et chemisiers sur notre peau et que la gorge nous brûlait, nous nous réfugiions à l'ombre des haies pour boire de l'eau ou du vin. De jeunes garçons chassaient les hérissons au furet et les brûlaient vifs pour qu'ils ne boivent pas le lait des vaches.

« Tu es sûr qu'ils boivent du lait de vache ? demandai-je à Léon qui s'asseyait à côté de moi.

Il sentait la terre, la paille et le cheval.

« — Tu crois encore à toutes ces légendes de paysans ? répondit-il avec l'air de celui qui sait tout.

— Ces jeunes garçons ignares deviendront des adultes ignares, dis-je.

Je ressentais comme de la peur ou de l'appréhension, mais ce n'était en fait ni l'un ni l'autre.

— Comment feriez-vous, vous, les femmes, sans nous, les adultes ignares ? répliqua-t-il.

— Tu crois vraiment que nous avons besoin des hommes, Léon Bruyère ? Qui, je te le demande, sont ces silhouettes qui travaillent dans les champs tous les jours de l'année comme des bêtes de somme, qu'elles soient malades, aveugles ou qu'elles aient des enfants ? Les femmes labourent, sèment, moissonnent et battent le blé.

J'essuyai la sueur qui coulait sur mon front puis j'écartai les bras.

— Qui fait le pain et le fromage ? continuai-je. Qui file la laine ? Qui fait la lessive ? Et vous, les hommes, vous arrivez en vous pavanant à la saison des foins et vous prétendez avoir fait tout le travail.

Léon sourit.

— Les hommes savent qu'une fillette n'en est plus une quand elle commence à se plaindre des tâches allouées aux femmes.

Je lui donnai une tape sur le bras.

— Allez ! Retourne au travail ! »

Quand le soleil atteignit son zénith, tout le monde s'arrêta de travailler et vint s'asseoir à l'ombre pour manger un morceau de pain avec du saucisson ainsi que des framboises et des groseilles que monsieur Bruyère avait apportées dans des paniers. Plus tard dans l'après-midi, les jeunes enfants commencèrent un jeu de cache-cache. Ils couraient partout. Les hommes étaient allongés sur le dos, le visage caché sous leur chapeau. Certains ronflaient. Les femmes parlaient à voix basse et riaient. Seule ma mère était assise à l'écart, comme toujours, les épaules raides et le regard fixe en direction des monts du Lyonnais.

« Faites-le à Léon, demandai-je au groupe de femmes qui complotaient. Allez-y ! Choisissez-le ! »

Plusieurs se levèrent et s'approchèrent sans bruit de Léon qui était profondément endormi. Trois d'entre elles l'agrippèrent fortement en le maintenant au sol tandis qu'une autre lui mettait une bouse de vache dans le pantalon. Léon se réveilla tout de suite. Il se débattit comme un beau diable et tout le monde éclata de rire. Certains en pleuraient de rire et les larmes coulaient sur leurs joues burinées. Je riais si fort que j'en avais mal au ventre. Debout, Léon souriait jaune. Il secoua la tête de dépit et retourna travailler. Grégoire s'approcha très vite de moi et me dit :

« Tu as vraiment l'air bête à te jeter comme ça dans les bras de Léon Bruyère. Tu sais bien que tu n'auras jamais de dot assez grosse pour l'épouser.

J'étais piquée au vif par les mots de mon frère.

— Qui es-tu, Grégoire, pour me dire ce que je dois faire ? Tu n'es ni mon père ni mon mari.

— Un frère doit prendre soin de sa sœur, répondit-il.

— Je peux prendre soin de moi toute seule, dis-je. De plus, Maman va m'aider à constituer une dot.

— Notre mère n'est plus bonne pour personne de nos jours, dit-il.

Il se retourna et leva le bras en direction de Maman, assise à l'écart du groupe.

— Les gens parlent d'elle de plus en plus, continua-t-il, surtout depuis qu'elle a affirmé qu'il n'y avait plus de dieu et qu'elle refuse d'aller à l'église. Ils disent qu'avec ses potions, ses cataplasmes et ses tisanes, elle n'est rien d'autre qu'une sorcière.

— Non, Grégoire, ce n'est pas possible !

Pourtant au fond de moi je savais bien que ce n'était pas des paroles en l'air.

— Je les ai entendus parler de sorts qu'elle aurait jetés à des femmes enceintes, continua-t-il, et les bébés sont venus au monde difformes ou mort-nés.

— Pauvre mère ! Tout ça est tellement injuste.

— Souviens-toi de ce qu'avait dit Papa. Le Père Debaraz a été la dernière personne à avoir été brûlée pour sorcellerie. C'était il y a trente ans, mais il y a encore des gens qui passent pour des sorciers ou des sorcières et qui continuent d'être persécutés juste parce qu'on les dit capables de décimer un troupeau à distance en regardant les bêtes avec leurs yeux malins.

— Mais Maman, elle, est guérisseuse et sage-femme, dis-je. Elle n'est pas une sorcière, loin de là.

— Papa avait bien dit aussi que les métiers de sage-femme et de guérisseuse avaient toujours été associés à la sorcellerie. »

Je fus soudain prise de panique. Je sentais une douleur aiguë à l'estomac. Il ne fallait pas qu'il arrive quelque chose à notre mère. Notre père n'était plus là et nous avions maintenant réellement besoin d'elle. J'eus une bouffée de chaleur. Il fallait que je m'en aille. Je me levai et partis sans un mot. Je courus jusqu'à la ferme de monsieur Bruyère puis descendis par la prairie aux herbes hautes jusqu'à la Vionne. J'étais en sueur. Mon dos et mes aisselles étaient tout trempés. Je continuai ma course entre les saules qui bordaient la rivière jusqu'à mon endroit secret. Je m'assis alors sur une pierre et mis la main sur mon ventre douloureux. Les rayons du soleil plongeaient dans l'eau limpide et éclairaient les pierres immergées tandis qu'à l'ombre des arbres, en revanche, l'eau paraissait noire. J'entendais le chant d'un oiseau, lent et triste. Je m'agenouillai au bord de l'eau et me penchai en avant pour boire l'eau fraîche de la rivière puis, assise sur mes talons, je regardai autour de moi. Hormis les oiseaux, j'étais seule. Je posai, sur une grosse pierre, mon bonnet, mon tablier, mon jupon et mon chemisier et j'entrai dans l'eau doucement en faisant attention à ne pas glisser sur les pierres recouvertes de mousse. Je me laissai porter par le courant, traversai le grand trou d'eau pour me retrouver au pied de la chute d'eau. Je fermai les yeux et mis la tête en arrière sous la cascade. L'eau me fouettait le visage et pénétrait ma peau. Je restai ainsi sans bouger jusqu'à ce que je me sente totalement régénérée. La douleur au ventre et au bas du dos diminua. Je grelottais, mais sentir l'eau claire sur ma peau nue me faisait du bien. Je m'abandonnai aux chants des oiseaux tandis que la cascade et ses mains de géant me massaient les épaules et le dos. Je me demandai comment on pouvait détester l'eau. Je revins vite à la réalité et me souvins que j'étais censée ratisser la paille fraîchement coupée. Les villageoises avaient sûrement remarqué mon absence. Je nageai jusqu'à la rive et me hissai hors de l'eau. Je sentis un pincement derrière la nuque. Je levai la tête et vis Léon

Bruyère arborant un large sourire. Gênée, j'essayai de cacher ma nudité en me recroquevillant.

« Qu'est-ce que tu fais là, Léon ?

— On nage et on pêche toujours ensemble, pas vrai ? Pourquoi ne m'as-tu pas demandé de venir avec toi ?

— Va-t'en ! Et arrête de me regarder.

— J'espère que tu n'as rien pêché aujourd'hui, dit-il. On est dimanche, tu sais ? Tes futurs enfants pourraient naître avec une tête de poisson.

— Passe-moi mes vêtements, s'il te plaît, Léon.

— Bien sûr c'est juste au cas où tu croirais encore aux stupides histoires de paysans.

C'est à ce moment-là que je sentis un liquide couler entre mes jambes et le long de ma cuisse. Du sang.

— Qu'est-ce qui m'arrive ? demandai-je paniquée.

Je levai les yeux et regardai Léon. Il ne semblait pas effrayé, ni de moi, ni de cette terrible maladie que j'avais si soudainement attrapée.

— Te voilà femme, Mademoiselle aux yeux couleur rivière. Je sais ce que c'est que ce saignement. J'ai cinq sœurs, tu sais.

Il me lança mes vêtements et se retourna pour que je puisse m'habiller. C'est alors que je compris. Ces saignements étaient la malédiction dont maman m'avait parlé.

— Tu as le droit de te marier à l'église à ton âge, expliqua Léon sans se retourner. Tu as douze ans. Mon père dit que c'est souvent bien trop jeune et que les filles ne comprennent pas toujours les devoirs d'une femme.

— Quoi ? Pourquoi parles-tu de mariage ? dis-je en faisant une boule avec des herbes pour l'appliquer entre mes jambes.

J'étais rouge comme une pivoine. Je ne voulais qu'une chose : retourner dans la rivière et m'y engloutir à jamais.

— Pas tout de suite, répondit Léon, mais un jour, peut-être, nous pourrions…

— Tu veux te marier avec *moi* ? »

Mes joues me brûlaient. Comme toutes les filles du village, je rêvais de me marier, de fonder une famille et de m'occuper de mon foyer. Je n'en revenais pas de la chance que j'avais. Le beau et solide Léon Bruyère, dont le père avait des terres et des bêtes, désirait ma main. J'étais tellement heureuse que j'en oubliais ce qu'avait dit Grégoire à propos de ma maigre dot.

***

Ce soir-là, alors que, fatigués, les travailleurs des champs étaient partis à la taverne boire une bière, rapporter des ragots et échanger des plaisanteries que ma mère considérait vulgaires, je mentionnai à Maman que j'avais saigné.

« C'est bien. Tu as douze ans. Ce sera comme ça tous les mois jusqu'à ce que tu deviennes vieille, répondit-elle. À moins d'attendre un enfant. Maintenant que la malédiction a commencé, tu peux avoir des bébés.

Mon propre enfant, à moi !

Maman nous avait toujours prévenus des risques de l'accouchement. Les femmes mouraient souvent en couches, et les enfants aussi. Pourtant c'était quelque chose de merveilleux et d'incroyable qui m'arrivait.

— Naître femme diminue les chances de vivre vieux, Victoire, dit Maman. Surtout pour une paysanne.

Elle leva l'index et l'agita dans ma direction.

— Tu dois faire attention à ne pas laisser un homme faire ce qu'il veut de toi. Il te charmera en un tour de main pour mieux retrousser ton jupon, puis il baissera sa culotte et il te fera ce que font les chiens entre eux ; tu les as sûrement déjà vus dans la cour de ferme de monsieur Bruyère.

Je m'en souvenais bien. J'avais été très surprise la première fois que j'avais vu un chien monter une chienne. Intuitivement j'avais compris que c'était ainsi qu'on faisait les bébés, mais j'aurais préféré que cela reste un simple jeu de chiens.

— Si jamais tu te laisses faire, continua Maman, tu perdras ta virginité. C'est une chose qu'on ne peut pas cacher à son mari le soir de ses noces. Il te répudiera immédiatement.

— Je ne me laisserai pas faire, Maman. En plus je connais déjà mon futur mari.

Elle prit un air sérieux et me regarda.

— Léon Bruyère ? Ne va pas t'imaginer que tu auras une dot suffisante pour épouser ce garçon.

— Si, Maman, je trouverai le moyen d'épouser l'homme que j'aime.

— Tu veux te marier par amour ? C'est une blague ! s'exclama-t-elle.

Elle me tendit un gobelet contenant un liquide chaud.

— Tiens, ajouta-t-elle pour couper court à toute discussion sur mon mariage, de la fleur de tilleul et de l'oseille pour calmer la douleur au ventre.

J'aurais bien aimé que ma mère ne considère pas tout cela comme une malédiction. Pour moi, ce qui m'arrivait était extraordinaire. De son côté, elle ne paraissait pas y accorder beaucoup d'importance. Elle me donna tout de même des bouts de tissus et me montra comment les utiliser. Lorsque j'eus moins mal au ventre, Maman m'expliqua que, dorénavant, je l'accompagnerai pour mettre au monde les bébés.

— Tu as l'âge de devenir une apprentie sage-femme et d'être initiée au métier, me dit-elle.

— Tu m'apprendras aussi à faire des anges ?

— Je t'ai déjà dit de ne jamais prononcer ces mots, Victoire. Ça ne va nous attirer que des ennuis de la part de beaucoup de gens.

— Mais, Maman, est-ce que c'est vrai ? Tu tues vraiment des enfants avant leur naissance ?

Ma mère vint s'asseoir à côté de moi.

— Il faut que tu comprennes que les choses ne sont pas faciles pour une sage-femme de campagne. Dans les villes, elle peut recueillir une femme enceinte et la loger en secret jusqu'à la naissance de l'enfant. Tout le monde y trouve son compte. Mais, ici, ce n'est pas possible. Les filles n'ont pas de quoi payer. Une naissance hors mariage n'apporte que du scandale, et la fille et sa famille seraient maudites pour toujours.

— Oui, je comprends », dis-je en remuant la tête.

Néanmoins, alors que Maman mouchait la bougie, remontait son manteau sur ses épaules et s'allongeait sur notre paillasse, les idées se mélangeaient dans ma tête. Le Père Geoffroy disait toujours qu'ôter la vie était un péché, même celle d'un enfant à naître.

7

Une femme passa près de moi en courant et traversa la place. On l'entendait crier : « Le bébé du tailleur de pierres est né avec une tête d'éléphant ! »

Ma mère avait été appelée en urgence là-bas une ou deux heures auparavant pour un accouchement. Les gens se mirent à chuchoter. Je posai mon seau sur le côté et m'adossai au mur de la fontaine pour écouter.

« Le pauvre crétin portera peut-être chance à la famille, disait la femme du forgeron. Il n'aura pas à travailler, ni à quitter la maison pour gagner de l'argent et payer les impôts, mais qui a le temps de s'occuper d'un enfant idiot ?

— Cette sage-femme est une sorcière, ajouta une dentellière.

— Doublée d'un charlatan, renchérit une autre femme. Souvenez-vous de l'enfant de la femme du mineur le mois dernier. Quand il est venu au monde, il était déjà mort. Il était tout froid.

— Il y a aussi l'enfant né avec la lèvre du haut fendue et un trou dans la bouche, reprit la dentellière. Il ne pouvait pas téter correctement, le lait ressortait par le nez. Mathilde Charpentier a ensorcelé le village de Lucie. Elle pratique la magie noire, comme seules les sages-femmes savent le faire. »

Mon désarroi grandit encore lorsque j'entendis murmurer des mots comme "brûlée vive" et "bûcher". Mon cœur battait fort dans ma poitrine, comme une colombe prise dans un piège.

« Comment peuvent-ils dire de telles insanités, Grégoire ? demandai-je à mon frère.

— Allez ! Ne leur fais pas le plaisir d'écouter leur stupide malveillance, répondit-il en me poussant doucement dans notre chambre au presbytère.

— Ils parlent de brûler des sorcières. Ils ne toucheront jamais à notre mère, n'est-ce pas ?

— Tu sais, cela ne me surprend guère. Depuis longtemps déjà, ils n'arrêtent pas de parler d'elle. Voilà huit ans, depuis la mort de Papa, qu'elle clame haut et fort que Dieu n'existe plus. Elle n'est jamais retournée à l'église. Les soupçons des gens se sont transformés peu à peu en évidence, comme une plaie qui s'infecte et suppure.

— Maman est une femme intelligente, Grégoire. Elle m'a appris à lire et à écrire. Elle m'enseigne le métier de sage-femme et de guérisseuse. Le bailli ne laissera pas faire ça.

— Espérons que son blasphème ne lui coûtera qu'une amende. »

***

J'avais eu raison. Notre mère n'irait pas sur le bûcher. « Mathilde Charpentier sera noyée dans la Vionne », dit le bailli. Ma tête se mit à tourner. La noyade de l'ancienne sage-femme du village me revint en mémoire. Cela remontait à longtemps, bien avant le jour fatidique de l'orage. Nous étions tous rassemblés sur les berges de la

69

Vionne pour savoir : innocente, elle coulerait et l'eau bénite de la rivière la conduirait à Dieu. Coupable, l'eau la rejetterait et elle flotterait.

J'agrippai mon frère par le bras.

« Non, ils n'ont pas le droit de faire ça ! Ils n'ont pas le droit ! Ce n'est pas juste. Ce n'est qu'une pauvre paysanne !

Les yeux de mon frère se remplirent de larmes.

— Il ne faut pas y aller, Victoire. On va rester ici jusqu'à ce que tout soit terminé.

— Non, je ne peux pas rester une minute de plus dans ce presbytère. L'Église a trahi ma mère. Dieu nous a trahis.

— Ne dis pas des choses comme ça ou nous subirons le même sort. On ne peut rien faire et ce serait se torturer que d'aller voir.

— Il faut que j'essaye de les arrêter.

— Tu ne peux pas, Victoire. Tu ne les feras jamais changer d'avis.

— Je dois au moins essayer. »

Je repoussai mon frère et me précipitai dehors. Une brume froide recouvrait le village. Je courus jusqu'à la rivière en passant par la ferme de monsieur Bruyère. La foule s'était rassemblée autour des hommes qui portaient ma mère. Elle criait et se débattait. Le cortège arrivait au bord de l'eau. Je me précipitai tout de suite vers elle. Plusieurs fois, j'essayai de la prendre dans mes bras, de la toucher, mais chaque fois les hommes me repoussaient. Les yeux pleins de larmes, ma vue était trouble et je ne parvenais même pas à distinguer son visage.

« Maman, Maman, non ! Ils n'ont pas le droit ! »

Les yeux de ma mère cherchèrent les miens tandis que les hommes la déposaient sur la rive, près de là où, à demi dissimulé par un tapis de dix ans de végétation, se distinguait encore un amas de bois brûlé et de pierres. Je détournai les yeux de la vieille cheminée qui se dressait en sépulture macabre. Je ne pouvais pas regarder ce mémorial à la gloire des jours heureux alors que le malheur nous frappait à nouveau. Maman arracha le pendentif de son cou et me mit la figurine d'ange dans la main.

« Porte-le, Victoire. Il te donnera force et courage. »

Les hommes me repoussèrent une fois de plus, mais j'eus le temps de serrer la main de Maman et de sentir sa douce chaleur une dernière fois. À moins que ce ne soit l'ange qui réchauffait mon être. Ils plaquèrent ensuite ma mère au sol et la déshabillèrent entièrement. Léon se tenait à côté de moi. Il me couvrit les yeux et m'exhorta à ne pas regarder. J'avais la gorge serrée et du mal à respirer mais j'écartai ses mains et me forçai à regarder. Ils l'avaient ligotée en attachant son pouce droit à son orteil gauche et inversement. Ils vérifièrent que les nœuds étaient bien serrés puis la jetèrent à l'endroit le plus profond de la rivière, là où le courant est le plus fort. Rien ne se produisit pendant quelques secondes. Maman resta immobile, flottant à la surface de l'eau glacée. Ses yeux verts étaient devenus gris. On n'y lisait plus aucune lueur d'espoir mais seulement une grande détresse.

« Maman ! »

J'essayai d'aller vers elle mais Léon me retenait fermement. Me revint alors en mémoire la première pendaison publique à laquelle j'avais assisté. Ce sentiment d'injustice était le même. Il me transperçait le corps comme une baïonnette. Des hommes poussaient la tête de Maman vers le fond avec de longs bâtons tandis que d'autres, au contraire, tiraient sur les cordes pour la maintenir à la surface. Ils la faisaient monter, descendre, remonter, redescendre, encore et encore.

« Maman ! Maman ! »

Je criai de toutes mes forces jusqu'à ce que, à bout de souffle, mes cris deviennent à peine audibles, puis que plus aucun son ne sorte de ma gorge. Léon desserra son étreinte et je pus avancer au bord de l'eau, dans la vase. Je tenais toujours à la main la figurine d'ange de Maman, mon ange à présent. À travers mes larmes, je vis le Père Geoffroy donner l'extrême-onction. Je remontai sur la rive et, dans un vertige teinté de chaudes couleurs automnales, je m'allongeai sur les fragiles feuilles mortes qui jonchaient le sol. Je ne revis jamais plus le visage de ma mère. Il avait disparu pour toujours dans l'eau verte de la rivière.

***

Maman fut enterrée discrètement dans le cimetière de l'église Saint-Antoine, aux côtés de Félicité, Félix et Papa. Rongés par le chagrin, Grégoire et moi nous taisions. Nous étions inconsolables. La nuit qui suivit, je ne parvins pas à fermer l'œil. Je n'avais rien pu avaler au souper alors que Léon Bruyère et sa mère nous avaient apporté une miche de pain blanc, de la bouillie d'avoine et des haricots secs. Jamais je n'avais ressenti un tel sentiment de solitude. Le jour suivant, la femme du sabotier, la mère de Françoise, vint nous apporter de la soupe.

« Vos parents ne sont plus de ce monde, Victoire, dit-elle. Grégoire a bien promis à votre mère de veiller sur toi, mais il n'a que dix-huit ans et ne touche qu'un maigre salaire avec son travail d'apprenti menuisier.

— Nous trouverons bien un moyen de nous en sortir, répondis-je.

— Écoute, tu n'as pas de dot. Tu sais que tu ne peux pas épouser Léon Bruyère. Si tu restes à Lucie, tu ne pourras jamais trouver un mari et fonder une famille. Tu as seize ans. Il te faut aller en ville, à Lyon ou à Paris, et trouver un emploi de domestique. »

Je ne répondis pas. Je gardais les yeux baissés vers le sol en terre battue. Ma main serrait le pendentif. Ma mère m'avait dit que l'ange me donnerait du courage. J'en avais désespérément besoin. Après la visite de la mère de Françoise, je quittai le presbytère. C'était un triste soir d'automne. Je montai les marches de l'église pour m'asseoir sur le parvis et regarder au loin dans la vallée. La vue sur le village de Lucie et les monts du Lyonnais m'avait toujours réconfortée, mais je me sentais aujourd'hui totalement vidée de l'intérieur. J'étais prise au piège dans ce lieu sans lumière, sans joie, sans espoir et sans amour. Surtout sans amour car il devenait évident que Léon Bruyère était perdu à tout jamais. Je compris alors que plus rien ne serait comme avant. Le temps avait fait son office. J'avais changé. Je ne serais plus jamais la petite fille que j'avais été. Je grelottais de froid dans mes habits usés mais je restais à regarder les alentours éclairés par la lune. Un hibou tacheté, perché dans un arbre, préparait sa chasse nocturne. Il s'envola sans bruit et plongea sur sa proie, un petit oiseau, une grenouille ou un gros insecte. Ses grandes ailes déployées recouvraient l'infortunée victime.

✳✳✳

La semaine suivante, Grégoire ouvrit au père Geoffroy la porte de la pièce du presbytère où nous n'avions eu d'autre choix que d'y rester vivre.

« J'ai quelque chose à te dire, Victoire. Depuis la mort de ta mère… commença-t-il.

— Mort que vous auriez pu éviter ! lançai-je d'un ton sec. Une mort qui ne serait pas arrivée si nous avions été riches ou nobles, ou n'importe quoi d'autre que simples paysans !

Le curé approuva d'un léger signe de tête.

— Accepte mes sincères condoléances, Victoire. Sache que je ne suis qu'un modeste curé de campagne. Je n'ai pas d'influence sur ce genre de décisions. Je sais que les accusations contre ta mère étaient fausses. Elle était guérisseuse et sage-f…

— Ma mère n'était pas une sorcière.

— Je le sais bien, continua-t-il. C'était juste un accès de folie passagère, une grande mélancolie du sang qui l'a fait se détourner de Dieu et de l'Église. Elle ne méritait pas de mourir pour cela. Toi, Victoire, prends garde que la même affection ne te prenne. J'ai entendu dire qu'une mère peut transmettre son mal à sa fille.

Il passa la langue sur ses lèvres.

— Mon frère est curé d'une petite paroisse à Paris, reprit-il. Il m'a écrit qu'une famille noble de Saint-Germain a perdu un de ses domestiques, mort d'hydropisie. Ils cherchent quelqu'un en cuisine. Je t'ai préparé une lettre de recommandation. La famille t'attend.

Tout abasourdie, je regardai le curé.

— Je n'irai pas chez les nobles après ce que l'un d'eux a fait à mon père, lui répondis-je. De plus, je ne connais personne à Paris. Dans une ville aussi grande, je suis sûre de me perdre.

Je respirais fort. Je cherchais toutes les raisons pour ne pas y aller.

— Maman m'a dit que, là-bas, ils ne parlent pas comme nous, à Lucie, ajoutai-je.

— C'est vrai. Ta mère t'a enseigné bien des choses et elle t'a aussi donné le goût d'apprendre. Tu te familiariseras vite avec le français de Paris et les us et coutumes de la ville. Et puis, il ne faut pas généraliser, tous les nobles ne sont pas comme ce baron.

Je me tournai vers mon frère.

— Grégoire est tout ce qui me reste, et je suis tout ce qu'il a. Je ne peux pas le quitter comme ça.

— Va, Victoire, répondit Grégoire. Tu as toujours rêvé de te hisser plus haut que ta condition de paysanne, de voir le monde au-delà des grilles du village, n'est-ce pas ? Va, petite sœur. Ne laisse pas passer ta chance. »

Paris

1778 – 1779

8

J'étais habituée à l'odeur forte de gens qui ne se lavaient pas, aux haleines putrides, aux habits tachés de graisse et de sueur, mais Lucie ne m'avait guère préparée à la puanteur de Paris.

Après avoir enduré une semaine de trous, de bosses et de secousses, serrée dans des diligences bondées, et avoir dormi dans la crasse des auberges où l'on sert du pain dur et de la bouillie d'avoine fade, je me retrouvais enfin dans les rues de la capitale un matin de novembre 1778. Un épais brouillard recouvrait la ville. Au milieu du vacarme des cloches qui sonnaient l'angélus, on entendait les cris des coqs et les aboiements des chiens. Je contournai une file de femmes qui attendaient l'ouverture d'une boulangerie, probablement des servantes, des travailleuses ou des femmes d'ouvrier. Mêlée à la délicieuse odeur de pain frais, un parfum de café chaud émanant des vendeurs ambulants cajolait mes narines.

La brume épaisse qui montait des pavés masquait les fenêtres des rez-de-chaussée et les devantures des échoppes. Je n'avais qu'une idée assez vague de l'endroit où je devais me rendre. Je serrais la lettre du Père Geoffrey dans ma main et je déambulais dans les rues sans nom à la recherche de la maison de mes maîtres. Mes pieds me faisaient de plus en plus mal. J'accostai un passant.

« M'sieur, m'sieur, s'il vous plaît, le quartier de Saint-Germain se trouve dans quelle direction ?

— Saint-Germain, hein ! Qu'est-ce qu'une jolie fille comme toi peut avoir à faire avec ces sang-bleu ? répondit l'homme, révélant de vilaines dents brunâtres.

Son regard s'était tout de suite porté sur ma poitrine. Il leva les sourcils et ajouta :

— Je parie que c'est pour un travail de domestique, pas vrai ?

— S'il vous plaît, m'sieur, c'est de quel côté ?

Il pointa vaguement du doigt une direction et s'approcha de moi si près que je crus que son nez allait toucher mon visage.

— Fais bien attention, ma petite, ces aristocrates sont persuadés qu'ils peuvent faire de nous, les petites gens, ce que bon leur semble. »

Je marchais vite à travers le brouillard. Le tumulte de la capitale était encore plus surprenant que la puanteur. J'étais habituée à entendre la cloche de l'église de Lucie le matin au lever, le midi à l'heure du déjeuner et le soir pour les vêpres, mais ici, le son des cloches semblait provenir d'une centaine de clochers alentour. Le bruit était assourdissant.

Le jour finissait de se lever et les rues fourmillaient de plus en plus de gens, essentiellement des ouvriers se rendant à leurs ateliers. Dans l'air flottaient des relents de bière éventée, de viande rôtie et de fromage.

Je me retrouvai très vite dans une ruelle sombre qui ne menait nulle part et je dus rebrousser chemin. Je me bouchais le nez tant était forte l'odeur d'urine, d'excréments, de légumes pourris et de graisse animale. Je relevais haut ma robe pour marcher dans les flaques de sang qui coulaient des abattoirs vers le caniveau. Devant l'une d'elles, je trébuchai, faillis tomber et, déséquilibrée, je finis ma course sous le porche d'une tannerie qui empestait le sang coagulé et la literie humide. Écœurée, je reculai d'un bond. Un homme déféquait dans la cour et des mendiants en haillons, avachis dans un coin sombre du porche, tirèrent sur ma robe en suppliant. Ils avaient le regard des fous de la ville.

Il faisait maintenant plein jour. Je traversai un pont qui enjambait une rivière couverte de barges. Elle était si large qu'elle reléguait la Vionne au rang de petit ruisseau. Je me dis que ce devait être la Seine. Les bateaux sentaient le charbon et le foin. Des cordages humides jonchaient les deux rives en gravier. Devant moi, un spectacle horrible se déroulait. J'étais arrivée place de Grève.

Les spectateurs jetaient des légumes pourris sur un pauvre bougre attaché, bras et jambes écartés, à une roue de charrette, au beau milieu de la place. À côté, un groupe d'enfants jouait à la balle et à la toupie. D'autres brandissaient des bâtons. La foule poussait des cris de joie. Le bourreau leva une longue barre de fer et frappa de toutes ses forces sur les quatre membres du condamné. Le bruit des os qui craquaient les uns après les autres me fit tressaillir. La victime hurlait et ses cris portaient jusqu'à l'autre rive de la Seine. Le bourreau frappa encore et encore jusqu'à ce que finalement, il porte le coup de grâce sur la poitrine de la victime qui, je pense, n'espérait plus que cela. Je retins mon souffle en voyant le sang couler de sa bouche, et sa tête inerte tomba sur le côté. Le bourreau détacha des rayons de la roue les membres brisés de l'homme et accrocha la dépouille au bout d'un long bâton. Je fermai les yeux. Le spectacle des oiseaux qui piquaient sur le corps pour en détacher des morceaux était insoutenable. Mais, même les yeux fermés, je voyais toujours ce visage couvert de sang, bouche ouverte dans un cri silencieux. Les morts injustes de mes parents, leur horreur, leur violence, me revinrent en mémoire et me torturèrent de nouveau.

Je quittai au plus vite cet endroit horrible pour arriver sur un grand marché. L'odeur de fruits trop mûrs, de légumes pourris et de viande qui me remplit en premier les narines se mélangea ensuite à la puanteur du crottin d'une centaine de chevaux et de mules. On entendait les cris vulgaires des poissonnières, ces poissardes qui semblaient furieuses de se séparer de leur marchandise jusqu'à ce qu'elles n'empestent. Des sacs débordaient de toutes sortes de grains et des carcasses de porc dépecées, toutes roses et entourées d'une nuée de grosses mouches noires, pendaient sur des crochets. Jamais je n'aurais pu imaginer une telle abondance de nourriture et autant de marchandises rassemblées en un seul endroit, même pas pour une foire de village.

Plus j'avançais et plus ça empestait ; ce n'était pas une odeur de nourriture pourrie mais plutôt une puanteur nauséabonde qui venait d'énormes charniers et ossuaires. Leur présence me mit mal à l'aise.

« Attention, ma jolie, tu ne veux pas finir là-dedans !

Je me retournai et vis un homme édenté dont le regard montait et descendait de ma tête à ma poitrine.

— Le cimetière des Innocents, ma p'tite ! Ici, on entasse les morts, les uns sur les autres, depuis huit cents ans. »

Je pressais le pas, soucieuse de m'éloigner au plus vite de cet endroit et de cet homme. Avec tout le vacarme de la rue, je n'entendis le carrosse qui s'approchait qu'une fois qu'il fut à ma hauteur. Les chanfreins soyeux des chevaux passèrent si près de moi que je vis même la sueur couler de leurs naseaux dilatés par l'effort. Je dus me plaquer contre le mur couvert de suie de la ruelle en retenant ma respiration. Le cocher hurla et la voiture me frôla. Accroché à l'arrière, un domestique en livrée me fit de grands signes.

« Écarte-toi de là, sale putain !

Sans réfléchir, je ramassai une pierre et la lançai sur le valet.

— J'espère que tu vas tomber de ton carrosse infernal ! »

J'avais crié de toutes mes forces mais, bien sûr, il ne m'avait pas entendue et la pierre manqua le carrosse déjà bien loin. Je repris ma respiration et regardai autour de moi. La rue grouillait de femmes qui ouvraient leurs vêtements aux hommes. Certains les poussaient contre le mur puis gémissaient de plaisir en les prenant. Personne ne semblait avoir remarqué mon accès de violence. En fait, personne ne me prêtait la moindre attention.

Qu'elles étaient loin les vaches qui paissaient dans les prés, les poules qui caquetaient, loin le parfum des fleurs et de l'herbe tendre au printemps, le murmure des grands arbres se balançant doucement dans la brise légère des monts du Lyonnais. Cela faisait à peine quelques heures que j'étais à Paris et je languissais déjà du baiser de la pluie sur mon visage, de la chaleur printanière du soleil sur mes joues et du silence dans les bois enneigés. J'avais envie de me laisser tomber par terre et de fondre en larmes. Je savais aussi que le mal du pays était un luxe que je ne pouvais pas m'offrir. Cet endroit sordide où des innocents se faisaient tuer, où des passants étaient piétinés par les riches, était maintenant mon univers. C'était là que j'allais pouvoir m'arracher à ma condition de paysanne pauvre.

Les mots du Père Geoffroy me revinrent en mémoire. « Le quartier Saint-Germain se trouve sur la rive gauche. » Je me rendis compte que j'étais en fait sur la rive droite. J'avais traversé la Seine pour rien. Je me raclai la gorge, relevai la tête et continuai mon chemin. Je retraversai la rivière au premier pont venu. Une fois de l'autre côté, je remarquai les portails en fer finement travaillés qui donnaient sur de beaux jardins bien entretenus, dans lesquels étaient stationnés de magnifiques carrosses. Je longeai de hauts murs de pierre. Il flottait une odeur de cuir de sellerie, de poudre à perruques et de haies fraîchement taillées pour l'hiver. J'étais morte de fatigue, affamée, assoiffée, mais aussi soulagée d'avoir enfin trouvé le quartier Saint-Germain.

***

Les colonnes décorant la façade de la maison étaient ornées de sculptures d'animaux sauvages. Dans la cour, deux chevaux au poil luisant étaient attelés à un carrosse en laque violette, arborant des armoiries noires et rouges représentant un loup.

Une servante m'ouvrit la porte. Quand elle la referma derrière moi, les pampilles du lustre s'entrechoquèrent dans un léger tintement de clochettes. Nous montâmes un large escalier pour atteindre un salon où une femme en peignoir rose se tenait assise, altière, sur une chaise en bois recouverte de tissu.

« Mademoiselle Victoire Charpentier, Madame », annonça la servante en faisant la révérence.

Je n'avais jamais vu une telle pièce. Jamais je n'aurais imaginé que des gens puissent vivre dans un tel luxe. Aux murs étaient accrochés des portraits de riches aristocrates somptueusement vêtus, vraisemblablement des ancêtres de la famille. Il flottait dans l'air une légère odeur de café et de poudre de riz, mêlée à des vapeurs de parfum écœurantes. Des draperies de soie brodées d'or encadraient les deux grandes fenêtres. Des papiers peints aux motifs de pommes recouvraient les murs. Une cheminée en marbre ornée d'armoiries semblables à celles du carrosse se dressait au centre d'un des murs de la pièce, tandis que des bibliothèques s'étalaient le long des autres. J'avalai ma salive et fis la révérence en inclinant la tête, comme me l'avait appris le Père Geoffroy.

« Vous êtes employée pour un an renouvelable, dit la marquise. Vous serez logée et nourrie. Vous recevrez vingt-cinq livres par an, une paire de sabots et une toise de tissu.

Elle jeta un regard sur mes vêtements fripés de paysanne.

— Et vous porterez mes vieux habits, reprit-elle. Je les mets à la disposition des domestiques. Au moins, cela nous assure, au marquis et à moi-même, l'apparence convenable de nos gens de maison.

Un petit sourire se dessina sur ses lèvres peintes.

— Vous bénéficierez d'une demi-journée libre par semaine, continua-t-elle. Vous aurez également droit à une heure de liberté que vous prendrez à votre convenance l'après-midi si vous avez fini votre travail.

Sa tête demeurait fixe quand elle parlait. Les boucles de cheveux qui tombaient de chaque côté de son visage semblaient figées, elles aussi. Un homme en culotte de soie jaune et veste blanche entièrement brodée apparut, épée à la ceinture.

— Ah ! Mon mari, dit-elle. Alphonse Donatien Delacroix, marquis de Barberon.

Il portait une perruque dont les cheveux bien lissés, maintenus en arrière par un ruban de soie noir, laissaient apparaître une petite cicatrice sur sa tempe gauche. Son nez crochu, ses sourcils épais et ses yeux gris me faisaient penser à un majestueux rapace.

— Bienvenue, mademoiselle. J'espère que vous trouvez notre humble demeure à votre goût.

Il tira une pincée de tabac d'une petite boîte finement décorée et sourit, laissant voir une dentition blanche et complète. Personne dans mes connaissances n'avait toutes ses dents, et encore moins d'une telle blancheur.

— Monsieur le marquis, dis-je en faisant la révérence, la tête bien baissée.

Le marquis s'approcha de moi si près que je faillis reculer.

— N'ayez pas peur, ma chère, me dit-il.

Il prit l'ange accroché à mon collier et le fit tourner dans sa main pour l'observer, sa chevalière accrochant au passage la lumière du lustre.

— Voilà un bien étrange mais délicieux objet, dit-il.

— Il appartenait à ma mère, Monsieur. »

Le marquis sourit, laissa retomber le pendentif sur ma peau et le replaça doucement de la main. Bien sûr, j'avais entendu parler de ces maîtres scélérats qui traitaient leurs serviteurs pis que des chiens, mais ce marquis avait l'air plutôt gentil et charmant. De plus, j'avais promis au Père Geoffroy que je ne jugerais pas tous les nobles à l'aune du baron qui avait tué mon père. Quand la servante réapparut et que nous fûmes sorties du salon, je me sentis soulagée. Finalement, ma nouvelle vie parisienne commençait plutôt bien.

***

Le centre de la cuisine était occupé par une grande table en bois au-dessus de laquelle pendait une batterie de récipients et de casseroles. Une série de couteaux remplissait toute une étagère et, contre le mur, des placards contenaient les ustensiles de cuisine et la vaisselle.

« Voilà Claudine, dit une petite voix. Et moi, je suis Marie, son aide-cuisinière.

La cuisinière faisait griller la peau d'un poulet déjà plumé pour en ôter le duvet restant. Elle me parut vieille, dans la quarantaine. Elle avait les cheveux blancs et un visage large et ridé. Un gros chat orange était couché par terre à ses côtés.

— Bonjour Madame, dis-je en saluant de la tête et en m'approchant du chat pour le caresser. Comment s'appelle-t-il ?

— Roux. Le meilleur chasseur de souris de Paris, répondit-elle. On n'a plus vu une seule souris ici depuis que Madame la marquise a fait mettre une chatière à battant pour mon petit Roux.

En le caressant, je me rendis compte que, fidèle à sa réputation, Roux s'amusait avec une souris blessée.

— Tu n'es pas beaucoup payée et tu commences en bas de l'échelle, reprit la cuisinière alors qu'elle découpait et vidait le poulet, mais regarde-moi faire, apprends, et peut-être qu'un jour tu feras quelque chose de ta misérable vie. »

Je la regardai droit dans les yeux et approuvai de la tête. Son regard semblait plein de sagesse.

9

Comme chaque matin à cinq heures et demie, je me réveillai dans ma mansarde sous les toits et sortis dehors pour vider les pots de chambre. Dans la brume matinale de ce jour de décembre, un petit nuage s'échappait de ma bouche à chaque respiration avant de disparaître aussitôt. Le vent froid cinglait mon visage tandis que passaient les charrettes chargées de marchandises, tirées par des mules. Leurs sabots heurtaient bruyamment les pavés maculés de neige fondue, de crottin et de suie. Comme souvent le matin, j'aperçus un porteur d'eau qui revenait de la rivière, le dos courbé par le poids des seaux pleins à ras bord. Je lui souris et il me salua de la tête. Il gagnait deux sous par trajet. Comment peut-on s'affranchir de la misère avec des gains aussi dérisoires ? Ma situation n'était guère meilleure. Mes doigts étaient engourdis par le froid et, alors je vidai les pots, le jet d'urine partit dans tous les sens. Je rentrai vite allumer un feu dans les cheminées et je préparai le petit déjeuner : du café, du cacao, de la confiture, du fromage blanc, du gruyère, des saucisses, de la poitrine de porc grillée, des biscuits, des pâtisseries, tout ce qui pourrait éventuellement plaire à Monsieur et Madame.

Plus tard dans la matinée, Marie et moi descendîmes dans le cellier choisir des légumes parmi ceux conservés sur un lit de sable. Dans cette pièce, on entreposait aussi les pots de confiture, les bouteilles de liqueur et, tout au fond, des jambons pendaient à l'abri de la lumière.

« Tu connais la nouvelle, Victoire ? Le couple royal a enfin un bébé ! dit Marie, tandis que nous lavions et épluchions les légumes, avant de vider volailles et poissons. Préparer le déjeuner était en effet la tâche principale de la matinée. Ça leur a pris huit ans. Quel scandale ! Il paraît que Louis a du mal à bander. Un mauvais fouteur ! Imagine un peu : le roi de France incapable de baiser !

Marie rit si fort que Claudine se rua dans la cuisine pour voir ce qui se passait.

— Ça n'est peut-être pas de la faute du roi, répondis-je, avec en tête les histoires de femmes stériles que Maman m'avait racontées. Peut-être que la reine ne peut pas avoir d'enfant, comme la marquise...

— Oh ! La raison pour laquelle la marquise n'a pas d'enfant, c'est qu'elle se refuse à son mari, rétorqua Marie avec un sourire entendu.

— Elle se refuse à son mari ? Mais elle n'en a pas le droit ! dis-je.

— Elle n'en a peut-être pas le droit, mais quoi qu'il en soit, elle se refuse à lui parce que c'est une tribade.

Je fronçai les sourcils.

— Une tribade ?

Marie se passa lentement la langue sur les dents avant de répondre.

— Une femme qui aime les autres femmes, quoi.

— Oh ! Je vois.

Un frisson me parcourut le corps. Je venais seulement de comprendre.

— Mais le marquis n'en a cure, reprit Marie. Il existe des centaines de moyens d'assouvir les désirs de ces riches messieurs : prendre une maîtresse, aller au bordel... »

Marie me fixait du regard. Lorsqu'elle détourna enfin les yeux, nous nous installâmes à la table de la cuisine. Il nous fallait encore garder un œil sur la pièce de bœuf aux marrons qui mijotait doucement. Claudine s'installa avec les autres domestiques dans la salle à manger commune. Le marquis de Barberon et sa femme prirent leur repas dans le salon décoré en bois de chêne, comme à leur habitude, sauf lorsque Monsieur dînait dehors. Ils s'assirent tous les deux près de la cheminée, au bout de la grande table éclairée par deux chandeliers. Le marquis récita le bénédicité avant le repas.

« Une si grande table pour seulement deux personnes, dis-je à Marie en pointant du doigt le salon. Ils se prennent pour le roi et la reine !

— Ah oui ! Tu trouves ça extravagant ? répondit Marie. Eh bien, laisse-moi te dire que ça n'est rien comparé aux repas du roi et de la reine. Tu ne sais donc rien de la vie à Versailles, Victoire !

— Tout ce que je connais de Versailles me vient des histoires que mon père rapportait à la maison après ses voyages, et des récits des compagnons qui passaient par le village.

Les yeux de Marie se mirent à briller.

— Écoute alors, dit-elle. La nappe est en damas, la vaisselle en argent et les couverts recouverts d'or. Le repas est composé de cinq plats et commence lorsque le maître d'hôtel entre dans la pièce, un bâton fleurdelisé en main.

J'avais du mal à croire une telle extravagance.

— Cinq plats ! Comment font-ils pour manger tout cela ? demandai-je.

— Ils n'y arrivent pas. En tout cas, pas la reine qui a un appétit d'oiseau. Le roi, lui, avale tout. Si je te disais qu'un matin, avant de se rendre aux écuries, il a mangé quatre côtelettes, un poulet entier, une assiette de jambon, une demi-douzaine d'œufs et qu'il a bu une bouteille de champagne. Tu crois peut-être que toutes ses folles chevauchées à travers la forêt à chasser le cerf ou le sanglier le maintiendraient en forme. Eh bien non. Il mange comme le dernier des cochons et il grossit, grossit.

— Oh là là, quelle gloutonnerie ! m'exclamai-je. Et dire que des milliers de gens meurent de faim dans tout le pays.

— Ne sois pas bête, Victoire, il est le roi. Mais ce que j'aimerais vraiment, continua Marie d'un air rêveur, c'est porter une des robes de la reine, juste pour une journée.

Elle esquissa un petit sourire triste.

— Elle achète cent cinquante robes par an, reprit-elle, toutes différentes, toutes venant de la boutique de Rose Bertin.

Je haussai les épaules.

— Comment peut-on porter cent cinquante habits différents ? dis-je. En plus, ce n'est pas simple de marcher avec ces robes de la cour, ces grands paniers, ces traînes et ces brocarts. Souvent, les femmes doivent se mettre de profil pour passer les portes.

— Ça ne me dérangerait pas. Vraiment pas, répondit Marie. J'échangerais volontiers ces tabliers grossiers et ces bonnets peu flatteurs contre des armatures rigides. »

Une fois le repas terminé, nous nous attelâmes à nos tâches habituelles : faire la vaisselle, récurer les poêles et les fours, nettoyer les éviers et les plans de travail et laver le sol à grande eau. Ensuite, je pris ma pause d'une heure.

Marie s'envola flirter avec un des garçons laquais tandis que je m'attardai dans la petite chambre de Claudine attenante à la cuisine. Elle s'assit sur une des deux chaises près d'une petite table en bois, qui, avec un petit lit étroit, occupait tout l'espace de sa chambre. Roux s'allongeât de tout son long sur le large rebord de l'étroite fenêtre, la tête tournée vers les oiseaux qui volaient au dehors.

« Qui t'a appris à faire la cuisine, Claudine ?

Elle se leva pour nous verser de la tisane.

— C'est mon père qui m'a appris. Il travaillait dans une grande hostellerie. Quand il est mort, j'ai pris sa place.

— As-tu encore de la famille ?

Elle fit non de la tête et se remit à coudre.

— Non, le seul enfant que nous avons eu est mort dans mon ventre.

— Toutes mes condoléances. C'est triste de perdre un enfant.

— Ce sont des choses qui arrivent.

Je soufflai sur ma tisane fumante.

— Et ton mari ?

Claudine ne quittait pas des yeux son ouvrage, l'aiguille entrait et sortait du tissu.

— Mort. C'était un homme bon et travailleur. Il était charretier. Le carrosse d'un duc a écrasé sa frêle charrette et il est mort sur le coup.

— Comme mon père ! Comment peuvent-ils s'en tirer comme ça, ces nobles, avec tout le mal qu'ils font.

— Ils font ce qu'ils veulent, mon enfant. Ils se fichent complètement de nous, les petites gens.

Elle tira sur le fil à coudre, fit un nœud et coupa le bout avec ses dents.

« — Et puis, je ne peux pas me plaindre. J'ai un toit, de quoi manger, et Roux pour me tenir compagnie. De plus, le marquis ne vient jamais m'embêter dans la cuisine.

— Le marquis a l'air gentil. C'est quoi cette cicatrice qu'il a sur la tempe ?

— Oh ! Un duel stupide. Sûrement pour une dame. Pour quoi d'autre de toute façon? Il ne pense qu'aux femmes.

Elle jeta un coup d'œil sur la pendule,

— C'est l'heure, mon enfant. Il est temps de s'occuper du dîner. »

***

Après le repas du soir, vers neuf heures, le marquis et sa femme réunissaient tous les domestiques de la maison dans la salle à manger pour prier. Nous nous mettions à genoux et il ne fallait pas s'asseoir sur les talons pendant la prière. Un soir, j'en profitai pour regarder furtivement un tableau qui m'avait toujours charmée. Il représentait une créature, une sorte de nymphe, dans la forêt, entourée de verdure. Une vigne enlaçait son joli corps à la peau blanche et des grappes de raisin cachaient son sexe tel un fruit défendu. Le marquis s'aperçu que je regardais le tableau. Il m'adressa un sourire charmeur, laissant voir ses jolies dents. Je rougis et baissai les yeux.

Vers dix heures, le marquis se leva enfin et fit signe à tout le monde d'en faire autant. Je traînai les pieds péniblement jusque dans ma chambre sous les toits. Elle ressemblait plutôt à un cagibi avec une table, une chaise et une petite commode. Éreintée, je me laissai tomber sur ma paillasse.

Je tombais doucement dans les bras de Morphée lorsqu'un léger bruit de pas dans l'escalier me réveilla en sursaut. J'ouvris grand les yeux. Les pas s'arrêtèrent. Une forte odeur de poudre de riz me parvint alors que le marquis apparut au-dessus de mon lit. Il ne me regardait pas, mais fixait un faible rayon de lune qui filtrait par une fente du volet. Sous ma grosse couverture, je me mis à trembler, consciente que j'étais en danger. Le marquis ne croisa pas non plus mon regard lorsqu'il arracha la couverture de mes mains et la jeta au sol. Il ne parla pas. Ses doigts effleurèrent les traits de mon visage, puis mon cou et descendirent sur mes épaules. J'eus le souffle coupé quand sa main se posa sur mon sein et le serra fort.

« Que faites… ! Que… ! »

Il déchira mon chemisier en coton. La cicatrice sur sa tempe vira du blanc au rouge. Une tâche de vin se voyait sur ses lèvres. Sa bouche s'étira en une grimace lubrique. Le marquis m'écarta les jambes avec son genou. Je ne respirais plus. Les mots de ma mère tournaient et se cognaient dans ma tête :

Fais attention de ne laisser aucun homme faire ce qu'il veut de toi … ce qu'il veut de toi.

« Non ! Non ! S'il vous plaît ! Non ! »

Il mit une main moite sur ma bouche et, sans autre forme de préliminaires, me pénétra d'un coup. Je sentis mon corps transpercé des cuisses jusqu'à la tête.

« Non, arrêtez ! Vous me faites mal ! »

Il resserra sa prise sur ma bouche. Presque étouffée, je tentais de prendre des respirations courtes et saccadées par le nez. Je fermai les yeux et j'essayai de me dégager tandis que son corps cognait ma chair d'un mouvement fort et régulier, transperçant chaque fois mon sexe. Mon corps se raidissait sous ses coups. Mes cuisses me faisaient de plus en plus mal. Je sentais, sur mes joues, sa respiration chaude, rapide, à l'odeur âcre de beurre rance. Sa sueur et sa salive avaient rendu ma peau glissante. J'essayais de dégager une de mes mains pour attraper la figurine d'ange de mon collier, mais mes doigts ne m'obéissaient plus.

Le marquis s'arrêta de respirer. Il m'attrapa par les cheveux, me forçant à lever la tête. Il me regarda droit dans les yeux d'un air triomphant puis poussa un grognement et, dégoulinant de sueur, se laissa retomber de tout son poids sur moi. Le loup gravé de sa chevalière me narguait, reflétant le faible rayon de lumière en un clin d'œil obscène.

Une fois son souffle repris, les battements de son cœur ralentirent. Il se dégagea, ramassa ma couverture et essuya son visage collant. Enfin, il sortit de la chambre. Il n'avait pas prononcé une parole.

J'étais paralysée, trop choquée, trop mal-en-point pour pouvoir bouger. J'avais l'impression qu'on m'avait arraché les entrailles et qu'on les avait jetées par terre. Tremblant de tous mes membres, je rabattis la couverture sur moi. Je savais maintenant que le Père Geoffroy avait tort : tous les nobles étaient bien des monstres odieux et arrogants, ne valant pas mieux que le baron qui avait tué mon père. Je me fis, ce soir-là, la promesse de le faire payer cher au marquis. De leur faire payer cher à tous.

10

Par un bel après-midi de printemps, j'allai me promener rue du Bac en direction du fleuve. Je serais devenue folle sans ces demi-journées hebdomadaires où je pouvais quitter la maison de ces aristocrates et oublier, pour quelques heures salvatrices, la créature faible qui guettait les bruits étouffés de pas dans l'escalier avec la résignation des proies sans défense. Je regardais les dames à la mode plier sous le poids de leurs coiffures élaborées. Certaines mesuraient plus d'un mètre de haut. Elles étaient façonnées avec du fil de fer, du tissu, du crin de cheval et même de la farine, alors que tant de paysans mouraient de faim. Le Tout-Paris copiait les coiffures de la reine. Pourtant, je n'enviais pas ces dames, et surtout pas celles dont les compositions capillaires étaient si démesurées qu'elles les obligeaient à rouler en carrosse la tête à la fenêtre, comme les chiens. Je les trouvais plutôt ridicules.

Au lieu de prendre le pont Royal et de traverser la rivière, je poursuivis mon chemin sur la rive gauche jusqu'au pont Neuf. Le quartier y était plus vivant mais rempli d'escrocs, de mendiants, de voleurs, de saltimbanques et de guérisseurs en tous genres.

Un dentiste charlatan se tenait debout sur une estrade, accompagné de deux musiciens, un tambour et une trompette. Son manteau violet à liseré d'or était décoré de dents et de mâchoires. Un jeune coq, vivant, était perché sur son chapeau gris-argent, et même son magnifique cheval portait un collier de dents. Un patient, assis près de lui, serrait tellement fort les montants de sa chaise que ses doigts en devenaient blancs. Le dentiste assistant lui arrachait une dent cariée à l'aide de grosses tenailles. Je continuai mon chemin, contente d'avoir, jusqu'ici, échappé aux problèmes dentaires.

« Messieurs, mesdames, je vous fais vos bésicles à votre vue ! scandait un homme.

— Jambes de bois qui s'adaptent à tous les anciens soldats, criait un autre.

— Achetez mon herbe luminescente magique, proposait un troisième. Vous ne vous ferez plus jamais avoir par personne !

— Mam'zelle, mam'zelle ! me lança un marchand. De la poudre de pierres précieuses pour rendre votre visage encore plus radieux ? Cela écartera les rides et vous fera vivre très longtemps. »

Je lui souris et déclinai son offre d'un mouvement de tête. Je n'avais pas d'argent pour ce genre de choses. Le seul petit luxe que je m'autorisais se situait dans le quartier des bouquinistes, où les livres étaient exposés au milieu des tablettes des écrivains publics.

Alors que je fouillais parmi les livres, le vendeur m'en tendit un, pris sous une grosse pile.

— Je vous le recommande, mam'zelle, dit-il.

Je lus le titre : *L'Ingénu.*

— De quoi parle-t-il ? demandai-je

— C'est l'histoire d'un indien qui arrive dans notre capitale civilisée, répondit-il.

Il débordait toujours du même enthousiasme dès qu'il parlait de ses livres.

« — L'auteur, continua-t-il, le très éclairé Voltaire, se moque de la religion, de notre justice et de la corruption.

— Ah oui ? Cela me semble séduisant.

Je sentais que la lecture de ce Voltaire se révélerait difficile par endroits, mais je savais aussi que je devais m'acharner si je voulais un jour échapper à cette destinée abjecte et à ce monstre de marquis, chez qui j'étais aussi prisonnière que s'il m'avait enchaînée à mon lit.

— Un écrit de grande valeur, continua le libraire, parce que, naturellement, la police l'a censuré. Mais, pour vous, belle demoiselle, je ferai un bon prix.

— J'achète votre livre, monsieur », dis-je en lui tendant l'argent.

Mon achat interdit bien caché sous mon manteau, je repris mon chemin et m'attardai sur le pont. J'observai la rivière et son ballet de petites embarcations, de gros bateaux lourdement chargés et de longues barques de pêcheurs qui sillonnaient l'eau sale et marron. Des barges apparaissaient sous le pont au Change, un peu plus loin en amont. Le marché aux fleurs arborait des couleurs chatoyantes et ses parfums se mêlaient aux relents des énormes égouts qui se jetaient dans la rivière. Une mendiante, nu-pieds, tenait dans ses bras un petit enfant sale. Elle me tendit la main. Je fis non de la tête. L'enfant n'était probablement même pas le sien. Claudine m'avait bien expliqué que mendier était une activité bien organisée et que les gens se prêtaient entre eux les enfants malades ou difformes. Ils fabriquaient même de fausses plaies très réalistes avec du jaune d'œuf et du sang séché pour donner l'illusion d'une croûte, ils exhibaient des pieds-bots contrefaits et de fausses bosses dans le dos, ou encore ils se couvraient les yeux avec un bandeau pour faire croire qu'ils étaient aveugles. Les mendiants étaient aussi passés maîtres dans l'art de simuler les crises d'épilepsie.

Je traversai la rivière pour éviter le quartier certainement le plus affreux de Paris et le plus pestilentiel, celui des halles et des abattoirs, d'où s'écoulaient jusqu'aux égouts des ruisseaux de sang coagulé et de résidus de viscères. Je préférais plutôt flâner rue Saint-Honoré et admirer les devantures des luxueuses boutiques de vêtements et de meubles. Je m'enfonçai dans le dédale de rues du quartier Saint-Germain, avec ses vendeurs qui proposaient du tabac, des allumettes, des rubans et des simulacres de pierres précieuses. Les pamphlétaires, à l'entrée des cafés, proposaient leurs libelles imprimés illégalement. Mon regard se porta sur des caricatures de la reine. Sur certaines, on la voyait dans des positions contre nature avec le frère du roi ; dans d'autres, elle faisait l'amour avec ses deux amies la princesse de Lamballe et la duchesse de Polignac. Dessous était écrit cette légende :

Ces deux dames aident la reine à ouvrir la porte de Cythère à son mari afin que Messire Jean Chouart, toujours mol et toujours croche, puisse entrer plus facilement.

Je franchis de nouveau la rivière, m'arrêtant une fois encore sur le pont. Le soleil déclinait au-dessus de l'eau et les lueurs du soir éclairaient les toits d'ardoise. La lumière de la ville était très différente de celle de Lucie, peut-être à cause de tous ses bâtiments. Certains jours, elle était si intense qu'elle irradiait profondément ma chair et mes os. Les bateaux avaient disparu. De petites rafales de vent caressaient la surface de l'eau et la Seine scintillait, comme couverte de milliers de petits louis d'or. J'imaginais que toutes ces pièces étaient à moi, que j'étais assez riche pour fuir la maison du marquis, rentrer à Lucie et, pourquoi pas, devenir madame Léon Bruyère.

Je serrai mon livre contre ma poitrine et chassai de mon cœur le désespoir et ce sentiment d'impuissance. Je me pris à rêver au jour où je punirais le marquis de Barberon. J'ignorais encore de quelle façon, mais cette brute n'échapperait pas à son châtiment.

***

Claudine était au fourneau et remuait le ragoût de mouton. Ça sentait bon l'ail. Je me frottais les mains près du feu qui crépitait dans la cheminée, donnant aux bouilloires en cuivre une couleur orangée, semblable à celle de Roux assoupi sur une chaise voisine. J'avais posé mon livre sur la table.

« Regarde ce que je viens d'acheter.

— Ah, Voltaire, répondit Claudine. La police ne l'a-t-elle pas censuré ?

— Donc ça doit être intéressant, pas vrai ? dis-je avec un sourire entendu.

Claudine remua la tête.

— Vous, les jeunes… et vos idées nouvelles !

— Ma mère m'a appris à lire, mais je dois encore m'améliorer. Je n'ai aucune envie de rester servante toute ma vie.

— Ta mère était une femme intelligente. Mon père aussi m'a un peu appris à lire.

— Alors lis avec moi.

J'ouvris le livre au hasard.

L'Ingénu, plongé dans une sombre et profonde mélancolie, se promena vers le bord de la mer…

100

Claudine se pencha par-dessus mon épaule et lut avec moi.

…et souvent tenté de tirer sur lui-même.

— Alors, cet ingénu, est-ce qu'il se suicide ? demanda Claudine.

— Comment veux-tu que je le sache ? Je n'ai pas encore lu le livre ! En plus, je dois copier les mots difficiles et les apprendre.

… maudissait… ravager… compatriote…

— Quelle belle écriture, mon enfant ! dit-elle. Tu pourrais aussi écrire un livre un jour.

— J'aime bien cette idée, répondis-je en posant ma plume pour reposer mes doigts. Tu sais, j'ai le sentiment qu'il est plus facile d'exprimer ce que l'on ressent par l'écriture plutôt que par la parole.

J'écartai la feuille de papier.

— Parle-moi encore de Versailles, Claudine. Si je veux avancer, je dois connaître la vie de ceux qui nous gouvernent. J'ai besoin de comprendre comment tout cela s'organise.

— Eh bien, dit-elle en essuyant la sueur qui coulait de son front et de ses sourcils, il y a quatre ans, un homme droit nommé Turgot est devenu contrôleur général des finances…

Elle laissa le ragoût mijoter doucement et commença à faire réduire le sucre et la crème nécessaires à son délicieux caramel.

— Il demanda à tout Versailles de réduire ses dépenses. Il refusa de régler certaines faveurs à des amis de la reine, et même de payer pour un cabriolet que Marie-Antoinette avait acheté et qu'elle conduisait elle-même à toute allure.

Claudine porta sa petite main potelée devant sa bouche et se mit à ricaner.

— Bien sûr, la cour en fut outrée et Turgot devint l'ennemi juré de l'Autrichienne.

À ce moment-là, je me pris à sourire comme du temps où mon père me racontait des histoires.

— Il y a deux ans, continua Claudine, Turgot a aboli la corvée. Tu sais ce qu'était la corvée, mon enfant ?

— Le travail gratuit dû aux seigneurs et au roi.

— Personne n'a apprécié cette décision, à part les paysans bien sûr, mais eux n'ont pas droit à la parole. Alors notre faible roi a viré Turgot.

— Pourquoi dis-tu qu'il est faible ?

— Il est plaisant et agréable, mais c'est un grand enfant. Il se conduit plus comme un paysan derrière sa charrue que comme un roi. Même sa femme se moque de lui. Elle l'appelle "mon pauvre ami". Il entend mal, y voit à peine et passe le plus clair de son temps à faire des blagues stupides. Il s'amuse à faire trébucher les serviteurs avec son cordon bleu de chevalier, il fait toutes sortes de grimaces, il court avec le pantalon descendu jusqu'aux chevilles… Une seule chose l'intéresse : son prochain repas.

Claudine posa un bol rempli d'œufs devant moi.

— Tiens, si tu veux apprendre à faire des meringues, dit-elle, commence par séparer les jaunes des blancs. On dit aussi qu'il est adroit de ses mains, reprit-elle pendant que je cassais les œufs. Il sait battre le bronze et le cuivre, graver le bois et fabriquer des serrures. Cet homme aurait dû être artisan, pas roi.

Elle regarda les blancs d'œuf dans le bol.

— Très bien ! Maintenant, il faut les battre vigoureusement, comme ça. Et ne t'arrête pas.

Elle retourna aux fourneaux.

— Victoire, reprit-elle, j'ai entendu dire que le mot "révolution" couvait dans la bouche de tous les Parisiens. »

11

Ma chère Rubie,
Tu dois, depuis longtemps certainement, te poser des questions au sujet de ta mère. C'est la raison pour laquelle je prends dès à présent ma plume pour le jour où tu oseras enfin demander. Si je n'avais pas eu la chance d'avoir une mère aussi avisée, je serais probablement restée illettrée toute ma vie et tu n'aurais rien pu connaître de moi, tu n'aurais pu qu'imaginer. Aujourd'hui, jour de ta naissance, fête de la Saint-Michel, j'ai l'impression d'avoir appris à lire et à écrire dans le seul but de pouvoir te révéler la vérité sur ta naissance, parce que je veux que tu saches, mon enfant, que je n'avais pas le choix.

Tu as vraisemblablement été conçue peu de temps après mon arrivée dans la maison de ces nobles, à Saint-Germain. Au printemps, je t'ai sentie bouger dans mon ventre, un léger frôlement d'aile de papillon, mais je me doutais depuis longtemps que tu étais là, mon petit feu secret qui me réchauffait au plus froid de l'hiver, ma tendre petite compagne qui m'a aidée à endurer ma triste existence.

Tu es restée petite jusqu'à la fin, une petite bosse bien cachée sous les habits dont ma maîtresse ne voulait plus. Je n'ai pas eu à affronter la honte d'exhiber un gros ventre, car les gens m'auraient vite jugée coupable de péché et la marquise m'aurait fichue dehors. Je t'en suis très reconnaissante.

Tu es venue ce soir, dans le noir, à la lueur de la bougie. Mon amie Claudine m'a tenu la main. Elle m'a mis un morceau de tissu *dans la bouche et m'a conseillé de le mordre très fort pour éviter de crier.*

Elle m'a aussi apporté un gobelet de sa propre eau de vie, celle qu'elle réserve normalement au marquis, et elle m'a demandé de boire. J'ai tout bu et cela m'a aidée à supporter un peu mieux la douleur.

J'ai mordu dans le tissu de Claudine et je me suis tordue de douleur. Les contractions arrivaient de plus en plus vite, de plus en plus fort. Mais la souffrance est restée supportable et je n'ai pas vraiment ressenti le besoin de crier, si ce n'était pour t'implorer de renoncer, de ne pas sortir, parce que je savais qu'une fois que tout serait terminé, tu me quitterais.

Entre deux contractions, je caressais le rêve de moments de bonheur tranquille : le monde était différent et je pouvais te prendre dans les bras, te donner le sein et te regarder grandir.

Puis il y a eu cette énorme envie de pousser très fort et d'en finir. J'étais trempée de sueur et j'ai bien cru que j'allais exploser lorsque tu as quitté la chaleur de mon ventre et que tu es sortie dans la nuit glaciale.

Claudine a coupé le cordon avec ses ciseaux de cuisine, brisant ainsi à jamais les liens qui nous unissaient l'une à l'autre. Elle t'a enveloppée, encore toute sale, dans mon vieux torchon de cuisine trempé de sueur, et elle t'a déposée dans un panier en osier comme on l'aurait fait pour une portée de chatons.

Elle m'a vivement conseillé de partir tout de suite et de me dépêcher avant qu'il ne fasse jour. Elle m'a dit que Marie me remplacerait en cuisine jusqu'à mon retour.

Je lui ai assuré que je ferais vite mais qu'il me fallait d'abord écrire une lettre pour te dire que tu te nommes Rubie, parce que tu es et seras toujours le joyau de ma vie, belle, forte et chère à mon cœur. En ce jour de fête de l'archange saint Michel, de l'an de grâce 1779, je prie Dieu pour que les anges protecteurs veillent sur toi au plus profond de la nuit et qu'ils te donnent chance, santé et sagesse.

Je dois vite partir maintenant. Claudine devient de plus en plus insistante. Je vais plier cette lettre, ma chère Rubie, et la glisser dans ton couffin.

J'enlève aussi, de mon cou, mon pendentif, une petite figurine d'ange que ma pauvre mère avait déposée dans le creux de ma main. Je le glisse à tes côtés dans le panier. Il est à toi maintenant, Rubie, et tu y puiseras les forces nécessaires à ce grand voyage en solitaire que va devenir ta vie. Un jour, c'est à ta propre fille que tu le confieras quand elle en aura besoin.

Comme je te l'ai dit, j'ai peur que le marquis ne nous mette toutes les deux à la porte, et je n'ai d'autre choix que de courir sur les pavés brillants de rosée, au petit matin, avec toi sous mon bras. Une fois ton panier déposé sur les marches de l'église, je m'arracherai à ton regard de nouveau-né et je n'aurai plus d'autre image de toi. Mais le souvenir de cette nuit me torturera pour le restant de ma vie. Tu vas tellement me manquer.

Ne t'en fais pas, je ne vais pas t'abandonner comme cela sur les marches de l'église. Non. Je vais me tapir dans l'ombre et attendre que l'infirmière en chef de l'hôpital des enfants-trouvés arrive. Avant de partir, je m'assurerai qu'elle t'a vue et qu'elle sait comment tu t'appelles. J'attendrai qu'elle t'emmène avec elle pour que tu profites du bon lait des nourrices qui viennent chaque matin et chaque soir.

J'imagine ces femmes réunies dans un coin avec leur lot d'orphelins. Elles vendent leur lait pour quelques sous et s'échangent des ragots. Quand ce sera ton tour, Rubie, de recevoir le sein, tu boiras en entendant leurs histoires, peut-être même celle de ta mère, une jeune servante de cuisine de dix-sept ans, et de ton père, un distingué marquis de la rue du Bac qui porte sur la tempe gauche la cicatrice d'un duel.

Tes besoins sont simples pour le moment et tu ne comprendras pas tout de suite la portée de leurs histoires mais, un jour, tu voudras savoir. J'espère que l'infirmière en chef conservera cette lettre et que, quand tu seras en âge de savoir, elle te racontera ton histoire.

Je vais te quitter, mon petit joyau endormi. J'ai le cœur qui saigne dans ma poitrine et je sens brûler dans mon ventre, là où je t'ai portée, ce manque de toi qui ne s'éteindra jamais.

Je sais qu'en déposant ton panier sur les marches, je perdrai une partie de moi-même ; peut-être est-ce cela que le père Geoffroy appelle l'âme ?

Je souhaite de tout mon cœur que, lorsqu'ils t'auront nourrie, habillée et éduquée et que tu seras devenue une jeune fille à marier avec une petite dot, tu puisses comprendre et pardonner à une mère qui, à part l'amour qu'elle te porte, n'a dans sa vie que malheur et pauvreté.

Ta mère qui t'aimera toujours.
V.C.

***

L'infirmière en chef arriva, accompagnée de ses orphelins qui suivaient en rang par deux, du plus petit au plus grand. Dans la lumière de l'aube, je voyais de petits nuages sortirent de sa bouche aux rythme des ordres qu'elle aboyait aux enfants, tout en les menant dans l'église pour écouter le sermon de la Saint-Michel.

Je gardais toujours un œil sur le panier. Quoique bien emmitouflée, Rubie avait réussi à libérer une de ses petites mains qu'elle agitait dans le froid comme pour m'implorer de venir la reprendre. Elle commença à pleurer et ses petits cris me brisèrent le cœur. J'éclatai en sanglots et les larmes muettes d'une profonde douleur coulèrent sur mes joues.

Une charrette qui apportait des légumes pour la Saint-Michel arriva sur la place. Le bruit des roues sur les pavés et le hennissement du cheval me firent sursauter.

Non ! Je ne peux pas faire ça ! Je ne peux pas abandonner ma Rubie !

Hébétée, j'hésitai un instant, la gorge nouée. Je devais retourner à la demeure de mes maîtres. Ils allaient bientôt se lever et faire leur toilette. Il fallait faire chauffer de l'eau, allumer le feu dans les cheminées et préparer l'oie pour le banquet prévu ce jour-là.

Une petite fille montra le panier du doigt. L'infirmière accourut. Je voulus la devancer. Trop tard. Elle saisit l'anse du panier et l'emporta. Mes larmes coulèrent sur les pavés froids et personne ne les entendit.

***

Rubie loin de moi, je ne supportais plus Saint-Germain et cette maison, mais je n'avais pas d'autre choix que d'y rester. Alors j'essayais d'oublier ma peine et de chasser ma tristesse en lisant le roman de Voltaire ou en écrivant des lettres ; ce qui, j'en étais convaincue, me permettrait un jour de fuir cet esclavage. J'écrivis même à mon frère. Je savais qu'il devrait faire lire la lettre par quelqu'un et qu'il n'y répondrait pas car, au lieu de poursuivre l'apprentissage de la lecture commencé par notre mère, il avait préféré se perfectionner dans le travail du bois.

Malgré les souvenirs douloureux de Lucie-sur-Vionne, j'éprouvais une certaine nostalgie pour ces moments de mon enfance passés en famille. À l'époque, je n'avais pas conscience de ma condition de petite paysanne pauvre.

J'écrivis également au Père Geoffroy. Je ne lui parlai pas de Rubie et j'évitai de mentionner ce sombre événement.

J'évoquai plutôt mes amies, Claudine et Marie, et des ragots entendus dans les rues de Paris :

La reine porte des coiffures de plus en plus énormes. Une que je trouve spécialement amusante s'appelle la pouf à la jardinière. Elle est ornée d'artichauts, de radis et d'un chou empilés les uns sur les autres au-dessus de la tête. Je trouve tout de même bizarre que les gens puissent être autant obsédés par leurs cheveux et leurs tenues vestimentaires, alors que tout le monde s'accorde à dire que le royaume est au bord de la faillite.

Ne vous en faites pas pour moi, mon Père, car, même si je languis de revenir à Lucie, j'ai ici, à Saint-Germain, un toit, des vêtements et je mange à ma faim.

Avec la grâce de Dieu.

Votre dévouée Victoire

Bien que très tentée d'écrire à Léon, je m'y refusais. Peut-être était-il tombé amoureux d'une fille du village pendant mon absence, ou pire encore, s'était-il fiancé. Je n'aurais pas pu supporter une telle honte, mais quand une réponse du Père Geoffroy arrivait, je déchirais l'enveloppe d'impatience et je parcourais rapidement la lettre pour voir si le nom de Léon Bruyère était mentionné.

Cet après-midi-là, je m'installai dans la cuisine pour lire ce que Monsieur le curé avait écrit. La famille Bruyère y était cette fois bien mentionnée :

Chère Victoire,

J'espère que cette lettre te trouvera en bonne santé et que tu es heureuse. Je sais que la vie est dure pour une pauvre servante de cuisine. Je voudrais te parler d'Armand Bruyère. Tu te souviens sûrement des soirées passées chez lui devant la cheminée à écouter ton père raconter des histoires. Ce brave fermier a perdu sa femme ;

Je sentis le sang me monter à la tête. Un mari. Fuir le marquis et ses visites nocturnes. Quel émoi !

« Je rentre à Lucie ! criai-je à Claudine en agitant la lettre. Je rentre chez moi !

L'immense plaisir que je ressentais à m'enfuir loin du marquis était quelque peu terni à l'idée de revoir Léon. Mon cœur cognait dans ma poitrine dès que je repensais à lui et il me fallut prendre une grande respiration pour que mes mains arrêtent de trembler. Les petits yeux ronds de Claudine me regardaient intensément.

— Tu es bien sûre de ne pas rêver toutes les nuits de ce garçon, cet ami d'enfance dont tu m'as parlé ?

Je baissai les yeux.

— Il est le fils d'Armand, le veuf. Si je l'épouse, Léon est définitivement perdu pour moi.

Elle me prit le menton et me releva la tête.

— Écoute-moi, Victoire. Tu crois peut-être que l'amour est une chose merveilleuse, mais ce n'est, en fait, qu'un fantasme passager. Rien ne vaut les liens sacrés, solides et partagés du mariage. De plus, ta dot est bien misérable ; tu n'as qu'un tout petit trousseau. Il est vrai que je peux y ajouter quelques habits, des jupons et des articles de toilette, mais que peux-tu vraiment espérer de mieux que d'épouser un veuf vieillissant qui jouit d'une belle situation ? Et puis, compte tenu de ton état, il t'acceptera plus facilement qu'un homme jeune.

— Mon état ? Que veux-tu dire ?

— Ton mari va très vite se rendre compte de certaines choses la nuit de vos noces ; des choses qu'on ne peut pas cacher à un homme.

Désespérée, je regardai Claudine au fond des yeux.

— C'est vrai ! Je n'y avais pas pensé…

Je sentis le désespoir envahir jusqu'au plus profond de mon âme. Tous mes espoirs s'envolaient.

— Il faut que je parte, Claudine, je ne pourrai pas supporter cette situation ici bien longtemps. J'ai entendu le marquis et sa femme dire à quel point ils méprisaient les bourgeois répugnants. Moi, je sais à présent qui est méprisable et répugnant. Ce sont les nobles, pas vrai ?

Claudine me prit les mains et les serra très fort dans les siennes.

— Je comprends que tu veuilles fuir le marquis. Va, mon enfant, va ! Mais il faudra informer ton futur époux, tout lui dire, tu m'entends, car si par malheur il avait une mauvaise surprise le soir de vos noces, il te répudierait. On ne peut que prier qu'il soit compréhensif.

Elle me sourit et me pinça la joue.

— Promets-moi que tu m'écriras », ajouta-t-elle.

Lucie-sur-Vionne

1779–1785

12

Je fus de retour à Lucie pendant l'hiver 1779. Alors que la diligence s'approchait des monts du Lyonnais couverts de neige, forteresse naturelle protégeant le village, mon cœur s'emballait d'excitation mais aussi de peur, une peur panique pareille à celle d'un lièvre pris au piège. Le voyage avait été long et difficile, la diligence était bondée de gens chargés de couffins et d'énormes paquets, ou accompagnés de chiens. Néanmoins, j'avais eu le temps de réfléchir et j'étais arrivée à la conclusion qu'il valait mieux taire à mon futur époux l'épisode douloureux de ma vie de servante de cuisine. Je ne parlerais pas de Rubie. Il y avait une chance pour que monsieur Bruyère ne remarque rien pendant la nuit de noces.

Je marchais vite et bientôt j'aperçus la ferme des Bruyère avec ses vignes et ses champs. À la pensée de revoir Léon, mon sang se mit à circuler plus vite et plus fort dans mes veines. En passant au bord de la rivière, je me forçai à regarder l'endroit où j'avais vu Maman pour la dernière fois. Ils avaient tué ma mère et je leur en voulais pour cette injustice, mais ma haine n'était pas tournée contre eux, mais contre ce régime injuste qui les amenait à agir ainsi. Mon séjour à Paris m'avait appris que de telles horreurs n'arrivaient pas qu'à Lucie, mais dans tous les villages et les villes de France.

Je continuai mon chemin et aperçus la cheminée qui se dressait au-dessus d'un tas de pierres et de bois calciné, partiellement recouvert de feuillage, telle une lugubre pierre tombale oubliée. J'essayais de ne pas me remémorer le drame, mais en vain. De nouveau je sentais les énormes flammes me brûler le visage, l'épaisse fumée me suffoquer. Je revoyais ma mère me mettre, en tremblant, la tête dans sa robe pour m'épargner cette vision d'horreur, avant de s'effondrer de chagrin et pleurer tout son soûl. Et cette odeur particulière de chair et d'os grillés qui resterait à jamais gravée dans ma mémoire.

Par-delà ces ruines, vestiges de vies volées par les violents caprices d'une nature sans pitié, mon regard fut attiré par une petite maison simple, la nouvelle chaumière de Grégoire. Elle brillait à mes yeux aussi fort qu'un feu de joie, et mon cœur se remplit de bonheur. Mon frère apparut à l'arrière de la maison, une hache et une bûche de bois à la main. Il avait grandi. Âgé maintenant de dix-neuf ans, il était le portrait craché de mon père en plus jeune.

« Grégoire ! » criai-je, arborant un sourire jusqu'aux oreilles.

Il me fit un grand signe de la main et éclata de rire tandis que je dévalais la pente pour me jeter dans ses bras.

***

À quarante-huit ans, monsieur Armand Bruyère était vieux, mais il avait encore un corps robuste et un sourire qui respirait la santé. Je connaissais ce fermier honnête et bienveillant depuis ma plus tendre enfance, mais les choses étaient différentes maintenant, et je redoutais mon futur mari. Peut-être allait-il me battre ; je savais que beaucoup de maris battaient leur femme. Peut-être me demanderait-il de faire des choses épouvantables au lit. Il y avait aussi le problème de ma virginité.

« Je sais lire, écrire et compter, dis-je. Je vous aiderai à faire le vin. Je suis bonne cuisinière et très économe.

J'avais tellement envie de lui plaire que je bafouillais de peur. Armand sourit, me souhaita la bienvenue, puis me prit la main. Je tremblais de tous mes membres.

— Je te souhaite de trouver le bonheur ici, à Lucie. Viens, mes enfants t'attendent.

Ses enfants s'étaient mis en ligne, du plus jeune, qui avait neuf ans, au plus âgé, Léon, qui avait maintenant vingt-trois ans. Mais celui-ci était absent. Où était-il ? Mon souffle s'emballa, mais il apparut très vite, fort, bronzé, et aussi beau et attirant que dans mes souvenirs. Il alla vite se ranger avec ses frères et sœurs, me fit un signe de la tête mais ne dit rien. Son silence était plus terrible que s'il m'avait parlé. Comme je me sentais rougir, je détournai le regard. Armand me parlait de nouveau.

— Toi aussi tu auras beaucoup d'enfants, Victoire. Tout comme mon fils aîné, Léon. Lui aussi est fiancé, et il va bientôt se marier. »

Fiancé, se marier.

Les mots d'Armand restèrent suspendus dans les airs, froids comme les stalactites de glace qui s'étaient formées sur le toit de la ferme. Ils me firent aussi mal que mille coups de hache. J'avais beaucoup de mal à garder mon calme, mais je réussis finalement à ne rien laisser transparaître.

***

À cause de mon projet de mariage, j'évitais Léon. J'avais bien trop peur que mon visage ne me trahisse et que mon

117

amour pour lui ne se voie. Je restais dans la maison de Grégoire et n'allais au village que lorsque c'était nécessaire. Je passais toute mon énergie à la préparation de la cérémonie. Je m'interdisais de penser à ce qui aurait pu être, ou ce à quoi j'avais renoncé.

« Je te l'avais bien dit, lança Grégoire comme s'il lisait dans mes pensées. Tu ne pouvais pas te marier avec lui.

Même si le ton qu'avait pris mon frère n'était plus ni méprisant, ni possessif, sa remarque m'affecta grandement tant elle était sensée.

— Ne t'en fais pas pour moi, Grégoire. J'ai de la chance qu'Armand me veuille pour épouse, et je vais me consacrer entièrement à son bonheur.

— Et il ne faudra pas oublier la chance que tu as, dit-il gravement. Armand Bruyère est un homme bon. Il m'a donné les outils de charpentier dont j'avais besoin pour compléter la trousse peu garnie que Papa m'avait laissée. Il m'a offert l'hospitalité dans sa ferme le temps de construire ma demeure. Ne me prends pas pour un idiot. Je sais très bien que tu ne pourras jamais oublier Léon Bruyère.

Désireuse de changer au plus vite de sujet de conversation, j'inspectai avec attention les deux toises de tissu et les habits délaissés par la marquise que Claudine avait mis dans mon sac.

— Et toi, Grégoire, avec qui vas-tu te marier ? Je sais que tu es encore trop jeune pour cela, mais tu as une maison à toi maintenant.

D'un geste, je montrai la belle chaumière, les murs blanchis à la chaux et le mobilier simple mais robuste que Grégoire avait choisi pour son logis.

— Tu as sûrement une fille en tête, insistai-je.

J'étalai le tissu noir bien à plat sur la table pour commencer à me confectionner ma robe de mariée. Claudine m'avait conseillé le noir car le tissu était plus solide et conviendrait pour toutes les occasions, les mariages comme les enterrements.

— Tu te souviens de Françoise, la fille du sabotier ? répondit-il avec un demi-sourire. Eh bien ! Peut-être que dans quelques années…

— Bien sûr que je me souviens d'elle ; elle est jeune et jolie… Et pure, ajoutai-je d'une voix devenue faible et presque inaudible. Elle te rendra heureux. »

***

Les neuf enfants encore vivants d'Armand assistèrent à notre mariage, célébré par le Père Geoffroy dans l'église Saint-Antoine. Lorsque mon tout nouveau mari me prit dans ses bras et m'embrassa, je me jurai intérieurement que jamais il ne découvrirait la vérité sur ma condition.

Le soir des noces, je me recroquevillai de mon côté, le plus loin possible de lui, les bras bien serrés le long du corps pour contrôler mes tremblements. Je sentis ses doigts calleux caresser doucement ma nuque.

« Détends-toi, ma mie.

Je sortis prestement du lit et vins me réfugier dans le coin le plus reculé de la chambre. Je m'accroupis par terre, ma chemise de nuit bien serrée sur mes genoux.

— Je suis désolée, je ne peux pas. Ne me touchez plus, je vous en prie.

Armand vint me rejoindre. Plus il s'approchait de moi, plus mon cœur battait vite. Il se pencha vers moi. Je levai un bras pour me protéger, pensant qu'il allait me frapper. Je fermai les yeux et attendis les coups.

— Je sais que vous êtes mon mari et que c'est votre droit, mais s'il vous plaît, ne me battez pas, suppliai-je.

— N'aie pas peur, Victoire.

Il s'assit par terre à côté de moi et écarta doucement la mèche de cheveux qui cachait mon visage.

— Le frère du Père Geoffroy, me dit-il doucement, celui qui est curé à Paris, m'a parlé d'un marquis et d'un enfant abandonné sur les marches de son église. C'est la raison pour laquelle il a fait tout ce qui était en son pouvoir pour te faire rentrer à Lucie.

Je baissai le bras et ouvris grand les yeux.

— Vous savez pour le marquis… et pour Rubie aussi ?

— Hélas, ces histoires sont plutôt courantes chez les domestiques, répondit-il. Si je le pouvais, je lui trancherais la gorge avec sa propre épée, et je danserais sur son corps tandis que son sang bleu tâcherait le joli parquet de sa grande maison.

Il se signa.

— Que Dieu protège cet enfant innocent !

— Je voulais vous le dire, Armand. Pardonnez-moi. J'avais si peur que vous me répudiiez !

Armand posa son gros index sur mes lèvres.

— Chut ! dit-il. Il me prit par la main et me conduisit vers le lit conjugal. Il m'allongea doucement. Je ne tremblais plus. Il se retourna, ouvrit le tiroir de sa table de nuit, en sortit un couteau et revint s'asseoir au bord du lit. Peut-être avais-je mal compris, peut-être son allure compatissante et compréhensive n'était-elle rien d'autre qu'un jeu cruel ?

Armand porta le couteau à son bras poilu et bronzé et se coupa jusqu'au sang. Il tendit le bras au-dessus du drap et laissa couler le sang.

Je n'en croyais pas mes yeux. Quelle chance j'avais d'avoir un mari aussi bon !

— Merci, Armand, je vais passer ma vie entière à vous rendre heureux.

— Toi aussi tu mérites d'être heureuse, Victoire, après tous les drames que tu as vécus.

— Perdre quatre enfants et une femme est tout aussi tragique.

— C'est la vie, ma mie. Dieu ne veut pas que nos existences soient simples et faciles. Il faut nous contenter de ce que nous avons et ne pas perdre de temps à pleurer ce qui n'est plus. »

Il m'enveloppa de ses grands bras, et c'est à cet instant que je compris ce que voulait dire Claudine quand elle parlait de la tendresse et du réconfort d'un bon mariage.

Le lendemain matin, nous pendîmes les draps nuptiaux à la fenêtre, à la vue de tout le monde ; les gens de Lucie sourirent et applaudirent.

13

« Le roi n'aurait jamais dû virer Turgot, dit l'ouvrier journalier venu du nord. Ce Necker nous fait des drôles de tours de passe-passe avec les comptes pour masquer la dette énorme qui pèse sur le royaume. »

Armand et moi nous entendions bien, et nous étions plutôt heureux. Néanmoins, nous ne pouvions ignorer les bavardages colportés par les voyageurs qui passaient à Lucie. L'ouvrier s'épanchait sur les nombreux ennemis que Necker, le nouveau ministre des finances du roi, s'était faits à la cour.

« La reine en est le pire de tous, expliquait l'ouvrier, et, bien entendu, le roi va finir par le chasser. Cet homme fait toujours ce que lui dicte sa femme.

Armand me caressa gentiment le bras.

— J'ai réfléchi, ma mie, dit-il. Les finances du royaume n'ont jamais été aussi mauvaises. Je me demandais si nous ne pourrions pas au moins aider notre village. Tu sais que la foire la plus proche se trouve à six lieues de Lucie. Notre village gagnerait à organiser la sienne. Que dirais-tu si j'écrivais une requête en ce sens ? Le Père Geoffroy l'enverrait au roi.

— C'est une excellente idée, Armand. Bien sûr qu'une foire à Lucie nous aiderait, répondis-je en caressant mon gros ventre de femme enceinte. Nous avons tous ici tellement besoin de gagner un peu d'argent. »

Nous rédigeâmes une lettre. Armand dictait tandis que j'écrivais.

> *Nous, habitants de Lucie, paysans, marchands, artisans, avons des animaux, des légumes, du fromage et des œufs à vendre, ainsi que des grains et du tissu. Il n'existe pas de foire assez proche où nous pouvons vendre nos produits. C'est pourquoi nous sollicitons de votre Majesté l'autorisation d'organiser une foire annuelle de cinq jours au village de Lucie-sur-Vionne.*

***

C'était un bel après-midi d'été. Il faisait si chaud et j'étais tant incommodée par la chaleur que j'avais l'impression de me retrouver devant le four de Christine. J'étais allée voir le forgeron pour m'allonger contre son enclume, tandis qu'il frappait dessus avec son marteau, faisant jaillir des étincelles autour de moi. On me l'avait conseillé pour rendre l'accouchement moins douloureux.

Une brise chaude soufflait par rafales et de gros nuages noirs arrivaient au loin en provenance des massifs montagneux de l'ouest. Quelque chose d'indéfinissable, un attrait inexplicable ou peut-être tout simplement la perspective d'un peu de fraîcheur me détourna de mon chemin alors que je rentrais à la ferme et me conduisit jusqu'à la rivière. Je n'y étais plus revenue depuis la mort de Maman, mais j'étais attirée par l'eau claire et la fraîcheur de la cascade. J'avais le sentiment que la Vionne s'était languie de moi autant que je m'étais languie d'elle.

Je me faufilai entre les saules qui se dressaient au bord de l'eau, tels des courtisans amoureux. Je passai devant la cabane des mendiants. Je n'avais plus peur de la femme qui habitait là ; durant toute mon enfance, j'avais cru que c'était une sorcière. Je savais maintenant qu'il n'en était rien et j'avais pitié d'elle tant ses conditions de vie étaient misérables. Son dénuement était tel qu'il la condamnait à habiter loin du village et des autres.

Je m'assis sur un rocher et enlevai mes souliers. Mes pieds avaient gonflés avec la chaleur et les chaussures usées de la marquise me faisaient mal. Alors que je regardais les gros nuages noirs s'amonceler en haut des sommets, je sentis un picotement dans mon dos, comme si des araignées marchaient sur mon épaule. Je sursautai et me retournai d'un coup.

« Tu vas vraiment te mettre toute nue, Mademoiselle aux yeux couleur rivière, ou devrais-je plutôt dire Madame, maintenant ?

— Léon ! Qu'est-ce que tu fais là ? Tu ne devrais pas plutôt être avec ta nouvelle femme ?

— Ma nouvelle femme, hein ! répondit-il.

Je reculai d'un pas pour m'éloigner de lui et ne plus voir l'expression de colère qui assombrissait son beau visage.

— C'est toi qui aurais dû être ma femme, reprit-il. Comment peux-tu te marier avec mon père et me regarder encore en face ? Pourquoi ?

— S'il te plaît, ne rends pas les choses plus difficiles qu'elles ne le sont déjà.

— Pourquoi es-tu revenue à Lucie ? Pour me torturer par ta présence ?

— Je n'avais pas le choix, Léon.

Il fit un pas en avant et se tenait maintenant tout près de moi. Il sentait le cheval, la paille et la terre brûlée par le soleil. Son odeur me parut si familière, si délicieuse que tout mon être en fut retourné.

« — Qu'est-ce que tu entends par là, Victoire ? Tu n'avais pas le choix ?

Je reculai doucement et entrai dans l'eau peu profonde. Elle était si fraîche que les muscles de mes jambes se raidirent. Je racontai tout à Léon : le marquis, Rubie…

— Tu vois, tu n'aurais pas voulu de moi, une femme avec un petit bâtard. Toi, tu mérites une vraie femme, jeune et pure.

Léon vint me rejoindre dans l'eau et s'arrêta tout près de moi. Il ne me touchait pas mais son visage était très proche du mien.

— Non, ce n'est pas vrai ! Je n'en aurais rien eu à faire, chuchota-t-il. Je t'aimais, je t'aime !

— Je n'avais pas de dot, rien à t'offrir. Quand ton père a fait sa demande en mariage, il fallait que je t'efface de ma mémoire et que j'accepte.

— Que tu m'effaces de ta mémoire ! Comment peux-tu faire cela ?

— S'il te plaît, essaye de comprendre. Je suis mariée à ton père, maintenant.

— Non, Victoire, jamais je ne comprendrai. Il doit bien y avoir un moyen, divorcer, je ne sais pas moi…

— Tu sais bien que le divorce est interdit. Il n'y a rien à faire, *rien* ! »

Il colla ses lèvres sur les miennes. Il me serrait si fort que je ne pouvais plus bouger. Son haleine chaude m'enveloppait, m'envahissait. J'avais les yeux fermés. Un rayon de soleil filtra entre deux nuages et vint caresser mes paupières. Sa langue pénétra ma bouche, caressa ma langue. La chaleur montait entre mes jambes, brûlante, puissante.

Léon me porta hors de l'eau et m'allongea doucement sur la rive. L'herbe sèche, grillée par le soleil, me piquait la peau. Les premières gouttes de pluie tombèrent. Je ne bougeai pas. Les nuages déversèrent leur lourd fardeau sur mes jambes nues. Léon s'allongea sur moi tout doucement pour ne pas faire de mal au petit être qui était en moi, cette vie engendrée par son père. Le tonnerre gronda près de nous, assourdissant, mais je me fichais de l'orage. J'avais conscience que mon devoir était de crier à Léon d'arrêter, de le repousser, de courir sous la pluie pour me réfugier dans les bras d'Armand et, en bonne épouse, de baisser la tête devant lui.

Les gouttes de pluie se frayaient un chemin entre mes lèvres et les siennes. Sa main caressait ma poitrine, ses doigts jouaient avec le bout de mes seins. Un énorme éclair zébra le ciel. La nature en colère grondait dans toute la vallée tandis que le corps viril de Léon se pressait contre le mien. Je m'abandonnai à lui. Sa main descendit maladroitement entre ses jambes et ouvrit son pantalon. Vite, qu'il me prenne avant que mon corps n'explose.

Soudain, je ne sentis plus le poids de son corps. Léon s'était redressé. J'ouvris les yeux pour découvrir le visage furieux de mon frère.

« Mon Dieu ! hurla Grégoire.

Ses yeux allaient sans cesse de Léon à moi. Il leva son poing vers le ciel noir.

— Quelqu'un, là-haut, est aussi en colère ! cria-t-il.

Il envoya son autre poing dans le visage de Léon.

— Éloigne-toi de ma sœur et ne t'approche plus d'elle. Elle ne sera jamais à toi.

Mon frère se retourna vers moi. J'étais encore couchée à moitié nue sur le sol détrempé.

— Quant à toi, relève-toi avant que je te frappe aussi. J'ai bien envie d'aller voir ton mari et de lui dire ce que tu faisais avec son fils au bord de la rivière.

Un rideau de grêle s'abattit violemment sur la berge, plus bruyant qu'une horde de chevaux au galop. Mon gros ventre pesait autant que ma conscience mais, tant bien que mal, je réussis à me mettre debout et à maintenir un semblant d'équilibre.

— Je te demande pardon, Grégoire ! bredouillai-je.

Ma voix tremblait, empreinte d'un mauvais pressentiment. Mes doigts se portèrent à mon cou et cherchèrent la douce et rassurante figurine d'ange de mon collier. Mes yeux se remplirent aussitôt de larmes.

— P-p-pardon ! Cela ne se produira plus. Je t'en conjure, ne dis rien à Armand ! »

Grégoire ne me regardait déjà plus, il n'entendait plus mes lamentations. Entièrement trempé, l'air menaçant, il s'était tourné vers Léon et se préparait au combat, un duel sur les bords de la Vionne.

***

Une pluie incessante tombait depuis des semaines et les récoltes pourrissaient.

« C'est la nature qui nous punit, n'est-ce pas, Victoire ? me lança un jour Grégoire, les yeux tournés vers les champs détrempés et les récoltes écrasées par l'orage.

Mon frère n'avait de cesse de m'envoyer des piques pour me punir. Heureusement, il n'avait rien dit à Armand. Mon ventre continuait de grossir. Je n'adressais plus la parole à Léon et j'évitais son regard ainsi que celui de sa femme quand la famille se retrouvait le soir au coin du feu.

— Ce froid automnal a détruit pratiquement tout le blé et les raisins, expliqua Armand d'une voix triste. J'ai bien peur que le prix du bois, des poulets, des œufs, de la viande et du beurre monte tellement que nous ne puissions bientôt plus rien acheter. De plus, les gens n'ont plus de quoi acheter mon vin.

Je lui pris la main.

— Ne t'inquiète pas, Armand. Ensemble, nous trouverons bien une solution », le rassurai-je.

En ce mois de novembre de l'an de grâce 1780, tandis qu'Armand s'inquiétait de plus en plus de l'état de nos finances, je mis au monde notre fille Madeleine ; quatorze mois, jour pour jour, après la naissance de Rubie.

Où es-tu, mon enfant, ma petite fille à qui je ne peux parler que dans mes rêves ? Marches-tu déjà ? À qui souris-tu ? Et ta nouvelle mère ? Je prie Dieu qu'elle soit gentille et qu'elle te lise des fables de Jean de la Fontaine, comme je vais le faire à Madeleine. J'espère qu'elle t'apprendra à lire et à écrire ; Maman disait toujours que c'était le meilleur cadeau qu'une mère puisse faire à son enfant.

Armand était heureux d'avoir eu un enfant, une fille ayant hérité de la beauté des Bruyère. Néanmoins, il se faisait toujours autant de souci à cause de notre situation financière.

« Il y a la dîme à payer, ainsi que les impôts royaux et seigneuriaux. Nous devons garder des graines pour planter l'année prochaine. Il faut bien aussi que nous nous nourrissions. Je ne vois pas comment nous pouvons nous en sortir, Victoire. La récolte est largement insuffisante et il nous reste à peine un peu de farine pour faire le pain.

Il fallait que je fasse quelque chose, que j'aide Armand à nous sortir de cette mauvaise passe financière. Je me sentais tellement coupable de mon écart avec Léon, et peut-être à cause de Rubie aussi.

— Je sais ce que je peux faire, Armand, répondis-je sans même y avoir réfléchi. Je peux vendre mon lait à des riches. »

C'est ainsi que je devins nourrice, comme beaucoup d'autres femmes de ma condition.

***

« Chut, mon enfant…, murmurai-je pour calmer Madeleine qui pleurait de faim, tandis que les bébés des gens riches me pompaient tout mon lait.

Elle pleurait pourtant de moins en moins, mais ses petits membres perdaient de leur rondeur grassouillette et ses joues roses palissaient de jour en jour.

— Notre fille est en train de dépérir, me fit remarquer Armand en s'agitant. Il faut la nourrir, Victoire.

— Et si un agent arrive ? répondis-je, en faisant allusion aux personnes chargées de vérifier que le lait donné au bébé n'était pas du lait d'animaux ou du pain moisi mélangé à de l'eau. Si jamais ils me trouvent en train de donner le sein à mon propre enfant, non seulement ils ne nous paieront pas, mais, en plus, la cour nous condamnera à une forte amende, qui peut être supérieure à ce qu'on gagne en vingt jours pendant les moissons.

Le jour suivant, Madeleine se montra encore plus amorphe que d'habitude et commença à geindre.

— C'est probablement dû au sale temps que nous avons, dit Armand. Ou bien ce n'est qu'une maladie infantile ; Dieu sait combien il y en a. Nous prierons pour sa santé, Victoire. »

Le soir même, je posai la main sur son front. Il était brûlant. J'appliquai des linges frais sur son petit corps, comme j'avais vu ma mère le faire. Je lui fredonnai une chanson et lui parlai tendrement à l'oreille, tout en lui caressant doucement les cheveux. J'espérais que la fièvre s'atténue, mais il n'en fut rien. Son visage restait rouge et chaud. Plus aucun son ne sortait de sa bouche, à part le fort râle de sa respiration saccadée.

« Cette enfant est très malade, conclut Armand. Il faut appeler le Père Geoffroy.

— Non, Armand, elle va s'en sortir ! Ce n'est pas possible qu'elle meure.

Le curé arriva avec un linge blanc et des bougies, et lui administra l'extrême-onction.

— Dieu merci, elle est baptisée, dit Armand. L'âme de Madeleine priera pour nous du haut des cieux. Ne sois pas triste, Victoire. Tu es jeune, tu n'as même pas dix-neuf ans. Dieu nous donnera encore beaucoup d'enfants.

Je ne pouvais plus parler. C'est à peine si je parvenais à respirer tant je me sentais coupable et triste. Je n'arrivais pas à comprendre que mon mari puisse être autant résigné devant la mort de ses enfants. Peut-être était-ce parce qu'il en avait déjà perdu quatre. Peut-être simplement qu'une mère, contrairement à un père, restait toujours proche de l'enfant qu'elle a porté, comme si le cordon ombilical ne se coupait jamais complètement.

— Si nous étions riches, elle ne serait pas malade, m'indignai-je, et je n'aurais pas perdu Rubie. Ce n'est pas juste, les enfants des riches vivent et les pauvres meurent. Comment peux-tu accepter cela aussi facilement ? Armand, ne vois-tu pas que tout cela est mal ?

— Peut-être, mais je ne sais pas ce qu'on peut y faire, à part se réjouir de ce que l'on a ici-bas. Ne laisse pas les morts attiser ta tristesse, car ils te hanteraient jusqu'à ce que la mélancolie te prenne. »

Je passai une bonne partie de la nuit assise au pied du berceau à écouter la respiration faible et rapide de ma fille. Régulièrement, je vérifiais si la fièvre évoluait et j'appliquais des linges humides sur son petit corps. Les paupières lourdes, je finis par m'écrouler dans ma chaise près du berceau, et je sombrai dans un sommeil agité.

Dans mes rêves, je vis la ferme d'Armand, mais elle était bien plus qu'une simple ferme. C'était une grande auberge en bordure de la route principale, à l'orée du bois. Son charmant toit de chaume très pentu et ses murs de pierres recouverts de mousse attiraient les voyageurs dépenaillés. Dès la tombée de la nuit, les attelages et les cavaliers venaient s'y reposer et se désaltérer. Dans la faible lumière des lampes qui filtrait à travers les nombreuses petites fenêtres, je voyais les gens sourire en pensant avoir atteint un petit coin de paradis enchanté.

Les cloches de l'église sonnèrent cinq heures et me réveillèrent en sursaut. Ma tête tournait. Un renvoi aigre monta dans ma bouche et je me sentis près de m'évanouir.

« Madeleine ! »

J'approchai la main de sa joue pâle. J'avais tellement peur qu'elle soit devenue dure et froide comme la pierre. Mais rien d'anormal. Elle cligna des yeux puis les ouvrit tout grand. Je la pris alors dans mes bras. Elle n'était plus chaude, la fièvre était tombée. Une larme de soulagement roula le long de ma joue et tomba sur sa peau douce. Je lui donnai tout de suite le sein.

Merci, mon Dieu ! Merci pour ce miracle !

Madeleine tétait encore mon sein avec vigueur lorsqu'Armand entra dans la pièce.

« Victoire, que …

— Armand, ne t'en fais pas. Nous n'avons plus besoin de vendre mon lait, la santé de notre enfant passe avant tout.

— Mais…

— Écoute, le roi a accepté notre demande de foire à Lucie. Tous les marchands, les commerçants et les visiteurs vont s'y presser. Et puis, il y a de plus en plus de gens qui voyagent entre Paris, Lyon et Marseille, et il faut bien qu'ils dorment quelque part, répondis-je. Nous pouvons facilement transformer la ferme en auberge.

Les yeux noirs d'Armand s'illuminèrent et brillèrent avec intensité.

— Adélaïde et Pauline peuvent m'aider aux fourneaux, et à faire le ménage et les lits, expliquai-je. Les garçons t'aideraient à produire le vin et labourer la terre. Cette auberge est peut-être la réponse à tous nos problèmes.

— Aubergiste ? dit Armand en esquissant un large sourire.

— Nous l'appellerons l'auberge des Anges, ajoutai-je en prenant la main de mon mari.

— En hommage à tous les anges qui nous ont quittés, dit-il. Mes enfants, ma femme, ta famille. »

J'acquiesçai d'un mouvement de tête. Je baissai les yeux, regardai ma fille et poussai doucement la boucle de cheveux noirs qui tombait sur son front.

✳✳✳

Depuis que je lui donnais de nouveau le sein, Madeleine grandissait. Je remerciais notre Seigneur de l'avoir épargnée, et Armand avait eu raison. Dieu me donna d'autres enfants, des jumeaux, un garçon et une fille qui vinrent au monde le lendemain de mon vingtième anniversaire, en mars 1782.

« Regarde, Armand, comme ils sont beaux et en bonne santé, notre petite Blandine et notre petit Gustave.

Leur père passa une main dans leur fine chevelure châtain.

— Dieu merci, ils ont survécu à l'accouchement, dit-il. Je remercie Dieu que tu aies survécu, toi aussi, Victoire. »

J'avais mis un bébé sur chaque sein et je sentis en moi monter le lait qui allait nourrir mes enfants et ceux de personne d'autre. Je chassai loin de moi le souvenir douloureux de Félicité et Félix, les jumeaux qui avait péri dans l'incendie de ma maison. Maintenant, je ne m'occupais que de mes bébés. Jamais plus je n'aurais à subir ce sentiment de culpabilité d'avoir mis en danger la santé de mes propres enfants pour gagner quelques sous, sort injuste réservé aux petites paysannes.

14

Je pris Madeleine dans les bras et la leva à hauteur de la fenêtre.

« Regarde comme la lumière de l'aurore est belle, ma petite beauté. »

Le soleil de mai se levait à peine. Le ciel se striait de bandes bleu pâle et au loin, au-dessus des Alpes enneigées, une boule de feu rose montait lentement comme pour embraser le paradis.

« Regarde tout ce monde, Madeleine, continuai-je en lui montrant la campagne qui venait juste de se réveiller et qui grouillait déjà de gens se rendant à la foire avec leurs chevaux et leurs chariots remplis.

— J'aime bien ce premier jour de foire, pas toi, Armand ? Voir tous les gens des alentours se diriger vers Lucie, la foule qui grouille dans les rues et toutes les maisons qui se transforment en magasins pour l'occasion.

— C'est un grand jour, répondit Armand en rompant une miche de pain. L'auberge des Anges va afficher complet et il faudra même faire dormir des clients dans la grange et dans l'étable.

Il vint me rejoindre à la fenêtre et mit ses bras autour de ma taille.

— Je sais que tu travailles d'arrache-pied, ma mie : tu nettoies tout l'hôtel, tu fais les chambres. Tu ne te reposes jamais, mais cette foire est vraiment importante pour renflouer nos finances.

— Oh, mais je ne le vis pas comme une corvée. Cette auberge est un réel plaisir pour moi, expliquai-je avant de déposer un baiser sur sa joue burinée. Bon, qu'est-ce que je vais servir au dîner ce soir ? Mon succulent ragoût de mouton ou du bœuf aux châtaignes ?

L'odeur de la cuisine de Claudine me revint en mémoire et remplit mes narines.

— Rien n'égale ton médaillon de veau aux légumes, répondit-il, un petit sourire aux lèvres. Si seulement il nous était permis de telles extravagances ! Tu sais, ton onctueuse omelette aux herbes conviendra parfaitement. »

Mon mari nous embrassa toutes les deux et partit pour la foire monter notre étal de vin et d'alcools avec Léon et Joseph, son frère.

Une fois le travail à l'auberge terminé, je laissai les jumeaux sous la garde de leur demi-sœur et emmenai Madeleine sur le champ de foire déjà presque entièrement couvert d'étals. Les forains se connaissaient des foires antérieures. Ils s'interpellaient et braillaient en se tapant dans le dos. Je me dirigeai vers l'emplacement de Grégoire qui exposait le fruit de son travail : des meubles finement travaillés, des coffres et des coffrets gravés.

« Bonjour, ma princesse préférée ! dit-il en déposant un baiser sur le front de sa nièce qui, en retour, lui caressa les cheveux en riant. Tu ne devineras jamais… Les parents de Françoise ont donné leur accord pour notre mariage.

— Je suis si contente pour toi, répondis-je en applaudissant de joie. Je te souhaite une chaumière pleine de beaux enfants. J'aurais tellement aimé que nos parents assistent à ta réussite. Ils auraient été si fiers de toi. Et moi aussi, je suis très fière.

— Tu ne t'es pas mal débrouillée non plus. Tu as trois enfants en bonne santé et Armand Bruyère est quelqu'un de bien, un des meilleurs.

— Je sais, Grégoire, et je suis une bonne épouse.

— Ravi de te l'entendre dire, sœurette. Très ravi. »

Madeleine et moi repartîmes dans le tumulte de la foire. Les hommes étaient tous en grande conversation. Ils discutaient, colportaient les nouvelles et les rumeurs ou bien essayaient d'organiser le travail saisonnier.

« Regarde ces jolies robes, Madeleine, dis-je en m'approchant de l'étal où étaient exposés des vêtements de mousseline et de soie peinte, des parfums, des pommades et des liqueurs. J'espère qu'un jour, tu en porteras une comme celles-là. »

Des paniers remplis d'œufs et des rangées entières de fromages de chèvre roulés dans la cendre s'étalaient parmi les sacs grands ouverts, aux bords roulés vers l'extérieur et remplis de grains, de riz et de sucre. Dans des cages, toutes sortes de poules et de lapins se serraient les uns contre les autres. On vendait, marchandait, achetait des agneaux, des mules et des vaches tandis que les écus, les sols et les louis passaient de main en main au son des toises et des balances. On entendait les chiens aboyer, les enfants courir, les chevaux hennir et les marchands rire et raconter à tue-tête leurs histoires paillardes. Un charlatan, monté sur une caisse renversée, vendait son élixir magique.

« Un remède à tous les problèmes de vue, messieurs dames, criait-il.

Pour attirer l'attention, une femme dansait et un jeune garçon jonglait à ses côtés.

— Il guérit aussi les infections de la peau et les brûlures d'estomac, ajouta-t-il, et il enlève même la mauvaise haleine. »

Un autre bonimenteur avait installé une grande bassine surmontée d'une statue de sirène que Madeleine remarqua tout de suite.

« Mesdames et messieurs, criait-il, approchez et goûtez ma potion spéciale qui change la couleur des cheveux, des poils de barbe et des sourcils. »

J'éclatai de rire. Qui aurait envie de changer de couleur de cheveux ? Et pour quelle raison ? Je n'avais non plus aucune idée de ce que la sirène venait faire là, mais c'était du grand spectacle qui me faisait rire. Je me souvins que Maman m'avait mise en garde contre ces potions magiques qui n'étaient, en réalité, que des mélanges inoffensifs de jus de légumes et d'herbes.

À midi, nous mangeâmes avec les gens des villages environnants et les exposants de la foire. Nous nous régalâmes de saucisses grillées et de crêpes arrosées de vin fruité. Les conversations et les rires remplissaient la campagne au rythme des chants d'oiseaux. Ma vie était pour le moins agréable à cette époque et un profond sentiment de satisfaction m'habitait alors que je rentrais à l'auberge pour la sieste de Madeleine.

***

« C'est la meilleure dinde que j'aie jamais mangée ! dit un marchand marseillais en s'essuyant la bouche. Je bois à la santé de notre hôtesse pour son délicieux dîner, et à celle de son mari pour son bon vin, continua-t-il en levant sa timbale.

Tous les clients, assis autour de la grande table en bois, levèrent leur verre.

— À la santé des patrons de l'auberge des Anges ! crièrent-ils.

— Attendez d'avoir goûté la marmelade d'oranges et de citrons à la bergamote que Madame sert au petit déjeuner, ou ses brioches au beurre, ses macarons fondants ou sa confiture de fraises, ajouta un marchand normand. Il se passa la main sur sa grosse barbe puis porta trois doigts à sa bouche et les embrassa.

— Je crois que ce sont aussi les escargots de Bourgogne qui font la joie des voyageurs, ajouta le marchand marseillais en me souriant. Quant à sa fricassée de boudin aux petites pommes grises, sa réputation n'est plus à faire !

Enchantée, je souris à mes clients, tandis qu'intérieurement je remerciais Claudine de m'avoir si bien appris à faire rôtir la viande, cuisiner les ragoûts, préparer les légumes et les pâtés et confectionner de succulents desserts.

— Moi, j'apprécie d'avoir un endroit bien au sec pour y déposer mes marchandises pour la nuit, et de la place dans l'étable pour mes chevaux, dit un grand et gros marchand venu de Clermont-Ferrand. Cela m'est hélas déjà arrivé de dormir dans des hôtels qui n'avaient pas de fourrage à donner à mes bêtes.

— Et les matelas en duvet sont si moelleux qu'on pourrait rester allongé dessus toute la journée, compléta sa femme.

— Rien de comparable avec certains trous à rats que je connais, renchérit le barbu normand, où les tenanciers sont malpolis, la nourriture trop cuite et dure comme du bois, et où le vin n'est que de la piquette et les cuisines remplies d'une épaisse fumée noire. Il repoussa son assiette vide et se caressa la panse avant de reprendre. Et je ne vous parle pas des lits faits de simples planches de bois nues dans des chambres pleines de courants d'air !

Il finit son verre de vin d'une seule gorgée.

— Bon, j'imagine que tout le monde a entendu les dernières nouvelles de Versailles ? demanda-t-il en regardant autour de lui dans la pièce. L'Autrichienne a enfanté d'un garçon en octobre dernier, le dauphin Louis Joseph. Après treize ans, voilà enfin un héritier pour la couronne. Quoique, quand il héritera, ce n'est pas sûr qu'il y ait encore un trône.

La salle éclata de rire. Il était temps d'apporter le dessert. Je déposai Blandine et Gustave dans leur petit lit, caressai doucement leurs mèches de cheveux châtains et effleurai leurs petites joues roses. Le voyageur de Clermont-Ferrand tendit son assiette vide à Pauline qui débarrassait la table.

— Madame la reine, qui a hérité à sa naissance d'une condition plutôt enviable, s'ennuie et n'est pas heureuse, dit-il affectant un air grave plein d'ironie. Elle s'ennuie avec son mari peu engageant, qui passe le plus clair de son temps dans son atelier à réparer des serrures, ou à la chasse.

— On dit qu'elle s'est jetée dans les bras d'un comte suédois, un certain Axel Von Fersen qui était en partance pour les Amériques, ajouta sa femme avec un petit sourire. Il paraîtrait qu'elle avait du mal à quitter sa culotte des yeux. Personne n'est dupe. Tout le monde sait bien que c'est ce coquin de comte qui est le vrai père du Dauphin. La reine ne pense qu'à la mode et aux bals masqués. Elle est de plus en plus détestée du peuple, et à Versailles, les ragots vont bon train ; et pas des plus tendres : ils l'ont surnommée Madame Déficit.

— Oh là là ! dit Armand qui tenait à la main une bouteille de digestif fait maison d'après une recette de Claudine, tandis que je servais les crèmes brûlées. C'est un péché de gaspiller autant d'argent au jeu et en bijoux alors que notre pays est au bord de la ruine.

— D'ailleurs, répondit le Marseillais, même sans parler du jeu et des bijoux, il est injuste et indécent de voir les conditions de vie des gens du peuple, assommés par la dîme, les corvées et la lourde gabelle. Mais que pouvons-nous y faire si même les soi-disant grands penseurs prêchent la passivité ?

— Non ! répondit le Normand. Les gens réagissent, mais sans violence. C'est un vrai plaisir de voir que nos grands écrivains récemment disparus, comme Rousseau ou Voltaire, sont connus dans tout le royaume pour leur indignation, leurs fins questionnements et leurs critiques acerbes.

Il prit une gorgée d'eau de vie puis reprit :

— On ne peut plus maintenant affirmer quelque chose sans réel fondement, ou laisser l'Église gouverner la pensée humaine.

Le Marseillais frappa violemment du poing sur la table, me faisant sursauter.

— Et vous croyez que c'est bien, vous, que, sans aucune retenue, le peuple se permette de remettre en question l'autorité de l'Église de Dieu ?

Il hocha la tête en direction du Normand.

— Vous parlez de Voltaire, monsieur. Savez-vous que, sur son lit de mort, le prêtre lui demanda de renier le diable et d'accepter Dieu ? Savez-vous ce qu'il a répondu, mes amis ?

Il promena lentement son regard sur l'assistance avant de continuer.

— Il a dit : « Pour l'amour de Dieu, laissez-moi mourir en paix ! » Dieu merci, il n'a pas eu droit à un enterrement chrétien, conclut-il avant de finir son verre d'un trait. Les gens se permettent de décrire notre Dieu Tout-Puissant comme superflu, et ils affirment même que l'ordre public et la morale peuvent se concevoir sans Lui ! Qu'est-il advenu de notre pauvre monde et de notre vie spirituelle ?

— Les gens estiment qu'ils n'ont plus maintenant à croire aveuglément ce qu'on leur dit, répondit le Clermontois, y compris ce que dit l'Église. Partout dans le royaume, on sent frémir cette sorte d'excitation fiévreuse. Les gens lisent et s'informent. Même les femmes !

Il lança un regard à son épouse.

— Les petites gens se révoltent enfin contre la misère, reprit-il. La capitale gronde de colère et bout d'énergie. Les Parisiens sont dans la rue.

Il leva haut son index.

— Et la révolution sera bientôt aux portes de Paris, mes amis ! » conclut-il.

Révolution. Ce mot fit monter en moi une excitation diffuse. J'espérais tant le moment où je pourrais enfin faire expier les humiliations que toute ma famille et moi avions subies.

15

À la fin du printemps 1783, les pluies n'avaient toujours pas franchi les massifs montagneux de l'ouest et atteint Lucie. Seules quelques taches d'herbe parsemaient çà et là le damier de parcelles dont les marrons et gris hivernaux recouvraient les flancs dénudés et secs des collines. Les quelques oiseaux qui volaient dans le ciel ne piaillaient pas de joie comme d'habitude pour annoncer le réveil de la nature.

En compagnie de Madeleine, Blandine et Gustave, je me rendais à la rivière. En passant devant leur chaumière, je saluai d'un geste Grégoire et sa femme Françoise. Ils travaillaient, le dos courbé, dans leur potager. Ils se redressèrent et me sourirent, puis Françoise se massa doucement le bas du dos et s'étira, projetant en avant son gros ventre de femme enceinte. Madeleine courait et sautait dans tous les sens. Ses cheveux noirs et bouclés tombaient sur son visage.

« Je voudrais rester ici avec eux, demanda-t-elle. Peut-être que tonton Grégoire me racontera une histoire.

Il semblait bien que ma fille était aussi enchantée par les histoires de son oncle que je l'avais été par celles de mon père.

— Nous n'en aurons pas pour longtemps, dis-je à Grégoire. J'ai seulement besoin de fleurs de bugle pour mes infusions. Les pauvres enfants d'Armand sont encore malades.

Je partis en tenant fermement Blandine et Gustave par la main. Arrivée à la rivière, je les aidai à traverser à un endroit si peu profond que mon manteau fut à peine mouillé.

— Tenez-moi bien la main », leur dis-je.

Nous marchâmes doucement sur la rive entre les saules, puis passâmes à l'endroit où la rivière tournait brutalement pour arriver là où se forme le trou bien profond dans lequel j'adorais me baigner quand j'étais enfant. Je n'y étais plus retournée depuis ce fameux après-midi d'orage avec Léon Bruyère et, en y repensant, je ressentis le même désir pour lui monter en moi. J'en rougis de honte. J'avais rarement pensé à lui ces derniers temps, car il était toujours occupé ailleurs et très heureux avec sa femme qui attendait leur premier enfant. Quand je les voyais le soir à la veillée, nous ne nous échangions que quelques mots pour rester polis, pas plus.

Je pris les jumeaux par la main et nous traversâmes la clairière. Un peu plus haut, une femme et ses trois fils construisaient une petite cabane. Les enfants coupaient des rondins et les empilaient. Je reconnus tout de suite Noémie, la femme qui était venue à la ferme la veille. Son mari était parti sur les routes en quête de petits travaux à faire. Ils n'avaient pas de quoi payer un loyer, alors ils se construisaient une hutte dans les bois. Ils avaient bien trouvé refuge dans la cabane de la vieille sorcière, mais elle prenait l'eau de toutes parts dès qu'il pleuvait. Ils étaient venus nous voir pour nous emprunter une hache et un maillet. Je m'étais prise d'affection pour elle et ses enfants car elle me rappelait mon pauvre papa qui avait cheminé sur les routes lui aussi. Après tout, quel pouvait être le sort d'un pauvre enfant de paysan miséreux ? Devenir plus pauvre encore que son père absent et que sa mère si épuisée qu'elle avait déjà un pied dans la tombe ? Existait-il des guenilles plus grossières et plus modiques que celles qu'ils avaient sur le dos ? Qu'y avait-il de pire pour les pieds que ces cordes ? Quel repas pouvait être plus infect qu'une soupe d'épines de pin et d'écorce de bois ? Je donnai les outils à Noémie puis lui tendis un panier. Lorsqu'elle vit le pain, le vin, le fromage et les œufs, elle porta une main à sa bouche édentée.

« Vous êtes trop bonne, madame Victoire.

— Bonne chance, Noémie », répondis-je.

Je savais que seule la chance pouvait aider une pauvre mendiante. J'emmenai ensuite mes deux enfants de l'autre côté de la rivière, vers un autre bois au pied des monts du Lyonnais, dans le lieu précis où, enfant, j'allais ramasser des fleurs de bugle avec ma mère. À l'ombre des arbres, je me penchai et remplis mon panier de pétales bleu cobalt qui serviraient, en infusion, à soigner les enfants d'Armand. Pendant toute la cueillette, je laissai mon esprit vagabonder. Il s'arrêta longtemps sur Léon et sa femme qui attendait un enfant, et j'en oubliai un instant les jumeaux qui jouaient non loin de moi. Une mouche vint se poser sur mon front, éloignant Léon de mes pensées. Je la chassai machinalement et regardai autour de moi. Je ne voyais plus les enfants. Sans encore vraiment me faire de mauvais sang, je sentis cependant monter en moi une certaine appréhension et mon cœur se mit à battre plus vite. Je les cherchai du regard à gauche, à droite.

« Blandine ! Gustave ! »

Ils ne pouvaient pas être allés bien loin. Ils avaient appris à marcher à dix mois et leurs pas restaient lents et peu assurés. Je courus de tous côtés en criant leurs noms. Mon cœur s'emballait dans ma poitrine. La Vionne me vint alors à l'esprit. Ils aimaient jouer au bord de l'eau et le courant les fascinait. Le niveau de la rivière était très bas, mais le lit était jonché de trous et de creux. Ils pouvaient facilement tomber dans un endroit profond où ils n'avaient pas pied. Les méandres de la Vionne créaient, avec le courant, des tourbillons très dangereux.

La Vionne Violente, voilà ce que disaient les villageois. Je n'avais jamais aimé cette expression. Ma respiration s'accéléra. Je me ruai vers la rivière et m'arrêtai pour reprendre mon souffle là où la famille construisait sa cabane. Noémie ramassait du petit bois pour le feu. Elle avait déjà un gros tas de mousse arrachée aux racines des arbres et des joncs venant d'une mare toute proche.

« Avez-vous vu mes enfants, demandai-je. Un garçon et une fille ; ils ont à peine un an ?

— Désolé, madame Victoire, dit-elle en secouant la tête. Puis elle posa le petit bois qu'elle avait en main. Mais je vais vous aider à les trouver.

— Blandine, Gustave !

Je continuai de les appeler. Aucun signe d'eux. Je marchai sur ma robe et tombai sur le sol humide. Noémie me prit la main et me releva.

— Ne vous inquiétez pas. Nous allons les trouver, madame Victoire !

Nous atteignîmes rapidement la pente qui descendait droit à la rivière. J'étais morte de peur et j'avais du mal à respirer.

— Ils sont là ! cria Noémie.

Blandine et Gustave étaient sur la rive. Ils se dandinaient sur leurs petites jambes et lançaient des poignées de cailloux dans l'eau.

— La chance est avec vous aujourd'hui, madame Victoire. »

Merci mon Dieu ! Merci mon Dieu ! Je mis une main sur mon cœur qui battait la chamade. Mes doigts cherchèrent la figurine d'ange à mon cou. Ma peau était chaude à cet endroit, comme si le collier était toujours là et me protégeait encore.

16

Épuisé par une journée passée au marché à huit lieues de là, Armand se laissa tomber sur une chaise devant la cheminée. Je lui tendis un gobelet de vin.

« Bois et repose-toi, mon cher marchand d'époux.

Cela me faisait rire qu'il insiste pour qu'on le considère marchand ou aubergiste et non simple fermier ou vigneron. Il but le vin et me prit la main.

— Nous avons réalisé un petit profit, tout petit, certes, mais chaque sou compte, n'est-ce pas ma mie ? Tout est bon pour endiguer l'appauvrissement de ce cher village de Lucie ainsi que des villages alentour.

Je repensai à Noémie et à sa famille de nécessiteux et, une fois de plus, je remerciai Dieu de m'avoir donné un si bon mari, un homme qui n'avait peut-être plus vingt ans mais qui n'hésitait pas à se lever à quatre heures du matin pour affronter le froid, parcourir des lieues et des lieues à cheval et vendre à bon prix, dans les marchés des environs, nos œufs, nos légumes et nos volailles. Quelle chance aussi d'avoir un époux capable de comprendre un peu tous les jargons de la région : la langue des gens de la rivière ainsi que celles des bouchers, des tisserands et des poissonniers. Je laissai ma main dans la sienne.

— J'ai peur que tes enfants soient au plus mal, Armand. Ils ont le front chaud, ne mangent presque rien et toussent tout le temps. Ce matin, ils ont commencé à cracher du sang. Je continue de leur donner des infusions de bugle, mais je les ai mis à l'écart des autres. Je les ai installés dans une des chambres de l'hôtel.

— Tu les as séparés de la famille ? Armand leva les yeux du feu et me regarda. Les longues chevauchées et les bourrasques de vent du sud lui avaient rendu les yeux rouges et larmoyants.

— Maman disait toujours qu'un enfant qui a la variole sent le crottin de cheval, un qui a la scarlatine sent la pomme flétrie, mais un phtisique, lui, dégage une odeur d'oignon.

— Et mes enfants sentent l'oignon ?

— Je suis désolée. Maman disait aussi que la phtisie était très contagieuse. Il faut protéger les autres enfants. Nous ne pouvons pas nous permettre d'en avoir d'autres malades, et Madeleine, Blandine et Gustave sont encore jeunes et très vulnérables.

Armand me tapota la main.

— Je sais que tu prends bien soin de mes enfants, de *nos* enfants, et que, grâce à toi, ils seront tous bientôt debout. »

Je laissai mon mari au coin du feu et, comme Maman me l'avait montré, je mis à bouillir des graines de lin avec de la moutarde pour faire un cataplasme que j'appliquai ensuite sur le dos de mes malades. J'avais aussi fait une infusion de fleurs de bugle à la menthe. C'était le seul moyen d'arrêter les saignements du poumon. Je ne me trouvais que depuis quelques minutes dans la chambre à essayer de faire boire aux enfants un peu de tisane lorsque j'entendis des voix. Je prêtai l'oreille et reconnus celle de Léon. Il parlait doucement mais le ton était grave. Je reposai vite la tasse et courus vers lui. Il était assis à la grande table et tenait dans la main son chapeau, dont il caressait le bord avec ses doigts.

« Que se passe-t-il, Léon ? Qu'est-ce qu'il y a ?

Je croyais pourtant bien le connaître, mais cette fois-ci, il m'était impossible de lire sur son visage grave. Mon regard allait de lui à Armand, et je commençais à angoisser.

— Ils sont morts, Victoire, répondit Armand. Sa femme et son enfant ; elle est morte en donnant naissance à son premier enfant.

Instinctivement, j'eus envie de prendre Léon dans les bras, de le serrer très fort et de le réconforter en le couvrant de baisers, mais je sentis les yeux de mon mari sur moi et je ne bougeai pas. Comme je commençai à rougir, je baissai simplement la tête pour dissimuler mon visage.

— Je suis désolée, Léon, vraiment désolée », lui dis-je.

***

« La pluie ruisselle encore sur les carreaux, fit remarquer Armand tandis que je préparais le café du matin. C'est plutôt bizarre pour un jour d'été. Tout aussi bizarre que cet épais brouillard qui recouvre la campagne et refuse de se dissiper.

Il hocha la tête.

— Regarde ! Mon Dieu ! Le sol est gelé. Qui a déjà vu ça, il gèle en plein mois de juillet ?

— Et le soleil est encore couleur de sang, ajoutai-je en regardant l'astre se lever à travers un étrange brouillard épais comme de la fumée. Cela fait maintenant trois semaines que ça dure.

Des oiseaux passèrent bas dans le ciel. Ils tournaient et tournoyaient comme s'ils avaient perdu la raison. Dans cette lumière rouge aux odeurs de roussi, ils semblaient chercher désespérément à échapper au brouillard pour respirer l'air pur.

— Que se passe-t-il, Armand ?

— Je n'ai jamais rien vu de pareil, répondit-il en buvant une gorgée de café pour faire passer une grosse bouchée de pain. Dieu doit être bien en colère, ma mie.

Il me donna un baiser et sortit pour accomplir les travaux de la ferme. Je l'observai à travers cette brume rougeâtre, pâle silhouette qui inspectait ses terres gelées, levait les yeux au ciel et secouait la tête. Il me fallait m'occuper des jumeaux et préparer l'auberge pour les clients du soir, aussi je chassai de mon esprit ces étranges phénomènes météorologiques jusqu'à ce qu'Armand revienne en trombe dans la pièce.

— L'avoine est marron et toute flétrie. Le blé a moisi et l'eau a pris une étrange couleur bleutée.

Il remua la tête.

— Avec quoi allons-nous faire le pain, Victoire ? demanda-t-il. Les clients de l'auberge et nous aussi avons tout de même droit à notre pain quotidien, non ?

Léon apparut sur le seuil de la porte.

— Et ce n'est pas tout, Papa, dit-il. Les museaux et les pieds des bêtes sont irrités. Ils ont une couleur jaune vif. Les arbres fruitiers sont tous flétris comme s'ils avaient affronté un incendie.

Comme à chaque fois que Léon nous parlait, je m'affairais à mes fourneaux ou m'occupais du feu dans la cheminée. Nous en étions encore à éviter de nous regarder dans les yeux de peur de ce que nous pourrions y voir. Nous ne parlions jamais non plus de la mort de sa femme et de son enfant, surtout après la naissance heureuse d'Émile Félix Charpentier, le joli petit bébé de Grégoire et Françoise.

— Quel est ce poison que Dieu nous envoie des cieux ? s'exclama Armand en levant les bras au ciel.

— C'est la revanche des sorcières, répondit Pauline.

— Nous avons mis les anges en colère », expliqua Adélaïde en remuant la tête.

Durant tout l'été qui suivit, les villageois de Lucie gardèrent les yeux tournés vers le ciel, à la fois apeurés et méfiants. Personne n'était en mesure d'expliquer les fréquents orages qui s'abattaient sur les hommes et les bêtes à travers tout le pays et avec une telle violence que tout le monde à Lucie en avait une peur bleue. Nous ne savions pas pourquoi nous avions tant de mal à reprendre notre souffle, ni pourquoi certains d'entre nous étaient asphyxiés par ce brouillard étrange qui ne se dissipait jamais et masquait le soleil au point de l'empêcher de chauffer la terre.

***

À l'automne suivant, alors que nous nous lamentions sur la perte de nos récoltes, un client de l'auberge, vendeur d'articles de soie, nous expliqua qu'un volcan en était la cause. Ici, à Lucie, personne n'avait jamais entendu de tels propos, aussi tout le monde se tut et prêta l'oreille aux dires de ce voyageur.

« Eh oui ! Dans une contrée lointaine, un volcan, que les gens de là-bas nomment Laki, est entré en éruption au début du mois de juin. Il a craché de la lave et d'énormes nuages de cendres volcaniques toxiques qui ont masqué le soleil.

Tous les regards étaient tournés vers cet étranger.

— Ces nuages ont déjà tué des milliers de personnes et ont rendu les gens plus pauvres et plus démunis que jamais », ajouta-t-il.

Avant la sieste de l'après-midi, je m'octroyai un moment de détente pour lire à Madeleine et aux jumeaux les *Fables* de Jean de la Fontaine. Il faudrait que je leur apprenne à lire et à écrire quand ils seraient plus grands, tout comme j'avais promis à Grégoire de le faire pour Émile. Pour le moment, les enfants étaient heureux d'écouter les histoires et de regarder les images. La porte s'ouvrit d'un coup.

« Viens vite, Victoire ! Papa a eu un accident avec la charrue, s'écria Léon. Sa jambe est passée dessous et il y a du sang qui gicle. Grégoire est avec lui.

Je poussai les enfants de mes genoux.

— Reste ici avec Adélaïde et Pauline, dis-je à Madeleine.

Je me levai et pris des morceaux de tissu, puis Léon et moi courûmes à travers le champ à moitié labouré pour rejoindre Armand. Il était allongé par terre, et on voyait sur sa jambe une grosse blessure ouverte qui saignait abondamment.

— Mon Dieu ! Mon pauvre Armand, laisse-moi regarder.

Je fis comme Maman me l'avait montré. J'appuyai ma main sur la blessure jusqu'à ce que le sang arrête de couler. Je fis ensuite un bandage avec les bandes de tissu, puis Léon et Grégoire le portèrent jusqu'à la ferme. Mais, avant même qu'ils traversent la cour, son visage était devenu gris comme un ciel d'orage et des gouttes de sueur coulaient sur son front.

— Dépêche-toi, dis-je à Pauline. Va chercher la guérisseuse. »

À Lucie, il n'y avait ni docteur, ni barbier-chirurgien, et, hormis le forgeron qui remettait les os en place et aidait les femmes à préparer un accouchement moins douloureux, la guérisseuse était la seule personne capable de soigner les malades. Elle inspecta la jambe blessée, nettoya la plaie et y appliqua un cataplasme.

« C'est à base de millefeuille pour arrêter l'hémorragie, dit-elle alors qu'elle bandait la jambe avec d'épaisses lanières de cuir. Tenez, voici de l'écorce de saule pour lutter contre la douleur. Faites-en des infusions, Madame, et laissez-le se reposer. Je reviendrai le voir demain.

— Repose-toi, Armand, lui dis-je en l'aidant à se mettre au lit. Demain, tu te sentiras mieux.

Pendant que mon mari s'endormait doucement, j'eus un terrible pressentiment que je tentai immédiatement de chasser de mon esprit.

— Il faut qu'il guérisse ! dis-je à Grégoire sur le seuil de la porte. Il faut qu'il s'en remette.

— Je sais que tu es une bonne épouse et que tu prendras bien soin de ton mari », me dit-il.

Il déposa un baiser sur ma joue et partit rejoindre Françoise et le petit Émile. Dans la fraîcheur du soir, les poils de mes bras nus se hérissaient.

17

Chère Victoire,

Merci pour ta gentille lettre. Marie, Roux et moi sommes en bonne santé. Le lubrique marquis a vite trouvé une nouvelle proie en la personne de la jeune servante de cuisine qui t'a remplacée. La pauvre fille a dû lui résister fermement car Marie l'a retrouvée étranglée sur son lit dans sa chambre. Quelle tragédie ! Comme de bien entendu, le marquis prétend, dans les salons où il est reçu, que quelqu'un, un voleur, s'est introduit dans la maison pour dérober l'argenterie et les bijoux. Parfois, il me prend des envies de lui renverser ma casserole d'huile sur sa perruque poudrée pour la voir prendre feu ; le liquide brûlant coulerait et enflammerait son grand manteau, sa culotte en satin et ses bas blancs.

Monsieur se donne de grands airs. Il est tellement absorbé par sa très noble personne reçue au Palais-Royal qu'il ne remarque même pas que, mêlée à la foule des petites gens massées dans le Camp des Tartares, je le regarde se pavaner sous les luxueuses arcades et reluquer les dames raffinées dans leurs grandes robes à rayures qui exhibent leurs bijoux en strass. Quand je le vois monter les marches des maisons de jeux et de plaisirs, j'éprouve beaucoup de peine pour cette pauvre servante de cuisine, tout comme à l'époque, j'en éprouvais pour toi.

Il ne sera jamais puni. C'est certain. Tu le sais bien, la justice n'existe qu'en rêve. Ceux qui ont le sang bleu sont au-dessus des lois, et nous, les pauvres gens, ne pouvons rien contre eux.

J'ai été soulagée d'apprendre que Madeleine était guérie. J'espère que les jumeaux aussi vont bien. Ils doivent avoir dix-huit mois maintenant. Un enfant en bonne santé qui survit aux premières années de sa vie est un don béni du ciel.

Je suppose que vous aussi, dans le sud, subissez l'éruption terrible de ce volcan. Ici, un épais brouillard rouge a recouvert Paris. Beaucoup de gens sont morts cet été, et on dit que des milliers ne survivront pas à l'hiver glacial que ce volcan va sans aucun doute nous amener. Nous devons nous préparer, mon enfant, à recevoir ce châtiment inexpliqué de Dieu.

Pour que cette lettre ne soit pas trop teintée de tristesse, j'ai une nouvelle qui te fera rire : as-tu déjà entendu parler des frères Montgolfier ? Ils ont inventé un ballon géant rempli d'air chaud et ils l'ont fait voler à Versailles devant une foule immense. Tu ne peux pas imaginer quel spectacle c'était. Ils ont mis dans le panier sous le ballon un coq, un canard et un mouton, pour voir si c'était dangereux. Le trio a parcouru une courte distance et s'est posé sans problème, si ce n'est que le mouton avait piétiné le coq. Le gros Louis a regardé tout le spectacle avec sa longue-vue puis a anobli la famille Montgolfier. Des hommes qui volent dans le ciel ! Qu'est-ce qu'on ne va pas inventer encore, Victoire ?

Je termine ici, mon enfant, car la cuisine m'attend. Je souhaite que tout aille pour le mieux pour Armand et pour toi à l'auberge des Anges.

Bien affectueusement,
Claudine

***

Je pris immédiatement ma plume.

Ma chère Claudine,

Je suis vraiment désolée de ne pas avoir répondu plus tôt à ta lettre. Il y a plusieurs raisons à cela. La première est qu'il y a quelques mois, trois des enfants d'Armand ont succombé à la phtisie.

155

En dépit de tous les remèdes que je tenais de ma mère, ils ont eu une mort atroce, à seulement quelques jours d'intervalle. J'avais l'impression de passer mon temps à appeler le Père Geoffroy pour les derniers sacrements le matin, et pour les enterrements l'après-midi.

Je suis surtout malheureuse pour mon pauvre mari. Il vient de perdre son septième enfant. J'essaye de le consoler du mieux que je peux. Dieu merci, Madeleine et les jumeaux ont été épargnés.

Hélas, ce n'est pas la seule mauvaise nouvelle qui concerne notre foyer. Il y a deux semaines, le socle de la charrue a entaillé la jambe d'Armand. La guérisseuse vient tous les jours poser des cataplasmes de guimauves, mais la plaie s'est infectée. Elle est très enflée et lui fait très mal.

Maintenant qu'Armand ne peut plus travailler à la ferme, ses enfants, Léon, Joseph, Adélaïde, Pauline et même les deux plus jeunes doivent m'aider, et nous ne ménageons pas nos efforts. Tout le monde est inquiet ici mais moi, je suis vraiment alarmée car, comme à Paris ou partout ailleurs, le mauvais temps persiste. Et pour ajouter à notre malheur, il n'a pas plu à Lucie au printemps dernier. La sécheresse et le volcan ont tué la plupart des vignes, des arbres fruitiers, des animaux et des cultures. Le prix de la paille, du vin et de la farine est exorbitant. Nous n'avons presque plus rien en réserve et, certains jours, je me demande comment je vais nourrir ma famille, sans parler des clients de l'auberge. Il est vrai que nous en recevons de moins en moins, comme si, à force de voir la nature en colère, les gens la redoutaient maintenant. Ils sont toujours à observer le ciel et à craindre que je ne sais quel poison ne leur pleuve dessus. Peut-être aussi que nourrir et protéger sa famille est devenu si difficile que les hommes n'osent plus s'éloigner longtemps de chez eux. Les finances sont catastrophiques et j'appréhende de plus en plus de retomber dans la mélancolie. Je me souviens de ce que je ressentais après avoir abandonné Rubie, du triste fardeau qui pesait sur mes épaules. J'étais comme un chat redevenu sauvage et qui, chassé du bois par la faim, cherchait désespérément à manger. J'ai de moins en moins de forces pour me battre. Certains jours, je n'éprouve même plus de plaisir à voir mes beaux enfants.

J'enrage de savoir que le marquis continue de perpétrer ses atrocités. Il faut que quelqu'un l'empêche de tuer des jeunes filles. Tant que j'étais servante, je ne pouvais rien faire, mais maintenant que je suis libre, que j'aide mon mari à faire tourner l'auberge, je peux très bien trouver un moyen de réparer certaines injustices.

Je sais combien ton travail chez ces nobles est nécessaire pour toi, Claudine, mais ne ressens-tu pas le désir de venger ton pauvre mari ? Après ce séjour à Saint-Germain et le meurtre de mon père par un noble, je ne peux plus accepter sans rien dire de tels agissements. Un jour je me vengerai. Et je savourerai ma vengeance, ma main ne tremblera pas, aucun sentiment de culpabilité ne pèsera sur ma conscience.

Je dois maintenant retourner m'occuper de mon mari. Cela me réconforte de savoir que tu joindras tes prières aux miennes pour son rétablissement.

Bien affectueusement,
Victoire

***

À la Toussaint, Armand était bien trop malade pour nous accompagner au cimetière et se recueillir, mais le reste de la famille partit déposer des fleurs et nettoyer les pierres tombales.

« Il ne faut pas qu'on le laisse seul trop longtemps, dis-je à Léon. J'ai peur qu'il ait encore une montée de fièvre. Dépêchons-nous ! »

Je m'agenouillai entre les tombes de mon frère, de ma sœur et de mes parents et je fis le signe de croix. De retour à la ferme, je préparai une infusion d'armoise pour faire tomber la fièvre d'Armand.

« Je m'excuse de t'avoir laissé seul, lui dis-je en portant le gobelet à la bouche.

Il but une petite gorgée.

— C'est bien que tu t'occupes de nos morts, ma mie », répondit-il d'une voix qui semblait venir d'outre-tombe.

Sa plaie était encore très infectée et son contour avait maintenant pris une couleur cramoisie, comme lorsque la peau reste plusieurs jours sous le soleil chaud de l'été. Je me souvins du remède de Maman dans de tels cas et je courus à la cheminée. Je fis bouillir des gousses d'ail dans de l'eau avec du thym. Dans ce mélange brûlant, je fis tremper des bandes de vieux tissus que j'appliquai ensuite sur la plaie avec de l'ail écrasé. Armand tenta de toutes ses forces de cacher sa douleur. À l'aide d'un linge propre, j'essuyai alors son front brûlant. Son corps tremblait sous les couvertures.

« Prie pour que je meure vite, dit-il, car je suis devenu un fardeau pour toi. Il y a déjà si peu à manger pour les vivants que nourrir les mourants en devient obscène.

Je pris sa main, une main molle et lourde, et nous restâmes assis en silence. De l'autre main, j'agitais doucement un éventail devant son visage.

— Regrettes-tu d'être revenue à Lucie et de t'être mariée avec moi, Victoire ? Tu es si jeune et si belle.

— Je n'ai aucun regret, Armand, répondis-je en serrant sa main frêle et moite. Tu es dur à la tâche, tu es un bon chrétien et tu ne m'as jamais témoigné que de la bonté. Notre vie est belle et nous sommes heureux ensemble. J'ai beaucoup de chance. Ne parle pas, garde ton énergie pour lutter contre la maladie.

— Je peux mourir en paix car je sais que toi et mon fils ne serez pas seuls. Léon est un bon garçon, il prendra bien soin de toi.

Les battements de mon cœur s'accélérèrent.

— Ne parle pas de ces choses-là. Tu es mon mari.

— Léon a besoin d'une femme.

Je me sentis rougir. Mes joues me brûlaient.

— J'ai toujours été loyale envers toi, Armand !

Avec le peu de force qui lui restait, il me prit fermement la main.

— Tu es l'épouse idéale, ma mie. Je n'aurais pas pu demander à Dieu meilleure femme. »

***

Ma chère Victoire,

Eh bien mon enfant, il te faudrait montrer plus de retenue avec ta soif de vengeance. Le marquis est connu et respecté ; se battre contre lui, c'est aller à la catastrophe. Je n'aimerais pas assister à ton exécution publique en place de Grève. J'espère vraiment que tu n'es pas sérieuse et que tu resteras bien tranquille à Lucie avec ton marchand-aubergiste de mari.

J'ai été désolée d'apprendre la mort des enfants d'Armand. Je sais combien tu les aimais, autant que s'ils avaient été de ton propre sang. L'amour et les soins que tu leur as donnés sont dignes d'une épouse accomplie. À Paris aussi, l'épidémie de phtisie a fait beaucoup de morts.

Marie et moi prions constamment pour la guérison d'Armand. S'il te plaît, envoie-moi des nouvelles au plus tôt. Je me doute cependant qu'entre les enfants, la ferme et l'auberge, tu ne dois pas avoir beaucoup de temps à toi.

Ici, nous sommes tous encore sous le choc de la mort de la servante de cuisine. Marie a du mal à dormir et Roux joue toujours avec sa queue comme un fou. Une nouvelle fille, Margot, est arrivée pour le poste laissé vacant. Nul doute qu'elle va vite perdre son innocence, elle aussi.

Il se passe ici une histoire extravagante qui devrait, j'en suis sûre, te redonner le sourire. Un apothicaire du nom de Parmentier essaye de convaincre les gens de manger des pommes de terre. « La chair est bonne et saine », assure-t-il. C'est une racine plutôt bizarre mais lui pense que, contrairement aux graines qui sont facilement détruites en cas de guerre, de grêle ou de tempête, la pomme de terre est bien protégée dans le sol.

Néanmoins, cet apothicaire ne réalise pas qu'avaler de telles racines ne peut être qu'une incitation à un tempérament flegmatique. Imagine un peu ! Il doit jouir d'une grande influence car il a persuadé le roi de lui donner deux arpents de terre à l'extérieur de Paris pour cultiver ces pommes de terre.

En ce qui concerne la nourriture, si la situation ne s'améliore pas, il faudra bien qu'on consente à la piteuse petite pomme de terre de monsieur Parmentier, ainsi qu'à toute autre racine que la terre voudra bien nous donner.

Avec toute mon amitié,
Claudine

***

La fièvre d'Armand ne redescendit jamais. La plaie de sa jambe avait pris la couleur d'un crapaud et dégageait une odeur âcre. Il hurlait de douleur chaque fois que la guérisseuse essayait de la toucher. Un après-midi, un masque gris lui recouvrit le visage, un masque que personne, hélas, ne pourrait plus lui enlever.

« Pourquoi pas l'hôpital, Léon ? demandai-je.

— Ce lieu sale et confiné ? Là-bas, il y a trop de monde entassé qui dort sur des petites paillasses trop peu

160

nombreuses et pleines de poux et de puces, répondit-il en soupirant. Si seulement nous avions de l'argent, nous ferions un don et mon père pourrait avoir un lit pour lui. L'hôpital est bien pour les gens riches ; pour les autres, ce n'est que l'antichambre de la mort. J'ai bien peur qu'il ne faille faire appel au Père Geoffroy. »

Le curé arriva avec un linge blanc et des bougies. Léon était là avec les jumeaux et Madeleine pour qu'ils embrassent leur père une dernière fois. Les enfants d'Armand étaient aussi venus pour lui dire au revoir. Tout ce petit monde dessinait un cercle de visages blancs éclairés de grands yeux vifs remplis de tristesse. Grégoire et Françoise se trouvaient parmi eux, et je remarquai combien ils étaient respectueux de sa foi, admiratifs de son courage et affectés par sa mort prochaine.

Léon fut la dernière personne à lui prendre la main.

« Prends bien soin d'elle, mon fils, lui dit Armand d'une voix à peine audible, et occupe-toi aussi de chacun d'eux.

— Oui, Papa. »

Les deux hommes s'embrassèrent tendrement puis Léon partit, ne supportant pas de voir son père mourir.

Un grand silence s'établit, entrecoupé du bruit des spasmes d'Armand dont la respiration devenait de plus en plus difficile. Petit à petit, ses forces le quittèrent. Ses membres se refroidirent, ses lèvres pâlirent et son visage sua à grosses gouttes. Pourtant, durant toutes ces longues heures d'agonie, les yeux de mon mari montrèrent une telle sérénité que j'eus à travers eux le sentiment d'accéder à son âme.

Aux premières lueurs de l'aube, Armand tenta timidement de se relever, il se retourna vers la fenêtre et regarda le lever du soleil. Son visage prit une expression que je ne lui connaissais pas. Il esquissa un sourire, se laissa retomber sur son oreiller et se tut à jamais. Jusqu'au bout, je lui tins la main si fort que lorsqu'enfin il s'éteignit, je ne pus l'enlever de la mienne. Je restai près de lui, serrant sa main qui devenait de plus en plus froide. La main de Léon vint se poser sur mon épaule.

« Viens, Victoire, c'est fini ! Tu sais, il vaut mieux ne pas toucher trop longtemps le corps des morts. »

Je ne répondis pas. D'un mouvement d'épaule, je rejetai la main de Léon. Je ne pleurais pas, je ne bougeais pas, ma tête était vide. J'étais paralysée. Je me trouvais dans un état au-delà du chagrin, au-delà de la douleur. Je tenais toujours la main d'Armand comme pour l'empêcher de partir et de m'abandonner. Madeleine et les jumeaux me rejoignirent en courant et, devant le corps de leur père, leurs têtes de chérubins s'inclinèrent vers moi et ils écartèrent les bras. Je n'eus pas la force de les prendre et je détournai le regard. Léon prit alors les enfants dans ses bras et les emmena hors de la pièce. Bien plus tard, lorsque Léon revint pour dégager ma main, Armand était froid, raide et sa peau était grise comme le marbre.

18

Quelques semaines après la mort d'Armand, je m'assis sur sa chaise près de la cheminée pour mettre mes pensées sur papier. J'espérais qu'écrire m'aiderait à surmonter ma solitude et surtout ce sentiment d'égarement et de confusion. Je comprenais maintenant combien Maman avait dû souffrir à la mort de Félicité, de Félix et de Papa ; je connaissais maintenant cet état de profonde mélancolie qui lui avait fait renier sa religion et lui avait coûté la vie.

J'entendis des pas derrière moi qui s'approchaient, mais je n'avais pas besoin de me retourner pour savoir qui c'était. Léon vint tout près de moi et me chuchota dans l'oreille :

« Victoire, pourquoi trembles-tu quand je m'approche de toi ? Depuis la mort de Papa, tu erres comme une âme en peine, tu n'es jamais vraiment avec nous. Il faut que tu te reprennes.

Dans ma tête, il y avait un tel désordre que j'avais du mal à percevoir les choses, et tout me semblait flou et lointain. Je m'efforçai cependant de passer outre et j'acquiesçai de la tête.

— Adélaïde et Pauline prennent soin de la maison et des enfants, reprit-il. Les garçons et moi nous occupons de la ferme. Tu n'as donc pas à t'en faire de ce côté-là. Quant à l'auberge, il y a si peu de clients que je crains de devoir la fermer.

Dans un coin reculé de mon esprit, sa voix ne me parvenait que faiblement et, bien que sentant que j'aurais dû être concernée, je n'éprouvais rien, pas même de la tristesse, seulement le sentiment d'être absente, de m'échapper de moi-même, comme lorsque après avoir pêché une truite à la main, quoi qu'on fasse, même en serrant le plus fort possible, le poisson nous file peu à peu entre les doigts.

— Il est mort, tu sais, Victoire, continua-t-il. Nous sommes tous les deux libres maintenant, libres d'être ensemble. Papa lui-même le souhaitait. Cet après-midi-là, à la rivière, tu parlais de divorce. Tu as bien laissé entendre que si le divorce avait été autorisé, tu aurais pensé à vivre avec moi, non ?

Lui répondre était au-dessus de mes forces et la ferveur dans ses yeux noirs me transperçait le corps.

— Nous avons la bénédiction de Papa. Que veux-tu de plus ? Tu veux rester fidèle à mon père, à ton mariage basé sur l'affection et le confort, mais tu ne peux pas nier que, depuis toujours, c'est moi que tu aimes d'amour.

Je continuais de me taire.

— Tu penses que plus rien ne peut t'atteindre, Victoire. Si seulement tu m'invitais dans ta couche, juste une fois, je m'allongerais à côté de toi et te consolerais. Tu ne te sentirais plus seule.

Je ne sais pas ce qui me pris de me lever de ma chaise au coin du feu. Je m'entendis marmonner des mots incompréhensibles, puis je menai Léon jusqu'à mon lit. Le fardeau se fit soudain moins lourd sur mes épaules.

— Merci, lui murmurai-je en me blottissant dans ses bras, maintenant prête à l'écouter. Cela m'aide et j'ai moins mal.

— J'ai promis à mon père que je m'occuperais de toi, pas vrai ? » dit Léon en souriant.

Je n'eus pas alors le courage de lui dire que, même s'il allégeait le poids de mon fardeau, je ne ressentais plus rien pour lui : la passion, cette souffrance insoutenable que j'avais tant ressentie pour lui, m'avait quittée à la mort de son père.

***

Une nuit de décembre, la neige arriva furtivement, telle une séductrice silencieuse. Elle habilla les monts du Lyonnais d'un fin drap blanc. Elle étreignit les vignes, les terres en jachère et les haies. Elle caressa les troncs nus des arbres. Elle tomba sept jours durant et nous emmena en l'an 1784. Quand il s'arrêta de neiger, un fort vent du nord se mit à souffler pendant trois semaines. Jamais je n'avais connu de froid si intense. Les grands arbres se fendaient en deux comme de simples morceaux de papier, les grains de blé et d'avoine gelaient dans la terre. La couche de glace sur la Vionne était si épaisse que les carrosses y roulaient sans aucune appréhension. Les oiseaux, touchés par le froid en plein vol, s'écrasaient au sol, et sur la route, l'air glacial terrassait les compagnons, les mendiants et les soldats. Cet hiver-là, je trouvais un grand réconfort auprès de mes enfants Madeleine, Blandine et Gustave. Je leur lisais des histoires ou je les regardais s'amuser bien au chaud et en sécurité devant la cheminée.

« Deux de nos vaches sont mortes, il faudrait mettre les autres bêtes à l'abri à l'intérieur. Même dans la grange et dans l'étable, il fait trop froid, dit Léon.

Nous fîmes alors entrer tous les animaux dans la maison : les deux vaches encore en vie, le cheval, les cochons, les volailles et les moutons.

— Les villageois s'entraident toujours dans les temps difficiles », ajouta Léon.

Alors, comme Armand avant lui, il invita toutes les familles des alentours de Lucie tombées récemment dans la misère et dont les maisons étaient exposées aux vents. Parmi elles se trouvait la famille de Noémie, la femme qui avait fait sa cabane dans les bois. Cela me rappela le temps où le Père Geoffroy nous avait accordé une pièce dans le presbytère, et ce fut avec grand plaisir que j'installai tous ces gens bien plus miséreux que nous dans les spacieuses chambres de l'auberge.

« Les savants disent que la faute en revient au volcan, dit le forgeron alors qu'hommes et bêtes se pressaient autour de la cheminée. Ils disent même que les températures sont tombées au plus bas qu'il soit possible et ils prédisent un hiver des plus rudes, avec une longue période de gel.

Il ouvrit les mains et les approcha du feu. J'aurais bien aimé lui offrir un verre de vin, mais la cave était vide.

— Certains en sont réduits à faire du pain avec des glands, des fougères et même de l'écorce de pin, ajouta une dentellière. J'ai vu des gens avoir tellement faim qu'ils mangeaient l'écorce à même les arbres et broutaient le peu d'herbe qu'ils trouvaient sous la neige et la glace.

— Beaucoup meurent de dysenterie, continua Noémie, et on jette les corps dans des fosses communes.

— Et, bien sûr, il ne faut rien attendre de la famille royale, toujours aussi gâtée, renchérit le forgeron. Et il y a aussi la dîme à payer au curé.

— Ce n'est pas notre pauvre curé surmené qui profite de la dîme, rétorquai-je. Le Père Geoffroy est aussi pauvre que ses ouailles. Il loge à côté de l'église et survit avec le peu d'argent qu'il gagne aux mariages, aux baptêmes et aux enterrements. Non, c'est l'Église qui en bénéficie, et tout le monde sait très bien que l'Église ne paye pas d'impôts et que tous ses prélats viennent de l'aristoc…

— Oh là ! Qu'on ne me parle pas de ces répugnants sang-bleu, s'écria le boulanger d'un ton menaçant. Ils se débrouillent toujours pour ne pas payer de taxe.

— Ils ne sont pas les mieux lotis, dit Grégoire. Les voyageurs nous affirment que ceux qui s'en sortent bien mieux que les aristocrates, ce sont les bourgeois, les marchands et les avocats.

Il regarda les villageois en face et je me sentis aussi fière que lorsque Papa racontait ses histoires.

— Tout ce que je vois, c'est qu'à la fin, il ne nous reste même pas un cinquième de ce que nous avons gagné, répliqua la dentellière en levant le poing. J'ai entendu dire que les métiers à tisser de Lyon vont s'arrêter. Pendant que les finances de l'État sont au plus bas, la reine s'amuse et va aux courses, à l'opéra, au bal… Il paraîtrait même que, chaque semaine, elle achète trois ou quatre robes.

— Elle a mis au monde un autre fils, dit le tailleur de pierre.

— Et les ragots vont bon train. On chuchote qu'une fois encore, le roi n'en est pas le père, ajouta la dentellière en ricanant, mais qu'il est le fils de l'amant de la reine, un certain comte Axel Von je ne sais quoi. »

Toute l'assistance éclata de rire. Dans ces moments remplis de la chaleur humaine et de la fraternité des villageois, je sentais ma détresse s'apaiser un moment, mais j'avais toujours autant de mal à supporter cette profonde mélancolie qui me rongeait continuellement.

19

Le deuxième enfant de Grégoire naquit quelques jours après mon vingt-troisième anniversaire, en mai 1785.

« Nous l'appellerons Mathilde, dit Grégoire avec un élan de tendresse dans la voix, tandis qu'il caressait doucement son visage de nouveau-né. Mathilde Félicité Charpentier.

— C'est un joli nom empreint de majesté, répondis-je.

Les lèvres en forme de cœur de Mathilde s'entrouvrirent, donnant l'impression qu'elle nous souriait.

— Madeleine, Blandine, Gustave, venez dire bonjour à votre nouvelle cousine, demandai-je.

— N'est-elle pas le plus beau bébé que Dieu a fait naître en ce monde ? demanda mon frère.

Françoise sourit et mit le bébé au sein. J'éclatai de rire.

— Bien sûr que oui. Tous les enfants sont de belles créatures divines. J'aimerais bien aussi lui apprendre à lire et à écrire, ainsi qu'à Émile d'ailleurs. Tu te souviens de ce que maman disait : être lettré est tout aussi important pour les filles.

— Tu leur enseigneras la lecture, dit Grégoire, et moi, je leur raconterai des histoires, les légendes de leur grand-père.

« — Oh oui, oncle Grégoire, raconte-nous une histoire, dit Madeleine. S'il te plaît Maman, est-ce que je peux rester ici pendant que tu vas chercher de l'eau ?

— Si tu veux, je ne serai pas longue de toute façon », répondis-je.

Je pris chacun des jumeaux par la main et nous nous dirigeâmes vers la rivière. Avec le printemps, la fonte des neiges venait grossir la Vionne turbulente. Le vallon s'était couvert d'une multitude de pâquerettes et de coquelicots qu'une brise légère animait doucement. Des chants d'oiseaux sortaient des grands arbres couverts de bourgeons.

Le soleil chauffait mon visage. Je m'agenouillai à côté du moulin à eau, qui transformait les grains de blé et de seigle des champs environnants en farine, tout en surveillant Blandine et Gustave qui jouaient ensemble. J'étais heureuse de les entendre crier de joie pendant qu'ils cueillaient des fleurs ou se roulaient dans l'herbe grasse.

Après avoir rempli mon seau en cuivre, je le posai sur la berge, trempai les mains dans la rivière et bus l'eau fraîche. La rivière avait cette couleur verte si particulière, que j'avais retrouvée dans certains bijoux de mes maîtres de Saint-Germain ; la couleur de mes yeux, avait dit un jour Léon. Tant de temps s'était écoulé depuis qu'il m'avait appelée Mademoiselle aux yeux couleur rivière que je me demandais si tout cela n'était pas le fruit de mon imagination.

Je levai la tête. Le ciel était d'un bleu si profond que j'en fus presque éblouie. Je respirai profondément le parfum des saules et des primeroses, l'odeur fruitée de l'herbe humide ; tant de senteurs pour remplir le vide que je ressentais en moi. Mais j'avais beau respirer aussi fort que je le pouvais, j'éprouvais toujours cette oppression dans ma poitrine. Je commençai à cueillir des feuilles de pissenlit pour la soupe du soir. Avec le rude hiver que nous avions eu, nous ne faisions plus qu'un seul repas par jour et la faim me tiraillait l'estomac en permanence. Peut-être était-ce aussi cette profonde mélancolie ? J'essayai de ne pas trop y penser et je me concentrai plutôt sur les jumeaux qui gambadaient comme de petits agneaux.

« Ne vous approchez pas du bord ! » leur criai-je.

Prise à contrevent, ma voix ne portait pas. Elle tremblotait comme un cœur apeuré. Il me vint à l'esprit les rumeurs récentes faisant état d'ouvriers saisonniers qui avaient jeté leurs jeunes enfants dans la rivière, comme des chatons, faute de pouvoir les nourrir.

Mon panier rempli de pissenlits, je m'assis un moment. L'herbe tendre caressait mes pieds nus. Mes joues étaient chaudes d'être restées au soleil toute la journée. L'odeur de terre humide me rappela Armand et je sentis des picotements sur ma peau en l'imaginant assis à côté de moi.

« Je suis si fatiguée que j'ai peur de ne pas pouvoir y arriver, Armand, lui dis-je. On ne trouve plus d'œufs au marché, plus de légumes non plus. Je ne sais pas ce qu'il va advenir des enfants et de la ferme. »

Je n'avais pas pris mon manteau et pourtant je sentais un poids sur mes épaules, comme si je le portais. Des ombres traversèrent mon esprit et l'assombrirent. Mes yeux ne supportaient plus la lumière du soleil. Mes paupières devenaient lourdes. Je faisais de gros efforts pour garder les yeux ouverts. Je devais les garder ouverts, sinon Armand me quitterait de nouveau.

Je fus réveillée en sursaut par le cri d'un oiseau. J'avais fini par fermer les yeux, et m'étais assoupie un instant, juste un petit moment, pas plus. Aussitôt le silence me troubla, m'avertissant que les jumeaux n'étaient plus à proximité. Je me levai d'un bond.

« Blandine, Gustave ! Où êtes-vous ? » criai-je.

Je regardai autour de moi. Je clignai des yeux face au soleil couchant, puis je les aperçus tout en bas, au bord de l'eau. Je leur fis de grands signes et les appelai. Blandine ne répondait pas et continuait de jeter des cailloux dans l'eau. À chaque lancer, elle s'approchait un peu plus de la rivière dont le courant était très fort. Son frère était accroupi sur la rive à côté d'elle et jouait dans le gravier. Je les appelai de nouveau, hurlant de toutes mes forces. Je ramassai vite mon panier et mon seau et me précipitai vers eux.

***

Mes jambes sont trop lourdes. À chaque pas, j'ai du mal à lever les pieds. Pourquoi est-ce que les enfants ne m'entendent pas ? Est-ce que je ne crie pas assez fort ? Est-ce que je crie vraiment ?

Les jumeaux sont tout près de l'eau maintenant, tellement près, trop près. Blandine glisse et tombe à l'eau, suivie de son frère. Ils s'enfoncent doucement, ils ont de l'eau jusqu'aux genoux, puis jusqu'à la taille, jusqu'aux épaules maintenant.

L'eau de la rivière est trop froide pour nager. Pourquoi sommes-nous ainsi debout dans l'eau glacée ?

Des blouses blanches tourbillonnent à côté de moi puis se laissent emporter, entraînées dans le courant par une main géante. Plus loin, plus vite. Tout devient flou. Sous la voûte de châtaigniers, est sombre. Les oiseaux se taisent, les feuilles des saules retiennent la brise et l'air est immobile. La rivière ne coule plus.

***

« Comment Blandine et Gustave ont-ils pu s'éloigner de vous ? demanda quelqu'un que je ne connaissais pas.

— Comment … c'est arrivé ?

— Terrible … tragique … ! »

Je fixais du regard les visages qui m'entouraient, mais aucun ne m'était familier. Ces visages sans noms s'avancèrent vers moi si près que je sentis leur haleine âcre tandis que leurs postillons éclaboussaient mes joues. Ils me harcelaient de tant de questions que je ne pouvais me concentrer sur aucune d'elles. Je détournai la tête. Mes larmes coulaient sur mes joues puis tombaient sur le lit.

« C'est l'eau qui a en-ensorcelé ma Blan-Blandine, balbutiai-je d'une voix qui m'était étrangère. J'ai appelé et appelé "Reviens ! Reviens !" Mais elle a continué et elle est entrée dans l'eau.

— Et Gustave ?

Je reconnus la voix de Grégoire. Je distinguai son visage blanc comme un linge, qui avait pris une expression étrange. Madeleine était dans ses bras, les yeux écarquillés comme si quelque chose la terrifiait. Bien que j'eus désespérément envie de la serrer dans mes bras, je ne pouvais pas la prendre, ma petite fille.

— Je ne sais pas, je ne sais pas ! répétai-je en remuant incessamment la tête. Gus-Gustave ne voulait rien entendre… Je l'ai supplié de revenir, de ne pas la suivre. Il est allé, lui aussi, dans la rivière… Il a suivi sa sœur chérie et a trébuché. Ils faisaient toujours tout ensemble ; toujours tout ensemble !

J'éclatai en sanglots. Ne supportant plus leurs regards, je me cachai la tête dans les bras.

— Mes bébés ! Je n'ai pas pu les rattraper. »

Les gens me touchaient le bras, me posant questions sur questions. C'est à peine si je pouvais leur répondre.

J'ignorais comment j'avais réussi à quitter mon lit, ni comment j'étais parvenue à l'église Saint-Antoine.

« Une nouvelle tragédie de la Vionne violente », disaient les gens du village tandis que le Père Geoffroy enterrait Blandine et Gustave dans la même tombe, leur faisant quitter ce monde comme ils y étaient entrés : ensemble.

Le chagrin et la douleur qui s'étaient abattus sur moi à la mort d'Armand avaient redoublé d'intensité et submergeaient tout mon être. J'étais incapable de pleurer mes enfants perdus car j'avais cessé d'être vivante.

« Il faut manger, Victoire. Adélaïde et Pauline t'ont fait du potage. Veux-tu un peu de pain noir ? »

Je crus reconnaître la voix de Léon. J'en déduisis que nous étions rentrés à l'auberge. Je ne réussis pas à lui répondre et je détournai la tête. Je voulais le supplier de me dire où étaient les jumeaux, mais lorsque j'ouvrais la bouche, aucun son ne sortait. Adélaïde et Pauline frottèrent la bouilloire avec du lard, y firent chauffer de l'eau avant d'y jeter quelques croûtons de pain. Je ne pouvais toujours rien avaler. Je frissonnai et ramenai la capuche de mon manteau sur ma tête. Dans le miroir pendu au-dessus de la cheminée, je ne reconnaissais plus ce visage livide et décharné, comme rescapé du néant. Adélaïde et Pauline se firent des signes de tête et marmonnèrent des choses que je ne compris qu'à moitié : prise de folie… mélancolie… noyade…

« La guérisseuse est venue pour te voir, Victoire, dit Léon.

Celle-ci porta un gobelet à mes lèvres

— Ce n'est qu'un peu de tisane, Victoire, pour chasser ce terrible démon qui est en toi.

Démon ?

Je repoussai le breuvage de la main. Je ne voulais pas de son poison.

— Peut-être un peu de ce remède-là alors ? Ta maman en faisait aussi, tu t'en souviens ?

Elle approcha un autre gobelet de mes lèvres. Je la regardai fixement. Non, je ne m'en souvenais pas. Je ne me souvenais plus de rien.

— Elle en faisait avec les fleurs de la Saint-Jean, avant le grand banquet de l'été.

Lorsqu'elle me frôla de la main, un grand frisson parcourut mon corps.

— Bois, Victoire, ça chassera ta folie démoniaque et te rendra ta joie de vivre et ton courage.

— Où sont mes enfants ? Il faut que je sois avec eux … trop jeunes pour qu'on les laisse seuls. »

Je bondis hors de ma chaise et filai à toute allure dans la pièce à la recherche de Blandine et de Gustave. Ne les trouvant nulle part, je m'écroulai sur le sol froid avec une douleur terrible à la tête, trop épuisée pour continuer mes recherches. Au début, je ne prêtai pas attention à ce son bizarre, un son surgi droit des enfers et qui venait du plus profond de mon être. Je ne compris qu'il s'agissait de mes hurlements que lorsque les gens se bouchèrent les oreilles, et que je dus aussi couvrir les miennes. Le son s'éloigna, glissa sous le plancher et ressortit par les fentes du mur de pierres. Pourquoi les gens s'étaient-ils donc tous écartés de moi ? Il me fixaient avec des yeux agrandis par l'effroi, comme si j'étais un horrible monstre ; même Grégoire et Françoise qui serraient fort ma Madeleine ; même le petit Émile et Mathilde. Je ne voulais pas voir ces enfants dont les noms m'évoquaient mes parents disparus.

« Ça ne peut plus continuer, Victoire ! dit Léon.

Sa démarche était hésitante, comme s'il appréhendait de s'approcher de moi. J'étais étendue à même le sol. Il m'aida à me relever et me mit une feuille de papier pliée dans la main.

— Tiens, une lettre de ton amie cuisinière. Peut-être que cela te remontera le moral. »

Mon esprit fusait de toutes parts et j'avais du mal à lire les mots de Claudine.

Ma chère Victoire,

Il y a bien longtemps que je n'ai pas eu de tes nouvelles. Je suis morte d'inquiétude à ton sujet et je prie pour que cette absence de correspondance ne soit due qu'à l'incompétence de notre service des postes.

J'espère qu'Armand est maintenant guéri de sa blessure et que tout le monde à l'auberge des Anges a survécu à ce terrible hiver.

Je ne sais pas si la nouvelle est parvenue jusqu'à vous, mais tout Paris ne parle que de l'affaire du collier de la reine. Une aristocrate désargentée, Jeanne de Valois Saint-Rémy, a conçu un plan pour récupérer un château qu'elle dit être son château familial, et que la couronne lui aurait volé. Se faisant passer pour une des confidentes de la reine et son amie intime, elle a fait croire au Cardinal de Rohan que celle-ci voulait acquérir un collier valant une fortune.

Ils ont arrêté et embastillé le cardinal. La femme aussi fut arrêtée. Le peuple est en ébullition car ce scandale a terni à jamais la réputation de Marie-Antoinette.

J'espère que cette lettre te parviendra vite.
Avec toute mon amitié,
Claudine

Mes larmes tombaient sur la page et détrempaient l'encre, dessinant de petits pétales arrondis. Je me glissai hors de la chaise d'Armand et me rapprochai du feu. La lettre de Claudine tremblait dans ma main. Je la levai au-dessus des flammes et je regardai le papier se noircir et se déformer avant de s'enflammer. Je savais que cette lettre resterait sans réponse. Je me recroquevillai sur moi-même, les mains sur mes mollets, une joue sur mes genoux, et je m'absorbai dans le feu, appelant les flammes à m'étreindre et à me dévorer comme elles avaient, en leur temps, dévoré Félicité et Félix.

De la main, je cherchai le pendentif d'ange de Maman pour me donner un peu de courage et de chaleur. Je ne sentis rien sous mes doigts et comme il m'était impossible de me souvenir de ce qu'il en était advenu, mes doigts grattèrent mon cou jusqu'au sang et des morceaux de peau se logèrent sous mes ongles. Puis, trop fatiguée pour continuer, je laissai retomber ma main et, les paupières lourdes, je fermai les yeux. Je chercherais la figurine d'ange un autre jour.

Les flammes s'enroulaient autour de la table et des chaises, léchaient le lit et le cabinet d'herbes médicinales de Maman. La chaleur du feu faisait craqueler les murs. La fumée m'étouffait. Je courus dehors et regardai, impuissante, le feu consumer notre maison. Quand, finalement, les flammes diminuèrent, je découvris avec horreur les deux petits corps calcinés qui reposaient dans les cendres. Un corbeau passa au-dessus de moi, lentement, les ailes déployées, décrivant des cercles parfaits. Il tournait de plus en plus vite, dessinant une spirale infernale dans le ciel. Le froid descendait le long de mon dos, me donnant la chair de poule. Maman et Papa allongèrent Félicité et Félix à l'arrière de la charrette déjà remplie d'autres corps d'enfants morts. Nous étions tous là à faire signe de la main à la charrette qui partait lentement. Elle croisa la route d'un élégant carrosse couleur sang de bœuf qui passa dans un bruit de tonnerre et la renversa. Les corps tombèrent sur le chemin et des morceaux du corps de Papa s'éparpillèrent sur la route. Le corbeau, perché sur une branche au bord de la rivière, prit son envol et piqua droit sur les restes de mon père. Je remarquai alors la cicatrice dentelée près de son œil gauche.

« Non, arrête, arrête ! »

Je frappai l'oiseau à grands coups de bâton. Des morceaux de chair pendaient de son bec. Il me fit soudainement face et m'attaqua au visage, me piquant les yeux jusqu'à me rendre presque aveugle. Il déplia ses ailes et s'envola au-dessus de la rivière, un panier dégoulinant de sang dans son bec. Il laissa tomber dans la rivière le panier, qui tourbillonna de plus en plus vite, emporté par le courant. De l'intérieur du panier s'échappaient de petits cris : « Maman ! Maman ! », qui s'estompèrent peu à peu. Les enfants étaient loin, je ne pouvais plus les atteindre. Hors d'haleine, je trébuchai sur une tombe ouverte dans laquelle gisait un squelette. Rubie, ma ravissante petite fille vêtue de rouge, se tenait devant la tombe. Elle me sourit et s'avança vers moi. J'ouvris les bras à ma fille. J'allais lui prendre la main lorsque je fus réveillée en sursaut. Léon me tenait la main.

« Quelqu'un est venu te rendre visite, Victoire.

— Qui est cet homme ? demandai-je. Je ne savais ni qui il était, ni ce qu'il venait faire ici.

— C'est le bailli, répondit Léon.

Il me prit par le bras comme s'il avait peur que je tombe ou que je parte en courant.

— L'infanticide est le crime le plus affreux que l'on connaisse, proclama le bailli. Vous, veuve Bruyère, serez incarcérée à Paris, à l'asile de la Salpêtrière, pour le reste de votre vie. »

Tandis qu'ils m'emmenaient, je n'avais pas la moindre idée de ce qui venait de se dire.

Hôpital de la Salpêtrière

1785–1787

20

Quel étrange sentiment que de rester immobile après des semaines à être ballottée et secouée dans tous les sens. Cela avait peut-être même duré des mois, voire des années. J'étais complètement écrasée tellement il y avait de monde entassé dans ce chariot sans fenêtres, et l'odeur de sueur et de vomi était incommodante. Quand la porte du chariot s'ouvrit dans un horrible grincement, la lumière du jour m'aveugla. Des étincelles de feu flottaient dans l'air. J'avais froid et je grelottais sous mon manteau. La peur de ces étincelles orange me fit reculer et je chancelai. Un homme m'attrapa par le bras et ses doigts s'enfoncèrent profondément dans ma peau.

« Faut sortir… Allez, dehors !

Papa a dit de sortir tout de suite ! Il y a le feu ! Les jumeaux… dedans ! J'essayai de me dégager de lui et des flammes. L'homme ricanait.

— On a peur de quelques feuilles d'automne, ma belle ?

Des feuilles ? Bien sûr, je les voyais maintenant. C'étaient des feuilles qui volaient au gré du vent et roulaient sur le sol avant de rejoindre les autres feuilles mortes tombées à terre. Mes mains me brûlaient. Je les regardai et m'aperçus que mes paumes écorchées saignaient. Ce n'était peut-être pas les feuilles qui étaient tombées sur le pavé, mais moi, en essayant de me dégager de cet homme.

Il me releva et me poussa en avant vers un ensemble de bâtiments sombres. À mesure que nous avancions, l'odeur d'urine, d'excréments et de saleté corporelle devenait de plus en plus forte.

— Où suis-je ? Où m'emmenez-vous ?

Les mots sortaient de ma bouche comme des chuchotements enroués.

— Où est Grégoire ? Trouvez Léon, il saura quoi faire !

— Bienvenue au paradis, ma jolie, me souffla l'homme au visage.

Il me força à m'asseoir sur une chaise. Pourquoi m'attachait-t-il par les membres aux pieds de la chaise ? Je sentis quelque chose contre mon crâne. Je regardais par terre les tâches couleur cannelle qui couvraient le carrelage crasseux. Je ne sentais plus rien sur ma tête. Je la secouais de droite et de gauche. Elle me paraissait maintenant moins lourde et plus facile à tenir. Les forces me manquaient pour lutter contre l'homme qui me déshabilla et m'installa dans un tonneau en bois. Il mit quelque chose de froid et lourd autour de mon cou et le verrouilla solidement.

— Si tu bouges, ne serait-ce qu'un petit peu, cet anneau de fer cassera ton joli petit cou, dit-il.

Je me gardai bien de bouger et me mis à respirer si légèrement que j'avais à peine assez d'air pour rester consciente.

— Bon bain, ma jolie, ajouta-t-il.

Le choc de l'eau glacée sur mon visage fut tel que je ne pus même pas crier. L'eau rentrait dans mes yeux, mon nez, ma bouche. J'avais du mal à respirer. Je toussais, crachais, mais l'eau cinglait mon visage, encore et encore.

— Arrêtez, je vous en supplie !

Je fus encore aspergée un long moment, puis le jet s'arrêta d'un coup et l'homme libéra mon cou. Une femme apparut. Elle me tendit une chemise et une bure gris cendres.

— Mets ça et dépêche-toi, ma fille. Il est temps d'aller rejoindre les autres cinglées, dit-elle.

Elle éclata de rire mais je ne voyais pas du tout ce qu'il y avait de drôle à cela.

L'homme revint. Il me fit traverser une cour déserte entourée de hauts murs. Nous dévalâmes des escaliers recouverts de mousse puis il s'arrêta et me montra le chemin d'un signe de tête.

— Dommage que ta chambre n'ait pas la vue sur la rivière. Rien ne te rappellera d'où tu viens, n'est-ce pas, ma jolie ? »

Je ne compris pas pourquoi il disait cela mais je tressaillis. Nous arrivâmes dans une grande pièce très profonde, à peine éclairée par un mince filet de lumière. Je frémissais de peur et d'inquiétude. Où se trouvaient donc le ciel et les feuilles couleur de feu ? Je me sentirais bien mieux et je comprendrais certainement plus facilement si je pouvais voir le ciel et les feuilles.

Des cris parvinrent à mes tympans. Des hurlements si sauvages, si désespérés, que je compris que j'étais morte et que j'avais atteint les enfers. J'avais bien trop peur pour me débattre. L'homme me jeta dans une pièce humide où je distinguai, dans le fond, des femmes crasseuses à la tête rasée. Certaines portaient les mêmes habits que moi, d'autres étaient nues et aussi maigres que des épouvantails.

Où suis-je ?

Je regardai autour de moi. Pour échapper à cette horde de femmes, je courus en direction du seul rai de lumière qui entrait par les barreaux de la porte.

Non, non, je ne peux pas rester là !

Il n'y avait aucune issue. Je ne pouvais pas m'échapper. Je rebroussai chemin et me recroquevillai dans un coin, la tête dans les bras.

Ne prenez pas ma Rubie… Elle a froid dans son panier. On a volé le lait de Madeleine !

Je pris mes seins dans mes mains et, serrant mes tétons abîmés, je sentis de nouveau les gros enfants de riches sucer goulûment mon lait, et par là même toute mon énergie, me laissant trop fatiguée pour tenir debout.

« Plus de pain ! »

Ces mots, repris par les femmes, arrivèrent à mes oreilles mais se perdirent dans le dédale de mon esprit. Je crus pousser un petit gémissement. Un homme arriva aussitôt sur moi et enchaîna mes poignets et mes chevilles. Je ne pouvais plus m'éloigner du mur au-delà de ce que les chaînes me le permettaient. Je ne percevais distinctement que quelques mots, mais qui ne voulaient rien dire :

« Folle… incurable… noyer… rivière… quartier des déments. »

Rivière ? Quelle rivière ?

Je regardai autour de moi. Il n'y avait pas de rivière ici, seulement un océan de saleté.

« Ce n'est pas une raison pour gratter le mur, imbécile ! cria l'une des femmes. Personne ne viendra t'aider ici. »

J'arrêtai net. Je ne me débattis plus, et j'étais si faible que je m'écroulai sur le sol, la tête sur la paillasse usée grouillant de petites bêtes. Ne sachant plus quoi faire, je me bouchai les oreilles pour ne plus entendre les lancinants cris d'angoisse qui sortaient de la bouche de ces femmes et qui ressemblaient à des cris d'oiseaux égarés.

Je grattai les hématomes sur mes bras. Mes ongles étaient cassés et mes mains couvertes de sang. D'où venait donc ce sang ? De la plaie ouverte sur la jambe d'Armand ? Non, j'avais arrêté l'hémorragie en utilisant la technique de Maman, c'est-à-dire en appuyant dessus pour empêcher le sang de couler. Je lui avais sauvé la vie. Sa jambe pourrait guérir maintenant, et tout allait s'arranger. Je me disais que bientôt je me réveillerais, qu'Armand serait à mes côtés. Il me dirait qu'il ne s'agissait que d'un mauvais rêve, et son sourire me réchaufferait. Après le travail, nous nous assoirions au bord de la rivière, le soleil chaufferait nos joues, le vent nous décoifferait. Je me balançais de gauche à droite dans l'attente de mon réveil. Je me sentis un petit peu mieux, alors je me balançai de plus bel. L'homme revint. Il posa par terre des écuelles en bois, lança des morceaux de pain noir et nous détacha.

« Qu'est-ce que c'est ? Qui est cet homme ? chuchotai-je à une femme au visage balafré qui se trouvait derrière moi.

— Un gardien. Tous des créatures du diable, répondit-elle.

Elle me montra mon écuelle.

— Mange, ma fille, c'est de la soupe, ajouta-t-elle. Il vaut mieux prendre des forces, sinon la mort viendra te prendre, comme pour elles, là-bas.

D'un signe de tête, elle me montra deux corps recroquevillés sans vie sur le sol, les yeux grands ouverts et ronds comme ceux d'un poisson.

— Une mort lente, froide et angoissante », précisa-t-elle.

Je pris l'écuelle et la mis sur mes genoux. Il s'en dégageait une vague odeur rance de pourriture. Je bus tout le liquide et avalai le pain. Après le souper – car je supposais qu'il s'agissait du souper – le gardien nous enchaîna de nouveau avant de sortir bruyamment. Le bruit de ses grosses bottes résonna encore dans ma tête longtemps après qu'il eut disparu. Je n'avais rien à faire.

« Armand ! Où es-tu ? Armand !

Dans ce froid humide, j'avais besoin de me raccrocher à mon mari, de sentir sa chaleur, de me blottir dans ses bras. Une fois encore les chaînes me bloquaient.

— Ne t'en fais pas, ma chère épouse, je suis là, dit-il. Oui, là, juste derrière toi. Je prendrai soin de toi, Victoire.

Mes yeux scrutaient l'obscurité.

— Où es-tu ? Je ne te vois pas. Armand, reviens !

— Tais-toi, sale putain ! » cria une femme.

Je me recroquevillai en position fœtale sur ma couche grouillante de bêtes. Il faisait froid et je grelottais dans l'obscurité bleutée. La bouche déformée par d'étranges grimaces, je pleurais sans verser de larmes. Des bestioles montaient le long de mes jambes, je sentais leurs pattes sur mes chevilles. Je ne pensais pas, je ne dormais pas, je ne rêvais pas.

***

Un oiseau me réveilla. Où pouvait bien se trouver l'arbre sur lequel il chantait ; et les champs, les collines, les vergers, où étaient-ils ? Il n'y avait pas d'odeur de terre humide, d'herbe fraîchement coupée ou d'arbres fruitiers en fleurs. En fait, je ne voyais aucun oiseau non plus. Le cri entendu dans ce matin froid n'était que celui d'une femme qui hurlait, tandis qu'à moitié réveillées, nous rentrions dans la cour.

« Où nous emmènent-ils ? demandai-je à la balafrée.

— Je te l'ai dit, répondit-elle. Les gardiens nous conduisent à la messe dans la chapelle tous les matins, tu verras.

189

— À la messe ? Peut-être que le Père Geoffroy y assistera aussi. Lui m'aidera et me ramènera à la maison. »

Le froid montait du sol en pierres. Il traversait mes sabots, pénétrait mes pieds nus, enveloppait mes chevilles et remontait le long de mes jambes. J'étais si transie que j'avais peur d'en mourir. Je me serrai contre les autres femmes qui firent pareil. Face à l'autel, nous ne formions plus qu'une grosse masse grise frissonnante. Il y avait bien un prêtre, mais ce n'était pas le Père Geoffroy. Celui-là était habillé d'une chasuble violet et or et se tenait devant son lutrin tel un grand maître de cérémonie, déclamant des mots que je ne comprenais pas. Je me concentrai alors sur les Saintes Écritures. Si j'arrivais à les lire, tout rentrerait dans l'ordre et tout irait pour le mieux. Je récitai mes prières et chantai les cantiques avec les autres, bien que j'eus du mal à me souvenir des paroles. Mon regard fut attiré par un trait de lumière jaune qui brillait bien au-dessus des fenêtres du haut. Il avait la forme d'un citron mais était petit et fin comme une aiguille. Je clignais des yeux pour mieux le voir, mais je n'étais pas sûre qu'il fût réel. Je fermai les yeux une seconde et lorsque je les rouvris, le rayon de lumière avait disparu.

***

« La santé ne peut revenir qu'avec l'harmonie entre le sang, le phlegme et les biles noire et jaune, expliquèrent les gardiens pendant qu'ils m'attachaient au tabouret. Et cela va équilibrer les humeurs dans ton corps.

Ils commencèrent à faire tourner le tabouret.

— Il faut réarranger ton cerveau et le remettre bien en place, ajoutèrent-ils.

Ils me firent tourner de plus en plus vite. La pièce défilait sous mes yeux. J'avais l'impression que j'allais exploser, que je pouvais à tout moment être projetée hors du tabouret et heurter violemment le mur. J'avais des étourdissements.

— Non ! Arrêtez, s'il vous plaît !

Ils continuèrent de me faire tourner. J'avais mal au cœur et, quand ils arrêtèrent enfin, je pris ma tête dans mes mains, me penchai en avant et vomis mon pain sur le sol putride.

Les gardiens lancèrent un seau d'eau froide sur moi et mon vomi. Leurs ricanements aussi faisaient froid dans le dos.

— Pitié, pitié ! criai-je, consciente de ce qui allait suivre, de ce qui suivait toujours les tours sur le tabouret. Mais mes supplications furent vaines. Ils armèrent l'appareil à lancette, le déclenchèrent et la lame propulsée par le ressort entra dans mes veines. Quand ils eurent terminé la saignée, ils passèrent aux coups.

— Trop de bile noire, dirent-ils en me frappant. Il faut taper fort pour la faire sortir. »

Je ne luttais plus, je ne bronchais même plus. J'étais morte, une fois de plus.

21

Dans le matin blafard, des chants religieux résonnaient entre les murs de la chapelle et des filets mauves de fumée d'encens montaient dans l'air froid. Je chantais avec les autres, le regard dirigé, comme toujours, vers le haut, vers la lointaine lumière jaune citron ; seul moment de tranquillité dans ma journée en enfer. La petite lumière brillait plus fort depuis quelques jours et son intensité me permettait de mieux appréhender le temps qui passait et les routines journalières que constituaient la messe, les prières, les saignées, les lavements et les tours sur le tabouret.

Le brouillard se levait un peu plus chaque jour. Il montait en tourbillonnant vers le ciel et, à travers la grande fenêtre ovale, cette lame de lumière jaune pénétrait ma peau et sa chaleur rayonnait dans tout mon corps. Un matin, la lumière brillait si forte que j'en fus presque éblouie et je dus cligner souvent des yeux, mais je commençais à reprendre le contrôle de mon esprit torturé, à démêler les nœuds dans mon cerveau et à isoler les fils de mes idées pour enfin pouvoir les suivre. Mes lèvres prononcèrent d'abord des mots, ensuite des phrases. Enfin je sortais de cet état de panique terrible et incontrôlable dans lequel je me trouvais à mon arrivée à la Salpêtrière. Je ne ressentais plus cette peur panique qui me faisait hurler, suer et me gratter le crâne jusqu'au sang.

***

« Pourquoi nous rasent-ils la tête ? demandai-je à la balafrée, la seule femme qui me parlait et dont le discours était quelque peu sensé.

— À cause de la vermine, ma chère, répondit-elle. Ils disent aussi que les compresses humides qu'ils appliquent pour calmer notre folie sont plus efficaces sur les crânes rasés.

— Tu ne parais pas folle, lui dis-je.

— Je ne suis ni plus folle, ni moins folle qu'une autre, mais il y a beaucoup de raisons autres que la folie pour être jeté dans cette prison.

— Une prison ?

Elle acquiesça.

— Oui, les cachots de la Salpêtrière, les plus effrayants de tous.

La Salpêtrière.

À Saint-Germain, dans la maison des nobles, j'avais entendu des histoires horribles sur cet endroit. L'étrange chaleur émanant de la lumière de la chapelle me brûlait maintenant comme une boule de feu. Je venais de me prendre la foudre. J'avais la respiration coupée et la tête qui tournait. Enfin je comprenais. J'étais enfermée dans l'asile le plus grand et le plus

193

terrible du royaume. Mais pour quelle raison ? Je n'en avais aucune idée. Avoir pris conscience de ma condition devint tout de suite une atroce malédiction. J'avais envie de me jeter sur ma paillasse sale et de crier toute ma frustration, mais je ne devais plus me laisser aller, même si je grelottais seule, les yeux pleins de larmes, dans ce sinistre tombeau de démence.

— Pour quelle raison nous envoient-ils ici ? demandai-je.

— Oh ! Pour toutes les raisons du monde, répondit la balafrée. Il y a des protestantes qui ont refusé de se convertir, des femmes adultères. On y trouve aussi celles qui prédisent l'avenir ou lisent dans les astres, et puis il y en a qui ont jeté des pierres sur le carrosse royal. Bien sûr, on y enferme aussi les femmes vraiment atteintes de folie.

— Il y a combien de temps que je suis enfermée ici ?

— Cela fait environ un mois, mais tu t'en sors bien. Beaucoup de celles qui arrivent dans les cachots n'en ressortent pas vivantes.

Il était heureux que je ne me souvienne que très peu de ce mois passé enfermée.

— Et sais-tu pourquoi j'ai été envoyée ici ?

— On dit que tu as tué tes enfants… Que tu es devenue folle et que tu les as noyés dans la rivière.

— Noyer mes enfants !

Je fermai les yeux et secouai ma tête de gauche à droite, comme la folle qu'ils pensaient que j'étais. La rivière couleur de jade serpentait entre les saules pleureurs. Le chant aigu des oiseaux couvrait le bruit de l'eau et le murmure du vent. Comme des agneaux tenant à peine sur leurs pattes, Blandine et Gustave descendaient en titubant vers la rivière. Je leur criais de revenir, je courais vers eux mais dès que je m'en approchais, tout devenait flou dans ma tête, et puis plus rien, le trou noir.

— Je ne sais pas, ajoutai-je en posant un doigt sur ma tempe. Je ne m'en souviens pas.

Pourtant je me souvenais bien de la grande détresse qui suivit, de comment elle avait sournoisement envahi mon être, petit à petit, sans que je m'en rende compte. Ensuite, il avait été trop tard, elle m'avait possédée entièrement.

J'entendis de nouveau les voix sataniques, de simples murmures d'abord mais qui, très vite, se changèrent en hurlements si forts que j'avais envie de me cogner la tête contre le mur pour les faire sortir de mon crâne. Je compris que la folie m'avait transformée : je n'étais plus qu'une loque humaine, un corps vide qui respirait mais qui était dépourvu de raison et incapable de penser.

— J'ai dû avoir été vraiment folle quelques temps, lui dis-je.

Tandis que je me sentais de nouveau normale, je savais qu'il restait encore quelque chose en moi sur lequel je n'avais aucune emprise, un élément inconnu qui avait effacé de ma mémoire ce terrible jour au bord de la rivière avec Blandine et Gustave.

— Il aurait peut-être mieux fallu rester folle, ajoutai-je. Folle, je n'entendrais pas ces pauvres malheureuses gémir et délirer. »

Il aurait été plus facile aussi que je ne voie pas leurs yeux exorbités et sans vie, comme ceux d'un cerf abattu, ni que je les regarde joindre les mains en signe de prière à un dieu désespérément sourd.

***

Maintenant que j'étais redevenue lucide, je voyais les soi-disant traitements comme des actes barbares dispensés plus pour le plaisir des gardiens que pour notre guérison. Je compris très vite que l'appareil à lancette faisait partie d'une longue série d'instruments de torture, plus horribles les uns que les autres, utilisés pour la saignée. Je retenais mes larmes lorsque les lames scarifiantes s'enfonçaient dans ma peau et y dessinaient une mosaïque d'entailles peu profondes. Je ne bronchais pas lorsqu'ils faisaient couler mon sang dans une tasse. La forte puanteur de leur haleine ne me donnait pas de haut-le cœur. En silence, je me recroquevillais sur moi-même en position fœtale en signe de soumission lorsqu'ils me battaient puis me laissaient un long moment dans une cellule d'isolement, parfois inondée par les eaux de la Seine. J'avais bien pensé envoyer une lettre à mon amie Claudine ; elle aurait su comment m'aider. Ou bien à Léon ou à mon frère, mais, dans ces horribles cachots,

196

on nous donnait à peine de quoi manger, alors il était inimaginable d'obtenir de l'encre et du papier.

***

La plupart des Parisiens qui venaient à la Salpêtrière dans leur superbe carrosse avec valets en livrée le faisaient par plaisir, bien que beaucoup d'entre eux aient peur de nous, les folles qui, selon l'adage populaire, alliaient maladies mentales à possession démoniaque. Ces mêmes personnes riches qui, un jour, m'avaient embauchée comme nourrice, payaient maintenant grassement les gardiens pour avoir le plaisir de me tourner en ridicule, moi, le monstre.

« C'est encore eux ! cria la balafrée. Ils arrivent pour leur balade dominicale un peu spéciale après avoir festoyé de… de quoi d'ailleurs ?

Elle se tourna vers moi.

— Je n'arrive pas à me souvenir, continua-t-elle. Il y a tellement longtemps que je n'ai pas mangé autre chose que de la soupe et du pain.

— Des huîtres, proposai-je, et un gigot d'agneau aux haricots verts, avec des fraises en dessert. »

Je salivais en me remémorant Claudine à ses fourneaux. À travers les grilles, je suivais du regard les gardiens qui guidaient les visiteurs à travers la cour menant au quartier des folles. Ils leur montraient du doigt les endroits d'où ils pourraient nous voir à travers les barreaux. Dans leurs poches, les louis d'or s'entrechoquaient. Un homme portant un chapeau en fourrure de castor et des froufrous de dentelle aux manches sortit son épée et me fit faire un pas en arrière. Un autre, à la perruque bien poudrée, essaya de m'atteindre avec sa canne avant d'éternuer. Le mouvement de sa cape m'envoya une bouffée d'air froid. Je me sentais comme un singe dans un numéro de cirque macabre.

« Viens, Jean-Henri ! » dit à l'homme à l'épée une femme dans un beau manteau à liseré de fourrure, les mains cachées dans un manchon fourré. Transie par le froid austère qui gênait mes mouvements bien plus que mes chaînes, j'enviais cette dame, son manteau de velours, sa robe longue, ses boucles à l'anglaise qui se balançaient sous son voile et l'odeur tenace de son parfum qui contrastait avec la puanteur de vomi et d'excréments de la Salpêtrière. Ce joli couple s'en alla vite, lui jouant de sa cape, elle marchant délicatement dans des pantoufles incrustées de pierres précieuses. Je les imaginais entrer dans leur carrosse finement décoré, les fers des chevaux claqueraient doucement sur les pavés et ils laisseraient l'asile derrière eux.

Les visites terminées, je regardai autour de moi toutes ces femmes envoyées ici pour se faire soigner : des mendiantes, des prostituées, des épileptiques, des juives, des protestantes, des voleuses, des criminelles, des soi-disant sorcières, des magiciennes, des bohémiennes et des simples d'esprit. Ces femmes n'allaient pas s'en sortir. Elles allaient tout simplement mourir lentement. Quelle mort affreuse !

Je croquai mon morceau de pain dur en pensant à tous ces visiteurs qui, avant de rentrer chez eux, s'arrêteraient dans un café pour prendre un cognac ou des pâtes de fruits. Devant tant d'injustice, je sentais de nouveau la colère monter en moi. Je fermai les yeux pour échapper aux regards vides de mes camarades d'infortune et mieux entendre le murmure lointain venant d'un coin reculé de mon esprit guéri et raisonnable. Comment osaient-ils me garder prisonnière dans ce haut-lieu de la misère humaine ? Je n'avais rien fait de mal pour arriver ici. Comme les autres femmes, je pouvais baisser les bras et mourir, mais je pouvais aussi me battre. Tandis que je finissais ma soupe et avalais la dernière miette de pain, je me jurais qu'en aucun cas, je ne finirais ma vie dans la crasse de cet asile, que je m'évaderais un jour de la Salpêtrière, que je retournerais à Lucie chez les miens et que je reverrais mon frère, ma fille et Léon.

22

Je retenais mon souffle et serrais les fesses pour ne pas trembler. Je n'osais pas bouger et encore moins parler. Le regard de la sœur supérieure était glacial. Elle prit une plume d'oie et baissa les yeux vers le registre qui, d'après ce que je pouvais voir, contenait les moindres détails de la vie à la Salpêtrière : les règles, les châtiments, les vêtements et la nourriture distribués, les animaux gardés, les légumes ramassés, le personnel employé. Elle commença à lire tout haut sur un ton monotone :

« Nom : Charpentier, Victoire Athénaïs. Veuve de : Armand Bruyère, marchand et aubergiste. Date d'entrée à l'asile d'aliénés de la Salpêtrière : le 8 septembre 1785. Âge : 23 ans. États de santé : démence de type frénétique causée par une sensibilité exacerbée, une grande mélancolie apathique et un déséquilibre majeur des humeurs, notamment des deux biles. Observations : la condition des humeurs de la patiente a entraîné un blocage partiel des intestins et un assèchement du cerveau.

La sœur supérieure reprit à peine sa respiration puis continua sur le même ton, sans aucune hésitation.

— Soins et traitements prodigués à la patiente pendant six semaines : fréquentes saignées sur les pieds et l'artère temporale, poses de sangsues autour de l'anus, bains d'eau glacée, séances de tabouret tournant, applications de baume sur le crâne rasé. Observations : la patiente semble réagir positivement au traitement et paraît avoir recouvré sa lucidité, elle reconnaît maintenant son nom.

Elle s'arrêta de lire, leva les yeux, croisa longuement mon regard à la recherche d'éventuels signes résiduels de démence puis se remit à griffonner la page du registre en prenant soin de dire à haute voix tout ce qu'elle écrivait.

— Transférée à la prison de la Salpêtrière le 1ᵉʳ Novembre 1785 pour y être incarcérée à vie pour meurtre. États de santé : la démence a évolué positivement et s'est transformée en légère mélancolie.

Transférée à la prison ! Je faillis m'étouffer.

— Mais, ma sœur, l'interrompis-je, ne dois-je pas plutôt rentrer chez moi ? Je n'ai connaissance d'aucun meurtre. Ce doit être une err…

— La prisonnière n'a pas le droit de parler, coupa la nonne. Sinon je n'aurais d'autre choix que de la renvoyer dans les cachots pour aliénées. »

Ses yeux de glace ne clignaient pas et regardaient droit dans les miens. Je serrai les poings et les croisai sur ma poitrine aux mamelons durcis. La sœur supérieure continuait d'écrire. Mon cœur s'emballait. Je jetai de nouveau un œil sur le registre pour essayer de comprendre et savoir où l'erreur avait été faite ; car il devait bien y avoir une erreur quelque part. Ce n'était pas facile de lire à l'envers, mais les écrits ressemblaient à une liste des différents dortoirs. Ils portaient chacun le nom d'une sainte :

Sainte-Anne : 107 vieilles femmes agressives avec symptômes ulcéreux ;

Sainte-Catherine : 87 filles difformes ou bossues ;

Sainte-Madeleine : 48 épileptiques ;

Les Cachots : 84 femmes folles et violentes ;

Le Logis : 100 jeunes filles et femmes aliénées incurables.

Puis venaient de longues listes de femmes de tout le royaume. La colonne de droite me fit frémir. En face de beaucoup de ces noms, il était écrit "suicide" ou "décédée".

« Je remarque que vous, veuve Bruyère, n'avez pas de connaissances particulières en tissage, filage, broderie ou dentelle, ajouta la sœur supérieure. En tant qu'ancienne aubergiste, vous mettrez vos talents de cuisinière au service de la communauté de la Salpêtrière.

Ces mots me firent sortir de ma stupeur. Elle continua de parler, toujours sur le même ton, sans jamais cligner des yeux.

— Un repas constitué de soupe, de pain et d'eau est donné quotidiennement à chaque prisonnière. On vous remettra une blouse, une robe, des bas de laine et un bonnet propres chaque semaine. Vous porterez vos propres sabots.

Je ne pouvais rien faire d'autre qu'incliner la tête en signe d'acceptation et de soumission.

— Si j'entends la moindre plainte concernant votre travail en cuisine, ou si vous ne respectez pas le silence demandé en dehors des heures de la journée où parler est autorisé, vous serez sortie de votre cellule et enchaînée par le cou à un mat de bois pour y être fouettée. Vous resterez debout, attachée au mat durant un jour entier. Si votre comportement ne s'améliore toujours pas, vous serez renvoyée à l'asile d'aliénées. »

Pas l'asile d'aliénées ! Je n'y survivrais pas un jour de plus. Je n'en revenais déjà pas d'avoir tenu deux mois là-bas. Mon état était encore fébrile, j'avais la tête qui tournait et mes jambes pouvaient lâcher sous mon poids à tout moment. Je me tus et m'inclinai devant la sœur supérieure. Celle-ci fit signe aux deux gardiens qui attendaient devant la porte. Ils s'emparèrent de moi et nous sortîmes sur les pavés froids. Ils me tenaient si fort que j'en avais mal aux bras.

« S'il vous plaît, vous me faites mal !

Je me débattais comme un beau diable mais ils me tenaient bien serrée.

— Tu crois que tu as de la chance d'être sortie de l'asile, lança l'un des gardiens, avec ses cachots qui sont la hantise de tout le monde. Hein, ma petite ?

— Elle ne pensera peut-être plus la même chose quand elle sera dans la prison ! ajouta sèchement le second.

Ils me poussèrent pour me faire avancer plus vite, ce qui me fit trébucher. Je m'étalai de tout mon long sur les pavés et me relevai vite, le visage tout éraflé. Après environ dix minutes, nous atteignîmes un bâtiment aussi lugubre que les autres, situé derrière l'imposante bâtisse de l'asile dont l'horrible apparence me glaçait toujours le sang.

— Nous y voilà ! dit un gardien. La prison de la Salpêtrière, ta nouvelle demeure.

— On oublie quelque chose, ajouta le second en ricanant. Il lui manque une fleur, une jolie fleur de lys réservée aux meurtrières.

Tandis que l'un d'eux me maintenait immobile par terre, l'autre prit un fer rouge et s'avança vers moi. Il me brûla profondément la peau jusqu'à la chair et dessina, pour toujours, une fleur de lys sur mon épaule gauche. La douleur me coupait le souffle et je ne pouvais même pas crier. Je crus que mon cœur allait cesser de battre.

— Allez, va voir les fauves maintenant, ma belle », dit le gardien avant de me pousser à l'intérieur du bâtiment.

Ils me jetèrent dans une salle, refermèrent la porte violemment et tirèrent le verrou. Un frisson glacé me remonta le long du dos.

***

Des doigts moites touchèrent mon uniforme de prisonnière au niveau des épaules et sur la brûlure. Je grimaçai de douleur et me retournai aussitôt. Le vaste dortoir se trouvait dans la pénombre, faiblement éclairé par une petite lucarne en hauteur.

« Bienvenue, Victoire. Je m'appelle Agathe, chuchota une voix rauque près de moi. Si tu as besoin de quoi que ce soit, tu demandes à Agathe.

La variole avait creusé des plaies profondes sur le visage de cette femme et lui avait crevé un œil. Son haleine putride et ses lèvres couvertes de croûtes infectées d'où sortait un liquide jaunâtre me firent reculer.

— Nous savons toutes ce qu'a fait la jolie Victoire aux yeux noisette pour finir ici, n'est-ce pas ? continua-t-elle. Les pauvres petits noyés !

Elle fit un clin d'œil au groupe de femmes qui l'entouraient et sourit d'un air moqueur. J'ouvris la bouche, mais je ne savais pas quoi répondre. J'essayais de m'écarter d'elle pour qu'elle ne me touche plus, pour que je n'aie plus à supporter sa crasse immonde qui me donnait la nausée, mais elle me tenait fermement et ses ongles longs s'enfonçaient profondément dans ma peau. Je fermai les yeux pour chasser ces femmes de mon esprit, mais tout de suite revint la vision de la rivière grossie qui s'écoulait très vite, avec les têtes de Blandine et Gustave flottant au fil de l'eau telles des fleurs que le vent aurait séparées des tiges.

— Je suppose que nous avons toutes de bonnes raisons pour faire ce que nous avons fait, reprit-elle. Moi-même, j'ai fait l'erreur d'épouser un poivrot et joueur invétéré. Il a fallu que je le tue avec sa propre hache pour en finir.

Elle se mit à rire, d'un rire gras et vulgaire et, avec l'ongle cassé de son index, elle suivit le tracé de la fleur de lys qu'avait dessiné le fer rouge sur mon épaule.

— Elle est vraiment des nôtres !

Son doigt caressa lentement ma peau. Sa main descendit doucement dans le creux de mon épaule, suivit la courbure de mes seins, se dirigea vers mon téton, le saisit à deux doigts et le pinça très fort. Je hurlai de douleur. Je me dégageai comme je pus et tentai de fuir, mais je n'avais nulle part où aller. L'odeur nauséabonde des autres prisonnières devenait de plus en plus forte à mesure qu'elles s'approchaient de moi. Elles posèrent leurs mains sales sur ma robe. Je n'avais plus qu'à me recroqueviller sur moi-même en sanglotant.

— Faut pas pleurer comme ça, ma jolie ! lança Agathe de nouveau près de moi.

Elle montra du doigt deux grandes femmes.

— Dis bonjour à mes amies, Catherine et Marguerite. Elles sont empoisonneuses et ont pris perpétuité toutes les deux, comme toi. Et voici Toinette, une libre-penseuse, escroc à ses heures et voleuse, surtout.

Elle esquissa un horrible sourire et désigna une autre personne.

— Voilà aussi Marie-Françoise, blasphématrice et joueuse de couteaux ; et là-bas il y a Julie, notre petite bohémienne et faux-monnayeur.

« — Dormez, sales putains ! cria une des sœurs du fond du couloir. C'est l'heure de dormir !

Dormir ? Je regardai autour de moi. Je comptais cinquante, voire soixante prisonnières pour seulement six paillasses. Agathe éclata de rire.

— Combien as-tu d'argent à me donner, Victoire ? Le lit le plus cher est celui près de la fenêtre. Pas de sou, pas de lit.

— Silence ! ordonna la sœur qui regardait à travers le judas de la porte. La prochaine qui fait du bruit, je l'envoie chez les folles. »

Je n'avais donc pas d'autre choix que de me coucher sur la paille humide recouvrant le sol comme toutes les autres malheureuses qui, comme moi, n'avaient pas de lit. Mes pieds et mes mains étaient transis de froid et, bien qu'entourée de toutes ces femmes, la solitude me pesait plus encore que si j'avais été la seule locataire des lieux. Le bruit de respiration des prisonnières se changea progressivement en ronflements légers. Les petits animaux qui grouillaient sous la paille m'empêchèrent de fermer l'œil, et je me mis à fixer la faible lumière bleue qui passait par la lucarne. Si j'étais restée à l'asile, je serais certainement morte, mais il ne me paraissait pas possible non plus de survivre là où je me trouvais maintenant. Je savais que j'allais très vite flétrir et mourir, comme le blé brûlé par la sécheresse.

***

Les cloches de la chapelle sonnaient la fin de la messe. C'était un matin froid et brumeux de novembre, et deux gardiens m'emmenaient aux cuisines pour ma première journée de travail. Jamais, quand j'étais dans le donjon de l'asile, je n'avais pensé à m'échapper. J'étais trop malade et trop faible pour y penser ; il me fallait avant tout survivre.

Maintenant que je me trouvais à l'air libre, l'idée de quitter cet endroit me traversait l'esprit. Je regardais bien autour de moi. Mon cerveau foisonnait d'idées pour tromper la vigilance des soldats et des gardes : peut-être par la gauche de la cour principale, en passant par les ateliers et les habitations des employés de l'établissement, des charrons, des serruriers, des cordonniers et autres charpentiers ? Ou bien par les bâtiments où dorment les surveillants, les gardes et les bonnes sœurs ?

Un autre moyen serait de passer par les écuries ou les greniers à blé. Je pourrais aussi me cacher dans un des chariots qui transportaient les femmes et les enfants malades et faisaient la navette entre l'asile et l'hôpital de la ville. Il en arrivait tous les jours remplis de jeunes filles portant à leur bonnet des étiquettes stipulant leur nom, leur âge et le nom de leur dortoir. Des femmes plus âgées se trouvaient parfois à bord, mais leur étiquette était accrochée sur la manche droite de leurs vêtements. Il suffirait ensuite que la responsable du chariot tourne la tête une demi-seconde pour que je saute en marche sans être vue et que je disparaisse dans la foule parisienne.

Je remuais la tête. Les sœurs dans les chariots ne tournaient jamais la tête. Elles surveillaient constamment les prisonnières pour qu'elles ne s'échangent pas leurs étiquettes ou ne sautent pas en marche. J'étais désespérée. Pour les pauvres pécheresses sans le sou comme moi qui, en plus, ne connaissaient personne, il était impossible de s'évader. À l'odeur, il me fut facile de comprendre que nous étions arrivés aux cuisines, et je chassai de mon esprit les idées d'évasion.

« Épluche les légumes qui sont là, ordonna sèchement une matrone en brandissant un couteau. Ensuite, tu farciras les poulets.

— Et tu feras mariner les morceaux de bœuf, aboya une autre femme.

— Non, non ! Ce n'est pas comme cela que l'on coupe un chou, lança sèchement une troisième.

Tout le monde me donnait des ordres en même temps, ce qui faisait qu'il m'était impossible d'en comprendre ne serait-ce qu'un seul. Le ton montait et le brouhaha qui en résultait était si fort qu'il aurait pu couvrir le son de toutes les cloches de Paris sonnant l'angélus. Je restais sans bouger. J'avais peur de ne pas pouvoir me retenir de vomir tant l'odeur de chou bouilli et de graisse de mouton était forte. Je craignais aussi de perdre connaissance tellement j'avais faim. Entourée de tant de nourriture, cela aurait été un comble.

— Et surtout, ne t'avise pas d'en manger un seul petit morceau, menaça la sœur de cuisine. Je vais te surveiller comme le lait sur le feu. Si jamais je vois une seule petite miette entrer dans ta bouche, je t'envoie passer vingt-quatre heures dans un des cachots de l'asile. Compris ?

— Oui, Madame », répondis-je.

J'appris rapidement comment préparer la bouillie d'avoine quotidienne, trop diluée, fade et à l'odeur rappelant les égouts et la basse-cour attenante à l'asile. Une fois la maigre pitance destinée aux malades et aux prisonnières préparée, j'aidai à confectionner le repas pour le personnel de la Salpêtrière, qui se prenait dans l'immense salle à manger. En profitaient aussi les prisonnières fortunées qui pouvaient s'offrir de la nourriture décente et de l'eau propre à boire.

Mon cœur battait vite et fort à cause des relents de nourriture interdite mélangés à un air lourd et humide. Plusieurs fois, au cours de cette longue journée en cuisine, j'eus des tremblements dans les jambes, et je craignis de m'évanouir à tout moment. Le regard de la sœur de cuisine ne me lâcha pas.

***

« Allez fainéante ! me dirent les gardiens à la fin de la journée. Tu retournes dans ta cellule. »

Dehors, je sentis tout de suite la fumée de feu de bois qui flottait dans l'air, mais mes narines étaient surtout titillées par l'odeur de nourriture dont étaient imprégnés mes habits. Je léchai mes lèvres gercées tandis que les gardes me portaient à moitié, mes pieds traînant sur les pavés froids. De retour dans le dortoir, Agathe vint tout de suite à ma rencontre.

« Alors ? Que m'as-tu rapporté des cuisines, chérie ? demanda-t-elle avec un petit sourire qui fit bouger les croûtes sur son visage.

Je fis non de la tête et lui montrai mes deux mains vides.

— Quoi ? Tu ne m'as rien rapporté ! Marie-Françoise, viens me tenir cette putain.

La grande femme jura, s'avança vers moi et me maintint fermement tandis qu'Agathe pinçait et brutalisait mes seins pour la deuxième fois.

— Je t'en supplie, arrête ! suppliai-je.

— La prochaine fois, tu me rapporteras quelque chose de bon, hein Victoire ? répondit Agathe. Une tranche de viande ou du blanc de poulet, pourquoi pas ?

Du pus coulait de ses lèvres crevassées.

— Tu peux bien cacher des restes de repas, non ? renchérit Julie, ses cheveux noirs masquant partiellement son visage de bohémienne.

— Tout ce qui se mange, précisa Catherine, une des deux empoisonneuses.

Je remuai de nouveau la tête.

— Laissez-moi tranquille, dis-je. Je ne peux rien rapporter. Ils me surveillent constamment et vérifient tout le temps la nourriture. Même la plus petite miette est notée sur le registre. Je suis dé-désolée.

— Pas de chance pour toi, rétorqua Agathe, mais "dé-désolée" ne suffit pas. »

Je fermai les yeux et attendis de me faire battre, sans même me défendre. Tant que je n'aurais pas trouvé un moyen de sortir de la Salpêtrière, mieux valait que je ne me batte pas.

23

Le brouillard rougeâtre de novembre avait laissé la place à un temps hivernal plus clair et plus froid qui me glaçait les poumons. Aussi vicieux qu'un fouet de gardien, les orages s'abattaient sur les bâtiments austères de la Salpêtrière et la crasse des murs se mélangeait à la neige jusqu'à la rendre marron foncé. Plus on avançait dans l'hiver glacial, plus on entendait, dans l'asile, les lamentations nocturnes des misérables, et plus les morts par le froid étaient nombreux le matin. Une multitude de corps de femmes et de jeunes filles étaient ainsi, chaque jour, enlevés pour être jetés, ensemble, dans la répugnante nécropole parisienne comme ceux de vulgaires chiens errants. Recroquevillée sur moi-même pour mieux lutter contre le froid, je priais pour le salut de ces pauvres âmes.

Pendant que je coupais les légumes, remuais la soupe ou faisais cuire la viande, le poisson ou le pain noir, le temps béni de l'auberge des Anges me revenait en mémoire. Je revoyais mon cher Armand rire avec les clients de l'hôtel, leur servir du vin, lever son gobelet et dire : « Buvons à notre santé ! ». Je souriais en revoyant les petits jumeaux marcher à petits pas à côté de leur sœur, Madeleine, qui courait partout. J'entendais leurs cris de joie masquant les voix des plus grands, comme celles de Léon et de ses frères et sœurs. Je souhaitais de tout mon cœur qu'ils aient, d'une manière ou d'une autre, rallumé ce feu de joie de l'auberge des Anges. Qu'était-il advenu de Léon ? Il s'était sans doute remarié. Et les enfants de Grégoire et Françoise ? Émile devait prendre bien soin de ma petite Madeleine. Elle était tellement enchantée par les histoires de mon frère qu'elle n'avait sûrement pas trop souffert de mon absence. Quand je me mettais à penser à tout ce que j'avais perdu en échange de cette vie carcérale, je prenais soin de chasser de mon esprit les pans de souvenirs qui me faisaient trop mal.

Sur le chemin menant de la messe aux cuisines, ou me ramenant à mon dortoir pour la prière du soir et l'enfer que me faisait subir Agathe, je me demandais combien de temps encore je pouvais continuer à mener une telle existence.

***

La neige avait fini par fondre et j'avais survécu à l'hiver. Le soleil froid s'approchait un peu de nous et les bâtiments de l'asile baignaient maintenant dans une lumière jaune pâle. Ma vie de prisonnière ne me permettait pas, hélas, d'entendre le chant printanier des oiseaux, comme si ces derniers évitaient ce lieu oublié de tous, où les arbres avaient du mal à pousser, où les fleurs arrivaient difficilement à s'ouvrir et où, derrière sa sombre façade, des femmes étaient abandonnées à une mort certaine.

Très souvent, le matin, quand les gardiens nous amenaient à la chapelle, je jetais un coup d'œil furtif dans les dortoirs de l'orphelinat de la Salpêtrière et dans l'école des pauvres enfants abandonnés. Je redoutais de trouver, parmi le petit groupe d'orphelines, une belle fille aux yeux verts et aux cheveux couleur cannelle comme les miens, une fille de six ans du nom de Rubie.

Par un matin froid du mois de mars, alors que j'étais assise à ma place habituelle sur le banc de l'église, je ne pus m'empêcher de suivre du regard les deux files d'enfants avec leurs gouvernantes qui se dirigeaient vers la grande salle au toit en forme de dôme.

Bien rangés par deux, tout de blanc vêtus, les très jeunes filles à marier de la Salpêtrière et les très jeunes garçons de la Pitié avançaient doucement et se rejoignaient devant l'autel pour recevoir la bénédiction nuptiale. Au son des cantiques et des accords profonds de l'orgue, les "oui" à peine audibles montaient avec la fumée d'encens pour mieux s'évaporer ensuite.

Ce jour-là, je comptai au moins soixante de ces unions, et ces enfants jeunes mariés étaient tous en partance pour Le Havre où un bateau les attendait. Je croisais leurs regards apeurés dans lesquels se lisait toute l'impuissance que seules de si jeunes victimes pouvaient ressentir.

Je me dis que non, ma Rubie ne pouvait pas être parmi eux, qu'elle n'allait pas être amenée ici pour être placée dans une famille et travailler, ni être mariée afin de peupler quelque colonie, à Madagascar, en Louisiane ou au Canada.

Pendant l'après-midi, alors que mes pensées étaient encore toutes dirigées vers Rubie, une forte envie de sentir la douce innocence d'un enfant monta en moi.

« Je voudrais aider à la maternité, demandai-je à la sœur de garde. J'ai une pause après les prières et avant que mon travail en cuisine ne reprenne. »

Bien sûr, la sœur accepta. Continuellement en manque de personnel, les nourrices n'étaient pas très regardantes quant à l'aide qu'elles recevaient, même si cette aide venait d'une femme en prison pour infanticide. Je me retrouvai devant des centaines de berceaux à barreaux alignés en rangées numérotées. Personne ne s'occupait de ces orphelins dont les gémissements et les pleurs résonnaient entre les pierres froides des murs nus. J'en étais bouche bée de stupeur et muette de tristesse. J'aurais voulu prendre dans mes bras et donner de l'amour à tous ces bébés de jeunes filles sans le sou et sans situation, qui n'avaient jamais vraiment eu le choix.

Je choisis une rangée au hasard et, un bébé à la fois, je changeai leurs couches sales. À voir leurs scelles sèches collées à la peau de leur derrière irrité jusqu'au sang, je compris que ces enfants n'étaient que très rarement changés. Une nourrice me demanda de donner le biberon à quelques-uns d'entre eux, ce que je fis sur le champ. J'installai tout près de moi ces petits chérubins sans nom pour les nourrir les uns après les autres et leur faire des gentils petits gazouillis.

« Ce n'est surtout pas la peine de s'attacher, dit la nourrice. Nous ne les gardons qu'une semaine. Ensuite, ils sont envoyés dans les campagnes.

— Dans les campagnes ? répétai-je. Mais pourquoi ?

— Pour être donnés à des nourrices, répondit-elle. Mais la plupart ne survivront pas au voyage. Ils sont cinq ou six dans un panier rempli de paille, que l'on attache à des mules. »

Je pensai à Rubie sur les marches de l'église. J'avais imaginé que la mère supérieure la prendrait avec elle à l'hôpital des enfants trouvés, qu'elle y grandirait et qu'on lui trouverait de bons parents. Je ne savais rien de ces nourrices de campagne. Ma pauvre Rubie ! Jamais je ne t'aurais laissée dans ton couffin, mais qu'aurais-je pu faire, moi, petite servante de cuisine déshonorée et sans le sou ? Non, non, il ne fallait pas penser comme cela ! Rubie avait forcément trouvé une bonne maison, une maman aimante et un papa qui lui achèterait de jolis habits du dimanche pour aller à la messe, et qui la laisserait porter son pendentif d'ange.

Après avoir nourri les bébés, je les emmaillotai et les reposai dans leur berceau crasseux. Certains hurlaient, d'autres pleuraient faiblement, quelques-uns encore se laissaient faire sans rien dire, trop faibles pour pleurer. À l'odeur, je savais que plusieurs d'entre eux étaient morts et que personne ne s'était donné la peine, ou n'avait eu le temps, de les enlever et de les jeter dans la fosse commune. Le bébé suivant était une petite fille. Elle avait réussi à dégager un bras hors de ses langes. Je lui touchai la main et ses petits doigts attrapèrent mon pouce et s'y agrippèrent avec une force surprenante.

« Ma petite chérie, tu ne dois pas avoir plus d'un jour », lui susurrai-je gentiment.

Son visage, d'une beauté parfaite avec des yeux innocents, me fit prendre conscience de toute la dureté de la vie carcérale et me rendit plus triste encore.

Je fermai les yeux et la berçai doucement. La rivière me submergea aussitôt, le courant réussit à soulever mes pieds du fond boueux. J'essayais de m'accrocher aux fougères, à un rocher, à une touffe d'herbe mais, à chaque fois, mes mains glissaient et le courant m'emportait de nouveau. Blandine et Gustave, habillés de blanc, dérivaient avec moi.

Lorsque mes enfants eurent disparu, j'ouvris grand les yeux. Une horrible lumière s'alluma au plus profond de moi, une lumière d'une telle intensité qu'elle me terrifia et me calma à la fois. Les ténèbres chassèrent la lumière. Ces mêmes ténèbres dans lesquelles j'étais tombée avant de venir ici, une détresse si familière qu'elle en était devenue une amie à laquelle je m'étais raccrochée pour ne pas sombrer durant les premières semaines à l'asile d'aliénées. La vie avait été tellement plus facile enfermée dans ma folie, aveugle à la terrible réalité des cachots de la Salpêtrière.

« Pauvre enfant ! Seul le malheur se penchera sur ton berceau, murmurai-je au bébé que je berçais et dont la triste destinée se révélait à moi.

Je regardai autour de moi. Les nourrices étaient toutes occupées. Personne ne me prêtait la moindre attention.

— Ce serait tellement simple, murmurai-je, de relever le bas de ma robe et de recouvrir ton beau visage. Ce serait tellement plus simple de t'épargner toutes ces souffrances avant qu'elles ne deviennent insupportables.

Mon être se remplit de joie. Une des sœurs arriva à grands pas vers moi, me prit le bébé des bras et ordonna :

— Allez ! Il est temps de retourner en cuisine. »

***

C'était le premier jour de juin. Les pavés avaient chauffé au soleil et renvoyaient une odeur répugnante faite d'un mélange de nourriture pourrie et de corps malades jamais lavés. Toute la Salpêtrière puait telle une grande masse en décomposition. Je regardais un groupe de vieilles femmes galeuses gratter le sol de la cour pour quelques bouts d'oignon et de chou. Les gardiens me ramenaient de la cuisine à ma cellule. Leur odeur fétide attaquait mes narines. De la sueur coulait de mon front et je passais souvent ma langue sur mes lèvres sèches.

« Le procès du collier de la reine est terminé, dit le plus gros des deux gardiens.

— Alors ? Qu'en est-il ? demanda l'autre.

— Tout est écrit là en première page, répondit le gros en montrant la une du journal avec la main qui ne me tenait pas.

— Eh bien, lis-le-moi, demanda-t-il

— Lis-le, toi, rétorqua le gros en lui mettant de force le journal dans la main.

— Je sais lire, dis-je. Je peux vous lire ce qui est écrit.

L'homme me donna le journal.

— D'accord, vas-y, petite putain qui en a dans la tête.

Je lus la première page.

— Après un procès retentissant, l'intrigante et comploteuse Jeanne de Valois-Saint-Rémy, Comtesse de la Motte, âgée de trente ans et cerveau de l'affaire du collier de la reine, a été condamnée à être fouettée et marquée au fer rouge en public, avant d'être emmenée à la prison de la Salpêtrière pour y être emprisonnée à vie. Le cardinal de Rohan, après avoir accepté d'être jugé par le Parlement de Paris, a été acquitté. Le roi a ordonné son exil. La prostituée Nicole Leguay d'Oliva et le charlatan Cagliostro ont aussi été acquittés. Absent du tribunal car probablement en fuite en Angleterre avec le collier, le mari de Jeanne de Valois-Saint-Rémy, le comte

Nicolas de la Motte a été condamné à vie aux galères. »

Dans la journée qui suivit, l'asile fut secoué par deux grandes nouvelles. La première était qu'une nouvelle sœur supérieure avait été nommée.

« Encore une sale putain riche, dit Agathe.

— Seul les riches et puissants sont nommés à ces postes », rajouta Marie-Françoise avec mépris.

L'autre nouvelle qui fit très vite le tour des cellules était l'arrivée prochaine de la célèbre Jeanne de Valois-Saint-Rémy à la prison de la Salpêtrière.

« Il paraît qu'elle s'est tellement débattue quand ils l'ont fouettée qu'ils s'y sont mis à cinq pour la tenir, précisa Julie.

— Et elle bougeait tellement que le fer a glissé et le V de voleuse lui a été marqué sur la poitrine au lieu de l'épaule, ajouta Toinette.

— Je te parie qu'elle les a encore, les diamants, dit Agathe. Je suis sûre que ça ne la dérangerait pas de nous en donner quelques-uns, n'est-ce pas, Victoire ?

— Ils les ont peut-être vendus et on pourra lui soutirer un bon paquet d'argent », renchérit Marie-Françoise.

Les deux femmes jacassèrent ainsi un petit moment jusqu'à ce qu'Agathe, pour clore la conversation, crache sa morve verte à mes pieds. Bien sûr, aucune de ces compagnes de cellule n'approcha la comtesse de la Motte.

Peu de temps après, deux gardiens arrivèrent dans notre dortoir et m'emmenèrent. Je leur demandai plusieurs fois où nous allions mais ils ne prononcèrent pas un seul mot durant tout le trajet. À vive allure, nous traversâmes la grande cour et arrivâmes dans une autre partie de cette immense prison. Là, ils me jetèrent dans une cellule privée.

Habillée d'une robe en satin noir, une femme était assise sur un lit bien fait. Elle avait un maintien parfait et essayait de garder le dos bien droit, ce qui devait être très douloureux après tous les coups de fouet qu'elle avait reçus. Un léger voile masquait partiellement son visage. Elle me sourit et me tendit la main.

« La sœur supérieure m'a dit que vous étiez intelligente et instruite, comme je l'ai demandé. Victoire, je suis heureuse de vous souhaiter la bienvenue. Vous êtes allouée dorénavant à mon service. »

Ainsi ma main serra celle de la femme dont tout le pays parlait. Cette poignée de main chaleureuse laissait transparaître une grande confiance en soi et un pouvoir subtile. Et dans ce regard noir étincelant, je perçus aussi un peu de ce mystère qui entourait Jeanne de Valois-Saint-Rémy.

24

« Pourquoi ne m'avez-vous jamais parlé de ce scandale, ma chère ? »

J'étais loin de tout connaître de Jeanne de Valois, mais j'en avais appris beaucoup pendant les trois mois que j'avais passé à son service. Le miroir, ce jour-là, renvoyait une image d'elle qui m'était par trop familière. Une veine au niveau de ses tempes avait gonflé, signe révélateur d'une rage contenue face aux injustices et aux méfaits supportés par les gens du peuple, qu'elle semblait prendre pour elle personnellement. Elle tourna subitement la tête dans ma direction et ses longs cheveux noirs accrochèrent la brosse que je tenais dans la main. Celle-ci tomba et fit un grand bruit sec en touchant le sol. Je me penchai, la ramassai et repris le brossage de ses cheveux avec vigueur et régularité. Elle me prit la main que j'avais de libre.

« Peut-être n'en ai-je jamais parlé parce que j'essayais d'oublier, répondis-je en continuant le brossage. Je pensais que les choses s'atténueraient avec le temps, mais dès que je me laisse aller à y repenser, les souvenirs de ces nuits sont présents et toujours aussi clairs.

Je me mis à tout lui raconter. C'est à peine si j'interrompis mon discours pour respirer, et ma voix ne trembla que lors de l'épisode de l'abandon de Rubie.

— Je l'ai ensuite emmaillotée dans des torchons de cuisine et je l'ai abandonnée dans un panier sur les marches de l'église.

J'arrêtai de lui brosser les cheveux et croisai les bras. Je sentis sa main sur mon épaule.

— Je suis heureuse que vous m'ayez raconté tout cela. Maintenant, donnez-moi le nom de cet affreux libertin.

Je remuai la tête.

— Claudine, mon amie cuisinière, m'a dit que je ne devais pas chercher à me venger, mais comment puis-je faire autrement, maintenant qu'il a étranglé une pauvre malheureuse ? Si j'avais parlé, cette servante serait peut-être encore en vie.

— Je comprends pourquoi vous vous êtes tue, Victoire. Il vous fallait garder votre travail à tout prix. Ce n'est plus le cas, maintenant. Ce dépravé doit être mis hors d'état de nuire. Je suis certaine que vous ne voulez pas qu'il continue à tuer des jeunes filles innocentes. Il faut me dire le nom de cet affreux noble.

— Alphonse Donatien Delacroix, marquis de Barberon, répondis-je les dents serrées. Je le hais. Je hais tous les nobles et ce qu'ils représentent. Néanmoins, aussi forte que soit mon envie de vengeance, je crains que ce ne soit pas possible.

Claudine dit que les petites gens ne gagnent jamais contre les puissants nobles.

Jeanne leva les yeux au ciel et sourit.

— Pff ! Les temps changent, ma chère. Ces aristocrates vont bientôt tomber de haut. Je suis sûre que, comme moi, vous serez là pour en rire quand ils écraseront leur nez poudré dans la poussière. De plus, personne dans le royaume de France n'est plus puissant que Jeanne de Valois-Saint-Rémy.

Son sourire, empreint d'ironie, laissa entrevoir une dentition bien droite et éclatante. J'avais toujours pensé qu'une telle blancheur était obtenue grâce à la brosse à dents en ivoire qu'elle utilisait avec une pâte vendue au prix exorbitant de trois livres. Je compris alors qu'elle avait les mêmes dents de porcelaine que le marquis.

Elle caressa le dos de ma main calleuse puis y déposa un baiser.

— Laissez-moi adoucir ces mains de travailleuse avec mon baume spécial, dit-elle en les massant avec une crème qui sentait la rose. Ensuite, nous irons nous promener dans la cour. Il nous faut continuer vos leçons de français afin que vous vous débarrassiez de cet horrible accent provincial. De plus, l'air frais vous redonnera des couleurs. »

✳✳✳

Jeanne et moi sortions nous promener tous les après-midis. Dans la grande cour de la prison, les égouts qui empestaient terriblement et les tas d'immondices qui pourrissaient dans les coins reculés attiraient des nuages de mouches. Jeanne, très vite incommodée par la puanteur des lieux, faisait une moue de dégoût avant de chasser les insectes avec sa canne. Durant ces promenades, il était facile de prendre cette dame, d'apparence toujours fière et élégante, pour une vraie comtesse se baladant dans son vaste château avec sa dévouée servante. Elle m'enseignait les mots et les expressions du français de Paris ainsi que les bonnes manières des dames respectables de la ville.

Durant nos conversations, j'oubliais complètement la cellule où je devais rentrer chaque soir pour rejoindre mes compagnes de captivité qui me menaient la vie dure.

« Vous ne m'avez jamais rien dit de votre propre histoire. Tout le monde en a une, dit Jeanne en faisant tourner sa canne. Pourquoi ne pas me la raconter, ma chère ?

— Oh ! Elle est sans grand intérêt. Une enfance banale de fille de paysans.

De la main, je touchai délicatement les brins de lavande et le massif d'hortensias bleu pâle qui s'étaient refermés sous l'effet de la chaleur estivale. Les feuilles des quelques arbres de la cour avaient flétri et les arbustes, assoiffés après trois mois de soleil brûlant, avaient perdu de leurs couleurs. Jeanne avait passé son bras sous le mien et nous marchions tranquillement. Je lui racontai mon enfance : les joies des moissons, le carnaval, la fête de la Saint-Jean.

— Mon ami Léon, mon frère Grégoire et moi avions un endroit à nous près de la rivière. Nous nous y retrouvions pour nous baigner dans la cascade et pêcher des poissons à la main.

Beaucoup de souvenirs me revenaient en mémoire : des paroles de chansons, la lumière du soleil d'été, le séchage des foins.

— Maman nous disait toujours de faire attention car la Vionne est une rivière très dangereuse, et elle nous interdisait formellement d'y aller.

— Ce qui ne vous empêchait pas de le faire, n'est-ce pas ? demanda Jeanne avec un petit sourire entendu.

— Nous rentrions à la maison tout trempés, donc elle devait bien savoir où nous étions allés traîner, mais je crois qu'elle n'avait pas le cœur à nous gronder en nous voyant tellement heureux.

— Votre mère est-elle encore en vie ?

Je détournai le regard vers le mur qui nous séparait de la Seine, juste derrière.

— Ils ont dit que Maman était une sorcière et ils l'ont assassinée. Elle n'était pas une sorcière. Elle était guérisseuse et sage-femme. Elle était aussi faiseuse d'anges. Enfant, j'imaginais que les infusions de rue sauvage, de verveine et de petites fleurs bleues qu'elle concoctait avaient des pouvoirs magiques et merveilleux.

Je lui montrai la crèche du bras.

— À voir ces centaines d'enfants là-dedans pratiquement déjà condamnés, je ne peux pas m'empêcher de croire qu'être faiseuse d'anges soit si déshonorant après tout.

— Quelle philanthropique approche de la vie ! lança Jeanne en jouant de nouveau avec sa canne.

— Après la mort de Félix et Félicité, puis de Papa, Maman était devenue, comment dirais-je, triste. Et un peu folle aussi, comme si chaque tragédie ajoutait son lot de malheur aux précédents, jusqu'à ne plus former qu'un énorme et écrasant fardeau de tristesse. Elle perdit sa foi en Dieu et en l'Église.

Inconsciemment, je portai une main à mon cou pour toucher la figurine d'ange, geste dont je ne parvenais pas à me débarrasser.

— Mon Dieu ! Les barbares ! s'exclama Jeanne. Je suppose qu'elle n'a pas eu droit à un procès digne de ce nom.

— Il n'y a jamais de procès.

— Voilà encore une victime de notre système archaïque et injuste, Victoire. C'est lui qu'il faut changer et c'est pour cela qu'il faut se battre. Et ton père ?

— Papa était charpentier, répondis-je.

Je lui racontai l'incendie qui avait détruit notre chaumière et toute l'horreur de ce moment qui continuait, encore aujourd'hui, à me briser le cœur.

— Depuis la mort de mon père par ce baron, et aussi à cause de ces horribles nuits à Saint-Germain, je hais les aristocrates, tous les aristocrates.

Jeanne serra son bras contre le mien.

— Je ne sais que trop combien la vie peut être injuste. Vous avez vécu des horreurs. Je souhaite que, maintenant et pour le restant de votre vie, vous ne viviez plus que des moments agréables.

— Des moments agréables ? Ici ? Ils ne me laisseront jamais sortir, Jeanne, jamais. Tout ce passé, la petite paysanne de Lucie, est si loin, si irréel. J'ai l'impression d'avoir vécu toute ma vie dans cette prison.

— Quelle absurdité, ma chère. Comme si quelqu'un comme vous, craignant autant Dieu, pouvait rester ici dans cette mosaïque de malheurs, avec tous les rebuts de la société, tous les fous et vagabonds du royaume, les putains, les charlatans et autres assassins. Ce lieu impitoyable et sans espoir n'est pas pour vous, Victoire. J'ai un plan pour nous deux. Il se peut que cela prenne du temps, mais je vous en dirai plus bientôt. Ne me posez aucune question maintenant.

Jeanne et moi marchions toujours bras dessus, bras dessous. Nous passâmes près du potager où les jardiniers arrachaient des gousses d'ail et ramassaient les derniers légumes de la saison pour le personnel de la Salpêtrière et les riches prisonnières qui, comme Jeanne de Valois, pouvaient se payer des repas décents.

— Ne perdez pas espoir, Victoire. Comme je viens de vous le dire, si mon plan est bon, tout va changer pour nous. Je jouis de beaucoup de privilèges et mon influence est grande. Néanmoins, ce ne sera pas facile et tout devra être préparé dans les moindres détails.

De toute façon, vous avez encore beaucoup à apprendre pour bien vous comporter dans la société bourgeoise de Paris et ainsi passer inaperçue une fois dehors. Tout cela prend du temps.

— La société bourgeoise de Paris ? répétai-je. Libre ?

Jeanne mit un doigt sur ma bouche.

— Souvenez-vous, pas de questions ! Dites-moi, ma chère, vous ne m'avez pas parlé de vos jumeaux. Naturellement, je sais ce que l'on dit sur vous. Que dois-je penser de ces méchants ragots ? Il m'est difficile de les croire vous connaissant, vous, si pure, une femme qui semble n'avoir aucune once de méchanceté en elle.

Je pris une longue respiration. L'ombre noire de la mélancolie se déplia de nouveau et s'enroula autour de moi tandis que j'essayais de me souvenir de cette journée au bord de la rivière.

— Quand j'y pense, les souvenirs reviennent mais repartent aussitôt, avant même que je comprenne ce qui s'est réellement passé.

Nous étions arrivées près du bâtiment entouré de hauts murs sur trois côtés, l'asile où sont gardées les folles. Par le portail, nous apercevions plusieurs femmes enchaînées à des bancs. Elles étaient habillées d'une robe grise difforme qui tombait comme un vieux sac à grains. Avec leurs yeux vitreux grands ouverts, elles nous regardaient passer.

Tandis que nous approchions, je me bouchai les oreilles pour ne pas entendre leurs cris, leurs hurlements et les gémissements lancinants des plus faibles d'entre elles.

— Les gardiens nous mettaient dehors pendant une heure tous les jours, expliquai-je en secouant la tête, pour améliorer notre santé mentale. Quelle hérésie !

— Les pauvres petites misérables ! lança Jeanne.

Elle serra mon bras plus fort et me demanda avec sa canne de rebrousser chemin.

— Vous voyez, ma chère ! Qu'importe ce que vous avez fait, qu'importe ce qui s'est passé à la rivière avec vos bébés, je ne vous jugerai pas. S'il y en a une qui peut comprendre qu'il y a toujours une bonne raison à nos actes, c'est bien moi.

Tandis que nous nous éloignions de l'asile, je me revis dans la crèche avec le bébé sur les genoux : quelque chose de plus fort que moi m'avait poussée à vouloir recouvrir sa tête et à appuyer jusqu'à l'asphyxie. Ce souvenir me terrifiait autant qu'il me scandalisait.

— Je n'insisterai pas, Victoire, mais j'espère qu'un jour, vous pourrez vous libérer de ce terrible secret enfoui au plus profond de vous.

— Et vous, Jeanne, pourquoi ne m'avez-vous jamais parlé de l'histoire du collier, de ce qui s'est réellement passé ?

— Mon Dieu ! Ce gros bijou si clinquant ? Eh bien, probablement parce que je m'en voulais beaucoup de ne pas avoir saisi ma chance, répondit-elle. Mais, avec le recul, j'y vois plus clair maintenant, et l'avenir paraît beau et brillant, ma chère. Je vais récupérer mon nom et mes terres.

Elle prit ma main calleuse et caressa mes doigts déformés aux articulations par une corne dure.

— D'abord, il vous faut comprendre comment tout a commencé, et ensuite vous pourrez comprendre les raisons qui m'ont poussée à agir de la sorte.

Jeanne s'assit sur un banc et tapota la place à côté d'elle pour m'inviter à la rejoindre.

— Mon cher père, Henri de Saint-Rémy-Valois, reprit-elle, était un descendant direct de l'enfant de l'amour du roi Henri II avec Nicole de Savigny. Il fut membre du Parlement. J'aurais donc dû vivre dans le luxe, mais ils m'ont tout pris.

— Qui ?

— La garde du roi est arrivée et a tué mon père. Ensuite, la couronne a confisqué nos biens et nos terres.

Jeanne parlait d'un ton assuré. Seule sa veine avait grossi au niveau des tempes, me faisant comprendre qu'elle dissimulait ses sentiments tout en enrageant intérieurement.

— Alors, continua-t-elle, au lieu de vivre dans l'opulence, nous sommes devenus les plus pauvres parmi les pauvres. Maman a dû se prostituer pour faire manger sa famille, tandis que mes frères et sœurs et moi-même arpentions les rues en demandant la charité, nous, les derniers des Valois. Le pauvre cœur de ma mère n'a pu supporter la mort de mon père, et elle est morte peu de temps après lui.

— Vous aussi êtes orpheline alors.

— Ma sœur et moi étions destinées au couvent, mais nous nous sommes échappées et nous sommes retournées à Bar, en Champagne, sur la terre qui nous a vu naître. Là-bas, nous avons trouvé refuge dans une famille de notre connaissance. On n'oublie pas une telle injustice et je savais que, si je voulais récupérer mes terres, il me fallait avoir les faveurs du roi.

— Comment obtient-on les faveurs du roi ?

— J'ai épousé un neveu de la famille, le comte Antoine-Nicolas de la Motte. Voilà comment je suis devenue comtesse de la Motte.

— Un vrai comte ?

— Combien d'aristocrates qui se pavanent dans ce pays sont de vrais aristocrates ? rétorqua Jeanne, un sourire suffisant aux lèvres. Et tous ces riches bourgeois qui s'achètent des offices royaux et qui s'inventent des titres de noblesse depuis longtemps oubliés, ou qui se font tout simplement anoblir par le roi. La nouvelle noblesse de robe !

— Le titre de votre mari vous a-t-il ouvert les portes de Versailles ?

Jeanne acquiesça.

— J'espérais obtenir les faveurs de la reine Marie-Antoinette pour ensuite récupérer ce qui me revenait de droit.

— D'après la rumeur, la reine vous aurait ignorée.

Jeanne tourna la tête vers moi.

— Cette putain d'Autrichienne a refusé d'avoir affaire à moi, lança-t-elle.

Ses doigts glissaient sur ma peau et traçaient une ligne allant de mon poignet à l'intérieur de mon coude.

— Tout ce que la reine avait à faire, c'était de me prêter attention, d'écouter mes doléances, de lire ma requête et cette histoire aurait pu s'arrêter là.

Son index caressa doucement le pli de mon coude.

— Ensuite, l'oie se mit à pondre un œuf en or, continua-t-elle. Le cardinal de Rohan voulait être premier ministre de France, mais quand il fut envoyé en Autriche, sa correspondance personnelle fut interceptée. Il s'y vantait d'avoir couché avec la moitié des dames de la cour d'Autriche et mentionnait même que l'impératrice, la propre mère de Marie-Antoinette, lui avait fait des avances directes. Bien sûr, suite à cela, Marie-Antoinette a bloqué, dès qu'elle le pouvait, tout avancement dans sa carrière ministérielle.

Elle se désintéressa de mon bras et regarda le mur derrière lequel la Seine serpentait à travers Paris.

— Nous nous sommes retrouvés un jour, moi, prête à toutes les manigances, et le cardinal, rongé par l'ambition. Je lui ai dit que j'étais une amie intime de Marie-Antoinette.

Elle éclata de rire.

— Que la famille royale et ses courtisans sont bêtes, englués dans leur petite vie frivole et dénuée de sens ! Je promis au cardinal qu'il serait de nouveau dans les petits papiers du roi et qu'il deviendrait premier ministre. Un baiser, une caresse là où il fallait, et cet idiot me mangeait dans la main. Il m'offrait des louis d'or comme si c'étaient des petits pots de miel.

Elle sourit longuement.

— Beaucoup d'argent pour les œuvres de charité de la reine en quelque sorte. Cela m'a aussi permis de faire partie de la société bourgeoise respectable. Vous voyez, Victoire, on peut faire ce que l'on veut quand on a de l'argent.

— Et le collier dans tout cela ?

Jeanne reprit sa canne, se leva et se remit à marcher. J'en fis de même et me dépêchai de la rattraper.

— Toutes ces fioritures, ces parures et ces diamants sertis ne sont que des symboles honteux de la vanité de l'homme, lança-t-elle. Vanité qui a commencé avec le précédent roi lorsqu'il demanda aux bijoutiers Boehmer et Bassenge de créer un collier de diamants devant surpasser tous les autres bijoux afin de l'offrir à sa favorite, Madame du Barry. Il aura coûté deux millions de livres. Vous rendez-vous compte, rien que pour un bijou, et un bijou affreux de surcroît ?

Elle leva les yeux au ciel.

— Il a fallu sept ans à ces bijoutiers, et beaucoup d'argent, pour assembler le collier. Et dans le même temps, le roi est mort de la petite vérole et la Du Barry a été chassée de la cour.

J'acquiesçai de la tête.

— J'ai déjà entendu cette histoire de la mort du vieux roi, dis-je.

— Ruinés, les bijoutiers ont présenté le collier au nouveau roi, reprit Jeanne. Mais Marie-Antoinette n'en a pas voulu, étant donné qu'il avait été fabriqué pour Madame du Barry, une de ses ennemies. C'est là que j'ai pu intervenir. J'ai dit au cardinal que la reine désirait ce collier en secret. Il m'a donné les deux millions de livres, pensant que je les donnerais à la reine. Je suis ensuite passée prendre le collier à la bijouterie. Les bijoutiers me l'ont donné, croyant que j'allais le présenter à la reine qui, en retour, les paierait. Quand le moment de payer est arrivé, voyant que rien ne se produisait, les bijoutiers sont venus se plaindre à la reine qui leur a répondu qu'elle n'avait ni reçu, ni même commandé un tel collier.

Elle chassa une mouche qui volait autour de mon bonnet, leva sa canne au ciel et continua.

— S'ensuivit le coup de théâtre dont vous avez entendu parler.

— Tout le royaume en a entendu parler, dis-je.

— Eh bien, ma chère, vous connaissez donc le reste de l'histoire. Ils m'ont fouettée, marquée au fer rouge et envoyée ici. C'est cette putain, la reine, qui est derrière tout cela. Mais elle va souffrir autant que j'ai souffert. C'en est fini des riches qui piétinent et écrasent les pauvres. J'espère que vous êtes d'accord avec moi, Victoire.

De sa canne, elle montra un arbre.

—Regardez toutes ces feuilles qui commencent déjà à jaunir. Désirez-vous vraiment passer un autre hiver ici à côtoyer la mort ? Vous avez vingt-quatre ans. Vous êtes encore ravissante. Il vous reste encore bien dix ans à profiter de la vie, loin de cette maison de fous.

— Il y a bien longtemps que j'ai arrêté de penser à une vie hors de ces murs, répondis-je. Personne ne peut tromper la vigilance des gardes.

Jeanne éclata de rire.

— Ma belle enfant, si naïve ! Je vous l'ai dit, j'ai un plan pour sortir sans que ces imbéciles nous voient.

Un gardien s'approcha de nous.

— Un visiteur pour vous, Madame la comtesse.

Jeanne me prit la main et la porta à sa bouche pour la baiser.

— Retournez dans votre cellule, me demanda-t-elle. Par sécurité, il est préférable que vous ne sachiez rien. Ainsi, ils ne vous tortureront pas. »

***

J'étais tellement habituée aux cuisines avec les cris, la vapeur d'eau et le bruit des marmites que j'en oubliais presque le silence quotidien qui régnait dans les cellules. Depuis que j'étais au service de la comtesse, je ne travaillais en cuisine que le matin. Je passais mes après-midis avec Jeanne qui m'apprenait à bien me comporter en société selon les critères de la bourgeoisie parisienne. Je n'avais jamais demandé pourquoi la chance avait si vite tourné en ma faveur. À la Salpêtrière, il était plus sage de ne jamais poser de questions.

237

Quand les sœurs passaient entre les groupes de prisonnières, ces dernières travaillaient toutes en silence depuis les prières du matin, les unes au tricot, les autres au tissage, à la couture, à la broderie ou au filage de la laine. Elles étaient toutes habillées pareil, avec une robe gris cendré, un bonnet et des sabots. Ces religieuses n'avaient de religieux que le nom, car elles n'hésitaient pas à frapper le sol avec leur bâton ou à donner des coups sur les doigts ou les épaules de toutes celles qui ne travaillaient pas assez vite ou qui faisaient le moindre bruit.

« Ne croyez pas que vous allez rester les bras croisés, me lança l'une d'elles à mon entrée dans le dortoir, en me tendant une pile de linge. Pas de traitement de faveur ici quand vous n'êtes plus au service de cette voleuse. »

Agathe resserra ses lèvres purulentes, prit un air satisfait et m'envoya un baiser. À quatre heures pile, le travail s'arrêtait. Nous sortions nos chapelets et commencions nos prières. À cinq heures trente, nous entendions les enfants et les vieilles femmes sortir dans la cour. Ils étaient les seuls prisonniers à avoir le droit de prendre l'air dehors pendant une heure. C'était aussi le seul moment de la journée où nous pouvions parler, mais nous ne devions pas arrêter notre travail. Il ne fallait jamais s'arrêter de travailler, sauf pour dormir, manger et prier ; ce qui rendait la vie bien monotone.

« Comment va notre petite servante ? demanda Agathe.

Elle me prit le bras et me le tordit dans le dos. Je restai de marbre car je ne voulais pas lui donner la satisfaction de me voir crier de douleur.

— Quand est-ce que tu sauras pour les diamants ? demanda-t-elle.

— Je vous l'ai dit, je ne suis que sa servante, je ne sais rien, répondis-je.

— Attention à toi, Agathe ! s'exclama Marie-Françoise. Rappelle-toi. La dernière fois que tu lui as fait des bleus, ils t'ont enfermée pendant deux jours dans le donjon avec les folles. Notre Victoire a le bras long maintenant.

— La comtesse doit bien avoir encore les diamants en sa possession, non ? dit Agathe. Ou de l'argent, peut-être ?

— C'est sûr ! répondit Toinette. Sinon, comment ferait-elle pour s'offrir une cellule individuelle, une servante et de la bonne nourriture ?

— Et des promenades dans la cour les après-midis, ajouta Julie.

Agathe renifla bruyamment puis me cracha à la figure pendant que les sœurs nous distribuaient le repas du soir, fait de pain noir, de potage et de vin. Je ne pris même pas la peine de m'essuyer le visage et la morve coula le long de ma joue.

— Tu parleras, ma belle ! reprit Agathe. Quand j'en aurai fini avec toi, tu m'auras tout déballé. »

Agathe pouvait me menacer autant qu'elle voulait, elle ne me faisait plus peur. Depuis que Jeanne partageait ses repas simples mais consistants avec moi, je me sentais plus forte et plus à même de supporter ses intimidations, ses coups et son aversion pour mon statut de privilégiée.

Le repas terminé, la sœur supérieure sonnait la cloche pour annoncer la prière du soir et la lecture du livre des Psaumes. Ensuite, les sœurs passaient dans les dortoirs pour une inspection et bien s'assurer que personne ne cache d'objets interdits. À dix heures, elles mouchaient l'unique bougie.

Je me couchais alors à plat ventre sur le lit près de la fenêtre que m'avait acheté Jeanne. Je n'avais pas la place de me mettre en boule car je le partageais avec deux autres prisonnières ; ce qui n'était pas si mal, car normalement il y avait cinq personnes par lit. Tous les soirs, je remerciais Jeanne de m'avoir offert ce petit luxe. Allongée sur le lit, j'écoutais les ronflements et la respiration saccadée de ces femmes fatiguées, dont la solitude et le grand désespoir se ressentaient encore plus dans l'obscurité.

Doucement, je me laissais glisser dans un sommeil peu réparateur, avant d'être réveillée par un hurlement venant du quartier des folles, suivi presque aussitôt par un deuxième, puis un autre et encore un autre. Ils passaient à travers les épais murs de pierres et déchiraient le silence de la nuit. Réveillées aussi par les bruits venant des loges du rez-de-chaussée, plusieurs prisonnières éclataient en sanglots comme pour répondre instinctivement à un code ancestral. Je me bouchais alors les oreilles avec mes mains.

La lune, à son zénith, éclairait faiblement la pièce par la lucarne et dessinait des ombres qui s'entrecroisaient sur les murs. Je m'étais résignée à cette vie à la Salpêtrière avec la mort comme seule issue possible. Mais, alors que la faible lumière de lune baignait d'une chaleur illusoire mon visage et mon cou, une lueur d'espoir apparaissait au fond de moi. Je commençais un peu à croire à la promesse de Jeanne qu'une autre vie m'attendait peut-être de l'autre côté de ces barreaux.

25

Je sortis précipitamment de la cuisine et courus dans l'air frais automnal. Je traversai la cour, arrivai à la cellule de Jeanne et frappai à la porte. Elle s'entrebâilla dans un grincement et, à ma grande surprise, apparut le visage satisfait d'un gardien. J'entendis des petits rires étouffés et une voix grave venant de l'intérieur de la pièce. Sur le sol, une belle robe de soie appartenant à Jeanne avait été jetée en boule avec son jupon. L'homme devant moi alla prendre son uniforme. Un deuxième homme était étendu nu sur le lit à côté de la comtesse qui, elle non plus, ne portait aucun vêtement. Elle avait la peau blanche, presque diaphane, et me fit tout de suite penser à la nymphe du tableau de la maison de Saint-Germain. L'épaisse toison entre ses cuisses me rappelait les grappes de raisin peintes telles des fruits défendus devant la créature divine. J'eus un mouvement de recul et je détournai les yeux de ces deux hommes en tenue d'Adam.

« De quoi la princesse aux yeux d'émeraude a-t-elle peur ? lança le premier gardien, ses habits à la main. Elle n'a jamais vu de bite de sa vie ou quoi ?

Il éclata de rire et agita ses parties intimes dans ma direction.

— Doucement, les garçons ! L'après-midi a été suffisamment amusant, dit Jeanne fermement. Rangez-moi vos bijoux de famille ! Rhabillez-vous et revenez un autre jour.

Les deux gardiens rirent de plus belle mais s'exécutèrent. Ils avaient encore les cheveux en bataille lorsqu'ils sortirent de la cellule.

— Comment faites-vous, Jeanne ? lui demandai-je. Vous n'allez quand même pas me dire que vous en tirez du plaisir, ils sont tellement, tellement affreux !

D'un geste de la main, elle m'invita à m'asseoir sur le lit à côté d'elle.

— Oh ! Ce n'était pas si mal, assez distrayant même, répondit-elle. Je n'ai pas beaucoup de choix pour tuer l'ennui dans cette prison. En plus, maintenant, ils sont des amis, des alliés, Victoire.

Je gardais les mains serrées sur mes genoux.

— Quelquefois j'aimerais être comme vous, dis-je. Si libre, si détachée des règles et des convenances.

— Vous allez peut-être trouver cela difficile à croire, mais moi aussi, je vous envie, avec vos principes et votre vertu.

Elle me prit la main et la posa sur le haut de son sein gauche, à l'endroit de sa cicatrice en V de voleuse.

— Touchez, ma chère, reprit-elle. Suivez la marque avec votre doigt.

Elle tira sur la manche de ma robe pour dégager mon épaule et passa son doigt sur ma cicatrice en forme de fleur de lys.

— Vous aussi avez été brûlée au fer rouge, dit-elle. Comment osent-ils nous marquer comme du bétail.

Sa main descendit doucement sur ma poitrine et s'arrêta sur mon sein. Immédiatement, mon téton sortit aussi vite qu'une rivière en crue.

— Ces gardiens paieront pour ce qu'ils nous ont fait, ajouta-t-elle.

Jeanne s'assit et se pencha en avant. Je réajustai les coussins et lui enfilai un jupon et une robe noire. Elle tira de sous le lit un coffret en bois, inséra une petite clé en or dans la serrure et souleva le couvercle. Elle en sortit un petit flacon de verre qu'elle me présenta comme si c'était un gros diamant. Je le pris en main. Il était rempli d'un liquide rougeâtre. Je le portai à mon nez.

— Qu'est-ce que c'est ? demandai-je. L'odeur est assez étrange, à la fois forte et acide, mais en même temps douce, un peu comme de la terre humide ou de l'herbe fraîchement coupée. Ah ! Si, je sais ! Armand en donnait à nos veaux quand ils avaient des coliques.

Jeanne acquiesça et reprit la bouteille.

— Ceci, ma chère, est du laudanum. Un remède contre la douleur, les insomnies et la diarrhée. Apparemment utilisé peut-être aussi contre les coliques des veaux. En tous cas, deux ou trois cuillerées suffisent pour tuer un homme… ou un gardien de prison.

— Non, mais ! m'insurgeai-je.

— N'ayez pas peur, nous n'allons tuer personne, dit-elle en riant. Nous allons seulement les endormir suffisamment longtemps pour leur voler leurs uniformes et sortir tranquillement de la Salpêtrière. »

✳✳✳

« Nous nous en allons demain après-midi, ma chère, m'annonça Jeanne. Nos gardiens préférés seront de garde. Nous partirons à la tombée de la nuit, juste avant que vous n'ayez à retourner dans votre cellule. L'heure est idéale.

Un grand frisson me parcourut le dos. Je me retins de pleurer de joie car je refusais toujours de croire que, bientôt, nous quitterions cet enfer. Jeanne prit le coffret de bois sous le lit et retira le compartiment contenant le flacon de laudanum pour accéder à un double-fond caché. Elle en sortit un rouleau de manuscrits.

— Ceci, dit-elle en souriant, est votre nouvelle vie. Vous vous appelez mademoiselle Rubie Charpentier. Je connais l'importance que revêt ce nom dans votre cœur. Votre père, très riche et décédé récemment, était monsieur Maximilien Charpentier.

Elle me tendit deux parchemins puis continua :

— Voilà deux lettres de recommandation pour des emplois qui, j'en suis convaincue, vous conviendront.

— Des emplois ? repris-je.

245

— Une femme indépendante et sans mari se doit de travailler, n'est-ce pas ? En plus, Victoire, ce sera bénéfique pour vous de vous fondre dans la société, de connaître des gens.

Elle ouvrit une des deux lettres.

— Ici, vos compétences en lecture vous amèneront à travailler dans une imprimerie tenue par un de mes contacts.

— Pourquoi travailler dans l'impression ?

— Vous savez lire et écrire. Vous comprendrez que nous, les révolutionnaires, sommes appelés à imprimer quantité de pamphlets pour faire avancer la cause du peuple et faire tomber la monarchie. Après la mort de votre père par la faute d'un noble, et cet ignoble marquis…

— Oui, bien sûr que je veux me battre pour défendre les droits des gens du peuple.

— C'est bien ce que je pensais, dit-elle en me prenant la main. La révolution a besoin de gens comme vous, ici, à Paris. Des gens dévoués à la cause, des gens suffisamment intelligents pour expliquer et convaincre, des gens qui ont le sens des convenances et l'éducation des femmes les plus raffinées de Paris.

Elle me fit un clin d'œil.

— Quant à moi, continua-t-elle, je poursuivrai le combat, mais à distance.

— À distance ? répétai-je. Vous comptez me laisser ? Toute seule ?

— J'ai fait tout ce que je pouvais faire en France. J'ai discrédité Marie-Antoinette, j'ai sali sa réputation et encore plus celle des Bourbon. Maintenant, il me faut m'en aller là où la reine ne pourra plus m'atteindre, ma chère.

Elle déposa un baiser sur ma joue.

— Mais on dit maintenant que le comportement de la reine s'est amélioré avec l'âge, qu'elle est devenue généreuse et charitable et qu'elle se consacre à ses enfants.

— Elle est plus généreuse qu'avant et s'habille avec plus de retenue, je vous l'accorde, répondit-elle. Ceci dit, nous sommes loin du compte. Savez-vous qu'elle s'est fait construire une ferme dans Versailles et qu'elle joue à la paysanne ? Les frais s'élèvent à un million de francs par an, supportés par les finances publiques, naturellement.

— Mais pourquoi ferait-elle une chose pareille ?

— Pour la simple raison, ma chère, qu'il est de bon ton chez les femmes de l'aristocratie de vivre une idylle champêtre, mais bien au chaud dans le confort de son château. Pour beaucoup de gens, la reine, qui dépense ainsi sans compter pour se déguiser en bergère, cette mascarade si vous préférez, se moque des miséreux, des paysans et des conditions inhumaines dans lesquelles ils vivent. Et je ne vous parle pas de ces perruques ridicules d'un mètre de haut ornées de bijoux, de plumes, de petits bateaux, ou je ne sais quoi encore qui plaise à Sa Majesté La Conne.

Elle leva les yeux au ciel.

—Vous n'avez peut-être jamais vu un pouf à l'inoculation.

— Une perruque à vaccination ? dis-je en riant.

Jeanne acquiesça.

— Un serpent enroulé autour d'un olivier était planté sur sa tête. Elle a porté cette coiffure pour montrer qu'elle avait réussi à persuader le roi de se faire vacciner contre la petite vérole.

— Je ne savais pas tout cela, répondis-je.

Jeanne me tendit un autre papier.

— Cette seconde lettre vous recommande pour l'emploi de chef dans le restaurant Le Faisan Doré. Le patron est un ancien amant à moi. Il vous attend, lui aussi.

— Vous croyez que je dois travailler comme cuisinier dans un restaurant. Mais pourquoi ne puis-je pas retourner à Lucie ? Ma petite Madeleine a besoin de sa mère.

— Rien ne me ferait plus plaisir que de vous voir entourée de votre famille, mais chaque chose en son temps, Victoire. Vous avez du travail à faire ici, une mission à terminer. N'oubliez pas non plus que vous serez une condamnée évadée de prison. Vous ne devrez en aucun cas vous montrer en public en tant que Victoire Charpentier. Ce restaurant se trouve dans le quartier du Palais-Royal.

Elle esquissa un sourire et prit un air entendu.

— Je suis sûre qu'une fois là-bas, continua-t-elle, vous comprendrez pourquoi il vous faut rester un moment à Paris.

— Que dois-je prendre avec moi ? demandai-je. Sachez que je n'ai pas grand-chose.

— Tout ce dont vous aurez besoin vous attendra dans votre appartement. Je vous noterai l'adresse sur un bout de papier une fois que nous serons dehors.

— Mon appartement ? Je ne serai donc pas avec vous ? Même pas en attendant que vous quittiez Paris ?

Jeanne pressa ses lèvres sur les miennes.

— Vous n'aurez plus besoin de moi, ma chère. Il vous faudra vous débrouiller seule, gagner vos propres batailles, lutter pour notre cause. Mais un jour nous vaincrons, croyez-moi.

Je pris les lettres.

— Je vais les coudre dans mon jupon. Le tissu est bien épais, on ne sentira rien au toucher.

Jeanne acquiesça.

— Vous apprenez vite.

Je cousis les lettres dans l'ourlet de mon jupon avec tout le soin du monde. J'avais l'impression qu'elles me brûlaient la peau au travers du tissu et me marquaient autant qu'un fer rouge. J'en rougissais. Jeanne m'observait avec insistance.

— Vous allez me manquer, ma belle amie, dit-elle.

Elle me prit les mains et les massa avec son baume parfumé à la rose.

— Et n'oubliez pas, ajouta-t-elle. Ces mains de paysanne doivent rester cachées dans des gants ou un manchon. Les gens remarquent ces choses-là. »

Elle se pencha sur moi. Ses cheveux tombèrent sur mon visage et me firent frissonner. Je fermai les yeux. Soudain, je n'étais plus prisonnière à la Salpêtrière. Le simple lit de bois de Jeanne devint un joli lit en chêne décoré de motifs d'ange et incrusté de diamants. Nous étions allongées dans des draps de soie si glissants qu'on les aurait crus humides. Jeanne tira une épaisse couverture mauve sur nos corps pour nous réchauffer et nous isoler des regards indiscrets.

Je ne pouvais plus la voir mais je sentais son parfum, ses lèvres chaudes et insistantes sur les miennes. Je n'osais pas bouger mais peu à peu mes lèvres s'adoucirent et s'entrouvrirent. Sa langue, d'abord timide, entra et explora ma bouche. Elle avait un goût de vin qui me grisa encore plus. La tête me tournait. Mon cœur, si longtemps de glace, fondait à sa chaleur et jaillissait de ma poitrine avec la force d'une cascade.

Elle caressa le coin de mes lèvres mouillées, puis ma joue et mon front. Ses doigts suivirent le contour de mes yeux. Sa main descendit dans mon cou, caressa mes épaules et mes seins avant de se glisser entre mes jambes et d'aller et venir doucement. Le haut de mes cuisses était plus sensible qu'une plaie avec la chair et le nerf à vif. J'étais tellement excitée que j'en avais mal. Mon désir montait, montait, fort à en devenir folle, si puissant que j'eus peur d'en mourir.

Elle enroula ses hanches sur ma jambe et appuya encore et encore. Tout mon corps vibrait. J'ai murmuré ou grogné ; à moins que ce ne soit Jeanne.

Tandis qu'elle continuait, cherchant le chemin vers d'autres cieux, je laissais tous mes sens être submergés par l'extase jusqu'à ce que j'éclate dans sa main et me brise sur sa cuisse mouillée. Nous avions crié en même temps et c'est à peine si, ensuite, j'entendis la cloche du dîner sonner l'heure de mon retour en cellule.

26

L'après-midi suivant, je traversai la cour à la hâte. La faible luminosité de novembre serait un allié idéal. Je regardai autour de moi. Il ne fallait pas que mon excitation et mes trépidations se remarquent. Apparemment, personne ne me prêtait attention. Je frappai à la porte de la cellule.

« Très bien ! Vous êtes là, ma chère, dit Jeanne.

Elle me sourit et déposa un baiser sur mes lèvres. Je ne ressentis aucune gêne pour l'après-midi de la veille, comme si tout s'était passé naturellement entre nous. Une bouteille de vin rouge était sortie sur la commode à côté de quatre verres finement décorés de petits oiseaux et de fleurs. Ils étaient aussi jolis et délicats que ceux de la maison de Saint-Germain.

— C'est gentil de la part de la sœur supérieure de m'avoir prêté ces verres, n'est-ce pas ? dit-elle. Ils sont à elle personnellement.

Elle les prit un par un par leur pied torsadé et les remplit.

— C'est un vin fort qui a du corps, expliqua-t-elle. Exactement ce qu'il faut pour masquer la couleur rouge foncé du laudanum ainsi que son odeur.

Je retins ma respiration pendant que Jeanne versait goutte à goutte le poison dans deux des quatre verres.

— Il vaut mieux que je ne me trompe pas de verre, dit-elle.

Elle rebouchait le flacon lorsqu'on frappa à la porte. Elle alla ouvrir et les deux gardiens entrèrent nonchalamment, tels deux coqs pénétrant dans leur poulailler.

— Eh bien comtesse, lança l'un d'eux, je vois que nous n'aurons pas à vous partager cet après-midi.

Il me sourit et attrapa mes seins.

— Ne serait-ce pas là Victoire, notre jolie tueuse d'enfants, continua-t-il.

J'essayai de ne pas bouger et encore moins de reculer. Je réussis même à sourire lorsqu'une de ses mains appuya à l'endroit précis où, hier, Jeanne m'avait mordue un peu trop profondément. La comtesse lui donna une tape sur la main et fronça les sourcils, feignant grossièrement d'être outrée.

— Pas encore, mon fringant gaillard, dit-elle. D'abord, buvons, à notre santé, ce délicieux vin que j'ai réussi à me procurer.

Elle leur mit un verre dans la main.

— À cet après-midi très spécial, cria Jeanne.

Nous levâmes nos verres tandis que je baissai les yeux devant le regard lubrique de ces deux hommes. Jeanne but rapidement son verre cul-sec pour, je suppose, inciter les gardiens à en faire autant. Quant à moi, j'avais beaucoup de mal à en avaler une gorgée tant mon estomac était noué. Tout se déroulait comme nous l'avions prévu. Je m'installai sur le lit à côté de Jeanne qui, avec son index, les invita à venir nous rejoindre. Doucement, nous leur enlevâmes leur uniforme. Celui que je déshabillais m'attrapa de nouveau les seins.

— Doucement, mon garçon ! dit Jeanne. Profite de l'instant. »

Mes yeux revenaient constamment sur les verres. Ils n'avaient certainement pas bu assez de vin et le laudanum ne pouvait donc pas agir. J'étais morte de peur à l'idée qu'ils reconnaissent l'odeur particulière du poison, ou pire encore, que j'aie à répondre à leurs avances dégoûtantes avant que le poison ne fasse effet. Très vite, leurs propos devinrent incohérents et leurs gestes moins précis et plus lents. Mes épaules et mon cou ne se relâchèrent que lorsque les deux hommes s'affalèrent sur le sol.

« Vite ! dit Jeanne, dont la veine temporale avait gonflé. Nous n'avons pas beaucoup de temps.

Nous les déshabillâmes complètement. Nous déchirâmes nos robes et nos chemisiers, mais je gardai sur moi le jupon dans lequel étaient cachées les lettres, puis nous enfilâmes les uniformes.

— Attachez mes cheveux, Victoire, demanda Jeanne.

Je relevai ses cheveux tout en gardant un œil sur les visages des deux gardiens de peur qu'ils ne se réveillent.

— Et les miens, dépassent-ils du chapeau ? demandai-je, paniquée.

Le sang affluait dans mes veines. Jeanne se débattait avec une mèche de cheveux récalcitrante.

— Et maintenant, la touche finale, annonça-t-elle. Elle ouvrit un tiroir de sa commode et en sortit deux fausses moustaches.

— Un cadeau d'une amie comédienne, expliqua-t-elle.

Elle colla d'abord la mienne au-dessus de ma lèvre supérieure, puis ajusta la sienne sur son visage avant de faire un tour sur elle-même.

— Alors ? Ne ressemblons-nous pas à de vrais gardiens ?

— Il a bougé, dis-je en montrant l'un des deux gardiens. Il a cligné des yeux.

— Ne vous en faites pas, ma chère. Nous y allons tout de suite.

La cellule était trop petite pour contourner les corps, aussi nous fallut-il les enjamber. Je retenais ma respiration. J'étais persuadée que le moindre petit filet d'air qui sortirait de ma bouche les réveillerait. Mon regard restait fixé sur les deux visages endormis. Je levai bien haut le pied droit et le passai par-dessus le premier corps. Je m'apprêtai à lever le second lorsque quelque chose attrapa ma cheville. Je poussai un cri. Tout de suite après, j'entendis Jeanne hurler.

— Merde ! Merde ! jura-t-elle. Lâchez-moi ! Lâchez-moi, sale rustre !

Les gardiens étaient complètement réveillés. Ils crachèrent par terre le vin qu'ils avaient gardé dans leur bouche sans l'avaler et nous retenaient par les chevilles. Je compris tout de suite ce qui se passait. Ils n'avaient pas absorbé une goutte de laudanum. Nous nous étions fait avoir. Je ne pouvais plus avancer. Jeanne continuait de hurler. Elle donnait des coups de pied au deuxième gardien qui finit par lâcher prise une seconde. Il se releva aussitôt et, de toutes ses forces, lui envoya une gifle qui la fit vaciller.

— Va te faire foutre, sale garce ! jura-t-il.

Il se mit à la frapper plusieurs fois au visage du plus fort qu'il pouvait, en la traitant de tous les noms. Les lèvres de Jeanne éclatèrent et son visage se couvrit de sang. Je voulus aller vers elle et la secourir, mais l'autre gardien me tenait solidement. Jeanne pliait sous les coups répétés, sa bouche était en sang mais je voyais dans ses yeux noirs toute la rage qui l'habitait et qui s'exprimait avec violence contre ces hommes. La veine sur sa tempe était si grosse que je crus qu'elle allait exploser.

— Sales porcs, cria Jeanne en crachant du sang. Vous me le paierez !

Il lui mit un bras derrière le dos et serra fort.

— Vous nous avez pris pour des idiots, Jeanne de Valois, la plus grande arnaqueuse de tous les temps !

Il la maintenait d'une main et de l'autre, il tenait un morceau de tissu humide, tâché de rouge.

— Dommage pour vous que nos mouchoirs, et non nos lèvres, aient absorbé ce délicieux nectar de vin et de laudanum de la plus pure qualité.

Il montra du doigt la flaque de vin par terre.

— Comme si nous allions vous faire confiance et risquer de perdre notre travail, dit le gardien qui me tenait.

Il se releva à son tour et me mit aussi le bras derrière le dos.

— Risquer de perdre nos têtes, plutôt, reprit le premier garde. Ils nous auraient fouettés, torturés puis écartelés sur la roue en place de Grève devant la foule parisienne si nous avions laissé filer la prisonnière la plus tristement célèbre de la Salpêtrière. La sœur supérieure ne va pas beaucoup apprécier, comtesse. Elle prendra cette tentative d'évasion comme un affront personnel, elle qui se glorifie d'une gouvernance irréprochable.

— Et vous ? répliqua Jeanne dont la lèvre enflée rendait la prononciation des mots difficile. Je parie que la gouvernance de la sœur supérieure ne vous octroie qu'un salaire de misère, n'est-ce pas ?

— Que proposez-vous ? demanda-t-il avec un petit sourire.

— Je propose que, tous les deux, vous vous rhabilliez et que vous partiez le plus loin possible de cette cellule. Ainsi, personne ne pourra avoir la moindre idée de ce qui vient de se passer ici cet après-midi.

Les deux gardiens se regardèrent avant de répondre.

— Oui, je crois que c'est envisageable, dit le garde, si Madame la comtesse y met le prix. »

***

Je tamponnais doucement la lèvre de Jeanne avec un linge humide.

« Les blessures sont superficielles, dit-elle le poing fermé sur son cœur. Car ici, dans mon cœur, ils ne peuvent pas m'atteindre.

— Cessez donc de parler, lui demandai-je en nettoyant la plaie. Cela vous fait mal.

Une fois l'hémorragie arrêtée, je remis mon habit de prisonnière et m'assis sur le lit près d'elle. Elle me tira vers elle et je sentis mon cœur battre plus fort. Celui de Jeanne aussi s'accélérait. J'éclatai alors en sanglots et mes larmes coulèrent sur son épaule.

— J'ai tellement peur, dis-je.

— Peur de quoi ? demanda Jeanne.

— Je ne sais pas. Peur de ne jamais sortir d'ici et, en même temps, peur d'en sortir et de me retrouver seule sans vous.

— Une fois dehors, vous trouverez l'envie de vous battre, Victoire. Je connais votre force de caractère.

— Vous avez payé les gardiens, n'est-ce pas ? Comment êtes-vous sûre qu'ils ne reviendront pas vous réclamer plus d'argent ?

— Ils reviendront, c'est sûr, et ils réclameront plus d'argent, mais nous n'allons pas rester ici très longtemps.

Elle se posta devant moi et me regarda dans les yeux.

258

— Vous ne pensiez quand même pas que le laudanum était mon seul plan d'évasion, lança-t-elle. Aidez-moi plutôt à m'habiller.

— Pourquoi n'avez-vous pas simplement donné l'argent à la sœur supérieure ? C'est bien ce que vous avez fait jusqu'à maintenant, non ?

Je l'aidai à enfiler sa robe.

— Je suis riche, c'est vrai, mais cette femme est bien trop chère pour moi. Sans compter la fortune qu'elle possédait déjà avant de venir travailler ici ; fortune qui lui a d'ailleurs offert cette place. Ses revenus énormes lui permettent de vivre dans l'opulence, ma chère.

— Pourquoi une femme si fortunée devrait-elle travailler ?

Je lui lissai le bas de sa robe à l'anglaise puis ajustai ses manches pour donner plus de volume au niveau des coudes.

— Elle n'en a pas besoin à proprement parler. Cela lui permet seulement de tenir son rang. Elle aime le pouvoir que sa position lui confère sur le peuple de Paris. Les Parisiens réclament à grands cris d'être invités à ses fêtes pour jouir du buffet, s'amuser à ses jeux, danser et chanter sur les violons de l'orchestre. Et je ne parle pas de tous les autres avantages dont jouit la directrice de la Salpêtrière.

— Quoi par exemple ? demandai-je.

— Oh ! Un bel appartement très chic et très bien meublé, beaucoup de serviteurs à sa disposition, un vaste potager entretenu par des jardiniers et, bien sûr, un carrosse privé avec attelage et cocher.

— Comment allons-nous faire pour nous échapper ?

— Hélas, ma chère, je crains qu'il ne nous faille passer l'hiver ici. L'occasion se représentera à la fête de Carnaval. Cette fois-ci, mon plan fonctionnera à merveille.

Elle respira profondément.

— Le carnaval ? m'étonnai-je. Comme si, dans l'asile, nous avions le droit de fêter le carnaval.

— Détrompez-vous, ma chère. Lors d'une de mes dernières conversations avec notre toute nouvelle sœur supérieure, qui connaît tellement de gens du beau monde, celle-ci m'a informée qu'un bal serait organisé à la Salpêtrière pour le carnaval, avec pour témoin toute la prison affaiblie par le carême.

— Un bal pour nous, les criminels, les miséreux, les fous ? C'est à peine croyable.

Jeanne remua la tête.

— Bien sûr que non. La sœur supérieure ne se risquerait pas à mélanger les personnes délicates et raffinées de Paris avec des idiotes, des maniaques et des hystériques comme nous. Néanmoins, il semblerait qu'elle ait le souhait de voir y assister les folles et les criminelles les plus présentables. Elle veut se faire bien voir de sa hiérarchie, leur lécher un peu les bottes, leur montrer quel excellent travail elle accomplit ici à la Salpêtrière, leur prouver que nous sommes très bien traitées et que nous avons été remises gentiment dans le droit chemin.

Elle éclata de rire.

— Remises dans le droit chemin ! répéta-t-elle. Quelle blague ! En tous cas, je suis sûre d'une chose, Victoire : la sœur supérieure fera une exception pour vous et moi, ainsi que pour toutes les prisonnières qui lui feront de jolies donations.

— Vous croyez pouvoir nous obtenir des invitations ? Pour moi aussi ? N'ont-ils pas peur que nous en profitions pour nous échapper ?

— Bien sûr qu'ils ont peur, répondit-elle. La sœur supérieure prendra les précautions qui s'imposent pour éviter toute tentative d'évasion pendant les festivités. La garde composée normalement de deux caporaux et huit soldats sera doublée. Des gardiens supplémentaires et des espions seront embauchés, et bien d'autres choses encore, mais je sais qu'elle tient beaucoup au succès de ce bal. Je crois qu'elle voit cette fête comme la première d'une série d'événements annuels servant à marquer l'époque bénie de sa gouvernance à la tête de la Salpêtrière.

J'aidai Jeanne à enfiler ses chaussures.

— Le public est prêt à payer les invitations un prix exorbitant, continua-t-elle. La sœur supérieure prétend que cet argent servira à améliorer l'asile, détruire les cellules insalubres et prodiguer de réels soins médicaux.

Elle me caressa la joue. Ses doigts étaient aussi doux et légers qu'une plume d'oiseau.

— Il est clair, reprit-elle, qu'elle veut surtout impressionner les gens en haut-lieu afin qu'ils la complimentent et continuent de lui verser un salaire plus que conséquent.

Son index suivait maintenant le contour de ma bouche.

— Ce bal est déjà le sujet de toutes les conversations parisiennes, ma chère. Les marquises, les comtesses, toutes les femmes désœuvrées de banquier, d'avocat, de médecin n'attendent que cette soirée spéciale pour égayer leur vie quotidienne ennuyeuse. Pour un soir, leurs joues ne rougiront pas par modestie ou timidité, mais par envie et passion.

Ses yeux brillants me regardaient intensément.

— Durant toute la nuit, elles pourront changer de peau, abandonner leur allure modeste et prétentieuse, danser à perdre haleine et parler des hommes, d'amour et de sexe. Elles se confronteront à leurs désirs les plus dépravés et rempliront leur esprit de souvenirs et de plaisirs parce que, Victoire, la nuit sera courte et il leur faudra très vite rentrer et retourner à leur petite vie étriquée.

— Et nous ? Comment ferons-nous pour nous évader ? demandai-je.

Le visage de Jeanne s'illumina d'un immense sourire.

— Eh bien ! Heureusement pour nous, le bal de la sœur supérieure n'est rien d'autre qu'un grand bal masqué ! »

27

Jeanne vérifia entre ses doigts la qualité du tissu de la robe vert pâle qu'elle avait fait faire pour moi par une couturière de renom de la rue de Richelieu, puis recula de quelques pas.

« Portez toujours des habits de cette couleur, Victoire, dit-elle. Elle va bien avec vos cheveux et vos yeux. Bon ! Vous avez bien tout, les lettres, votre nouvelle identité ?

J'acquiesçai de la tête en terminant de l'habiller. Mes mains tremblantes lissèrent sa robe de soie bleu foncé cousue de fil d'or. Je sentis un picotement dans le creux de mes seins.

— Superbe, comme toujours, m'esclaffai-je en souriant. Madame la comtesse Jeanne ne sait que trop bien comment son costume épouse sa silhouette et tombe en drapé telles de petites vagues caressant le sable blanc de sa peau.

Jeanne éclata de rire et me donna un baiser.

— Oh là là, ma chère, dit-elle. Ne vous ai-je pas dit que vous seriez le nouveau Voltaire ? Bien ! Maintenant, ce qu'il vous reste à faire, c'est de mettre à profit tout ce que je vous ai appris. Et surtout, oubliez la petite paysanne de province que vous avez été un jour. Habillées comme nous le sommes, nous ne passerons pour rien d'autre que pour deux grandes dames parisiennes bien apprêtées qui s'en vont en soirée.

Elle mit son masque de paon sur le visage.

— Considérez cette soirée comme la répétition générale avant notre nouvelle vie de bourgeoises, ajouta-t-elle. Dépêchons-nous, Victoire. Mettez votre masque et allons danser avec le diable. »

Bras dessus, bras dessous, nous sortîmes dans le soir glacial de février. En hâte, nous traversâmes la cour et longeâmes les imposants bâtiments de la Salpêtrière, le dôme doré et les façades en marbre qui cachaient si bien cette immense sépulture où tant de suppliciés étaient enfermés. Arrivée devant l'entrée de la salle de bal, j'étais transie de froid et je grelottais. Jeanne me serra fort le bras.

« Détendez-vous, ma chère, la nuit sera inoubliable. »

Je respirai aussi profondément que me le permettait mon corset, et nous entrâmes dans le couloir faiblement éclairé par un chandelier mural à la couleur d'or.

Une fois à l'intérieur, je n'en crus pas mes yeux. Des tapisseries violet foncé recouvraient le plafond et tombaient en drapé sur les murs. Les carreaux des fenêtres étaient teintés de rouge sang et assortis aux épais tapis qui s'étalaient sur le sol. Disposées en rectangle autour de la pièce, six cariatides vêtues d'un drap ne leur couvrant qu'un sein brandissaient des flambeaux.

« Je n'ai jamais rien vu d'aussi beau ! dis-je.

— Oui, répondit Jeanne. C'est si éclatant, si… agressif !

Les chandeliers attirèrent mon regard. Leur belle lumière dorée jouait avec les diamants et les rubis et projetait sur les murs les ombres allongées des costumes clinquants des invités.

— Oh là là ! Quelle merveilleuse ambiance macabre a su créer la sœur supérieure ! s'exclama Jeanne. Parfois, je me demande si elle n'est pas encore plus folle que la moitié des pensionnaires d'ici. Venez, Victoire, nous avons besoin de nous sustenter.

Elle me guida à travers la foule jusqu'au grand buffet dressé au fond de la salle.

— Ce soir est exceptionnel, ma chère, car tout le monde a droit à la même nourriture, mais la sœur supérieure a tout organisé intelligemment, dit-elle en saluant, de la tête, les gens debout derrière le buffet. Ces femmes habillées comme des servantes avec leur bonnet blanc en tulle sont toutes des sœurs de la prison, et là-bas, de l'autre côté, les cuisiniers qui présentent les plateaux de sucreries et de gâteaux sont en réalité des gardiens. Ils vérifient qu'aucune prisonnière ne se bourre de nourriture ou n'en cache dans son costume pour en rapporter ensuite à la prison.

— Les gardiens qui nous ont empêchées de nous échapper sont là aussi ! Voilà celui qui vous a ouvert la lèvre, lançai-je.

— Eh oui, ma chère, mais je ne les ai pas oubliés.

— Comme ils sont avenants aujourd'hui. C'est un changement radical.

— Ne vous y trompez pas. Tout n'est qu'illusion, répondit Jeanne. Demain, ces gardiens souriants et ces gentilles nonnes redeviendront aussi méchants qu'avant.

Nous trouvâmes une place à côté d'autres invités. Jeanne but une gorgée de vin, grignota un peu de sa part de gâteau avant de me chuchoter :

— Bien que ce qui arrivera ici demain soit le cadet de nos soucis, n'est-ce pas ? »

Un murmure monta du fond de la salle. La foule se tut et la sœur supérieure apparut dans une robe de soie rose dont le bas balayait le sol bruyamment, dans un bruit de pluie.

« Merci à tous, annonça-t-elle. C'est avec un immense plaisir que je déclare le bal ouvert. Que le spectacle commence ! Mangez, buvez, dansez et amusez-vous ! Et n'oubliez pas le jeu des masques. Nous devons essayer de deviner les identités de ceux qui se cachent sous les masques de nos invités. »

L'orchestre se mit à jouer et la foule envahit la piste de danse. Les robes tourbillonnaient et scintillaient comme l'eau claire d'une rivière sous le soleil. Je fus vite prise par la musique. Jeanne m'entraîna sur le sol brillant de la piste. Je m'appliquais à bien faire les pas de danse : le menuet, l'allemande, le cotillon. Nous les avions longtemps répétés ensemble en prévision de ma future vie de femme libre. Nous n'étions pas les seules à danser entre femmes, car nous étions bien plus représentées que les hommes. Jeanne conduisait et je suivais.

« Le vin, la musique, j'en ai la tête qui tourne, dis-je.

— Gardez la tête froide, me répondit-elle sèchement alors qu'un groupe de danseurs s'approchait pour essayer de deviner nos identités.

Comme à chaque fois, Jeanne s'esclaffait, se retournait et prétextait une quelconque excuse.

— Ne retirez jamais votre masque… pour personne, vous m'entendez ! me répéta-t-elle.

J'étais hors d'haleine, à la limite de l'évanouissement, et nous tournions, tournions, de plus en plus vite au milieu des serpents, des chauves-souris, des sorcières, des princesses, des romaines, des égyptiennes, des laitières, des paysannes. Tous les Parisiens et les prisonnières riches s'étaient rassemblés ici pour une nuit de rêves.

— Personne ne peut savoir qui sont les folles, remarqua Jeanne tandis que nous nous reposions sur un banc, un verre de jus de fruit à la main. De toute façon, comment peut-on deviner qui est sain d'esprit et qui ne l'est pas ? N'est-ce pas là toute la bizarre ironie du carnaval ?

— Peut-être sommes-nous tous un peu fous ? répondis-je. Quand nous nous y attendons le moins, la folie nous tombe dessus aussi vite qu'un éclair foudroie la chaumière d'un paysan et la réduit en cendres. Nous sommes si vulnérables aux caprices de la mélancolie, si incapables de réagir quand elle nous tient et nous fait faire n'importe quoi.

— Vous avez entièrement raison, ma chère, mais ce n'est pas le moment d'y penser. Nous vivons la première nuit de nos belles et heureuses vies à venir.

Elle me prit la main.

—Venez, ma chère. Éloignons-nous un peu de la foule. Allons voir des choses plus amusantes.

— Quelles choses ?

— Oh Victoire ! C'est carnaval, un jour chômé, un jeu qui s'oppose à la grotesque tradition du carême. C'est le moment de se libérer et de jouir jusqu'à l'extase. La sœur supérieure a promis à ses invités une nuit de plaisirs et de débauche comme vous ne l'avez jamais imaginée.

Je la suivis dans le couloir qui desservait plusieurs salons privés. Jeanne se dirigea vers la première porte. Je m'interposai tout de suite.

— Devons-nous vraiment ? Vous avez dit que nous partirions ce soir. Qu'en est-il de votre plan, Jeanne ? Pourquoi sommes-nous encore ici ?

— Parce que, ma chère, il nous faut attendre le bon moment. Chaque chose en son temps. Pour l'instant, profitons de la fête.

Jeanne ouvrit la porte et m'entraîna avec elle à l'intérieur.

— Allons ! Ce sera amusant de les regarder s'amuser avec le diable. »

Dans la faible lueur jaune d'un chandelier, des corps d'hommes et de femmes enchevêtrés étaient vautrés sur un tapis turc. Les membres entrelacés dépassaient, les mains bougeaient doucement, les doigts et les bouches étaient à la recherche des moindres orifices disponibles. À côté, une cassolette fumait, dégageant une odeur de rose et de lavande. Dans un coin reculé, trois hommes portant des masques de taureau ruaient et grognaient tandis que leurs cornes s'enfonçaient profondément dans leur chair au niveau des épaules et du dos.

« Bonsoir mesdames, venez nous rejoindre, dit une grosse femme qui caressait le sexe d'un jeune garçon habillé seulement d'un long foulard imitant un serpent. Vous pouvez garder vos masques si vous le désirez, mais ôtez vos habits. »

La femme gloussa. Elle me fit un clin d'œil, ouvrit ses lèvres violettes et mit complètement, dans sa bouche, le sexe du jeune homme. Le marquis de Saint-Germain et les deux gardiens de la cellule de Jeanne me revinrent en mémoire. Je tournai les talons au plus vite et quittai ce lieu de perdition. Je m'adossai au mur du couloir pour reprendre mes esprits. Ma respiration était rapide et saccadée.

« Je ne supporte pas de voir de telles choses, dis-je. Cela me donne le sentiment d'être sale et j'ai honte.

Je baissai les yeux et fis bouger mon gros orteil dans ma chaussure rouge en forçant sur le tissu épais.

— Il faut dire, ajoutai-je, que jamais, je n'ai eu de tels fantasmes. Jamais je n'ai été excitée par cela. Quel genre de femme suis-je donc devenue ?

Jeanne posa ses mains sur mes hanches. Elle me baisa l'oreille et sa langue caressa mon lobe.

— Une femme très belle et très excitante, ma chère. N'aie pas peur, ce n'est qu'un jeu. »

Nous retournâmes dans la salle de bal. L'orchestre faisait une pause, alors nous nous dirigeâmes vers le buffet pour manger et boire encore un peu, et écouter quelques conversations.

« Eh oui, mon amie ! On dit qu'elle sera là ce soir, dit une femme qui portait un costume d'inspiration orientale fait de fleurs et de feuilles. À votre avis laquelle est-ce ?

— Eh bien, personne n'a encore démasqué la célèbre Jeanne de Valois-Saint-Rémy, mais je reste persuadée que nous le saurons bien avant la fin de la nuit, répondit sa voisine déguisée en danseuse espagnole.

Les deux femmes jetèrent des regards furtifs autour d'elles.

— Comme si, dans toute cette foule, la prisonnière la plus célèbre de la Salpêtrière allait se mettre juste à côté d'elles, me chuchota Jeanne à l'oreille.

Après leur avoir tourné le dos, nous éclatâmes de rire.

— Il paraît qu'elle avait caché beaucoup de diamants, qu'elle en a vendu quelques-uns et qu'elle utilise maintenant l'argent ainsi obtenu pour soudoyer la sœur supérieure, dit la première dame en réajustant son chapeau, une cage à oiseaux très élaborée contenant deux jolis canaris. Apparemment, elle jouirait d'un certain luxe ici, dans l'enceinte de la prison.

— J'ai entendu dire aussi qu'elle avait fait une tentative d'évasion, répondit la danseuse espagnole après avoir bu une gorgée de vin. Comme s'il était possible de s'évader de cet asile. Je vous le demande un peu. À quoi diable pouvait-elle penser ?

Jeanne se pencha vers elle et dit :

— Oh là là ! Quelle drôle d'idée ! Tenter de s'évader de la Salpêtrière ! »

Bouche bée, la dame se retourna vers nous. J'étais sidérée par tant d'audace et d'aplomb. Jeanne me prit par le bras en rigolant et m'entraîna loin de la foule. Je me dis, à ce moment-là, que j'aurais bien aimé, comme elle, pouvoir me jouer de tout avec une telle frivolité et avoir autant le goût du risque.

***

Nous nous étions remises à danser, à boire, à manger et à rire, mais nous faisions bien attention de garder nos masques sur nos visages. Très vite, la pendule en acajou accrochée au mur sonna les premiers coups de minuit. Son balancier se mit à osciller de droite à gauche dans un tic-tac sonore très particulier, si particulier même que tous les invités s'arrêtèrent et écoutèrent. L'orchestre cessa de jouer. On sentait comme une étrange hésitation. Les festivités s'étaient interrompues brutalement et personne dans l'assistance ne savait vraiment pourquoi. Tout le monde attendait que quelque chose se passe.

« Apparemment, minuit, l'heure fatidique, nous a ensorcelés », dit Jeanne.

Une grande silhouette élancée vêtue d'un long manteau noir descendant jusqu'aux mollets entra dans la pièce. Sous la capuche, le visage était masqué par un deuxième capuchon qui ne laissait voir que deux points brillants à la place des yeux. Sous le manteau on apercevait un squelette. Je me demandais comment le costume avait été fabriqué ; les os avaient probablement dû être cousus par-dessus un habit très serré. J'étais tellement fascinée par le costume que c'est à peine si je remarquai la faux finement décorée que le personnage tenait dans une main.

« N'est-il pas des plus effrayants ? murmura Jeanne en riant doucement.

Du coude, elle me fit signe de me diriger vers la sortie.

— Qui est-ce ? demandai-je.

— Voyons, ma chère, c'est la faucheuse, l'ange de la mort. Difficile de croire que ce n'est qu'un costume de carnaval, n'est-ce pas ? »

Tous les yeux étaient tournés vers ce personnage de mort qui se glissait rapidement entre les invités, comme s'il cherchait quelqu'un en particulier. Personne ne prêtait attention à deux dames somptueusement vêtues, l'une en habit de paon et l'autre en habit vert émeraude, qui marchaient vers la sortie. La grande faucheuse se déplaçait aux rythmes du carillon de l'horloge avec une démarche à la fois solennelle, constante et assurée. Les invités ne savaient plus s'ils devaient être intéressés, excités ou terrifiés, aussi restaient-ils sans bouger, leurs chuchotements se perdant dans le bruit de la pendule.

Sonnèrent les derniers coups de minuit. Un murmure monta de la foule et une centaine de bruits de piétinement se firent entendre. Tout le monde suivait du regard l'ange de la mort qui traversait rapidement la foule. Lorsque le douzième coup retentit, il avait atteint le buffet. Il s'arrêta, se tourna pour faire face aux gardiens habillés en cuisinier. Un par un, il les dévisagea longuement, étudiant chaque visage. Arrivé aux gardiens de la cellule de Jeanne, il leva sa faux et, avant même que je sursaute d'horreur, il faucha la tête des deux hommes en un seul mouvement. Instantanément, le sang gicla sur la tête des gens et sur leurs jolis costumes, puis coula sur les tapis. En un éclair, la faucheuse disparut, se confondant avec les autres invités costumés.

Dans la torpeur qui suivit et avant que quelqu'un n'ait pu réagir, Jeanne me poussa hors du bâtiment. Dehors, le ciel était couvert et un épais nuage masquait la lune. Main dans la main, nous courûmes le plus vite que nous pouvions sur les pavés, dans l'obscurité de la nuit. Derrière moi, j'entendis une voix qui disait : « Vite ! Attrapez-le ! » De grands cris venaient de la salle de bal. Je courais en regardant souvent en arrière. Un flot continu de personnes sortait du bâtiment. Complètement paniquées, elles trébuchaient et se marchaient les unes sur les autres. Jeanne et moi arrivâmes à l'entrée principale de l'asile. Les gardes avaient dû être mis au courant de l'incident dans la salle de bal. Haletantes, nous restâmes bien cachées derrière une grosse colonne en pierre.

« Il n'est pas passé par ici, nous l'aurions vu, cria le premier soldat au reste du groupe.

— Il doit encore être sur les lieux alors, répliqua un second. Allons-y ! Il faut attraper cette créature meurtrière !

— C'est peu probable, me glissa Jeanne à l'oreille. Il y a bien longtemps maintenant qu'il a quitté son déguisement. »

Les soldats couraient dans toutes les directions, mais les bâtiments et la cour de la Salpêtrière étaient immenses. Profitant de ce tumulte et de cette confusion, Jeanne et moi nous faufilâmes dehors par l'entrée principale qui n'était plus gardée. Nous ne ralentîmes l'allure qu'une fois dans la rue.

« Quel idiot ! Je l'ai payé pour faire peur aux gardiens et faire diversion, pas pour leur couper la tête, dit-elle.

Elle toucha sa lèvre que l'un des gardiens avait fait saigner.

— Enfin tant pis, cela ne nous empêchera pas de dormir, n'est-ce pas, ma chère ? continua-t-elle. En outre, nous n'avons pas le temps d'y penser. Il faut nous dépêcher.

— J'ai peine à croire que nous sommes dehors, Jeanne. J'ai peur que tout ceci ne soit qu'un rêve et que je vais me réveiller sur ma couche de paille, dans ma cellule.

— C'est ce qui risque de vous arriver, Victoire, si vous ne pressez pas le pas. »

Une légère brise chassa le gros nuage. La lune apparut et éclaira deux carrosses qui attendaient un peu plus bas dans la rue. Devant les attelages, Jeanne me mit sa pommade parfumée à la rose dans la main, avec un morceau de papier.

« Donnez cette adresse au cocher. Dès que je serai en sécurité sur les côtes anglaises, je vous écrirai.

Elle me prit dans les bras. La lune éclairait nos deux visages. Ses lèvres rencontrèrent les miennes pour un baiser bref et froid, puis elle se dégagea rapidement.

— Pas le temps de faire de longs au revoir, ma chère, dit-elle. Vous ne devez pas être triste.

Elle déposa à nouveau dans ma main une petite bourse en cuir et referma mes doigts dessus.

— Et souvenez-vous, ajouta-t-elle, *bene qui latuit, bene vixit*. C'est ma maxime latine préférée : Pour vivre heureux, vivons cachés. »

Sans même se retourner, Jeanne monta dans le premier carrosse qui démarra aussitôt. Le bruit des sabots des chevaux se fit de plus en plus rapide, puis de plus en plus faible jusqu'à disparaître complètement. Jeanne était partie.

Mon cœur cognait fort dans ma poitrine. Tant de choses avaient changé. La petite paysanne ignorante et timide n'existait plus. Jeanne de Valois avait pénétré mon âme et l'avait fait disparaître si vite. Elle m'avait ensuite remodelée, et j'étais maintenant une tout autre personne. Elle avait réveillé en moi la force de vivre.

Je repensai à l'après-midi de la veille. Nous étions, elle et moi, allongées sur son lit, enlacées l'une dans l'autre, mon sexe humide brûlant de désir. Ce soir, prise dans le tourbillon de la foule, grisée par le vin, la fête et la fantaisie, charmée par la musique entraînante de l'orchestre et les costumes, j'avais oublié que ces moments étaient les derniers que nous passerions ensemble. Jamais plus je ne goûterais son corps, ni boirais son nectar. Je réalisais seulement maintenant combien le prix de la liberté était élevé. Déjà, la solitude me pesait.

« Madame, êtes-vous prête à partir ? » demanda le cocher.

Sa voix me fit revenir à la réalité. Je lui dis oui de la tête, lui lus l'adresse et montai dans le carrosse. Je m'assis sur la banquette et ouvris la bourse de cuir. Instantanément, je mis la main sur ma poitrine. Un claquement de fouet retentit et l'attelage s'ébranla. Le cocher regardait la route devant lui tandis que je contemplais la bourse pleine de louis d'or sur mes genoux. Je ne pris même pas la peine de jeter un coup d'œil à la Salpêtrière qui disparaissait derrière moi, car mon regard ne quittait plus les pierres précieuses qui brillaient de mille feux au fond du sac, sous les pièces d'or.

Paris

Février 1787–Novembre 1789

28

Où suis-je ?

À peine réveillée, je m'assis sur le lit, l'esprit encore embrumé de sommeil. J'étais incapable de me souvenir de quoi que ce soit. Je me demandais pourquoi, sous la couverture, je tenais bien serrée dans mes mains une bourse en cuir fermée par un cordon. Dans la pâle lumière du matin, je vis une silhouette de jeune fille debout au pied de mon lit.

« Qui êtes-vous ? demandai-je.

La fille me sourit.

— Soyez sans inquiétude, Rubie, me répondit-elle.

— Rubie ?

Les battements de mon cœur s'accélérèrent. Il n'y avait personne d'autre dans la pièce.

— Vous vous appelez Rubie, maintenant, me dit-elle. Mademoiselle Rubie Charpentier. La comtesse Jeanne m'a demandé de venir vous voir hier soir. Vous étiez éreintée en rentrant du bal. C'était apparemment une superbe soirée, n'est-ce pas ?

Ses sourcils dessinaient deux arcs noirs qui contrastaient avec son teint pâle de la couleur de l'avoine bien mûre.

Le bal. Les danseurs qui tournent dans leurs costumes scintillants. La présence chaleureuse de Jeanne à mes côtés. Les têtes ensanglantées qui roulent sur le sol. L'odeur de mort et de désespoir dans les cellules glacées de l'hôpital. Deux petits enfants emportés par le courant de la rivière.

Je repris vite mes esprits. J'étais bien Rubie Charpentier, bourgeoise parisienne, amie de Jeanne de Valois, femme de bonnes manières et au maintien parfait, maniant très bien le français de la capitale.

Je n'avais toujours pas lâché la bourse en cuir. Je tournai la tête et regardai autour de moi. Le mobilier était simple mais élégant. Les motifs couleur crème du papier peint donnaient à la pièce une impression de douce sérénité. La robe de bal verte pendait sur le montant du lit dans lequel je me trouvais. Ce n'était pas une simple paillasse grouillant d'insectes, mais un vrai lit, avec des couvertures et un coussin. J'en avais la tête qui tournait.

— Mais qui êtes-vous ? lui demandai-je.

— Je m'appelle Aurore et je suis votre servante.

Elle prit sur une petite table près de la fenêtre un plateau qu'elle posa sur le lit.

— Parce que toutes les dames raffinées ont des servantes, mademoiselle Rubie, et les apparences sont très importantes à Paris. Maintenant, il est temps de prendre votre petit déjeuner. Vous êtes mince et vous devez prendre des forces. De plus, vous avez beaucoup de choses à faire aujourd'hui. »

J'essayai de ne pas me jeter sur le croissant, la brioche beurrée et la confiture de mûres. Je fermai les yeux et sentis l'arôme délicieusement amer du café. Aurore tira le rideau qui séparait la chambre du salon, comme je le découvrais maintenant, et la lumière du jour inonda tout l'appartement. La brioche moelleuse et fondante était un délice. Je la mangeai en buvant mon café. Le filet de vapeur qui montait de la tasse pour se dissiper à mi-hauteur me fit sourire. J'avais du mal à croire qu'après un an et demi passé dans ce qui était probablement le pire des enfers que Dieu avait créé sur terre, j'étais enfin libre. Mais l'étais-je réellement, avec cette douleur qui me transperçait le cœur telle une épée ? Jeanne était partie pour Londres et se trouvait certainement à mi-chemin, tandis que je me cachais dans un quartier inconnu de Paris, complètement seule.

Je posai le plateau au milieu du lit, me levai et cachai la bourse sous le matelas. Je traversai la pièce et ouvris les rideaux de la fenêtre. La pâle lumière de ce matin d'hiver m'éblouit aussitôt. Je regardai les toits en tuiles avec leurs cheminées dressées vers le ciel. En bas, la rue était animée et noire de monde. L'air froid me prit à la gorge. Je portai la main à mon cou et les séances de tabouret avec les gardiens qui m'aspergeaient toujours d'eau glacée me revinrent en mémoire. Je me frottais les bras nus lorsque j'entendis les pas d'Aurore sur le parquet. Je me retournai et elle m'invita à venir m'asseoir devant le miroir de la commode.

« Désirez-vous que je vous brosse les cheveux, mademoiselle Rubie ?

Je m'assis et restai pantoise en découvrant l'image squelettique que me renvoyait le miroir. C'était comme si chaque jour de travail passé à la Salpêtrière, chaque heure endurée avaient marqué ma peau aussi profondément que la brûlure au fer rouge.

— Vous retrouverez votre beauté avec de la bonne nourriture et du grand air, me dit Aurore, comme si elle avait lu dans mes pensées.

Mes cheveux châtains avaient repoussé depuis qu'on m'avait rasé la tête dix-huit mois auparavant. Ils arrivaient presque aux épaules maintenant. Je pris une mèche rebelle entre mes doigts.

— Mon père disait toujours que mes cheveux étaient mon plus grand atout.

— Et ils le redeviendront, répondit-elle en commençant le brossage.

Je repensais à ces après-midis passés à lisser la chevelure noire de Jeanne qui tombait sur ses épaules blanches. Elle me manquait. Mon amour pour elle et le sentiment de manque que je ressentais me faisaient frissonner. Il me fallait lutter pour ne pas éclater en sanglots.

— Ne soyez pas triste, Rubie. La comtesse ne veut que votre bonheur.

Je hochai la tête.

— Oui, je sais, je sais.

— Jeanne a confiance en moi, ajouta-t-elle. Vous aussi, vous pouvez me faire confiance, Rubie. Je suis votre amie.

Son regard brillant et ses yeux noirs me portaient à la croire.

— Venez, allons choisir une robe.

Je n'en crus pas mes yeux lorsqu'elle me montra toute une collection d'habits et d'accessoires. Je saisis une grande cape en velours violet doublée de fourrure, aussi douce que du duvet d'oie. À côté des robes de toutes teintes, il y avait aussi des bonnets de coton bordés de dentelle, des chapeaux de paille, des rubans et des gants de toutes les couleurs.

— Tout est si luxueux, m'esclaffai-je.

— Non, pas vraiment, répondit Aurore. Rien de trop somptueux pour ne pas attirer l'attention, mais des choses suffisamment simples pour passer inaperçue dans la foule.

Elle me montra une superbe tenue composée d'un jupon de satin blanc et d'une robe verte à liseré de dentelle, accompagnée de chaussures et d'un chapeau assortis.

— Celle-là est pour les grandes occasions, me dit-elle.

Portez toujours des habits de cette couleur, Victoire, elle va bien avec vos cheveux et vos yeux. Les mots de Jeanne me brûlaient à l'intérieur. N'y avait-il vraiment que quelques heures qui s'étaient écoulées depuis notre séparation ?

Je pris la robe verte, la levai devant moi et me regardai dans le miroir. Après avoir porté les habits miteux de l'asile, je me trouvais resplendissante.

— D'accord, je garderai celle-ci propre pour un usage spécial, dis-je.

Je choisis, pour la journée, une robe blanche avec une ceinture couleur pêche.

— Je n'ai pas l'habitude de porter un corset, expliquai-je à Aurore qui mettait dans une poche cachée de la robe un petit sac d'herbes odorantes, comme le faisait ma mère.

— Vous n'êtes pas obligée de porter cette chose stupide si vous ne voulez pas, mademoiselle Rubie. Vous faites comme bon vous semble.

Elle fronça les sourcils et tira sur les lacets. J'étais tellement oppressée que j'avais du mal à respirer, mais les mots de Jeanne me revenaient en mémoire : *Restez toujours bien droite, ma chère, et paraissez sûre de vous.*

— Essayons quand même, dis-je.

J'aurais bien voulu expliquer à Aurore que, même dans le cas improbable où nous, pauvres paysannes, pouvions nous les offrir, les corsets n'étaient pas du tout adaptés aux durs labeurs des champs, mais je préférai me taire. Je ne savais pas ce qu'elle connaissait de ma vie et, de mon séjour à Saint-Germain, j'avais appris qu'une servante sur quatre était une espionne. En d'autres termes, même les secrets les mieux gardés tombaient facilement dans des oreilles mal intentionnées.

Une fois habillée, je fis quelques pas dans l'appartement. J'en profitai pour inspecter les lieux. Le plafond, assez bas, reposait sur de grosses poutres en bois. Le bruit de mes pas était étouffé par un tapis turc. La petite cuisine se composait d'une cuisinière en faïence, d'un évier, d'une table en bois et de deux bancs. Je passai la main sur la bouilloire de cuivre et sur les casseroles posées sur l'étagère près de la cheminée, et je souris en repensant à mon amie Claudine et à la chaleur apaisante de sa cuisine. Mais instantanément, je fermai le poing de rage alors que montait en moi la colère dirigée contre cet ignoble marquis.

— Tout est parfait, dis-je.

J'entendais par ces mots que tout, ici, n'était que du grand luxe comparé aux conditions de vie confinée et sale de la paysannerie, et que cela n'avait rien à voir du tout avec le dénuement total de la Salpêtrière mais, une fois encore, je tins ma langue.

— Ces appartements appartiennent à une amie de Jeanne, expliqua Aurore, une comtesse qui habite à la campagne et n'utilise que les deux niveaux du bas lorsqu'elle vient à Paris rendre visite à des amis ou faire des achats au Palais-Royal. Le deuxième étage est entièrement pour nous.

Elle ouvrit les bras pour montrer l'appartement, et son visage s'illumina comme si, pour elle aussi, tout cela était nouveau et incroyable.

— Dites-moi, Rubie, avez-vous bien vos papiers, les lettres de recommandation et tout ce dont vous allez avoir besoin ? Nous allons bientôt sortir. »

Je regardai cette petite femme avec étonnement. Que savait-elle des "choses dont j'allais avoir besoin" ? Qui était-elle donc ? Pourquoi lui avait-on demandé de me seconder ? Elle était agréable et obligeante, mais Jeanne m'avait appris à ne faire confiance à personne, à être méfiante, voire un peu rusée. Tandis qu'Aurore s'affairait à mettre ses chaussures et son bonnet, je sortis la bourse, pris un diamant et quelques pièces que je glissai dans une poche cachée de ma robe, puis je refermai le sac bien correctement avant de le remettre sous le matelas. Il était mieux là qu'à la merci des bandits et autres voleurs parisiens, ou d'une soi-disant servante que je ne connaissais pas.

Je cachai mes mains calleuses de paysanne dans un manchon et nous sortîmes dans une cour entourée de murs recouverts de lierre. Les feuilles d'automne tombées à terre craquaient sous nos pieds. Nous étions en février et il faisait un froid glacial.

« Vous voyez, Rubie, l'appartement a une entrée et un escalier indépendants, me fit remarquer Aurore. Pour que vous ne vous perdiez pas, sachez que nous donnons sur la rue Saint-Honoré ou, plus exactement, au croisement de la rue Saint-Honoré et de la rue du Faubourg Saint-Honoré. »

Je n'en crus pas mes oreilles et je souris de joie en entendant l'adresse. Nous logions dans la rue où se trouvaient les boutiques les plus en vogue de Paris. Qui aurait cru que j'habiterais un jour dans un tel endroit ? Nous nous joignîmes à la foule des passants. Le vacarme de la rue était infernal. Les cloches des églises sonnaient et, une fois encore, je me demandai combien il y en avait en tout à Paris.

Aurore me poussa soudainement contre un mur et un cabriolet roulant à vive allure nous frôla. Il était conduit par un gentilhomme très distingué. Instinctivement, je m'accrochai à son bras. Aurore leva le poing et cria : « Imbécile ! ».

Devant nous, une charrette avait versé sur le côté. Elle avait perdu une roue et tout son chargement de charbon s'était répandu sur la chaussée. Les gens criaient, tempêtaient, juraient. Les autres attelages devaient faire marche arrière et remonter loin le long de la rue. Blessé dans l'accident, un homme était allongé dans une mare de sang. À genoux à ses côtés, une femme appuyait un linge sur la plaie béante. La mort de mon père me revint en mémoire et je tressaillis.

« Ne vous en faites pas, Rubie, me dit Aurore. Les accidents comme celui-ci ne posent pas de problème très longtemps. Ils vont tout simplement dédommager la famille et payer le prix communément admis pour une blessure à la jambe, et la police ne sera pas impliquée. C'est là toute l'injustice du système.

J'étais décontenancée. Ses yeux brûlaient de colère, une colère que je ne connaissais que trop. Bras dessus, bras dessous, nous nous frayâmes un chemin dans cette cohue. Un peu plus loin, une porte s'ouvrit, une servante en sortit et jeta un seau de détritus dans la rue sans même regarder autour d'elle.

— Idiote, lui cria Aurore.

Voilà bien la capitale comme je m'en souvenais : bruyante, chaotique et incontrôlable.

— Ce serait plus agréable de prendre la rive droite de la Seine, dit-elle une fois arrivée au bout de la rue Royale, plutôt que de risquer de se faire écraser par des carrosses ou des fiacres lancés à pleine vitesse.

Nous atteignîmes la place Louis XV quelques minutes plus tard.

— Voilà un des endroits parisiens les plus populaires et touristiques du moment, précisa-t-elle.

C'est un peu l'entrée principale de notre ville si grande et si corrompue, n'est-ce pas, Rubie ?

Les pavés humides de la rosée du matin brillaient au soleil. Nous nous arrêtâmes au pied de la statue en bronze du vieux roi.

— Mon père m'a raconté ce qui s'est passé ici, dis-je. La catastrophe pendant le feu d'artifice en l'honneur du mariage du roi et de la reine. Les gens l'ont vu comme un sinistre présage.

— J'en ai aussi entendu parler, me répondit-elle, mais c'est un présage qui semble s'avérer de plus en plus, vous savez, Rubie. Vous allez très vite vous rendre compte que la ville sent aussi mauvais qu'une bête empoisonnée avec toute cette noblesse riche et cette corruption. Dans les cafés, les gens parlent de plus en plus ouvertement de liberté et d'égalité. Nos monarques sombrent doucement mais sûrement vers une mort certaine. »

Elle jeta un regard mauvais à la statue de Louis XV sur son cheval, geste qui, selon moi, était bien trop chargé de sens pour une simple petite servante. Je me dis que, tôt ou tard, j'en saurais plus sur elle, sur la personne qui se cachait derrière ce sombre tempérament. Pour le moment en tous cas, j'avais des choses plus importantes à faire. Nous continuâmes notre chemin le long du quai des Tuileries, puis nous traversâmes les jardins royaux. Lorsque nous atteignîmes le Louvre, les cloches sonnaient neuf heures, l'heure où les barbiers de Paris entraient en scène. Ils apparurent, perruque dans une main et pinces dans l'autre, prêts à se mettre de la farine partout sur eux. Des femmes portaient des boîtes en fer-blanc sur le dos et vendaient leur café deux sous la tasse. Dans les échoppes de limonade, les serveurs s'affairaient avec leur plateau couvert de tasses, de verres et de pâtisseries.

« Le petit-déjeuner des gens qui louent des chambres meublées, expliqua Aurore.

Elle s'arrêta au carrefour du Quai de l'École et du Pont Neuf.

— Je vous laisse ici, Rubie, me dit-elle. Vous devez aller seule au Palais-Royal. Je dois acheter de quoi manger pour nous deux au marché.

— Je voudrais vous demander quelque chose, lui dis-je. Jeanne m'a recommandée dans un restaurant du Palais-Royal pour que j'y travaille. Auriez-vous une idée de la raison de ce choix ?

— Jeanne ne donne jamais ses raisons, répliqua-t-elle avec un sourire entendu. Ce n'est qu'après que l'on comprend. Il vous faut me donner de l'argent pour acheter à manger. Nous nous retrouverons à l'appartement plus tard dans la soirée, quand j'aurai fini mon travail.

— Votre travail ? Mais, Aurore, n'êtes-vous pas une servante ?

— Eh bien ! répondit-elle avec les yeux brillants de quelqu'un qui aime les secrets et ne tient pas à les dévoiler. Je ne suis pas qualifiée pour une telle position, mais j'ai promis à Jeanne que je vous aiderais à vous adapter à votre nouvelle vie. Ma passion, c'est le théâtre, et je suis actrice dans une compagnie de vaudeville au Palais-Royal.

— Vaudeville ?

— Oui, il s'agit d'une sorte de spectacle de divertissement. En fait, chaque numéro avec musiciens, danseurs, comédiens, magiciens ou acrobates est indépendant. Je suis funambule. Marcher sur un fil est ma spécialité. Un jour, vous viendrez me voir si vous le désirez.

— Bien sûr, ce sera avec grand plaisir. »

Habituée depuis trop longtemps à avoir toujours quelqu'un qui vous aboie dans les oreilles, et après avoir suivi, tous les jours, la routine stricte de la Salpêtrière, j'avais peur d'être seule. Pourtant je me sentis soulagée en apprenant qu'Aurore ne passerait pas la journée avec moi. J'espérais seulement que cela ne se soit pas trop vu sur mon visage. En fait, j'appréhendais surtout ma visite chez le bijoutier.

Jeanne m'avait dit que je trouverais la bijouterie place Dauphine, au bout de l'île de la Cité. Aurore partit d'un pas léger. J'attendis qu'elle ait disparu dans la foule avant de traverser le Pont-Neuf.

Je n'étais pas rassurée d'avoir sur moi un tel trésor et je voulais m'en débarrasser au plus vite. Dans la cohue des marchands ambulants, des artistes de rue, des gros carrosses et des chariots remplis de légumes, mes jambes se mirent à trembler et je sentis monter la peur panique que quelqu'un remarque ma démarche lourde de paysanne, mon teint buriné ou mon allure de fille du peuple non éduquée. À tout moment, je m'attendais à ce que quelqu'un me tape sur l'épaule et me dise : « Vous, l'imposteur, retournez à l'asile ! ».

Les mains bien cachées dans mon manchon, je pressai
le pas.

29

Jeanne avait été un bon professeur car personne ne m'arrêta. Même les hommes de loi de la cour criminelle de justice du Grand Châtelet, avec leur perruque, leur robe noire et leurs dossiers à la main, ne firent pas attention à moi. Une clochette retentit lorsque j'ouvris la porte de la boutique. Je faisais tout mon possible pour que mes mains arrêtent de trembler. Mon cœur battait fort. Je prenais pleinement conscience de l'énormité de ce que j'étais en train de faire : vendre un diamant qui, en d'autres circonstances, aurait été porté par Marie-Antoinette, reine de France.

Un petit homme rondouillard en habit à rayures me reçut.

« Ah, mademoiselle, bonjour. Je vous attendais. Asseyez-vous, je vous en prie, et veuillez accepter toutes mes condoléances.

— Vos condoléances ? demandai-je.

Je fronçai les sourcils. Le silence qui suivit me parut durer une éternité.

— N'êtes-vous donc pas, mademoiselle, la fille unique du feu marchand Maximilien Charpentier venue suivre mon conseil et vendre le diamant que vous avez reçu en héritage ? demanda-t-il.

Je rougis puis m'éclaircis la voix, espérant que la couleur de mes joues soit prise pour du maquillage.

— Oui, répondis-je. Je vous remercie, Monsieur.

L'homme acquiesça puis m'expliqua longuement que garder dans sa boutique des piles de pièces d'or n'était pas possible car bien trop dangereux.

— De plus, ajouta-t-il, le fait qu'il faille encore utiliser des pièces pour d'aussi gros montants prouve bien que le système financier de notre pays est archaïque. Qu'en pensez-vous, mademoiselle ?

J'avais très peur de commettre un impair. Je décidai de prendre une minute de réflexion avant de répondre.

— De quoi parlez-vous, monsieur ?

— Toutes ces pièces de monnaie. Notre pays n'est pas encore passé à l'équivalent papier, expliqua-t-il. Et ces pauvres coursiers qui transportent l'argent de chambre forte en chambre forte, le dos courbés sous le poids des sacs trop lourds.

— Il est vrai que cela semble un peu archaïque, acquiesçai-je.

Le bijoutier m'expliqua alors qu'il allait me donner un morceau de papier en guise d'argent.

— Une lettre de change », précisa-t-il.

Je finis par comprendre ce que c'était et acceptai. Je me trouvais là, assise dans la boutique, sans bouger, étonnée de voir à quel point il était facile de vendre un diamant dont la valeur en livres était supérieure à tout l'argent que je ne pourrais jamais compter. J'aurais pu rentrer en cabriolet, voire en fiacre, dont le châssis relevé et les fenêtres en verre très hautes offraient une vue plus qu'agréable, mais je n'avais pas encore les réflexes des riches. Je quittai l'Île de la Cité à pied et remontai la rive droite jusqu'au Palais-Royal. Plus d'une fois, il me fallut me réfugier sous un porche ou une entrée de magasin pour laisser passer les gros carrosses. Arrivée près du marché, je dus soulever ma robe pour enjamber les petits ruisseaux de sang nauséabonds qui s'écoulaient des boucheries.

« Charlatan ! hurla une femme dans la foule massée autour d'un marchand ambulant qui vendait des remèdes contre le mal de dents.

— Menteur, cria une autre femme au regard perçant. Le seul moyen, c'est de se faire arracher la dent ! »

J'étais bien sûr très heureuse d'être financièrement à l'abri et de n'avoir aucun problème de logement ou de nourriture. Néanmoins, je me sentais bizarrement détachée de tout cela et j'étais très loin d'exulter. Je savais que je devais garder secrète cette richesse nouvellement acquise et que je n'aurais jamais le plaisir d'en faire étalage. Je devais surtout ne jamais oublier qu'elle avait été mal acquise.

***

Je traversai les vastes jardins du Palais-Royal et je m'arrêtai à la fontaine pour admirer l'énorme façade couleur crème du palais. Un court instant, j'oubliai la misère du monde tant j'étais impressionnée par la grandeur du bâtiment qui appartenait au cousin du roi, le duc d'Orléans. Je remontai la rue Montpensier jusqu'au restaurant le Faisan Doré. J'entrai et tendis au patron la lettre de recommandation.

« Comment va notre amie commune ? demanda l'homme habillé d'un costume foncé très élégant.

Je rougis, ne sachant quoi répondre.

— Elle va bien, merci Monsieur.

— J'imagine que oui, ajouta-t-il en esquissant un sourire entendu. Je souhaite de tout cœur qu'elle n'ait pas été trop secouée pendant la traversée de la Manche. Je suis sûr qu'elle sera plus heureuse à l'abri sur les côtes anglaises.

Il lut la lettre, me dévisagea longuement d'une façon ni amicale ni lubrique, mais très professionnelle.

— Vous pouvez commencer demain à midi, mademoiselle Charpentier, reprit-il. Souvenez-vous que le coup de feu est à trois heures, quand les gens prennent leur déjeuner. »

Je ne comprenais toujours pas pourquoi je devais travailler dans ce restaurant, néanmoins je ne pus m'empêcher de sourire. En l'espace de quelques heures, j'étais devenue une parisienne respectable exerçant un métier respectable. Jeanne devait avoir une bonne raison d'insister autant pour que je travaille là, et j'étais curieuse de la connaître. Cela me rendait même un peu anxieuse. Peut-être qu'une fois que je l'aurais découverte, je pourrais laisser tomber la restauration et me servir plutôt de mes connaissances en lecture et en écriture.

Qu'en était-il de ma famille et de Léon ? Ils étaient si loin, là-bas, à Lucie. Il fallait aussi que je les voie.

Comme je trouvais étrange de manger dans le restaurant où j'allais travailler, je partis m'installer dans un autre établissement, un peu plus loin dans la rue. Décoré dans un style grec ancien avec de grands miroirs aux murs, ce café était lumineux et propre. La devanture de verre laissait passer la lumière du soleil.

Je profitai de l'endroit pour écouter les conversations des hommes autour de moi. La clientèle était en effet presque exclusivement masculine. Assis autour de tables aux plateaux en marbre, les clients buvaient du cognac, lisaient le journal ou jouaient aux échecs et aux dominos. Je remarquai qu'ils fronçaient les sourcils chaque fois que les mots "Versailles", "déficit" ou "Marie-Antoinette" étaient prononcés.

« Une soupe, s'il vous plaît », demandai-je au serveur.

Je pouvais prendre ce que je voulais, tout ce qui était sur la carte si je le désirais. Je ne voulais pas prendre le serveur de haut mais il me fallait faire ce que toutes les femmes du monde font lorsqu'elles déjeunent seules dans un café : je lui adressai un sourire sans prétentions et faussement timide.

Comme toute personne vivant une vie oisive, je pris mon temps et regardai dehors les jardins clos de murs. Les passants étaient à la pointe de la mode. Les hommes étaient élégamment habillés et les dames portaient des robes de soie à rayures ou en mousseline blanche, comme les nourrices au service de la reine. La foule se massait surtout dans la galerie du Beaujolais, à gauche, ou dans celle de Valois, de l'autre côté. Je remarquai aussi que de plus en plus de gens portaient les cheveux détachés et non poudrés. De toute évidence, la mode était à la simplicité et à l'authenticité chez les nobles. Il apparaissait aussi que la canne avait remplacé l'épée et que les dames avaient développé un penchant pour les petits chiens qui aboient tout le temps. Au sud, les jardins se terminaient par le château du Duc, avec ses formes irrégulières. Les petites gens se pressaient dans les galeries de bois du Camp des Tartares, où les vendeurs criaient à tue-tête pour vendre leurs marchandises. Je repensai à mon amie Claudine qui y venait souvent et je me languis de voir son visage amical dans cette foule de gens inconnus, d'avoir quelqu'un à qui parler pour rompre ma solitude et oublier la tristesse de ne plus avoir Jeanne à mes côtés.

« Garçon, s'il vous plaît, demandai-je au serveur. Apportez-moi du papier, de l'encre et une plume. J'aurais aussi besoin d'un messager de toute confiance.

Il baissa la tête.

— Oui, Madame », répondit-il.

Ma chère Claudine,

J'espère que tu n'as pas oublié ta vieille amie qui tenait une auberge avec Armand à une semaine de voiture de Paris en descendant vers le sud. J'ai été très malade et je n'ai pas pu te donner de mes nouvelles mais heureusement, je vais beaucoup mieux et serais enchantée de renouer notre amitié.

Tu trouveras mon adresse au bas de cette lettre. Nous pourrions nous rencontrer à la fontaine des jardins du Palais-Royal. Dis-moi quand cela pourrait t'être possible.

Je pliai la lettre et la donnai au messager avec deux sous pour payer la course.

« S'il vous plaît, dis-je. C'est de la plus haute importance. »

Le garçon acquiesça, me salua d'un léger mouvement de tête et courut à travers la foule. J'espérai seulement que ni le marquis ni la marquise n'interceptent le mot et le lisent car je savais qu'ils surveillaient la correspondance de leurs serviteurs. De toute façon, ils ne pourraient pas deviner qu'il avait été écrit par moi, Victoire Charpentier, qui fus servante de cuisine il y a si longtemps maintenant. Je décidai de ne pas m'inquiéter outre mesure.

Ma main avait bien envie d'écrire à Grégoire pour lui dire que je n'étais plus folle et que j'étais sortie de l'asile. Je voulais aussi le remercier de s'occuper de Madeleine et lui demander des nouvelles d'elle, mais je me ravisai. Même si j'utilisais des codes pour masquer mon identité, j'avais trop peur que mon frère comprenne, qu'il en soit troublé et qu'il se fasse du mauvais sang.

***

C'était la première fois que j'étais libre d'aller où je voulais, avec assez d'argent pour me payer ce que je désirais. L'idée de passer l'après-midi au Palais-Royal et d'assister à un spectacle de marionnettes me séduisait. Sur le côté ouest de la place se tenait un petit théâtre.

Polichinelle est un drôle de compère
Tout habillé de jaune et de gris
Si des fois il se met en colère,
C'est seulement contre ses amis.

Le garçon et la fille chantaient, tapaient sur des tambours et marchaient en rythme. Ils passèrent dans l'allée et finirent sur la scène du petit théâtre. La foule se tut lorsque le rideau s'ouvrit. Les gens riaient fort lorsque Polichinelle donnait à sa femme les coups de bâton traditionnels. Je souriais à peine car je ne trouvais pas cela très drôle et, à chaque fois que la femme se prenait un coup, je frissonnais dans mon épais manteau violet. Un chien vint mordre Polichinelle et les enfants crièrent de peur. Il fut ensuite emmené en prison et je me mis à trembler quand il trompa le bourreau et le fit se pendre lui-même. Le rideau se referma. Le garçon et la fille réapparurent en arborant un large sourire et saluèrent sous les applaudissements. Je quittai la foule et sortis du parc par la rue de Richelieu en direction de l'appartement. Je marchais vite. Lorsque j'arrivai rue Saint-Honoré, les cloches de l'église Saint-Roch sonnaient cinq heures. Le calme du soir dont j'avais tant l'habitude fut remplacé par le vacarme des carrosses et des gens qui allaient et venaient de nouveau dans toutes les directions.

Les ombres raccourcirent puis disparurent, et la nuit tomba doucement sur Paris. Je vis un panneau sur une devanture :

Proposition de voyage, lundi 26 février à 19 heures précises. Une jolie berline avec huit sièges solides et tout neufs partira de Paris pour Lyon. Les voyageurs sont invités à venir inspecter la voiture à l'adresse suivante : Monsieur Brissot, angle de la rue Saint-Denis et de la rue Saint-Honoré. Cette berline transportera des paquets, des malles ou tout autre objet imposant ainsi que des voyageurs.

Je voulais rester ici à Paris et épouser la cause du peuple, mais d'un autre côté, j'avais tellement envie de revoir Madeleine, Grégoire et sa famille, ainsi que Léon et l'auberge des Anges.

Avant, je n'avais pas l'argent nécessaire pour aider financièrement l'auberge, mais Jeanne m'avait donné les moyens de la faire revivre et de lui redonner sa splendeur passée.

Des scènes de la ferme et du village remplirent mon esprit, aussi fortes et vivantes que les images du livre de fables de maman. L'air pur de Lucie me manquait. Je languissais d'entendre le murmure du vent dans les blés en été. J'avais envie de nager dans l'eau claire de la Vionne. Je ne me voyais pas me baigner, nue, au milieu d'une foule de Parisiens, dans l'eau sale de la Seine.

Le fil de mes pensées m'amena à me poser une question à laquelle je n'avais pas songé auparavant, et mon humeur s'assombrit tandis que l'horrible réalité se révélait à moi. J'avais appris là-bas que n'importe quelle pauvre fille pouvait être envoyée à l'asile sur le simple caprice d'un membre de sa famille, d'un voisin ou d'une personne de son village ; parce que sa conduite déplaisait ; parce qu'elle était enceinte ou simple d'esprit et que la malédiction frappait la famille toute entière ; ou tout simplement parce qu'elle était atteinte de folie et qu'il n'y avait rien d'autre à faire pour la guérir.

Quelqu'un m'avait donc envoyée à la Salpêtrière, mais qui ? Je ne croyais pas mon frère bien-aimé capable d'une telle traîtrise. La brise froide qui montait de la Seine fit bouger mes cheveux, refroidit ma nuque et me murmura un nom à l'oreille : Léon Bruyère.

C'était Léon qui avait prévenu le bailli que j'étais folle, que j'avais noyé mes enfants Blandine et Gustave. C'était lui qui m'avait envoyée à l'asile et m'avait laissée là-bas pour que je pourrisse comme une vieille carcasse. Je m'adossai au mur. Mes jambes me portaient à peine, mon cœur s'emballait. J'avais l'impression qu'une lance me transperçait la poitrine tellement la douleur était intense. J'accusai le choc d'une telle trahison.

Une chose était certaine maintenant : je ne pourrai jamais retourner à Lucie. Je me remis en chemin, le pas lourd, la démarche peu assurée, comme si j'avais encore les fers aux pieds. Je n'étais toujours pas libre, j'avais simplement changé de prison

30

Les pâles rayons du soleil de mars pénétraient dans le salon. Aurore était très concentrée. Elle fronçait les sourcils et se donnait beaucoup de mal pour bien tenir sa plume et copier les mots.

« Une fête est prévue après le spectacle, dit-elle. Pourquoi ne viendriez-vous pas, Rubie ? Vous rencontreriez des gens nouveaux et vous vous amuseriez.

— Pour, de nouveau, voir vos amis politiques impétueux ? répondis-je.

Je soufflai sur mon café et envoyai un clin d'œil à ma « servante ». Je ne savais toujours pas qui était vraiment cette jeune fille au grand cœur qui s'enflammait à la moindre étincelle. J'étais cependant sûre qu'elle n'était pas plus ma servante que je n'avais été celle de Jeanne.

— Et pourquoi pas, après tout, ajoutai-je ? D'accord, je veux bien venir à votre fête.

Aurore, élève récalcitrante, bâillait et soupirait, mais elle s'appliquait quand même à recopier les mots que j'avais choisis pour elle.

— Je suis fatiguée et j'ai du mal à me concentrer, dit-elle. J'ai trop bu de bière hier à la taverne, et c'est de votre faute, Rubie.

— Tout le monde n'arrive pas à l'âge de vingt-cinq ans, répondis-je. Je pense que je me devais de fêter cela dignement, non ?

— Hmm, c'est vrai, répondit-elle.

Je repris le livre que j'étais en train d'étudier : *La Face cachée de l'esprit humain*. Je bus une gorgée de café. Plus le matin avançait, plus les oiseaux piaillaient fort, comme pour couvrir le vacarme des passants, des charrettes et des chevaux. Aurore lança sa plume au milieu de la table et des gouttelettes d'encre dessinèrent un arc de cercle sur le papier.

— Cela ne sert à rien ! Je ne serai jamais rien d'autre qu'une acrobate mal payée qui se prend pour une actrice.

Elle fronça les sourcils et prit son air désagréable. Elle gesticula, avala son café d'une seule traite puis se leva d'un bond en faisant basculer sa chaise en arrière. Venant d'elle, un tel mélodrame ne me surprenait pas. Aurore m'avait habituée à de telles sautes d'humeur.

— Et je sais ce que vous allez dire, reprit-elle. Comparées à ces pauvres travailleuses misérables qui suent sang et eau pour à peine cinq ou six sous à la fabrique de verre de Saint-Gobain ou dans les tanneries, nous, les actrices, sommes riches. Mais je sais très bien que je suis pauvre, et je ne veux pas rester toute ma vie comme cela.

— Bien sûr que non, vous ne voulez pas passer votre vie ainsi, répondis-je.

J'essayai de détourner la conversation loin des questions d'argent. Cela faisait maintenant plusieurs semaines que nous habitions ensemble et je commençais à lui faire confiance. Néanmoins, je ne savais toujours pas si elle se doutait que Jeanne m'avait laissé une fortune, et je n'arrivais jamais à savoir si elle allait à la pêche aux informations ou si les remarques qu'elle faisait étaient légitimes.

— Si vous voulez vous faire de l'argent en plus en recopiant les textes pour les répétitions théâtrales, continuai-je en lui remettant la plume dans la main, il vous faut apprendre à lire et à écrire. Pour cela, il faut vous entraîner. N'aimez-vous pas nos matinées passées ensemble à apprendre et étudier ?

Je lui montrai la pile de livres d'astronomie, de sciences, de politique et de biologie que je m'étais donné la tâche de lire.

— Oui, je sais que vous êtes une bonne amie, dit-elle avec un grand sourire qui montrait des dents jaunes et brillantes comme du miel. C'est gentil à vous de m'enseigner la lecture et l'écriture.

Elle reprit sa plume et continua son écriture.

— En plus, dis-je en m'adossant sur ma chaise, je suis persuadée que c'est la raison pour laquelle Jeanne a tenu à ce que nous soyons ensemble. Vous m'avez bien aidée quand je suis arrivée dans l'appartement. Maintenant c'est à mon tour.

Aurore déposa sa plume sur la table et reposa son poignet dans son autre main.

— Je ne vous l'ai jamais dit, Rubie, mais la comtesse Jeanne m'a beaucoup aidée, moi aussi. Elle m'a tirée de l'abîme le plus profond et le plus noir qui soit.

— De quel abîme parlez-vous ?

— J'avais six ans quand mes parents ont trouvé la mort dans un accident de diligence. Ils étaient acteurs. Leurs amis du théâtre me prirent avec eux et m'apprirent le chant, la danse et à marcher sur un fil. Une fois adulte, je rejoignis une petite troupe et devins danseuse. Avec les chanteurs, nous étions les plus mal payés et, pour survivre, nous jouions le rôle d'espions. Nous vendions les renseignements que nous recueillions à la police ou à n'importe quelle personne intéressée et prête à débourser un peu d'argent pour des informations scandaleuses. Malgré cela, nous avions du mal à vivre.

Elle baissa les yeux, l'air gêné.

— En fin de compte, reprit-elle, je finis par faire ce que font la plupart des filles comme moi.

Je pris Aurore dans mes bras.

— Tu veux dire… vendre ton corps ? Mon Dieu ! Il n'y a rien de plus terrible.

— Les clients partaient souvent sans payer, et ils nous battaient aussi. Lorsque Jeanne m'a trouvée, j'étais couverte de bleus de la tête aux pieds. Je n'étais même pas en colère tant j'étais faible et affamée.

Elle soupira.

— La haine est venue plus tard, ajouta-t-elle.

— Ma pauvre Aurore. Et c'est Jeanne qui t'a emmenée loin de tout cela ?

— Elle m'a donné de l'argent et a parlé de moi à un de ses amis qui me trouva un emploi mieux rémunéré d'actrice, dans une compagnie de théâtre qui avait quitté les boulevards et venait de s'installer au Palais-Royal.

Elle regarda l'appartement autour d'elle.

— Jeanne m'a aussi invitée à venir vivre dans cet appartement... avec elle.

En plus de la peine, je ressentis alors envers Aurore un sentiment bizarre, plutôt malsain et bien différent de la compassion. J'en étais toute secouée.

— Oh ! Jeanne avait plusieurs résidences, s'empressa-t-elle d'ajouter en remuant son poignet endolori. Elle ne restait jamais longtemps au même endroit à cause de l'affaire du collier, vous savez.

Elle releva ses yeux tristes et regarda dehors par la fenêtre ensoleillée.

— S'ils n'avaient pas attrapé Jeanne pour la jeter dans cette horrible prison, continua-t-elle, nous serions encore ensemble. Elle aura au moins contribué à la perte de la reine. Vous savez, quand le cardinal de Rohan fut acquitté, le peuple en a conclu que c'était en vérité la reine, avec son penchant pour la frivolité, qui était l'instigatrice de cette escroquerie extravagante. Les gens la détestent encore plus maintenant.

J'avais l'impression que quelqu'un venait de siphonner ma vie. J'étais vidée et je n'entendais qu'un mot sur deux de ce qui se disait. Jeanne et Aurore ensemble, ici, dormant probablement dans le même lit que celui dans lequel je dors actuellement. N'aurais-je donc été pour elle qu'une parmi tant d'autres ?

— L'affaire du collier est un véritable désastre politique pour le roi et la reine, reprit-elle.

Aurore s'éclaircit la voix. Elle se leva et mit ses chaussures pour aller travailler. Je remarquai alors qu'elle n'avait aucune idée de l'impact dévastateur de ses propos.

Une partie de moi s'attendait à découvrir que je n'avais pas vraiment compté pour Jeanne alors qu'elle était tout pour moi. Mais, à cet instant, j'étais abasourdie. J'avais envie de pleurer mais les larmes ne venaient pas, elles étaient gelées, comme des petits morceaux de glace à l'intérieur de moi. Je n'entendais plus le hennissement des chevaux, ni le bruit de leurs fers claquant sur les pavés, ni les grincements des roues des charrettes, ni les cris des charretiers. J'avais rejoint le monde du silence et même l'agréable odeur des fleurs printanières devint nauséabonde à mes narines. Aurore s'apprêtait pour sortir et mettait ses cheveux dans son bonnet.

— Venez-vous marcher avec moi ? demanda-t-elle d'un ton joyeux.

— N-non, allez-y ! J'irai seule au Palais-Royal aujourd'hui. »

Elle sortit et referma la porte. Je courus à la fenêtre. Les pots de roses et de muguets accrochés aux fenêtres contrastaient avec la puanteur qui montait de la rue. J'enviais à Aurore sa démarche sautillante, presque insouciante. Je la regardai disparaître dans la rue Saint-Honoré, puis je me jetai sur le lit et éclatai en sanglots sur l'oreiller.

***

Après avoir pleuré plusieurs minutes, je me traînai hors du lit et me resservis une tasse de café. Quel comportement enfantin, si éloigné de la prestance élégante que j'avais mis tant de temps à adopter.

Il était l'heure d'aller au restaurant. Si je restais dans cet appartement à penser à Jeanne et son manque de sincérité, à sa façon de jouer avec mes émotions, j'étais sûre d'être de nouveau gagnée par la mélancolie, cette épée de Damoclès toujours prête à s'abattre sur moi et m'envelopper de ses bras malveillants à la moindre occasion.

Par la rue Saint-Honoré, il ne me fallait que dix minutes à pied pour aller au Palais-Royal mais, comme j'avais besoin de temps pour réfléchir, je pris par l'autre côté, le chemin le plus long. Avec ses grands arbres et ses cafés élégants, le Boulevard, qui avait été jadis la limite de la ville avant la construction tant décriée du mur des Fermiers généraux, était le parfait endroit pour marcher et réfléchir. Je flânais et profitais du printemps. Le soleil chauffait mes joues et me transmettait son énergie bénéfique.

Je pris la décision de ne jamais répondre aux lettres de Jeanne, et de la laisser mijoter à Londres tandis qu'elle écrivait ses horribles mémoires impliquant la reine de France. Sans nouvelles de moi malgré toutes les lettres qu'elle m'enverrait pour exprimer son inquiétude, elle allait se ronger les sangs.

Après le Boulevard, je pris à droite la rue de Richelieu, où Jeanne m'avait fait faire ma superbe robe de bal, puis je passai plusieurs carrefours.

Partout on construisait, et les rues étaient remplies d'échafaudages et de tas de pierres. On entendait des bruits de marteaux, de ciseaux et de scies. Tout le monde semblait travailler dans la construction. Les ouvriers aux bras musclés couverts de plâtre criaient des ordres dans des nuages de poussière en suant à grosses gouttes. Des équipes entières démolissaient les vieilles maisons pour les remplacer par des neuves en pierres blanches et friables de Paris. Ils travaillaient à toute vitesse car une prime les attendait s'ils finissaient dans les délais prévus.

Je joignis un groupe de badauds qui observait le déroulement d'une opération délicate avec un énorme bloc de pierre. Sous les jurons et les cris des ouvriers, l'énorme masse retomba par terre dans un fracas assourdissant. Bien des minutes plus tard, mes oreilles sifflaient encore.

Je repensai à Jeanne. Le vide causé par son absence était rempli de tout ce qu'elle m'avait offert : une vie carcérale supportable et le moyen de m'en échapper, une éducation, des habits et un appartement confortable, sans compter l'argent et bien sûr les diamants.

Si Jeanne de Valois n'avait pas été là, Agathe et les autres prisonnières de cet horrible asile m'auraient battue à mort, à moins que le froid ou la maladie ne m'eussent prise avant. Mon corps sans nom aurait été jeté dans la fosse commune.

Je compris alors que Jeanne était ce que les grands penseurs ou philosophes de notre temps appellent un esprit libre : une femme qui n'appartenait à personne et certainement pas à moi ; une femme qui avait le pouvoir de faire bouger les choses et de changer de partenaires aussi facilement qu'on change de vêtements.

Je me rappelai la conversation qu'elle et moi avions eue et durant laquelle nous avions remarqué à quel point nous étions différentes ; elle si libre sans les chaînes de la tradition et de la morale, et moi si étriquée dans la rigidité de mon éducation. Je me souvins aussi combien nous étions envieuses l'une de l'autre.

Je repris ma route d'un pas plus léger. En arrivant au Palais-Royal, je pressai l'allure et entrai par la rue Richelieu. J'enfilai vite mon tablier et commençai à faire mariner la viande et à couper les légumes. Ma peine de cœur n'était pas encore passée, mais elle s'était un peu atténuée car je voyais maintenant en Jeanne une véritable amie.

Un homme d'affaires commanda une eau de vie, un autre un pot de thé, une femme portant un large chapeau à plumes du champagne.

De la cuisine du Faisan Doré, j'entendais les clients commander aux serveurs. De temps en temps, je pointais mon nez en salle pour observer les habitués. On pouvait y voir des hommes bien habillés qui travaillaient à l'hôtel de la Monnaie, situé quai de Conti, et dont les poches étaient bourrées de lettres et de documents en tous genres ; des dames dont les grandes robes débordaient de chaque côté de leur chaise et qui colportaient des ragots devant un verre de vin ; des négociants de la bourse des valeurs qui s'asseyaient dans les salons privés, commandaient de l'eau de vie et jouaient à des jeux d'argent. Par l'expression de leurs visages, je pouvais savoir instantanément s'ils gagnaient ou perdaient.

Il y avait aussi le cercle des lecteurs qui venaient tous les jours lire les journaux car le restaurant les recevait tous. Ils discutaient de telle ou telle pièce de théâtre et débattaient bruyamment de la qualité de jeu des acteurs. Toute la journée, des personnes se relayaient pour commenter les informations du jour, passe-temps très populaire dans l'établissement. Ce fut parmi ces derniers que je le vis.

Avec son habit de satin rose à broderies d'argent, son nez crochu et sa petite cicatrice sur la tempe gauche, je ne pouvais pas ne pas remarquer le marquis de Barberon. La haine monta en moi en moins de temps qu'il n'en fallait à un ivrogne pour vider son verre. Je restai quelques secondes pétrifiée dans l'encoignure de la porte, les poings serrés sur mon tablier. Ma respiration accéléra comme si je courais à toute allure. Doucement, je reculai pour me mettre hors de sa vue. Je comprenais enfin pourquoi Jeanne m'avait envoyée au Palais-Royal. C'était maintenant aussi clair que l'eau de la Vionne.

Le marquis parlait, riait et exhibait sa dentition de porcelaine. Alors qu'il ouvrait sa tabatière finement décorée et prenait une pincée de tabac, les frissons glacés qui montaient et descendaient le long de mon dos disparurent pour laisser la place à une bouffée de chaleur.

Des centaines d'idées s'entrechoquèrent dans ma tête. Le laudanum, ce remède contre les piqûres de guêpe, le mal de ventre des femmes, l'insomnie et je ne sais quels autres maux, me semblait tout indiqué. Juste quelques gouttes dans son repas, mais combien ? Le terrible fiasco avec les gardes dans la cellule de Jeanne était encore présent dans mon esprit. De plus, je n'avais aucune idée de la quantité nécessaire pour tuer un homme. Je prenais un grand risque. Si jamais le marquis décelait un arrière-goût bizarre ou amer, s'il soupçonnait que quelque chose n'allait pas avec la nourriture et qu'il me reconnaissait, j'étais bonne pour être fouettée, pendue, et mon corps serait brisé sur la roue.

Non, il ne fallait pas que je me venge du marquis n'importe comment. Pendant que je préparais un plat de veau au safran, je me dis qu'il fallait qu'il me voie, qu'il connaisse l'identité de son agresseur et qu'il sache pourquoi il allait mourir d'une mort atroce, qu'il me restait encore à déterminer. Je voulais voir des regrets dans ses yeux rouges, sentir l'odeur de peur dans son haleine, le voir souiller sa culotte, tomber à genoux, et supplier d'être épargné. Une telle affaire avait besoin d'une préparation soignée si je ne voulais pas me faire prendre.

Sur les nerfs, tremblante de peur et d'excitation, j'eus beaucoup de mal à cuisiner cet après-midi-là. Je coupais, mélangeais, imbibais, chauffais et remuais avec, en tête, mon futur acte de vengeance, jusqu'à ce qu'enfin, tout se mette en place à la perfection et prenne un goût bien plus sucré que la tarte au citron

meringuée que je venais de préparer pour le repas du
soir du Faisan Doré.

31

Quand le printemps arriva sur Paris, cela faisait un mois que j'étais sortie de la Salpêtrière. J'attendais Claudine dans les jardins du Palais-Royal. Le soleil chauffait mes joues mais le fond de l'air était froid et je rentrais la tête dans les épaules à chaque rafale de vent. Je m'étais mise à l'écart sous un petit châtaignier, d'où je pouvais voir les gens arriver vers la fontaine. Je tenais presque ma liberté pour acquise mais j'endossais assez mal mon rôle d'observatrice.

Sous les arcades, des dames bien habillées entraient et sortaient des magasins. Elles achetaient de la soie ou de la mousseline. Les hommes marchaient à grands pas avec, en mains, des instruments de chirurgie et d'astronomie ou des jouets dont l'engouement ne durerait même pas la journée. On n'entendait aucun bruit d'enclume, de marteau de sabotier ou de rétameur car le Palais-Royal était un endroit élégant. Il était très cher aussi et les prix pratiqués y étaient trois fois plus élevés qu'ailleurs à Paris, mais les gens étaient toujours aussi nombreux à venir, surtout ceux qui adoraient avoir tout ce qu'ils voulaient à portée de main, en un seul endroit. Claudine arrivait. Elle était comme dans mes souvenirs : petite, tout en rondeurs et avec un sourire aussi large que ses bras ouverts.

« Enfin, nous nous retrouvons, mon enfant, dit-elle en me faisant gentiment et goulûment la bise à la manière parisienne. Tu es toujours aussi belle.

Elle passa une main sous mes cheveux mi-longs et ondulés et les soupesa. J'étais coiffée à la dernière mode avec des mèches tombantes parées de rubans.

— J'ai tout de suite compris que c'était toi, expliqua-t-elle, mais pourquoi tant de secret ? Pourquoi te fais-tu appeler Rubie ? Que se passe-t-il donc avec Armand et son fils, et tes enfants ?

Je pris Claudine par le bras.

— Je travaille dans un restaurant ici, au Palais-Royal, maintenant. Pourquoi n'irions-nous pas ailleurs, à l'abri des oreilles indiscrètes et je te dirai tout.

Nous quittâmes la foule raffinée du Palais et les arômes de café venus des maisons de torréfaction ou des restaurants et nous entrâmes dans la rue Saint-Honoré.

— La perte d'Armand fut une catastrophe, dis-je. J'avais appris à aimer et respecter mon mari et ce qu'il représentait dans ma vie de femme libre. Lorsqu'il est mort, je fus prise de mélancolie. Au début, c'était si léger que je n'y prêtai guère attention, mais cette maladie est sournoise et elle finit par m'envahir complètement. Ajoute à tout cela la fermeture définitive de l'auberge à cause de nos finances catastrophiques.

Claudine me serra le bras.

— Pauvre enfant ! J'ai entendu dire que la mélancolie était une chose terrible une fois qu'elle vous prenait.

Je fis oui de la tête.

— Tellement horrible que je ne peux même pas me souvenir du terrible jour où la Vionne violente me vola ma petite Blandine et mon petit Gustave.

— Les jumeaux sont morts noyés ? Quelle tragédie !

Je détournai mon regard pour cacher la peine qui se voyait dans mes yeux.

— Il y a pire encore, ajoutai-je. Ils ont dit que c'était moi qui les avais noyés et ils m'ont envoyée à la Salpêtrière.

Je levai un bras en direction de l'asile, sur l'autre rive de la Seine.

— Comment quelqu'un d'aussi bon et qui craint autant Dieu pourrait-il commettre un tel crime ? Je n'y crois pas une seconde.

Son regard perçant étudiait mes réactions.

— Tu sembles aller plutôt bien maintenant, mon enfant, n'est-ce pas ? reprit-elle.

Je portai une main à la bouche pour couvrir mes paroles.

— Oh oui ! Suffisamment lucide pour m'être échappée de la Salpêtrière, murmurai-je. Ne me demande pas comment j'ai fait, il est préférable que tu ne saches rien.

— Échappée de la Salpêtrière ! s'exclama Claudine. Personne, à part la comploteuse au collier, ne s'est jamais échappé de cet endroit. N'as-tu pas peur que quelqu'un te reconnaisse, te fasse arrêter et que tu sois renvoyée là-bas ? Tu sais, les Parisiens sont des gens curieux et assez soupçonneux.

— Au début, j'étais terrifiée, répondis-je. Mais c'est à peine si je jette un regard derrière moi maintenant. Les gens sont trop occupés avec leur propre vie pour me remarquer.

— Je suis soulagée de te savoir hors de danger, dit-elle en me tapotant le bras.

— Allons jusqu'à la rivière, proposai-je.

Je tirai Claudine par le bras, hors de portée des mendiants crasseux et de leurs mains tendues insistantes. Nous marchâmes au bord de l'eau. Le vent froid mordait mes chevilles. Nous nous arrêtâmes un instant sur le pont Notre-Dame pour regarder l'eau boueuse de la Seine et les barges qui transportaient du bois de chauffage. Des ouvriers, dans l'eau jusqu'aux genoux, déchargeaient la précieuse cargaison en la mettant sur leur dos pour la déposer en tas sur la rive.

— Du bois, dit Claudine en secouant la tête. Une des choses les plus inabordables à Paris de nos jours, mon enfant. Douze sous pour une bûche pas plus longue ni plus grosse que le bras d'un homme. Tu imagines un peu ?

— Oui, je sais, répondis-je. Tout est hors de prix maintenant.

— Parle-moi de ton travail dans ce restaurant, demanda Claudine en passant son bras sous le mien tandis que nous reprenions notre chemin.

— Grâce à tes talents culinaires, répondis-je, je suis devenue une cuisinière assez connue. Je travaille au Faisan Doré. Les clients apprécient mon... ou plutôt ton potage au cresson, ton sauté de veau sauce Madère et, bien sûr, tes haricots verts au vinaigre.

Les yeux de Claudine brillaient à chaque évocation d'une de ses recettes.

— Je suis surprise que tu aies choisi de travailler au Faisan Doré. Pourquoi vas-tu au Palais-Royal quand tu sais pertinemment que le marquis fréquente cet endroit et passe plus de temps là-bas que chez lui ?

Un nuage obscurcit le soleil et le froid me saisit.

— Il m'a pris mon innocence, répondis-je d'une voix dure et monocorde.

Les yeux de Claudine s'agrandirent.

— Ha ! C'est bien ce que je pensais. Tu vas au Palais-Royal dans un esprit de vengeance. Il te faut bannir cette idée folle de tes pensées. Le marquis connaît des gens haut placés au gouvernement. Tu termineras au pilori en un rien de temps.

— Je dois le faire pour Rubie, pour moi, pour toutes les autres filles.

— Puisque nous parlons de ces autres filles, répondit Claudine, je n'avais pas l'intention de t'en parler pour épargner ta sensibilité mais je crois, maintenant, qu'il est de mon devoir de te le dire.

— De me dire quoi ?

Elle prit une longue inspiration.

— Une nouvelle tragédie. Notre dernière servante de cuisine, Margot, pauvre petite, fut elle aussi la victime du marquis. Quand elle mit au monde son enfant, elle essaya de lui soutirer de l'argent.

Elle frotta ses bras charnus.

— Naturellement, reprit-elle, cela n'a pas marché et Margot voulut se venger, comme toi maintenant. Cet après-midi, elle va être exécutée. Il faut que tu viennes avec moi.

— Mais, répondis-je, je ne suis pas comme les autres, Claudine. Je ne supporte pas de voir des innocents se faire violenter de la sorte. Je hais les exécutions publiques et je fuis ces spectacles macabres. Pourquoi irais-je ?

— D'abord, ma souffrance sera moins lourde si tu es à mes côtés. J'espère aussi que cela te servira de leçon et que tu chasseras toutes ces idées folles de ta tête, Victoire.

Je regardai les gens autour de moi.

— D'accord, je viens avec toi. Mais, je t'en supplie, appelle-moi Rubie.

— Merci. Ta présence me sera d'un grand réconfort.

Claudine me prit de nouveau le bras. Nous descendîmes la rue Saint-Antoine et passâmes devant la manufacture de glaces de miroirs.

— S'il te plaît, mon enfant, je ne veux plus entendre parler de vengeance. Cela ne fait que noircir ton âme. Et puis, tu ne veux pas finir à la Bastille, n'est-ce pas ?

Elle me montra les murs noirs et les tours de l'imposante forteresse qui dominait les trois arches de la porte Saint-Antoine.

— Au sous-sol, les cellules sont habitées par des rats et constamment inondées, dit-elle. Si tu es pauvre, c'est là-bas que tu finiras. Les gens riches, eux, peuvent acheter des lits et de vrais rideaux. Ils ont aussi le droit d'apporter leurs chats pour tuer la vermine. »

C'était vrai. Les prisonniers riches, comme Jeanne de Valois par exemple, avaient bien un régime de faveurs et leurs servantes en bénéficiaient aussi. Mais cette discussion à propos de la prison me mettait mal à l'aise.

Le soleil réussit enfin à percer de nouveau les nuages. Mes pieds commençaient à me faire mal. Je jetai un coup d'œil autour de moi à la recherche d'un marchand ambulant ou d'un petit restaurant décent.

Je remarquai un établissement propre, bien éclairé mais sans prétention, qui donnait sur le Boulevard où les vendeurs ambulants exposaient leurs marchandises. Alors que nous dégustions notre salade agrémentée de fromage et de pâté de foie, un homme monta sur une caisse en bois et s'adressa aux clients d'une voix forte et claire.

« En ce printemps 1787, notre pays, avec ses vingt-six millions d'habitants, est à la veille de la plus importante révolution de notre temps. Le gouvernement du roi est dans une crise financière sans précédent. La seule alternative possible pour Calonne, le ministre des finances, serait d'augmenter les impôts.

L'orateur s'arrêta pour reprendre sa respiration. Les gens attablés autour de nous ne parlaient plus et le regardaient fixement.

— Lors de l'ouverture de l'Assemblé des Notables, le mois dernier, Calonne a proposé un impôt unique pour tout le royaume, qui s'appliquerait à tous égalitairement.

Il leva le point en l'air.

— Bravo ! Égalité pour tous ! criai-je avec les autres clients.

Claudine me regarda, choquée par mes éclats de voix.

— Mais, reprit l'orateur, notre roi, se réclamant de droit divin, refusa de céder une petite partie de son autorité. Les affaires publiques sont dans l'impasse. Les ouvriers à la ville comme aux champs se sentent condamnés à une vie de pauvreté. Les loyers et les produits de première nécessité ne cessent d'augmenter alors que leurs revenus restent stables, quand ils ne baissent pas.

Pendant qu'il changeait sa pose d'orateur, je repensais à mon père lorsqu'il nous racontait des histoires.

— Voilà que maintenant, ils construisent cet infâme mur des Fermiers-généraux pour collecter les taxes royales, s'écria un client du restaurant. Tous ces riches fermiers généraux qui pointent leurs fusils sur nous, nous fouillent et jettent en prison tous ceux qui ne coopèrent pas. Ce sont ces riches salauds qui devraient être jetés en prison.

— Bravo ! Bravo ! criai-je, mais cette fois-ci, Claudine se joignit à moi.

— Les savants ont prédit un cataclysme sanglant, et que la boîte de Pandore pleine de nos griefs allait bientôt éclater, conclut l'orateur en descendant de sa caisse.

Tandis que la foule sifflait et applaudissait, je sentis grandir en moi un profond désir. La graine plantée dans ma petite enfance et nourrie d'injustices et de tragédies sortait de terre et fleurissait au grand jour.

— La bataille des gens du peuple est sur le point de commencer, Claudine, lui dis-je, et elle se forge contre les flancs de ce mur honni des Fermiers-généraux. »

***

Quand nous arrivâmes à l'Hôtel de Ville, les cloches sonnaient l'heure exacte. Les gens étaient massés sur la place de Grève pour l'exécution de Margot. L'excitation qui montait de la foule était presque palpable.

« Jour après jour, ils viennent et se disputent les meilleures places, dis-je en regardant tout ce monde. Regarde, je vois des parents avec leurs enfants, des chaises à porteurs, des cordonniers, des cireurs de bottes. Tu ne crois pas qu'ils auraient mieux à faire.

— C'est leur seule distraction, répondit Claudine en chuchotant à mon oreille.

— Les voilà ! cria une femme au visage rougi qui sentait le poisson.

Des cris s'élevèrent de la foule. La charrette sur laquelle se trouvait Margot, mince jeune fille vêtue d'une robe marron serrée à la taille par une ceinture, entrait doucement sur la place de Grève. On lui avait grossièrement coupé les cheveux et attaché les bras derrière le dos. Je me demandai pourquoi ils lui avaient attaché les mains ; ce n'était pas comme si elle pouvait s'échapper. Margot regardait le bûcher droit devant elle. Ses yeux étaient remplis d'effroi, sa respiration forte et saccadée. Je pris la main de Claudine et je sentis qu'elle tremblait. Tout mon corps se mit aussi à trembler.

— Es-tu sûre de vouloir rester et assister à cet horrible meurtre, à la mort d'une innocente ?

Claudine acquiesça d'un brusque petit mouvement de tête.

— J'ai promis à Margot que je viendrais et que je prierais pour son salut, répondit-elle.

— Qu'a-t-elle fait ? demanda quelqu'un dans la foule.

— Elle a tué son bâtard, répondit la poissonnière qui se tenait à côté de nous. La fille était servante de cuisine chez un noble. Elle prétend que le noble est le père de son enfant et elle lui a demandé de l'argent. Bien sûr, la maîtresse de maison les a jetés dehors, elle et son enfant.

La poissarde appréciait, à l'évidence, d'avoir un auditoire et se mit à parler plus fort.

— Et que fit cette stupide fille ? En petite meurtrière, elle trancha la gorge du bébé.

Mon sang ne fit qu'un tour dans mes veines.

— Cette pauvre fille n'avait pas le choix ! criai-je à qui voulait l'entendre. C'est elle, la victime. Vous devriez être triste pour elle et enrager de ne rien pouvoir faire contre ces nobles.

— Qu'est-ce que vous en savez ? rétorqua sèchement la femme en me dévisageant de la tête aux pieds. Vous ne me paraissez pas être si pauvre que cela.

— Arrête, Vic… Rubie, coupa Claudine en me tirant par le bras. Nous ne sommes pas venues pour nous battre avec des poissardes.

— Qu'importe les raisons qu'elle avait, elle a dû devenir folle pour tuer ainsi son enfant ! » dit quelqu'un d'autre.

Folle pour tuer son enfant ! Folle pour tuer son enfant !

Mon esprit fut instantanément envahi par l'image d'une rivière meurtrière qui coulait rapidement et emportait tout sur son passage : des branches d'arbre, des animaux morts et des petits enfants qui pleurent.

Ils attachèrent Margot à un poteau. Le curé se mit devant elle, un crucifix à la main. Je sentais la colère en moi prête à exploser à tout moment. Le bourreau, vêtu d'un habit sombre, enfila une cagoule sur le visage terrifié de la jeune fille et l'attacha autour de son cou. J'avais envie d'écarter la foule devant moi et de me frayer un chemin jusqu'à l'estrade de bois pour la libérer. Un lourd murmure monta des spectateurs et se transforma vite en braillement hideux. Je me sentis partir et perdre connaissance. Les gens se poussaient, se serraient les uns contre les autres et allongeaient le cou pour mieux voir les premières flammes.

Je me souvins des mots que ma mère m'avait dits : « Regarde, Victoire, que cela te serve de leçon. » J'aurais aimé pouvoir lui répondre que ce n'était pas cela, la justice, que la leçon à retenir ici, c'est que les petites gens sont sans défense face à une aristocratie toute puissante. Lorsque le bourreau enflamma le petit bois sous Margot, un sentiment de répugnance s'alluma en même temps en moi et devint vite un brasier incontrôlable.

« Viens, Claudine, ne restons pas là, lui dis-je.

— Voilà ce qui va t'arriver, ma fille, si tu continues à vouloir te venger, répondit-elle.

Nous nous frayâmes un chemin hors de la foule qui hurlait, loin du bûcher dont les flammes avaient rapidement grandi.

— Le marquis ne restera pas impuni, mais ne t'en fais surtout pas pour moi. L'asile m'a appris à être habile et rusée, ils ne me brûleront pas sur le bûcher. »

Claudine et moi passâmes par le quai des Tuileries. Nous marchions en silence. Aucun mot ne pouvait décrire mon sentiment de colère et de désespoir.

La nuit était tombée quand je dis au revoir à Claudine. Elle m'embrassa et monta dans un cabriolet pour retourner à Saint-Germain. Je regardai le véhicule disparaître puis dirigeai le regard vers la lune, un petit croissant qui montait au-dessus de la poussière de la ville.

Les cloches de l'église Saint-Roch sonnèrent, le cri d'un habitant pris de folie interrompit momentanément le léger ronronnement de fin de journée. Je pris le chemin du retour vers l'appartement de la rue Saint-Honoré.

Dans une sombre ruelle humide et froide, j'entendis un bruit de froissement. Saisie de peur, je m'arrêtai pour mieux écouter. C'était le bruit lugubre de la lavandière de la nuit, celle qui avait tué ses enfants. Je savais pourtant que cette histoire n'était rien d'autre qu'un moyen d'inciter les enfants à rentrer vite chez eux à la nuit tombée, mais mon cœur battait très vite. J'étais peut-être encore sous le choc de l'exécution publique, à moins que ce ne soit quelque chose de plus profond, lié à ce jour au bord de la Vionne avec Blandine et Gustave.

Je regardai si, autour de moi, ne se trouvait pas un des hommes payés par la ville pour allumer les lanternes à huile qui pendaient en haut des réverbères. Il aurait éclairé mon chemin jusque chez moi et m'aurait protégée des voleurs et autres agresseurs qui se cachent dans le noir de la nuit, mais il était encore trop tôt. Les allumeurs de réverbères n'arrivaient pas avant dix heures du soir. On les entendait crier : « Tout va bien, dormez, brave gens ! ».

Je pressai le pas mais le bruit de la lavandière était de plus en plus fort. Je marchais vite, très vite, aussi vite que je le pouvais en regardant souvent derrière moi. Dans ma hâte, je trébuchai sur le corps d'un homme allongé par terre. Je poussai un cri de peur avant de me rendre compte qu'il ne s'agissait que d'un pauvre bougre ivre mort qui empestait l'alcool. Rassurée, je souris et m'éloignai de l'ivrogne. Je me remis à marcher vite car le brouillard tombait maintenant sur la ville.

Arrivée à la maison, je traversai la cour entourée de murs couverts de lierre dans un silence inquiétant et une obscurité presque aveuglante. Il n'y avait pas de lumière au deuxième étage pour m'accueillir. Aurore n'était pas rentrée ; ce qui n'avait rien d'anormal car elle terminait souvent très tard au théâtre.

J'avais de la chance de l'avoir comme amie. Sa gentillesse et son sourire impudent m'avaient bien aidée durant mes premières semaines de liberté et ils continuaient, encore maintenant, de me réconforter. Je montai rapidement l'escalier, ouvris la porte de l'appartement et allumai une bougie.

Tout de suite, j'aperçus sur la petite table de l'entrée une lettre adressée à mademoiselle Rubie Charpentier. L'écriture large et pleine de fioritures m'était ô combien familière. Je m'installai vite sur le fauteuil, approchai la bougie et ouvris la lettre.

Ma chère Rubie,

J'espère que cette lettre vous trouvera en bonne santé et que vous êtes heureuse. Vous serez contente d'apprendre que je suis bien arrivée de l'autre côté de la Manche, mais jamais je n'aurais pensé que deux villes si proches géographiquement puissent être aussi différentes. La frontière naturelle que forme la mer crée une séparation morale bien plus profonde encore.

Je lus et relus ces mots, essayant de comprendre ce qu'elle avait réellement voulu dire. Séparation morale ? Elle ne faisait pas allusion à nous, elle et moi, quand-même ?

Enfin, laissons de côté le sujet de la séparation. Je voulais vous remercier pour les merveilleux moments passés à Paris en votre compagnie. Ne nous sommes-nous pas bien amusées au bal ? Je me souviendrai toute ma vie de notre dernière danse si angélique.

Il doit encore faire froid à Paris, alors couvrez-vous bien. Vous ne voulez pas attraper un rhume. De plus, je n'aime pas du tout ces nouvelles robes très décolletées qui tombent sur les côtés et dénudent les épaules. Il y a des choses qu'il vaut mieux ne pas montrer, n'est-ce pas mon amour de petite fleur de lis ?

Je voudrais aussi vous rappeler un des buts de votre séjour : vous amuser, ma chère, et avec qui vous voulez.

La lettre tremblait dans mes mains. Jeanne m'incitait à m'amuser avec d'autres personnes, des hommes. Malgré tous mes efforts pour oublier notre amour, l'imaginer avec quelqu'un d'autre m'était insupportable, mais je voyais maintenant combien il lui était facile de m'envoyer dans la couche d'un inconnu. Je savais qu'elle avait raison ; il en était ainsi et je me devais de l'accepter.

Quant à moi, ma chère Rubie, je passe mes journées agréablement à imaginer et à écrire une sorte de fable avec une méchante reine et une femme maudite, mais qui gagne à la fin et réussit à détrôner la reine. Je suis persuadée que beaucoup de gens seraient très intéressés par la lecture de cette histoire merveilleuse.

J'attends de vos nouvelles avec impatience, Rubie, et n'oubliez pas de me prévenir lorsque vous aurez reçu le beau meuble noir, celui que vous avez commandé. Je suis certaine qu'il ira très bien avec le mobilier de votre nouveau logement.

C'est un grand honneur que d'être votre amie.
Madame J. Collier

Je compris tout de suite à quoi le "meuble noir" faisait allusion : le Cabinet noir, un bureau secret des postes où les lettres étaient décachetées et lues. J'éclatai de rire.

« Vous êtes bien trop intelligente pour eux, ma Jeanne, madame J. Collier… »

La flamme de la bougie tremblait et vacillait, dégageant une pâle lumière jaunâtre et dessinant des ombres difformes sur les murs. Je mis, un moment, la lettre sur mon cœur comme si, à travers l'encre et le papier, je pouvais sentir de nouveau les douces caresses de Jeanne. Je la cachai ensuite contre ma poitrine avant de me lever pour préparer le dîner. Je pensais déjà à la rédaction d'une réponse remplie de secrètes allusions, à la hauteur de notre douce et grande revanche.

32

Je me regardai une dernière fois dans le miroir de la cuisine et replaçai deux ou trois mèches de cheveux récalcitrantes sous la perruque que Jeanne avait empruntée à son théâtre pour moi. J'étais sûre que, déguisée de la sorte, personne ne pouvait me reconnaître. J'étais très impatiente et excitée mais, en même temps, j'avais un peu peur. Je mis ma cape sur mes épaules, sortis sans être vue du Faisan Doré par l'arrière du restaurant et me fondis parmi la foule sous les arcades du Palais-Royal. Des centaines de personnes se promenaient entre les rangées d'arbres bien droites des jardins. C'était le lieu de rendez-vous préféré de l'aristocratie et de la bourgeoisie parisiennes. On y trouvait aussi des artistes et des libres penseurs. Des Africains à la peau noire, des Indiens reconnaissables à leur turban et des hommes d'affaires y traînaient aussi à l'ombre des arcades, dans les magasins ou dans les restaurants. Je me faufilai entre tous ces gens à la lueur des petites lumières provenant des fenêtres du premier étage, où les gens riches s'adonnaient à tous les plaisirs du jeu et de l'amour.

Lorsque j'atteignis le théâtre, les échoppes fermaient leurs volets. J'entrai vite. Une odeur de poudre de riz flottait dans l'air et des bruits de pas et de bruissements d'habits montaient de la salle de spectacle. Je levai la tête pour voir les dames aisées confortablement installées dans leur loge privée, leurs chiens allongés à leurs pieds et leurs imbéciles de servantes jouant de leurs jumelles de théâtre pour les informer sur les gens présents dans la salle et sur la scène. J'aurais pu m'acheter une loge pour l'année mais les ragots et les conversations des gens dans la salle étaient bien plus intéressants que les échanges creux et ennuyeux des riches.

Je restai donc en bas et me joignis aux spectateurs. Contre ma peau, la crosse ciselée de mon pistolet était dure et froide. Je m'étais demandé s'il allait être possible d'acquérir un tel objet, mais il s'était avéré que se procurer une arme à Paris n'était pas plus difficile que de vendre des diamants. Apparemment, l'argent permettait d'acheter absolument tout ce qu'une femme pouvait désirer.

« J'ai exactement le modèle qu'il faut pour Madame, avait dit le vendeur en me montrant un petit pistolet. Regardez le travail sur la crosse en imitation ivoire et le canon couleur or. Quelle élégance, n'est-ce pas, Madame ? Et il est très léger, très facile à transporter ou à cacher dans son manchon. »

Il m'avait ensuite expliqué comment tirer car cela lui avait paru évident que je n'y connaissais rien en armes à feu.

Je rougissais de fierté de voir Aurore sur scène exécuter son numéro : elle faisait la roue, marchait sur les mains et effectuait des sauts périlleux. Comme toujours, elle débordait d'énergie. La passion se lisait dans ses yeux noirs et un petit sourire malicieux illuminait son visage. Ce fut ensuite au tour de ses amis et collègues saltimbanques : l'homme le plus fort du monde, une contorsionniste et une danseuse de flamenco qui fut très appréciée. Il faut dire que les danses exotiques venues d'un pays lointain au sud du royaume, appelé Espagne, venaient tout juste d'être découvertes.

Même si je me sentais en sécurité sous mon déguisement, je tremblais pourtant encore un peu. Je regardais un à un les visages des spectateurs à la recherche d'un homme au nez crochu avec une cicatrice sur la tempe. J'aurais été très déçue que le marquis ne vienne pas ce soir, d'autant plus que Claudine m'avait assuré qu'on le voyait très souvent dans les soirées données après les spectacles.

La salle se tut au son du roulement de tambour annonçant Aurore et son numéro périlleux de funambule. Celle-ci sortit des coulisses fière comme Artaban, dans un costume moulant à paillettes d'or, et elle monta sur l'estrade placée en hauteur. Je fus tellement subjuguée par sa beauté que j'oubliai un instant la raison de ma présence au théâtre.

Une trompette retentit dans la fosse d'orchestre. Aurore fit glisser un pied puis l'autre sur le fil. Le silence envahit le théâtre. Tout le monde avait le souffle coupé. Aurore se tenait bien droite, le corps rigide. Elle ouvrit doucement les bras et avança tranquillement en faisant glisser ses pieds sur la corde.

Quand elle fut de l'autre côté, l'orchestre se remit à jouer. Aurore sourit à pleines dents, redescendit sur scène, salua la salle et envoya quelques baisers. Tous les spectateurs s'étaient levés et applaudissaient. Je frappais des mains plus vite et plus fort que tout le monde, laissant en même temps s'envoler définitivement les derniers vestiges de mon amour pour Jeanne.

***

Aurore m'avait dit de la rejoindre dans le palais où sa troupe de théâtre avait loué une salle pour la réception. L'agitation, le clinquant et le bruit étaient à couper le souffle. Sur les murs de la pièce dans laquelle je venais d'entrer, d'énormes chandeliers supportaient des centaines de bougies éclairant une foule de fêtards habillés de toutes les couleurs. Les gens discutaient et dansaient au son des tambourins.

Je repérai tout de suite la chevelure bouclée d'Aurore qui ondulait et flottait dans les airs chaque fois qu'elle riait. Le petit groupe d'amis avec qui elle était parlait fort et, malgré la musique, des bribes de conversation me parvenaient. Je m'approchai d'eux.

« Vous étiez magnifique ce soir, lui dis-je, avant de lui faire une bise sur chaque joue.

Elle me répondit par un large sourire, allongea le bras pour prendre deux verres de vin sur le plateau d'un serveur qui passait.

— Venez, Rubie, me dit-elle. Je vais vous présenter à mes amis.

333

Elle me tendit un verre, me prit par la main et éclata de rire.

— Vous êtes drôle avec ces cheveux noirs. En tous cas, personne ne peut vous reconnaître.

Elle m'entraîna avec grâce entre les danseurs, leur lançant au passage quelques mots gentils et recevant en retour de jolis compliments.

C'est alors que je l'aperçus. Le marquis de Barberon buvait une liqueur. Il portait un superbe habit de soie noire et était entouré d'un groupe de gens très distingués, habillés à la dernière mode. Les robes des femmes étaient très cintrées et leurs chapeaux fort hauts, ornés de plumes et de rubans ; les hommes portaient des manteaux brodés de couleurs pastel assorties à leurs culottes. Je restai collée à Aurore à discuter du spectacle avec quelques admirateurs, mais du coin de l'œil, je l'observais. Je me demandais comment je pouvais m'approcher de lui sans que cela paraisse trop évident. Le feu de la vengeance me consumait intérieurement. Mon pistolet était bien attaché à ma cuisse, sous ma robe rouge bordée d'un fin liseré noir.

— Il y a quelqu'un du restaurant, là-bas, que je connais », dis-je en m'éloignant du groupe.

Les mains moites, je pris une démarche aguichante et m'approchai de lui. Arrivée à sa portée, je me penchai pour ramasser le mouchoir que je venais de laisser tomber juste à côté de son pied. Je me relevai doucement et effleurai légèrement le dos de sa main. Mes doigts reconnurent sa grosse chevalière en or. Je me remis bien droite et regardai son visage. Ses narines grossirent légèrement et ses lèvres tremblèrent presque imperceptiblement. Le marquis avait, à l'évidence, bien compris ma directe mais discrète invitation.

Je luttais pour bien masquer la répulsion que je ressentais depuis que j'avais touché sa peau. Il esquissa un sourire lubrique. Je pris une longue respiration pour ne pas trembler. J'étais terrifiée à l'idée qu'il me reconnaisse. Il me dévisagea longuement de haut en bas et ses yeux s'arrêtèrent sur mes seins à l'endroit même où, lors de notre première rencontre, il avait replacé la figurine d'ange de mon collier. J'en conclus alors qu'il ne se souvenait pas de moi. Il me salua de la tête.

« Puisque Madame m'a presque bousculé, je mérite le plaisir de faire sa connaissance.

— Certainement, Monsieur, lui répondis-je en lui présentant le dos de ma main.

— Votre robe est d'une telle élégance ! » ajouta-t-il alors que ses yeux regardaient plutôt à travers le tissu.

Il s'avança pour le baisemain. Lorsque ses lèvres touchèrent mon gant et s'attardèrent sur ma main, que sa langue sortit rapidement comme celle d'un serpent, j'eus envie de vomir tant mon dégoût était grand. Un peu de poudre de perruque était tombée sur son épaule. Je l'enlevai d'un geste rapide de la main, lui signalant habilement la direction du jardin. Enfin, d'un joli mouvement de hanches, je me retournai et partis, certaine que le marquis me suivrait.

D'une main, je pris le pistolet et le cachai dans mon manchon, puis je tendis l'autre main au marquis. Sa chevalière était toujours aussi grosse et dure. Le sang me montait au visage. Je l'entraînai à l'écart de la fête, de plus en plus loin de la foule et des lumières. Il sautillait de plaisir à me suivre ainsi. Sa respiration était courte et saccadée. Très vite nous nous retrouvâmes dans l'obscurité des bosquets.

Nous continuâmes à avancer à travers les arbres. D'autres couples avaient eu la même idée. Une dame, appuyée contre un tronc, la robe relevée jusqu'à la taille, entourait de ses longues jambes le corps d'un homme qui allait et venait en elle en grognant. Un peu plus loin, une femme, corsage grand ouvert, pointait ses seins blancs en direction de la lune tandis qu'une autre les lui malaxait et lui léchait les tétons. Elle se raidit d'un coup, projeta la tête en arrière et lança dans la nuit quelques gémissements d'extase.

J'eus une pensée pour Jeanne mais je revins vite à la réalité et à ma mission meurtrière. Le marquis s'arrêta. Il m'attrapa par les épaules, me retourna face à lui et me poussa contre un arbre.

« À l'évidence, vous désirez ceci autant que moi, belle dame, me dit-il.

Il ouvrit sa culotte et je me sentis partir à la vue de son gros pénis qui pointait à l'air libre. Il en profita pour soulever ma robe. Je repris vite mes esprits, sortis le pistolet et le levai à la hauteur de sa tête. L'arme brillait au clair de lune.

— Ne criez pas ou j'explose votre visage si laid ! lui lançai-je d'un ton ferme avant d'esquisser un large sourire de contentement.

Je pris plaisir à voir son désir se changer en peur dans ses yeux.

— Qu-quoi ? bredouilla-t-il, choqué.

Son visage s'assombrit. Ses yeux quittèrent le pistolet et cherchèrent à croiser mon regard.

— Monsieur ne me reconnaît donc pas !

Interloqué, il fit non de la tête. J'enlevai ma perruque et secouai la tête pour libérer mes cheveux.

— Et maintenant ? lui demandai-je.

Il me regarda intensément et, comme la trotteuse d'une pendule s'approchant du chiffre douze, je le vis peu à peu réaliser que la femme debout devant lui était loin d'être une jolie dame prête à lui offrir ses faveurs mais, au contraire, la jeune fille qui s'endormait tous les soirs en pleurant dans le grenier de sa maison.

— Ah ! La mignonne petite servante de cuisine, répondit-il sur un ton moqueur.

Tel un chien fou, il leva son nez crochu comme pour me renifler, puis éclata de rire.

— Vous n'oserez jamais appuyer sur la détente.

— Oh si ! Croyez-moi, je vais le faire. Je vais le faire pour moi, pour ma fille, la bâtarde que vous m'avez fait abandonner, ainsi que pour celle que vous avez violée et étranglée, Margot, morte sur le bûcher. Je vais vous tuer pour mon père et pour venger tous les autres crimes que vous, sales aristocrates, avez perpétrés contre les petites gens.

Je brûlais d'envie de tirer et de le voir souffrir et mourir, et il fallait surtout que je me dépêche car quelqu'un pouvait arriver à tout moment.

Appuie sur la gâchette. Vas-y. Fais-le avant qu'il ne soit trop tard.

Mes doigts serraient le pistolet mais refusaient de bouger. Ils ne m'obéissaient plus. J'essayai à plusieurs reprises de tirer mais je restais pétrifiée. Le marquis se jeta sur moi, projeta l'arme à terre et mit ses mains autour de mon cou. Ma haine reprit le dessus et je lui envoyai un coup de genou entre les jambes. Il poussa un cri de chien battu et desserra sa prise. Il fit un pas en arrière, trébucha sur une branche morte et tomba de tout son long sur le sol. J'en profitai pour lui donner des coups de pied du plus fort que je pouvais. Je me mis, ensuite, à chercher le pistolet autour de moi, mais je ne le voyais nulle part. Le marquis se releva.

— Grosse truie ! cria-t-il.

Je pris la fuite.

— Sale putain ! Je sais qui tu es, petite souillon meurtrière. Je te retrouverai. Tes jours sont comptés. Tu ne vivras pas une semaine de plus à Paris ! »

Je courais sans me retourner. Je l'entendais faiblement. J'étais paniquée. Je tremblais de tous mes membres et je ne pouvais pas me contrôler. Un coup de feu retentit dans la nuit. Le marquis avait probablement trouvé le pistolet. Les gens sortaient des bosquets. Ils parlaient fort, allaient dans toutes les directions. J'espérais qu'ils penseraient que, comme eux, je fuyais la folie d'un noble qui tirait au pistolet à l'aveuglette dans la nuit.

Me suivait-il ? Pouvait-il me tirer dessus en me poursuivant ?

J'avais trop peur pour ralentir et regarder derrière moi. Des relents de parfums, de corps et de poudre de riz me prenaient à la gorge. Je passai ma langue sur mes lèvres sèches mais continuai de courir. J'avais l'impression que je n'atteindrais jamais la sortie. Finalement, j'aperçus le garde qui somnolait sous deux lampes à huile accrochées au-dessus de lui. Je passai devant lui et sortis du Palais-Royal. J'étais à bout de souffle. Je hélai tant bien que mal le premier cabriolet qui passait et m'affalai sur la banquette, à l'abri sous la capote. Le cocher fit claquer son fouet et l'attelage démarra. Alors que nous prenions un peu de vitesse, les mots du marquis résonnèrent dans ma tête au rythme des sabots des chevaux.

Je sais qui tu es. Tes jours sont comptés. Tu ne vivras pas une semaine de plus à Paris !

33

Plusieurs semaines étaient passées depuis ma tentative manquée d'écourter la vie du marquis lorsque j'ouvris la porte de la maison à Claudine. Elle se racla la gorge avant de parler.

« Mademoiselle Rubie Charpentier, s'il vous plaît.

Je lui pris le bras et l'entraînai à l'intérieur.

— Je suis ravie de voir que mon déguisement fonctionne à merveille, Claudine.

— Oh ! C'est toi, Vict… Rubie. Qu'est-ce que c'est que cette chevelure rousse ?

Elle fronça les sourcils et garda cette expression dubitative durant toute la montée des escaliers qui menaient à l'appartement.

— Ta missive me demandant de venir te voir m'est parvenue il y a deux semaines déjà, expliqua-t-elle, mais je n'ai pas pu me libérer plus tôt, je suis désolée. Le marquis est dans tous ses états.

— Oh là là ! Pauvre petit marquis ! dis-je en faisant une moue moqueuse.

— Je savais bien que tu ne pensais qu'à te venger et, chaque jour, je priais Dieu qu'assister à l'exécution de Margot te ramènerait à la raison. Apparemment, il n'en a rien été.

Nous nous assîmes à la table du salon, l'une en face de l'autre. Claudine se tenait bien droite, les bras croisés sur sa grosse poitrine, tandis que je m'affalai sur la table.

— Je t'ai écoutée semble-t-il, puisque je ne l'ai pas fait, répondis-je. J'avais tellement envie d'appuyer sur la gâchette, mais tant de choses sont passées dans ma tête à ce moment-là, des images, des voix, surtout celle de ma mère, qu'en fin de compte je n'ai pas pu. J'ai eu peur aussi. Je me voyais condamnée à mort par le Parlement de Paris, et brûlée vive en place de Grève, comme Margot. Je ne voulais pas que ma petite Madeleine devienne orpheline.

— Le marquis ne décolère pas. Il tourne en rond dans la maison, criant à qui veut l'entendre que Victoire Charpentier a voulu le tuer. Il a même dit à la marquise que, grâce à ses relations, il avait obtenu une lettre de cachet signée du roi ordonnant ton emprisonnement et probablement ton exécution.

— Nous savons bien, toi et moi, que Victoire Charpentier n'existe plus.

Je fis glisser mes doigts dans mes faux cheveux.

— De toute façon, ajoutai-je, crois-tu qu'il puisse me retrouver avec cette nouvelle perruque ?

À l'évidence, Claudine avait dit tout ce qu'elle était venue me dire. Elle accepta un café et regarda autour d'elle l'appartement avec son mobilier simple mais élégant, marque évidente d'une certaine aisance financière.

— Tu es bien logée, mon enfant, pour une petite paysanne. Es-tu devenue la maîtresse de quelqu'un ? Te ferais-tu entretenir ?

Je la regardai droit dans les yeux.

— C'est tout ce que tu penses de moi ?

— Qu'est-ce que ça pourrait être d'autre ? demanda-t-elle en haussant les épaules.

— Il est préférable que tu ne saches rien concernant l'appartement. Un jour, j'espère, ce ne sera plus dangereux et je te dirai tout. Sache seulement que ce n'est pas du tout ce que tu penses. Bien au contraire, je n'ai jamais été aussi seule.

— Alors il te faut chasser de ton esprit toute idée de vengeance. C'est un poids trop lourd à porter.

— Mais tu comprends bien pourquoi j'ai fait cela, n'est-ce pas ? Il est vrai que j'aurais pu choisir un autre moyen. Je ne sais pas quelle… quelle folie passagère m'a poussée à attenter à sa vie car, au fond de moi, je sais pertinemment que je suis complètement guérie de la maladie mentale dont j'ai pu brièvement souffrir.

Je tapai du poing sur la table.

— En revanche, repris-je, le marquis ne peut pas continuer d'abuser ainsi des femmes en toute impunité. Je dois l'arrêter. Pour les victimes passées, pour Margot, mais aussi pour toutes celles à venir, il faut que justice soit faite.

— Je remercie Dieu que ta tentative ait échoué, répondit Claudine.

Elle finit son café et se leva.

— Je ne peux rester plus longtemps, ma fille. Je dois aller au marché acheter des légumes et de la viande.

Que vas-tu faire maintenant ? Tu ne peux pas retourner au Faisan Doré, et les petites paysannes comme toi ont besoin de gagner leur vie ; si elles n'ont pas de riches amants, bien entendu.

Son regard teinté de reproches en disait long. Elle restait persuadée que j'étais une femme entretenue. Je la raccompagnai jusque dans la cour. Dehors, la chaleur estivale était étouffante.

— Ne t'inquiète pas pour moi. J'ai une servante qui est aussi comédienne. Elle m'a aidée à trouver un emploi. Je travaille maintenant pour une compagnie de théâtre au Palais-Royal. Je recopie les textes des pièces pour les répétitions. Écrire autant m'a donné envie d'inventer mes propres histoires. Je crois que j'ai enfin trouvé ma voie. C'est pour cela aussi que ma mère m'a appris à lire et à écrire.

— Mais, n'est-ce pas dangereux de retourner au Palais-Royal ?

Je lui souris en caressant une mèche de mes cheveux roux.

— Tu admettras que mon déguisement est plutôt efficace. Ma servante actrice s'y connaît bien en maquillage et elle m'a montré quelques astuces de théâtre pour changer les traits du visage et même la couleur du teint.

Claudine ouvrit grand les yeux.

— Tu es retournée volontairement au Palais-Royal ? Tu n'as pas abandonné ton idée de vengeance, n'est-ce pas ? Il faut arrêter tout de suite.

— Il doit être puni, répliquai-je en lui disant au revoir d'un signe de la main. Ne t'en fais surtout pas pour moi.

Claudine secoua la tête d'un air abattu.

— Il n'y a donc rien que je puisse dire ou faire pour que tu changes d'avis. Tu t'en vas à une mort certaine. »

Les épaules légèrement voûtées, mon amie traversa la cour sans se retourner et sortit dans la rue.

***

« Il n'y a rien de surprenant dans l'attitude de refus de l'Assemblée des notables, criait l'orateur à la foule de passants du Palais-Royal, puisque cette assemblée est composée de l'élite de ce système social et politique.

L'homme se tenait debout en plein soleil à la terrasse d'un café, un pied posé devant l'autre, comme l'avait fait, jadis, mon père.

— Pourtant le projet de réforme des impôts proposé par Calonne est la seule solution possible, cria un autre monsieur. Il avait même l'aval du roi.

— Peut-être, répliqua l'orateur, mais le peuple tient Calonne pour seul responsable de notre calamiteuse situation financière. »

J'étais assise à l'ombre des châtaigniers et j'écoutais les échanges verbaux sur le ministre des finances en exil. Depuis que je ne travaillais plus au restaurant, j'aimais flâner des heures durant dans les cafés pour écouter les orateurs. C'était idéal pour parfaire mon éducation et effacer toute trace de mes origines paysannes.

Je savourais une rafraîchissante soupe aux cerises accompagnée d'un verre de vin. Plume en main, je réfléchissais et notais les quelques idées qui me passaient par la tête lorsqu'un homme trébucha sur le pied d'une chaise et finit sa course presque sur mes genoux.

« Êtes-vous blessé ? demandai-je aussitôt. Je vous en prie, asseyez-vous et reprenez vos esprits.

Je lui montrai la chaise libre en face de moi.

— Merci Madame.

Je baissai la tête, curieuse. Son accent, qui m'était totalement étranger, m'intriguait. L'homme s'assit, regarda autour de lui et salua l'orateur. Je remarquai qu'il tenait son poignet droit bizarrement, comme s'il avait été blessé et que sa blessure n'avait pas guéri correctement.

— C'est un lieu très fréquenté, à ce que je vois, reprit-il.

— De nos jours, tous les cafés sont très fréquentés, répondis-je. Surtout en ces temps politiquement et financièrement difficiles.

— Oui, certainement.

L'homme ramassa le livre qu'il avait fait tomber de la table et jeta un coup d'œil à la couverture.

— *Du Contrat Social ou Principes du Droit Politique.* Madame trouve-t-elle ce livre intéressant ?

— Oui, très intéressant, répondis-je. Rousseau avance l'idée que le pouvoir des souverains n'est pas de droit divin, et que seul le peuple a le droit de gouverner.

— J'espère pouvoir le lire bientôt.

Il remarqua, sur la table, les feuilles de papier griffonnées.

— Je vois que vous aussi, vous écrivez, continua-t-il. Puis-je me permettre de vous demander sur quoi ?

— C'est une pièce de théâtre, répondis-je. Plusieurs sujets y sont abordés, tels que la différence des classes, la santé mentale, le droit des femmes.

— Le droit des femmes ! Il faut, hélas, une certaine audace pour écrire sur ce sujet. Même si j'ai appris à parler votre belle langue, il m'est encore très difficile de l'écrire.

Je portai le bout de ma plume à la bouche.

— Dans quelle langue écrivez-vous donc, Monsieur ?

— Eh bien l'anglais, bien sûr. Je suis américain, Madame. Permettez-moi de me présenter.

Il se leva et retira son chapeau.

— Je m'appelle Thomas Jefferson, et je suis ambassadeur à la cour de France.

Il prit ma main et la baisa.

— Enchantée. Mademoiselle Rubie Charpentier, écrivain, dis-je en sentant toute la chaleur de la journée monter dans mes joues devenues rouges.

— Eh bien, adorable mademoiselle Charpentier, puis-je vous offrir une tasse de moka de ce fameux Café Mécanique installé sous les arcades ? Par pure curiosité, bien sûr, afin de voir fonctionner cette ingénieuse machine », ajouta-t-il en soulevant un sourcil.

Mal à l'aise, je rougis de plus belle. Je baissai les yeux et me mis à jouer inutilement avec les feuilles de papier étalées sur la table.

***

Chère madame Collier,

Je suis heureuse de vous savoir saine et sauve à Londres. Tout d'abord, je voudrais vous présenter toutes mes excuses de ne pas avoir répondu plus promptement, mais je suis très prise en ce moment par les visites des endroits de la capitale que vous m'avez si gracieusement recommandés.

Je comprends pourquoi vous m'avez suggéré de manger dans ce restaurant du Palais-Royal. Ce quartier, que les Parisiens appellent la capitale de Paris, est le plus grand bordel d'Europe où l'on peut assouvir tous ses désirs, allant de la débauche la plus grande à l'étude de la physique, de l'anatomie ou de la poésie. Il y en a pour tous les goûts et l'endroit est, bien-entendu, fréquenté par les grands de la noblesse.

On dit que, pour se venger du couple royal qui le soupçonne continuellement d'être un ennemi de la couronne, le duc d'Orléans a mis son palais au centre de toutes les intrigues politiques et sociales de la ville. Il est tellement proche du trône qu'il semble logique que le roi et la reine se méfient de lui et le prennent pour un hypocrite, un traître et un égoïste. Vous connaissez mon profond dédain pour Marie-Antoinette et son somptueux train de vie totalement immoral. En revanche, je vois le duc comme un homme proche du peuple, qui connaît la vie des petites gens et leurs difficultés.

Je vais souvent au théâtre au Palais-Royal, où je peux admirer le talent de notre amie commune. Je trouve les pièces qui y sont données insipides, voire ridicules, et l'idée m'est venue d'écrire ma propre pièce. J'ai déjà griffonné quelques idées. Voyez-vous, mon amie, vous n'êtes donc pas la seule à écrire des histoires. J'ai l'impression que, dans les mots, se libère enfin mon passé refoulé. Nous voici bientôt au cœur de l'été, dans ce siècle des Lumières qui questionne chaque jour un peu plus l'ordre établi, et la prose me paraît être le meilleur moyen de faire connaître mes idées.

Un incident dont vous avez peut-être déjà eu connaissance en Angleterre m'a inspiré ma première pièce. Lors d'une fête au Palais-Royal, on attenta à la vie d'un certain marquis. Il n'est pas facile de comprendre pourquoi cette femme, apparemment très élégamment habillée, n'a pas appuyé sur la gâchette. Peut-être est-ce l'éducation qu'elle avait reçue qui l'en empêcha ? Je suppose que, dans le fond, les êtres humains ne changent pas ; ils ne peuvent que changer l'image qu'ils donnent au monde. Tout changement demeure, par nature, superficiel.

Outre les scandales, il faut que je vous raconte ce qui m'est arrivé récemment. Je suis sûre que, comme moi, vous trouverez l'anecdote intéressante. Il y a quelques semaines, j'ai fait la connaissance, dans un café, du plus charismatique des hommes du monde. Il s'agit d'un certain Thomas Jefferson, un Américain envoyé comme ambassadeur à Paris pour développer les relations commerciales entre son pays et les cours européennes. Jamais je n'aurais imaginé que quelqu'un d'aussi important que lui accorde de son temps à une simple femme comme moi. En plus d'être architecte amateur, il aime la lecture et le théâtre. Nous avons eu une conversation très intéressante.

Bien qu'il soit très demandé et qu'il n'ait pas beaucoup de temps libre, nous nous sommes revus un matin dans un café et nous avons eu une longue conversation au cours de laquelle il fut convenu de nous entraider : je lui apprends à écrire en français et, en contrepartie, il m'apprend l'anglais. Tous vos écrits sur la Grande-Bretagne m'ont donné envie d'y aller. Voilà pourquoi j'ai tant envie d'apprendre cette langue. De plus, l'anglais est très en vogue à Paris ; les gens sont fous de tout ce qui est britannique, comme le dit si bien monsieur Jefferson.

L'espoir de vous revoir me remplit de bonheur. C'est bien vous qui m'avez conseillé de profiter au mieux de mon séjour à Paris et d'en profiter pleinement. Je vous quitte, mon amie, sur cette belle pensée, pour vite retourner à l'écriture de mon manuscrit.

Dans votre lettre, vous ne faites aucune allusion à votre mari. Dois-je en conclure qu'il va bien, lui aussi ?

J'apprécie le grand honneur que vous me faites d'être votre amie.

Mademoiselle Rubie Charpentier

34

« Je suppose que vous êtes au courant du décès de la princesse ? demandai-je à Aurore en ouvrant le rideau vert pastel pour laisser entrer la lumière de l'été dans le salon.

— Vous parlez de la princesse Sophie-Béatrice ? Oui, nous savons tout sur ce qui touche sa mère, cette horrible reine, répondit Aurore qui mettait une salade de fruits frais sur la table.

Je pris une grosse cerise bien mûre, la croquai, et la chair sucrée éclata dans ma bouche.

— L'enfant n'a même pas célébré son premier anniversaire, repris-je. Pauvre femme ! Rien n'est plus tragique que de perdre un enfant. Apparemment, la reine est inconsolable et passe des heures entières à pleurer sur le corps de son bébé.

Aurore jeta sa cuiller sur la table, projetant des morceaux de prune et de fraise dans toutes les directions.

— Pauvre femme ? s'exclama-t-elle. Comment pouvez-vous avoir de la sympathie pour cette odieuse Autrichienne qui ne laisse transparaître que bêtise et mépris envers nous et arbore ses diamants sans vergogne ? Elle ne fait rien d'autre que précipiter le pays dans un marasme financier.

— Je comprends ton sentiment, Aurore. J'ai, moi aussi, entrevu la reine lors de défilés dans les rues, mais tout de même, il n'y a pas de pire tragédie que de perdre son enfant et pour cela, elle a ma sympathie.

— Eh bien, en tout cas, pour une fois, je suis contente qu'on ne la voie plus, et dans les rares occasions où elle sort de Versailles, elle n'est accueillie que par des silences, voire des huées. De nos jours, les gens ne se déplacent plus pour voir leur souveraine.

— Moi non plus je ne m'aventurerais pas dehors, dis-je, si j'étais, comme elle, le sujet de tous ces pamphlets qu'on écrit et de toutes ces chansons que l'on chante dans les cafés.

— Elle l'a bien cherché.

Aurore termina sa salade de fruits et se leva pour se préparer à aller au théâtre.

— Attendez, dis-je. Je voudrais vous montrer quelque chose.

Je posai sur la table une pile de feuilles manuscrites.

— Voilà ! Ma première pièce de théâtre.

Aurore prit tout le paquet en main et le feuilleta brièvement.

— Ça parle de quoi ? Vous savez bien que je ne suis pas assez bonne en lecture pour pouvoir lire tout cela et le comprendre.

— Ce sont toujours les mêmes thèmes : les pauvres contre les riches. Il s'agit d'une satire à fort message social sous le couvert d'une simple intrigue dramatique. Je sais que vous ne lisez pas couramment, mais j'espérais que cela vous inciterait à vous améliorer. Si vous ne pouvez pas lire la pièce, comment allez-vous faire pour jouer le rôle principal ?

Elle fronça les sourcils.

— Moi, le rôle principal ? Mais je ne fais que du vaudeville, je suis funambule, je n'ai jamais joué la comédie.

— Vous ne voulez donc pas être une actrice connue, reconnue et bien payée ? Je vous assure que ma pièce va déchaîner les passions et faire tellement de bruit que vous deviendrez célèbre », affirmai-je.

****

Ma chère Rubie,

Les nouvelles que vous m'avez envoyées sont merveilleuses, surtout la rencontre avec ce gentilhomme américain dont l'emploi du temps doit être, à n'en pas douter, extrêmement chargé.

Quelle joie d'apprendre que vous écrivez une pièce de théâtre. Un jour, je reviendrai à Paris et ce sera avec un immense plaisir que j'irai voir le fruit de votre travail.

Vous avez demandé des nouvelles de mon mari. Je n'ai pas la moindre idée de l'endroit où ce scélérat se trouve. Il est très probablement en compagnie d'une de ses nombreuses amies. Je ne sais pourquoi son entourage croit qu'il est en possession d'une grande fortune, mais ils vont vite déchanter quand ils apprendront qu'il ne possède rien et est pauvre comme Job. Mon mari a toujours été trop bête pour garder une fortune longtemps. De toute façon, je n'ai jamais été amoureuse de lui. J'ai un nouvel amant. C'est un homme admirable. Les grands de ce monde l'ont fait beaucoup souffrir et il est une grande source d'inspiration pour mon projet d'écriture.

Ainsi les rumeurs étaient fondées. Monsieur le marquis de Calonne, ministre des finances en exil en Angleterre, côtoyait la tristement célèbre dame de l'affaire du collier. Cela me fit sourire. Je reconnaissais bien là Jeanne.

Je me plais toujours à Londres. Cette ville offre tant de confort et de tranquillité. Les Français aussi pourraient apprécier un tel style de vie si seulement ils daignaient arrêter leurs jeux stupides basés sur le luxe et les apparences, qui ne sont, au final, qu'un énorme gâchis d'énergie et d'argent.

Les Anglais semblent, en plus, apprécier leur gouvernement qui, tout en veillant à la bonne application des lois, n'en respecte pas moins les droits dont jouit le peuple. Ici, les troubles sociaux sont bien terminés et le peuple en est sorti triomphant et grandi. Les Français pourraient peut-être s'en inspirer.

J'ai toujours autant de plaisir à écrire et ma première histoire va bientôt être publiée.

C'est un grand honneur que d'être votre amie.
Madame J. Collier

Je repliai la lettre. « Le peuple triomphant et grandi ! » Ô Jeanne, c'est un de mes plus beaux désirs, presque aussi fervent que mon rêve de justice.

***

« Célébrons, en ce jour, l'assomption de Marie, mère de Dieu », annonça le curé, qui arborait son beau vêtement sacerdotal brodé de fil d'or.

353

Malgré la chaleur étouffante du mois d'août, les fidèles étaient venus en nombre. Mon ami, monsieur Jefferson, et moi avions trouvé une place à l'ombre sous un tilleul, mais j'avais tout de même chaud. Des gouttes de sueur coulaient le long de mon cou et, sous mon chapeau de paille, la tête me brûlait.

« Je me croirais presque dans mon village, dis-je. Chaque année, au quinze août, il y a le festival de la Sainte Vierge et, chaque fois, le curé en profite pour nous rappeler que Marie est aussi importante que Dieu.

Monsieur Jefferson chassa une abeille de la main.

— Quel village est-ce donc, mademoiselle Charpentier ?

Je remuai les graviers avec la pointe de ma chaussure.

— C'est à environ une semaine de Paris si vous avez un bon attelage solide et que vous n'avez pas d'accident.

— Après avoir terminé sa vie sur terre, Marie monta dans les cieux avec son corps et son âme », cria le curé.

Sa grosse voix portait loin. Il me faisait penser au Père Geoffroy dont la soutane se soulevait quand il levait les bras devant ses fidèles. De repenser à Lucie, j'avais le mal du pays, et Madeleine me manquait. Je n'oubliais pas pour autant ce que m'avait fait ce traître de Léon, m'empêchant de retourner au village. Jouant de mon mieux de mon éventail pour chasser les insectes et adoucir un peu les effets de la chaleur, je me jurai que, malgré Léon Bruyère, je trouverais un moyen de retourner vivre à Lucie, là où sont mes racines.

L'ambassadeur et moi n'étions pas venus pour participer à cette fête religieuse. Nous avions pris son carrosse personnel pour assister à une représentation théâtrale dans un château près de Paris. Néanmoins, pris dans l'ambiance de la fête, nous nous étions installés pour voir passer la procession et avions même applaudi au passage de la statue de la Vierge portant l'enfant Jésus, érigée sur un char lourdement décoré de fleurs, de rubans et de fruits.

« Vous, les Français, avez le sens de la fête, me lança monsieur Jefferson en souriant.

Jamais je n'avais vu d'homme aussi grand que lui et avec des manières aussi distinguées. Je me sentais à l'aise à côté de lui.

— Un quart des jours de l'année sont des jours de fête, répondis-je. Ou plutôt, c'est ce qui se fait à Luc… dans mon village. On oublie ses soucis, on mange, on danse et on raconte des histoires.

Je levai la tête. Au loin s'étendait un vaste marécage. Une odeur de paille fraîchement coupée, de fleurs sauvages et de terre brûlée par le soleil flottait dans l'air. Pourtant, nous n'étions pas très loin de la puanteur et de la saleté de la capitale.

— Vous êtes sûre de ne pas vouloir rester pour le sermon ? demanda monsieur Jefferson tandis que nous remontions dans son carrosse pour rentrer à Paris.

Je fis non de la tête et m'assis sur la banquette en cuir.

— À une époque, je serais volontiers rentrée dans l'église, mais plus maintenant.

— À une époque ? Qu'est-ce qui a donc changé ? demanda-t-il.

Les sabots des chevaux claquèrent sur le sol sec et le carrosse s'ébranla.

— Rien en particulier… La vie, devenir adulte, je suppose.

Bien sûr, il n'était pas possible que la fille bien élevée d'un marchand de tissus décédé, nommé Maximilien Charpentier, parle de séjour en prison. Et pourtant, la prison endurcit une personne, la change drastiquement et lui fait douter des voies du Seigneur.

— Il y a aussi l'éducation, précisai-je. Comme vous, Monsieur, je lis beaucoup. Récemment, j'ai réussi à me procurer un exemplaire du *Dictionnaire Philosophique* qui fut très instructif pour moi.

— Ce livre n'a-t-il pas été interdit et tous les exemplaires brûlés en place publique ?

— Non, pas tous les exemplaires, dis-je avec un petit sourire. Je connais un libraire qui, pour pas trop cher, peut vous procurer à peu près tout ce que vous désirez.

Je me penchai pour être plus près de lui.

—J'avais surpris une conversation à mi-voix qui en parlait, repris-je tout bas. Notre illustre Voltaire en est l'auteur

Monsieur Jefferson acquiesça.

— Oui, j'ai déjà lu une de ses œuvres. Dites-moi, pourquoi Voltaire vous plaît-il tant ?

— Je pense que c'est son scepticisme, répondis-je tandis que le carrosse prenait de la vitesse, la relation qu'il a avec Dieu, sans Église et sans grandes idées. Je crois toujours en Dieu, mais je vois maintenant l'Église catholique comme une institution hypocrite, dangereuse même. C'est un endroit où les simples d'esprit vénèrent un morceau de pain.

Des images vinrent obscurcir mon esprit : le corps meurtri de mon père, ma mère traînée dans la boue près de la rivière, hurlant à pleins poumons, ses yeux écarquillés me cherchant autour d'elle, sa main déposant la figurine d'ange dans la mienne.

Instinctivement, je portai la main à mon cou comme si le pendentif y était encore. Même s'il ne s'y trouvait plus, je sentais sa chaleur dans mes doigts et son rayonnement bénéfique dans mon corps. J'utilisai ce moment pour me calmer et baisser le ton.

— Ma mère a été exécutée car elle a osé douter de l'existence de Dieu.

Monsieur Jefferson fronça les sourcils.

— C'est horrible !

— Comme Voltaire, en fait, continuai-je. Je pense que certaines personnes ont besoin de la religion avec ses règles strictes car, dans le malheur, elle est souvent leur seule consolation.

J'enrageais tellement intérieurement que j'avais peur que de la fumée sorte de mes narines. Je fermai les yeux et me reculai sur mon siège à la vue des grandes flammes et de l'arbre en feu qui s'effondrait sur deux petits corps calcinés.

— Oh oui, Monsieur, ajoutai-je. L'Église a bien sa place, mais en ce qui me concerne, je n'en ai plus besoin. »

Je me rendis vite compte que l'odeur de fumée n'était pas que dans mes pensées. À l'horizon, de gros nuages marron montaient dans le ciel. Alors que nous approchions de la ville, je passai la tête à la portière mais ne vis rien d'anormal. Il s'agissait sûrement d'un simple feu dans un magasin. Un employé en uniforme vert nous arrêta à la porte de la ville, à la « barrière », comme l'appelaient les gens depuis que la construction de l'infâme mur des Fermiers généraux avait commencé.

« Quelque chose à déclarer ? »

Le collecteur des impôts nous dévisagea mais il dut reconnaître monsieur Jefferson dans sa voiture privé car il fit un léger signe de tête en marque de respect et ordonna aussitôt le lever de la barrière.

« Ils n'osent même pas nous fouiller pour dénicher quelques marchandises soumises à l'impôt, dis-je. Que c'est bien d'être un homme influent, mais c'est tellement injuste. »

Le soleil était bas dans le ciel et me faisait cligner des yeux. Nous atteignîmes le Pont-Neuf par la rive gauche, nous passâmes le pont et arrivâmes dans le quartier de mon appartement. Dans les petites rues étroites, les carrosses se serraient les uns derrière les autres.

« J'ai reçu une éducation anglicane, dit monsieur Jefferson, et je me considère bon chrétien. Néanmoins, j'en suis venu à considérer l'Église romane comme une institution qui asservit l'esprit des hommes. Je crois fermement que la séparation de l'Église et de l'État est une réforme nécessaire pour vaincre la tyrannie de la religion qui punit et prive de leurs droits ceux qui ne sont pas catholiques.

Pour appuyer ses propos, il se tapa bruyamment la cuisse avec sa main. Au même moment, des cris arrivèrent de la rue qui était anormalement noire de monde. Des gens en colère hurlaient et brandissaient des piques, des pavés et des rondins de bois. Le cocher arrêta le carrosse. Une forte odeur de poudre flottait dans l'air.

— Que se passe-t-il ? demanda mon ami américain.

— Je n'en ai pas la moindre idée, répondis-je, mais je vais aller me renseigner.

— Attendez, c'est peut-être dangereux de sortir, dit-il en me retenant par le bras.

— Ne vous en faites pas, Monsieur, je vais seulement voir de quoi il retourne, c'est tout.

Je n'étais pas très rassurée non plus mais je m'armai de courage, descendis de la voiture et me joignis à la foule. Je me renseignai auprès d'un jeune homme aux cheveux hirsutes et complètement débraillé.

— Les gens se révoltent, Madame, répondit-il. Le roi a dissout le Parlement de Paris parce que les juges ont refusé son décret sur le commerce du blé. Ils savaient pertinemment qu'en faisant cela, les impôts allaient augmenter.

— Remontez dans la voiture, me lança monsieur Jefferson, anxieux.

Autour de nous, les gens arrivaient avec des armes rudimentaires. Ils contournaient le carrosse et prenaient la direction du Pont-Neuf pour venir grossir la foule des manifestants. Les chevaux montraient des signes de panique. La foule devenait si épaisse qu'il nous était impossible d'aller plus loin.

— Nous allons devoir continuer à pied, dis-je. Nous n'avons pas le choix.

— Dépêchons-nous, répondit monsieur Jefferson en descendant du carrosse. La garde royale ne devrait plus tarder à arriver. Nous ne voulons surtout pas nous retrouver entre la police et les émeutiers.

Au bout de la rue, la situation devint critique. La place était complètement enfumée. Survoltés, les gens hurlaient et brandissaient leurs armes. Nous mîmes des mouchoirs sur nos visages et commençâmes à traverser le nuage de fumée. Monsieur Jefferson, pris d'une quinte de toux, s'arrêta.

— Qui font-ils brûler ? demanda-t-il en montrant du doigt l'effigie enflammée.

— Madame de Polignac, favorite de la reine et gouvernante de ses enfants, répondis-je. C'est probablement la dame la plus impopulaire du royaume. Ces derniers jours, les pamphlets écrits contre la reine sont devenus plus mordants et plus virulents que d'ordinaire. Je suis sûre qu'en fait, c'est elle qu'ils voudraient voir brûler ainsi.

— Allons-nous-en au plus vite, dit-il.

Monsieur Jefferson me tirait par le bras à travers la foule en furie lorsque retentirent les premiers coups de feu. La garde royale était là. Les déflagrations se firent de plus en plus fortes et de plus en plus fréquentes.

Nous essayions de nous frayer un chemin dans la foule lorsque je ressentis une vive chaleur à l'épaule, suivie d'un engourdissement. Je n'avais pas mal. Je m'arrêtai et regardai. Le côté gauche du haut de ma robe en mousseline était déchiré. Un petit filet de sang s'écoulait doucement d'un petit trou dans le tissu et tâchait le devant de ma robe. Mes forces me quittèrent. Mes jambes fléchirent. Vint ensuite la douleur, insupportable.

— My God ! cria monsieur Jefferson. À l'aide ! À l'aide ! Elle a été blessée !

Tandis que je m'écroulais sur le sol, l'image du marquis vint obscurcir mon esprit. Il était bizarre, pensai-je, que ma dernière pensée pût être pour lui. Il ne me trouverait jamais sous mon beau déguisement. D'un autre côté, je n'avais pas diminué sa capacité à nuire de nouveau.

— Mademoiselle Charpentier, restez avec nous, gardez les yeux ouverts », me disait monsieur Jefferson.

Je sentis sa main sur mon épaule. J'entrouvris les yeux. Ses mains couvertes de sang tremblaient fortement. Des gens se penchaient sur moi. Entre leurs visages, je voyais le ciel prendre une couleur gris foncé. Je voulais leur demander de s'éloigner, leur dire que j'avais du mal à respirer, mais aucun son ne sortait de ma bouche. Je respirais de plus en plus difficilement. Les voix s'estompèrent peu à peu. Les

visages devinrent flous puis disparurent. Le silence se
fit. Le ciel devint noir.

35

Mes paupières étaient lourdes, comme si des doigts invisibles les maintenaient fermées. Une odeur de bois, de citron et de cirage flottait dans la pièce qui, plongée dans une paisible quiétude, donnait l'impression d'être irréelle. Les montants de la bibliothèque imposante et très bien garnie étaient sales et les rideaux couleur crème étaient tâchés. Je n'avais aucune idée de l'endroit où je me trouvais. Je me tournai vers la fenêtre. Assise sur une chaise, une fille dont la peau avait la même couleur que les hommes en turban que j'avais quelques fois vus au Palais-Royal cousait à la lumière. Je ressentais une vive douleur à l'épaule, comme si l'on m'enfonçait un couteau profondément dans la chair. La fille se leva de sa chaise et me sourit.

« Vous réveillée, Madame ? Vous pas peur. Moi être Sally. Moi esclave de Maître Jefferson. Ici c'est sa maison, Hôtel de Langeac.

Elle avait un très fort accent anglais mais ne parlait pas du tout comme monsieur Jefferson. Son accent était traînant et chantant comme une ballade, sa voix montait et descendait en rythme avec sa poitrine imposante.

— Reposez-vous, rien à craindre ici, continua-t-elle en me rebordant.

Un gros pansement couvrait mon épaule gauche. La scène d'émeute, l'épaisse fumée qui recouvrait la place, l'effigie de la duchesse qui brûlait, les détonations… Tout me revint en mémoire. J'utilisai mes maigres ressources en anglais pour demander :

— Where is Mister Jefferson ?

— Mon maître parti. Lui négocier les prix de l'huile de baleine et du poisson salé. Il a dit que vous devoir rester au lit jusqu'à ce que lui rentre du marché. »

Je me sentais faible et j'avais des vertiges, alors je reposai la tête sur les coussins. Quelques instants plus tard, la fille quitta la pièce et j'en profitai pour palper ma blessure. Mon sang se glaça dans mes veines. La marque de la prison ! Monsieur Jefferson l'avait probablement vue quand il avait touché la blessure pour arrêter le sang. Il savait maintenant qu'il avait fréquenté une meurtrière. Mon esprit s'emballa. Il avait dû très vite comprendre que je m'étais évadée de la prison car une condamnée ne pouvait que finir exécutée en place publique, ou mourir dans un cachot.

Une peur panique m'envahit. Je me sentais prise au piège. L'ambassadeur s'était toujours comporté d'une façon aimable, et il était l'homme le plus poli qui soit, mais il avait un grand respect des lois. Jamais il ne tolérerait qu'une fugitive reste en liberté. Il était sans aucun doute allé à la police. Je devais m'enfuir avant que la servante ne revienne. Je relevai les couvertures et balançai mes jambes par terre. J'essayai de me lever mais ma vue était brouillée et ma blessure me brûlait atrocement. Je retombai sur les coussins. La tête me tournait. L'encadrement de la fenêtre était flou. Ils m'avaient droguée pour calmer la douleur, avec du Laudanum, probablement.

Je fis une deuxième tentative. Cette fois je tins debout. Je cherchai mes habits des yeux, mais ils n'étaient nulle part dans la pièce. Ils avaient sûrement découpé ma robe en morceaux. C'était donc cela que faisait la fille assise sur la chaise. Cependant, je remarquai une autre robe en mousseline posée sur un fauteuil, semblable à la mienne mais de couleur verte avec, à côté, une ceinture en tissu vert foncé et mon chapeau de paille. Le visage déformé par la douleur, je m'avançai et attrapai la robe avec mon bras valide. Je l'enfilai vite, mis mes chaussures et traversai la pièce jusqu'à la fenêtre, espérant pouvoir deviner où je me trouvais. La pièce donnait sur un jardin bien entretenu avec de beaux massifs de fleurs et des épis de maïs bien étranges. Monsieur Jefferson avait mentionné une fois qu'il avait fait venir des Amériques des graines de son maïs préféré, qu'il ne pouvait pas trouver en France.

Il n'y avait personne aux alentours. Je sortis sans bruit de la chambre et descendis l'escalier en me tenant des deux mains à la rampe. En bas, tout était calme, à part quelques bruits de casseroles venant d'une pièce éloignée. De très beaux tableaux étaient accrochés aux murs de la montée d'escalier et du hall d'entrée. Dans l'entrebâillement d'une porte, j'entrevis un pianoforte et un pupitre. J'ouvris doucement la porte d'entrée qui grinça légèrement.

Comme je ne voyais toujours personne, je sortis en titubant. Je marchai aussi vite que mes faibles jambes me le permettaient. Je traversai une vaste cour intérieure, ouvris un lourd portail en fer forgé et me retrouvai dans la rue.

Le jour venait à peine de se lever mais il faisait déjà chaud et les branches des arbres du boulevard s'affaissaient sous le soleil de l'été. J'étais aveuglée par la lumière, mais je me rendis vite compte que la résidence de monsieur Jefferson se trouvait sur les Champs-Élysées, près de la Grille de Chaillot. Un peu plus loin se construisait la porte à péage qui devait la remplacer comme limite de la ville. Au moins, je savais où je me trouvais.

J'avais les jambes lourdes mais je me forçais à marcher vite. Je regardais constamment autour de moi de peur de voir arriver un homme de grande taille accompagné d'une petite femme noire. Je n'avais pas beaucoup de chemin à parcourir pour arriver rue Saint-Honoré, mais j'avais si peu d'énergie que très vite je fus prise de vertiges. J'avais la gorge sèche. Dans ma hâte, je n'avais pas pensé à boire avant de sortir et je le regrettais amèrement.

J'arrivai bientôt près des écuries que le comte d'Artois faisait construire à l'angle de la rue de Berri et du Faubourg Saint-Honoré. Je titubais tel un ivrogne. Je devais m'arrêter souvent pour me reposer contre un mur ou un lampadaire et reprendre ma respiration. Mon épaule me brûlait. Une tâche de sang apparaissait à l'endroit de la plaie. La douleur térébrante était à peine supportable. Je suais à grosses gouttes mais, malgré la chaleur, je frissonnais. Tout était flou autour de moi, les arbres, les maisons, les gens. Je me sentais comme dans un nuage. J'avais conscience qu'à tout moment, je risquais de m'évanouir. Je ne me sentis rassurée que lorsque j'entrai dans la cour et montai les escaliers qui menaient à mon appartement.

« Mon Dieu, Rubie ! Que vous est-il donc arrivé ? Vous êtes si pâle ! s'exclama Aurore.

Elle me prit le bras et m'aida à m'asseoir sur une chaise.

— Je me suis fait du souci ! Deux jours sans nouvelles de vous. Je n'avais pas la moindre idée de l'endroit où vous étiez.

Elle posa un verre d'eau devant moi sur la table. Je le pris et le bus d'une seule traite.

— J'ai reçu une balle, répondis-je.

Aurore mit une main devant sa bouche.

— Oh non ! Le marquis ?

Étonnée, je levai les yeux vers elle. Pourtant, je savais intuitivement qu'elle connaissait l'existence de ce monstre.

— Non, pas lui. Du moins, je ne pense pas. Je suis sûre que ce rustre n'est pas près de me reconnaître avec ma perruque rousse. Je me suis retrouvée coincée l'autre soir dans une émeute et la garde a tiré.

— J'y étais, dit-elle. Croyez-moi, nous n'avons pas fini de nous révolter. Maintenant, reposez-vous et laissez-moi prendre soin de vous. Malade et affaiblie comme vous l'êtes, vous ne serez pas d'une grande utilité pour notre cause. »

***

Deux jours plus tard, un coursier arriva à l'appartement avec une missive. Je reconnus le cachet et l'écriture irrégulière de monsieur Jefferson.

Ma chère mademoiselle Charpentier,

Je fus surpris et choqué d'apprendre votre départ si précipité de l'Hôtel de Langeac, compte tenu de votre condition si fragile. Je ne comprends pas. Je me plais à me croire capable de bien juger le caractère des gens et je crois que vous êtes une femme honnête et intelligente. Je présume donc que vous aviez de bonnes raisons pour fuir ainsi mon hospitalité et je respecte votre décision.

J'ai soutiré votre adresse à votre amie actrice. Ne lui en voulez pas car elle était très réticente à me la donner et je dus lui assurer que je ne vous voulais aucun mal et que, au contraire, je ne désirais que m'informer de votre état de santé.

Après avoir été blessée, vous avez perdu connaissance. Heureusement, j'ai pu arrêter l'hémorragie et vous porter jusqu'à mon hôtel. J'ai fait chercher le barbier-chirurgien. Celui-ci a dit que vous aviez eu beaucoup de chance car la balle n'a, en fait, entaillé que votre épaule. Il a aussi précisé que la plaie étant large et profonde, vous en garderiez une belle cicatrice. Néanmoins, je suis certain que vous ne trouverez pas cela si grave, compte tenu du fait que vous vous en sortez saine et sauve. Je vous souhaite un prompt rétablissement. Que votre plaie guérisse vite et sans complications.

Dès que vous serez rétablie, nous reprendrons nos cours de langue. Mon français s'améliore à l'écrit (comme vous pouvez le

368

Je pris une feuille de papier vierge et mon écritoire pour répondre sur le champ. Je m'excusai d'avoir fui son hospitalité et mis ma décision sur le compte du laudanum qui avait brouillé mon esprit au point d'être prise de panique. Je lui exprimai aussi le plaisir que j'avais à l'idée de reprendre nos cours de langue. Une fois la lettre terminée, je me reculai confortablement sur ma chaise et souris. Je posai la plume et mis la main sur mon pansement. En arrachant la chair de mon épaule, la balle avait en même temps effacé à jamais la cicatrice en forme de fleur de lys.

36

Chère madame Collier,

Je suis désolée que notre correspondance ait été si longtemps interrompue. La raison en est que j'ai reçu une balle lors des révoltes parisiennes qui, comme vous en avez probablement eu connaissance, ont commencé l'année dernière au mois d'août et se sont prolongée jusqu'en octobre. J'ai eu, malgré tout, beaucoup de chance, car ma blessure a guéri sans complications grâce à notre amie commune qui a pris admirablement bien soin de moi. Sous ses airs de sauvageonne, elle est en réalité très gentille et très bien élevée. J'ai beaucoup de chance de la connaître et je vous en remercie.

Par le plus incroyable des hasards, la cicatrice de cette blessure masque complètement l'horrible tâche de naissance que j'avais à mon épaule gauche. L'été prochain, et tous les étés à venir, je pourrai porter ces belles robes provocantes au décolleté profond qui découvrent les épaules !

Il est bon de voir enfin le printemps arriver car cet hiver fut, de mémoire d'homme, le plus rude qu'il ne nous fut jamais donné de vivre. Je n'osais plus m'aventurer dehors et je passais mes journées dans l'appartement, soit à lire les livres que vous m'aviez conseillés, soit à écrire ma pièce de théâtre.

La Seine était recouverte d'une épaisse couche de glace. Bien sûr, au début, il y avait l'attrait de la nouveauté : les enfants, par exemple, faisaient du patin à glace comme des fous, mais cela ne dura qu'un temps. Les bateaux furent vite pris dans la glace et leur chargement de grains pourrit dans les cales. Les marchandises n'arrivèrent bientôt plus dans la ville. Plus de tissus à teindre, plus de peaux à tanner, et surtout plus de blé. Le prix du pain grimpa en flèche et atteignit quatorze sous.

Une foule de vagabonds hantaient les marchés en fin d'après-midi à la recherche de quignons de pain tombés à terre, mais ils devaient d'abord se battre avec les femmes venues trouver de quoi nourrir leur famille. Affamés et affaiblis, les gens erraient dans les rues sans but. On voyait surtout les ouvriers savoyards qui, comme vous le savez, sont très nombreux à Paris ; on dit même qu'ils forment un quart de la population parisienne. Il règne, dans la capitale, une triste ambiance de misère et de désespoir.

Même les riches ont été atteints. Lorsqu'ils sortaient de leur carrosse et enjambaient les corps gelés qui jonchaient le sol des rues commerçantes, ils mettaient leur manteau sur leur visage autant pour se protéger du froid glacial que pour ne pas voir toute cette misère noire autour d'eux.

Je crois que, si je n'étais pas aussi engagée pour la cause du peuple, je quitterais Paris. Malgré le problème qu'engendrerait un retour à Lucie, mon village me manque, et surtout ma fille. Néanmoins, ma place est bien ici, à Paris, et j'en ai pris mon parti.

Savez-vous qu'en janvier, le Parlement s'est plaint officiellement au roi de ses lettres de cachet ? Il est fort probable qu'elles deviennent caduques. J'imagine la joie et le soulagement de tous ces gens victimes de ces écrits royaux.

J'ai bien conscience que vos affaires vous retiennent à Londres pour le moment, néanmoins, ne serait-il pas merveilleux que vous me rendiez visite, d'autant plus que nous sommes sur le point d'assister à la naissance d'une nouvelle nation ? Vous n'êtes, en fait, qu'à quatre jours de diligence de Paris.

Je continue les leçons avec monsieur Jefferson. Il est très érudit et toujours aussi plaisant. Lui aussi fréquente les théâtres du Palais-Royal. Je ne sais comment il a fait, mais il a réussi à faire lire ma pièce au comité de lecture d'une des compagnies de théâtre. Mon œuvre a plu. Ce fut un réel plaisir d'apprendre que non seulement ma pièce avait été retenue, mais qu'en plus, elle avait été acceptée par la censure.

Les rôles furent vite distribués et les répétitions commencèrent immédiatement. La première représentation aura lieu la semaine prochaine. J'ai encore du mal à croire à la chance que j'ai. Notre amie commune y tient le rôle principal. Il est vrai que j'avais écrit la pièce avec elle en tête. Pour elle qui était toujours cantonnée dans des rôles mineurs de servante ou d'esclave, ce rôle sera sans aucun doute un grand pas en avant dans sa carrière.

C'est un grand honneur que d'être votre amie.
Mademoiselle Rubie Charpentier

***

Bien au chaud dans son costume de lionne, Aurore marchait de long en large dans sa cage et ses hanches se balançaient d'une manière très suggestive, un peu provocante même. L'air soumise et sensuelle, elle ne quittait pas son maître des yeux.

Au premier acte des *Barreaux de la Liberté*, les spectateurs voyageaient dans un univers exotique, une jungle, et assistaient à la capture d'animaux sauvages qu'ils n'avaient jamais l'occasion de voir en vrai : des singes, des oiseaux de toutes les couleurs, un zèbre, un rhinocéros et même un condor.

Au deuxième acte, l'assistance était invitée à se balancer en rythme avec le bateau qui emmenait les animaux en France. La traversée était difficile et pénible. Les spectateurs étaient tristes de voir le condor mourir de faim et être jeté par-dessus bord. Ils étaient horrifiés, ils huaient et criaient leur mécontentement lorsque les marins mettaient à rôtir trois singes pour leur dîner.

Au troisième acte, les singes qui restaient, les oiseaux, le zèbre et même le rhinocéros occupaient toute la scène et faisaient toutes sortes d'acrobaties, la roue, des sauts périlleux, des équilibres sur les mains, pour amuser monsieur Frisson, leur nouveau maître, un noble qui les avait installés dans son château à dix lieues de Paris. Les spectateurs s'amusaient à voir les cabrioles des bêtes tandis que sur la droite de la scène, monsieur Frisson et un groupe d'aristocrates discutaient et jacassaient. L'assistance éclatait de rire lorsque les singes arrêtaient de faire leurs acrobaties, fonçaient sur le groupe de nobles, leur montaient sur la tête et arrachaient leurs perruques. L'hilarité devenait générale quand les singes se mettaient à déféquer sur la tête dénudée des nobles.

Les primates criaient et couraient partout sur la scène tandis que monsieur Frisson, le visage dégoulinant d'excréments, quittait d'un bond sa chaise, qui ressemblait fort à un trône, et se mettait à courser les singes. Le poing levé, il essayait de les écraser avec ses grosses bottes de chasse.

« Libérez-moi, Monseigneur, demandait alors la lionne. Je vous sauverai de ces singes répugnants. Je les tuerai pour vous.

— Vous êtes un animal sauvage très dangereux, répondait monsieur Frisson. Comment puis-je savoir que vous n'allez pas me dévorer ?

La lionne faisait des mouvements de tête charmeurs très sensuels.

— Ne vous ai-je pas déjà prouvé à maintes reprises ma loyauté depuis que nous sommes dans votre château ? »

Les singes ne cessaient d'attaquer les nobles, déchirant leurs habits tant et si bien que ces derniers se retrouvaient en culotte sur scène, tremblant de tous leurs membres. Monsieur Frisson se retournait alors vers l'assistance et demandait :

« Dois-je faire confiance à la jolie lionne ?

— Oui ! Oui ! Libérez-la ! » répondaient en criant les spectateurs.

D'un geste dramatique, monsieur Frisson ouvrait en grand la cage du félin qui sautait immédiatement sur lui et commençait à le dévorer. La tête écrasée dans la gueule de la lionne, monsieur Frisson se débattait de toutes ses forces dans une mare de sang.

Chaque soir durant la première semaine de représentation des *Barreaux de la Liberté*, ma toute première œuvre, j'angoissais et j'avais un pincement au cœur. Je savais pourtant qu'il fallait que je m'endurcisse pour affronter les huées et les sifflets venant de l'orchestre, les railleries des critiques et les articles de presse incendiaires.

Heureusement, la pièce connut tout de suite un immense succès. Dès les premiers jours, lorsque le rideau se refermait et que les acteurs enlevaient leur masque et saluaient longuement, les spectateurs se levaient, applaudissaient et tapaient du pied ; mêmes les nobles couverts d'excréments étaient applaudis. Ce n'était qu'à ce moment-là que mon appréhension se dissipait. Je rayonnais alors de joie et le large sourire qui se dessinait sur mon visage était directement destiné à Aurore.

Lors de la première, j'aperçus, dans l'orchestre, Claudine qui applaudissait de toutes ses forces, et dans une des loges, à l'opposé de moi, le marquis de Barberon qui secouait la tête, l'air peu amusé, voire choqué, par ce qu'il venait de voir. Il écarta violemment le laquais dédié à sa loge et sortit en trombe du théâtre tandis que j'éclatai de rire.

***

« Tu es un cerveau, mon enfant ! s'exclama Claudine en me faisant la bise. Depuis le début, dès que tu as mis un pied dans ma cuisine, j'ai su que tu ferais quelque chose de ta vie.

Elle me jeta un regard moqueur, approcha ses lèvres près de mon oreille et murmura :

— Une fois débarrassée de tes mauvaises idées de vengeance.

— Tu sais, j'ai ma vengeance, Claudine, répondis-je avec, en tête, la moue de dégoût du marquis. Et elle s'avère être bien meilleure et plus agréable dans l'ambiance théâtrale. Viens, je voudrais te présenter à Aurore.

Je pris mon amie par le bras, levai les yeux et vis monsieur Jefferson s'avancer vers nous. Il porta la main à son chapeau et salua Claudine avant de me parler.

— Toutes mes félicitations, chère mademoiselle Charpentier. Les critiques sont enchantés et les articles de presse dithyrambiques. Votre évocation de ce nouvel et plutôt horrible engouement de la noblesse parisienne pour les animaux des contrées lointaines est tout à fait superbe.

— Le mérite en revient à l'actrice principale, dis-je. C'est à elle que l'on doit un tel succès.

— Il est vrai qu'on ne parle que de votre lionne dans les salons du Palais-Royal. L'auteur et productrice des *Barreaux de la Liberté* n'en mérite pas moins quelques applaudissements. Savez-vous comment l'on vous surnomme ? L'Enchanteresse Rouge.

Je me mis à rire pour me donner une contenance.

— L'Enchanteresse Rouge, répétai-je. Le nom me plaît assez. Écoutez, nous allons tous continuer la fête à la Taverne. Voulez-vous vous joindre à nous ?

— J'en serais très honoré, Madame le dramaturge, mais j'ai encore quelques personnes à saluer. Je vous rejoindrai là-bas. »

Bras dessus, bras dessous, Claudine et moi suivîmes le flot de gens qui se dirigeaient vers le restaurant.

« Ce gentilhomme est épris de vous, me confia Claudine. S'il n'était pas étranger et anglican, il ferait un bon parti pour la sophistiquée mademoiselle Rubie Charpentier.

Je lui tapotai le bras.

— Oh non ! répondis-je. L'ambassadeur est un personnage très important. Lui et moi ne fréquentons pas les mêmes cercles. Je sais maintenant qu'il y a des gens que l'on a la chance de connaître et d'avoir comme amis. C'est tout.

Dans la lumière tamisée de la taverne, tout le monde leva son verre de champagne et s'écria :

— À la santé de l'Enchanteresse Rouge et aux *Barreaux de la Liberté* !

— À notre lionne ! dis-je en levant mon verre en direction de mon actrice préférée. Je me sentais heureuse comme jamais je ne me serais crue encore capable de l'être.

— À Aurore ! crièrent les acteurs et tous les gens du théâtre.

Le visage d'Aurore s'assombrit. Elle baissa la tête, gênée.

— Jamais je n'y serais arrivée sans l'Enchanteresse Rouge ! balbutia-t-elle.

L'excitation retomba doucement et les conversations de la clientèle du restaurant reprirent comme à l'accoutumée.

— Paris est une véritable poudrière politique, dit monsieur Jefferson. Les hommes, les femmes, les enfants, tout le monde ne parle que de politique. C'est à croire que ce pays est à l'aube d'une grande révolution.

— Vous ne croyez pas si bien dire, Monsieur, répondit un homme tout habillé de noir. Et des écrits comme celui-ci aideront à faire tomber la reine.

Il agitait un pamphlet au titre ô combien évocateur : *Mémoires de la comtesse Jeanne de Valois*. Je pris une grande respiration.

— Voilà ! Ce livre n'est que le début d'une longue liste d'accusations contre Marie-Antoinette, continua-t-il.

— Tout le monde ne parle que de cela, renchérit une femme en manteau mauve. Il paraît que la comtesse s'est fait aider par le marquis de Calonne, l'ancien ministre des finances du roi, et qu'il est devenu son amant.

Des rires moqueurs s'entendirent dans tout le restaurant. Ils étaient si forts et si nombreux que les flammes des bougies vacillèrent. J'esquissai un petit sourire retenu.

— Qu'y-a-t-il donc de si drôle, mademoiselle Charpentier ? demanda monsieur Jefferson.

Je ne pus me retenir plus longtemps et éclatai de rire à mon tour. Peut-être était-ce l'effet du champagne.

— Eh bien ! dis-je. Je pense que Jeanne de Valois montre beaucoup de courage à se battre ainsi pour ce qu'elle croit être sien, considérant qu'elle a déjà été violemment écrasée par une monarchie sans pitié. Les dés étaient peut-être jetés bien avant qu'elle ne monte sur le trône, mais Marie-Antoinette n'en reste pas moins largement responsable de ce qui lui arrive.

Je cognai mon verre contre celui de l'ambassadeur. Ce dernier fronça les sourcils d'un air désapprobateur.

— Ah oui ! Eh bien, chacun reste libre de penser ce qu'il veut, Madame.

Il tourna les talons et sortit à grands pas du restaurant. Aurore vint vite vers moi avec un air surpris.

— Que lui arrive-t-il ? Il devait bien se douter de notre opinion sur la royauté, non ?

— C'est ce que je croyais aussi, répondis-je. Mais j'aurais peut-être mieux fait de tenir ma langue. »

Je reposai mon verre sur la table. Le champagne avait tout à coup un goût amer dans ma bouche.

37

Les arbres de la rue prenaient peu à peu leurs couleurs d'automne. Les feuilles frissonnaient doucement sous la brise au rythme des chants des moineaux et des merles. La rue était bruyante. Le vacarme des grincements de roue des attelages mêlés aux claquements de sabots des chevaux sur les pavés rivalisait avec les bruits secs des marteaux des ouvriers.

Le carrosse m'avait déposée rue d'Artois, en plein cœur d'un quartier résidentiel. Ses grands boulevards étaient bordés de superbes hôtels particuliers nouvellement bâtis. Je me sentais en sécurité et j'avais laissé tomber ma garde. Pourtant, depuis la deuxième vague d'émeutes qui avaient éclatées dans les rues de la capitale en cet été 1788, j'étais toujours sur le qui-vive lorsque je sortais.

En fait, tout le monde à Paris était sur ses gardes. Les gens se méfiaient les uns des autres. Ils se surveillaient constamment, parfois par curiosité, mais le plus souvent par méchanceté. On ne pouvait pas chuchoter sans attirer l'attention. Les espions couraient les rues et les marchés, s'inséraient dans les files d'attente devant les magasins pour surveiller le prix du sucre ou du savon. Il y avait toujours une oreille malveillante pour écouter les conversations des poissardes et des prostituées. J'étais consciente de la chance que j'avais eu d'avoir survécu à ma blessure et je savais que, si je recevais à nouveau une balle dans le corps, mes chances de survie seraient minces.

Une servante m'ouvrit la porte et me fit entrer dans la maison de madame Sophie Gilbert. Dans le grand salon très chic, un groupe de femmes se tenait autour de la baignoire dans laquelle Sophie prenait un bain de lait. C'était bien différent des salons traditionnels dont on m'avait vanté les mérites et où se croisaient toutes sortes de gens : des anglophiles ouverts d'esprit accompagnés de leur femme ou de leur maîtresse, comme des jeunes loups aux dents longues venus parler politique et échanger des idées sur tel ou tel livre ou pièce de théâtre à la mode. Chez madame Sophie Gilbert, il n'y avait pas la moindre perruque d'aristocrate, et surtout, pas un représentant du sexe masculin.

« Voilà notre célébrité, la fameuse Enchanteresse Rouge, s'exclama Sophie et me faisant signe d'approcher. Je vous en prie, Rubie, asseyez-vous et détendez-vous.

Elle me présenta aux autres invitées. Ces femmes ressemblaient, chacune à leur façon, à de gentilles bourgeoises sûres d'elles-mêmes et très érudites. Pourtant, à la manière qu'elles avaient de s'asseoir en équilibre sur le rebord de leur chaise, le dos bien droit, on les sentait mal à l'aise, et je devinais en elles une sorte d'excitation trop bien contenue.

— Ici, vous pouvez dire ce que bon vous semble, tout ce que vous avez sur le cœur, Rubie, reprit-elle en posant une main sur un de ses seins nus qui pointait hors du liquide blanchâtre. Ces lieux sont hors de portée de la censure et des espions. Ces derniers sont si zélés par les temps qui courent qu'ils empoisonnent toutes les réunions publiques, ainsi que les privées d'ailleurs, et même les repas de famille.

Elle leva une jambe hors de l'eau laiteuse et la reposa sur le rebord de la baignoire.

— Nous jouissons d'une atmosphère plus détendue, continua-t-elle. Le corps libre de tout corset à baleines, il nous est plus facile de libérer aussi la parole et le cours à nos pensées, n'est-ce pas, Olympe ?

— Littéralement et métaphoriquement, répondit la femme que venait d'être ainsi interpellée.

Elle s'avança vers la baignoire, pinça la joue rose de Sophie puis, gracieusement, s'approcha de moi et me tendit un verre de vin qu'elle venait de prendre sur un plateau d'argent. Elle retourna s'asseoir sur le sofa et m'invita à venir m'installer à ses côtés.

— D'abord, reprit-elle, je suis heureuse que ces corsets ridicules ne soient plus à la mode. Ils empêchaient les femmes de respirer correctement et déformaient leur buste. C'était d'une telle barbarie !

— Ma sœur a perdu un enfant à cause d'un corset trop serré, renchérit Manon, une femme aux longs cheveux noirs. La sage-femme lui a dit que son enfant avait suffoqué dans son ventre.

— Alors vous pensez qu'il faut suivre les conseils de Rousseau, qui prônait le naturel et la sensibilité ? dit une autre femme assise bien droite. Vous allez laisser vos enfants courir partout pieds-nus et débraillés ?

Son nez crochu et la grande gerbe de plumes qui giclait de son chapeau la faisaient ressembler à un gros oiseau perché sur son fauteuil.

— Rousseau a dit, à juste titre, qu'il était préférable que les enfants portent des vêtements amples pour ne pas perturber leur croissance, répondit Olympe. Il est vrai qu'il a aussi osé dire qu'il fallait donner une éducation aux femmes pour le plaisir des hommes.

Elle leva les yeux au ciel.

— Bien sûr, si l'on interdisait les corsets, on résoudrait, par la même occasion, le problème des derrières trop proéminents, fit remarquer Manon.

Afin de paraître aussi à l'aise que les autres invitées, je joignis mes rires aux leurs. Le vin coulait à flots et nous nous servions de grosses parts de gâteaux très sucrés mis à notre disposition sur une table en verre.

— Assez parlé corsets. Je voudrais en savoir plus sur notre nouvelle amie, cette Enchanteresse Rouge qui a tant de succès, dit Manon en se tournant vers moi.

Je ne pus m'empêcher de rougir et, gênée, je baissai les yeux et regardai mes mains gantées. Même si ces femmes étaient toutes des roturières, et bien que la pommade parfumée à la rose de Jeanne ait été très efficace, il valait mieux, pour le moment du moins, que je cache encore mes mains de paysanne.

— Jamais je n'aurais imaginé que ma pièce puisse jouir d'un tel succès. J'en suis vraiment la première surprise.

— J'ai bien aimé aussi votre seconde pièce, *Nuit Tranquille*, dit la femme-oiseau, l'histoire de jeunes paysans tapis près d'un étang sur les terres d'un comte pour tuer, à coups de bâton, les grenouilles trop bruyantes. Votre description de la vie paysanne est tellement pittoresque et si ingénieuse, mademoiselle Charpentier.

— Merci Madame », répondis-je en hochant la tête.

Je me demandai si mon frère, Grégoire, et tous les autres garçons de Lucie pensaient que c'était « pittoresque » d'avoir à rester dehors dans la nuit, transis de froid, pour tuer les grenouilles qui dérangeaient le sommeil du seigneur et de son entourage. Je bus une gorgée de vin. J'avais depuis longtemps pris la décision d'arborer un grand sourire en toutes circonstances.

Olympe fronça les sourcils en fixant la femme-oiseau qui n'était, apparemment, qu'une lointaine parente de visite à Paris.

« Dans le village d'où mon cousin est originaire, les paysans sont obligés d'accomplir des tâches aussi ridicules pour leur seigneur.

La femme-oiseau pouffa dédaigneusement.

— Bien sûr que non, Olympe, votre cousin vous a raconté des fadaises.

— Vous ne comprenez donc rien ! rétorqua-t-elle. Des pièces de théâtre comme *Les Barreaux de la Liberté* ou *Nuit Tranquille* sont appréciées justement pour leur message critique de notre société. C'est pour cela que les aristocrates sont si choqués, et c'est pour cela que nous applaudissons des deux mains.

La femme-oiseau esquissa une grimace qui déforma tout son visage, devenu aussi rouge que ses joues fardées. Olympe posa une main sur mon avant-bras.

— Il faudra cependant que vous fassiez attention de ne pas dépasser les limites. Certains bruits sont parvenus à mes oreilles, comme quoi vous seriez menacée. Les nobles n'aiment pas qu'on se moque d'eux. Ils pensent qu'eux ont le droit de rire des petites gens, mais que le contraire est interdit.

— Je vous remercie de me prévenir, répondis-je. Sachez néanmoins que je n'ai aucune raison d'avoir peur. Mes pièces ne sont que du divertissement et n'attaquent personne directement.

Sophie éclata de rire.

— Une satire parfaite, n'est-ce pas mes très chères ? Rubie, dites-nous sur quoi vous travaillez en ce moment.

— Ce n'est pour le moment qu'une idée, répondis-je. Un enfant va sur les terres d'un baron et attrape un lapin. Il le rapporte chez lui et le met dans un clapier pour amuser sa sœur mourante. Par la suite, il sera emprisonné.

— Le petit paysan savait pertinemment qu'il est interdit de braconner sur les terres d'un baron, s'offusqua la femme-oiseau. À l'évidence, le bailli ne peut rien faire d'autre que de le jeter en prison.

— Le problème, répondis-je, est que les riches et les pauvres vivent côte à côte comme de parfaits étrangers. Les riches considèrent les pauvres à peine comme des hommes, voire comme des sauvages. Si, par malchance, ils sont écrasés par un carrosse, ils ne valent pas la peine qu'on s'arrête pour eux. De leur côté, les pauvres pensent que les riches sont frivoles, maniérés et cruels.

— Ces conduites sont intolérables et doivent cesser, ajouta Olympe. Tout comme doivent cesser les privilèges injustes de la noblesse et du clergé si nous voulons vivre en harmonie.

— Et pourquoi ne pas aller plus loin, continuai-je. En ce qui concerne l'Église, en réponse à son pouvoir politique et à sa richesse, la raison voudrait qu'on la supprime complètement.

— J'ai hâte de voir cela, s'écria Sophie, qui s'amusait à faire couler un filet d'eau blanchâtre le long de sa jambe tendue. Quelle belle attaque franche et directe contre l'Église !

— Les hommes devraient être libres de choisir selon leur cœur et leur tête, ajoutai-je, sans peur de représailles ni de châtiments.

— Eh bien nous, gens du peuple, commençons, sans aucun doute, à nous faire entendre, dit Olympe. Les émeutes contre les privilèges de la noblesse vont de la Bretagne jusqu'à Pau. Il est primordial que nous ayons un gouvernement plus rationnel et plus efficace.

— Les États généraux vont bientôt se réunir, dit Sophie, en se retournant dans son bain. Les cahiers de doléances de toutes les régions y seront présentés. Ce sera peut-être le moyen de sortir de cette terrible crise politique et financière.

— Les vociférations de quelques villageois illettrés ne seront pas d'une grande influence, rétorqua la femme-oiseau.

— Les doléances du peuple seront entendues, Madame, répliqua Manon. Les avantages injustes dont jouissent la noblesse et le clergé y seront dénoncés. Les suggestions seront étudiées et des solutions seront peut-être trouvées.

— Ce qui me met hors de moi, dit Olympe, c'est de savoir qu'aucune représentante de la gent féminine ne sera envoyée à cette réunion des États généraux. Nous les femmes, qui avons tant à dire en ces temps de révolution générale, et tant d'abus à dénoncer, n'avons même pas le courage d'élever la voix pour faire entendre notre cause.

— Ne soyez pas ridicule, Olympe, rétorqua la femme-oiseau. Votre remarque est à la fois prétentieuse et inconcevable. Les femmes n'ont, que je sache, jamais été admises dans aucune instance royale ou républicaine.

— Vous vous satisfaites de l'expression « La femme doit travailler, obéir et se taire » ? dit-elle en secouant la tête.

— À l'évidence, dis-je à la femme-oiseau, notre époque démontre toute l'absurdité de cet adage après des siècles d'ignorance où les puissants règnent en maîtres et où les faibles sont asservis.

— En plus, nous savons que les femmes peuvent tenir les rênes du pouvoir avec sagesse et talent, ajouta Olympe. Regardez Elizabeth, la reine d'Angleterre, et la Tsarine Catherine II de Russie, et Marie, la reine du Portugal. Pourquoi pas dans notre pays ?

— Pourtant les femmes sont déjà bien impliquées dans la recherche de l'espoir et du bonheur qui anime notre pays, insista la femme-oiseau.

— Peut-être, répondit Manon, mais c'est toujours au nom de leur mari, de leurs frères ou de leurs fils. En réalité, les femmes n'ont jamais voix au chapitre.

— C'est parce que nous ne sommes pas éduquées, ajoutai-je. Il faut que les femmes reçoivent une bonne éducation si elles veulent être crédibles.

— C'est dommage que vous n'ayez pas été présente à notre dernière réunion, Rubie, dit Sophie. Nous avons parlé du livre de l'Anglaise Hester Chapone intitulé *Perfectionnement du Cœur et de l'Esprit ou Lettres d'une Tante à sa Nièce*, dans lequel elle demande que soit développé un programme d'éducation pour les femmes.

— Elle souligne aussi l'importance de considérer les femmes comme des êtres rationnels qui n'ont pas à se complaire dans une sensualité exacerbée, précisa Olympe.

— Puisque votre travail traite de plus en plus du droit des femmes, ajouta Sophie, je suis certaine que ce livre vous plaira. J'ai en tête un autre livre qui, j'en suis sûre, vous plairait tout autant. Nous pouvons d'ailleurs en parler aujourd'hui, si vous le désirez. Il s'agit de *Thoughts on the Education of Daughters*, dont l'auteur est une autre Anglaise du nom de Mary Wollstonecraft.

— Des morceaux choisis sont publiés dans cette revue, précisa la femme-oiseau en montrant l'ouvrage, mais c'est en langue anglaise. Peut-être ne savez-vous pas lire l'anglais, mademoiselle Charpentier ?

— Au contraire ! Mon professeur particulier dit que mon anglais est excellent, répondis-je. Me permettrez-vous d'en faire la lecture pour vous, Mesdames ?

Je pris soin en disant cela d'arborer mon sourire le plus gracieux. La femme-oiseau se pinça les lèvres et gigota sur sa chaise avant de me tendre la revue. Je commençai à lire d'une voix hésitante.

— Il est dit ici que le livre est un code de conduite qui demande aux mères d'enseigner à leurs filles la pensée critique, l'autodiscipline et l'honnêteté, ainsi que de développer chez elles certaines aptitudes manuelles leur permettant, le cas échéant, de subvenir à leurs besoins. Le but d'une telle éducation est de faire d'elles de bonnes épouses et de bonnes mères, car c'est par ce biais-là qu'elles contribueront le plus à la société. Il est précisé aussi qu'une grande partie du livre critique l'éducation que suivent actuellement les femmes et que l'auteur considère très préjudiciable, c'est-à-dire l'apprentissage des bonnes manières, des jeux de société, de la bonne tenue au théâtre, avec l'accent mis sur la mode. Elle préconise aussi d'allaiter ses enfants.

— Oh là là, quelle horreur ! s'exclama la femme-oiseau. Les nourrices servent à cela, non ?

— Cela ne vous gêne-t-il pas que votre mari vous prenne pour un récipient à semences, qu'il vous mette enceinte systématiquement tous les ans ? demanda Olympe. À chaque grossesse, votre corps fatigue un peu plus et vieillit prématurément. Comment se fait-il que même les plus pauvres des pauvres aient compris depuis longtemps que l'allaitement empêche les grossesses et préserve la santé des femmes ?

Un grand frisson parcourut le corps de la femme-oiseau.

— Rien que l'idée qu'un bébé me suce le sein me dégoûte, dit-elle. Mesdames, je vous prie de bien vouloir m'excuser, mais il me faut partir.

Elle se leva de son fauteuil et embrassa notre hôte encore dans son bain. La servante apparut alors et l'escorta jusqu'à la porte d'entrée. Je ne lui prêtai pas plus d'attention. Elle n'était, après tout, qu'une lointaine parente de Sophie. Je ne me souvenais même pas de son nom.

— Des livres comme celui-là servent à définir une éthique essentiellement bourgeoise de la femme, qui va à l'encontre de la vision aristocratique du code de bonne conduite défini par les nobles, reprit Olympe. Mais ils enferment la femme dans un rôle bien défini : on lui demande d'être chaste, pieuse, soumise, gracieuse et polie. C'est tout. À quel moment, je vous le demande, sont prises en compte l'individualité de chaque femme, sa personnalité, ses opinions ?

— C'est tout à fait vrai, répondis-je en finissant ma part de gâteau et mon vin. La femme éduquée, cet être pensant, c'est à elle que nous devons nous adresser.

Sophie sortit du bain. Elle était superbe. Sa peau avait rougi après le brossage énergique qu'elle s'était fait. La sortie du bain était de toute évidence le signal que la réunion touchait à sa fin. Les invitées se levèrent et se firent la bise, tandis que Sophie enfilait un peignoir.

Je restai un peu après le départ des autres femmes.

— Je voudrais vous remercier. J'ai passé un très agréable après-midi, lui dis-je.

— J'espère vous revoir bientôt parmi nous », répondit-elle en me souriant.

D'un hochement de tête, je remerciai la domestique qui m'avait raccompagnée et sortis dans la rue. La nuit commençait à tomber. Il était tard. Le trafic dense et bruyant de fin d'après-midi était redevenu fluide. La capitale s'assoupissait doucement et la rue d'Artois était calme, trop calme peut-être. Il était de notoriété publique que le crépuscule était le moment de la journée le plus dangereux, où les voleurs et les brigands rôdaient dans les rues sombres avant que la garde de Paris ne commence ses rondes.

Je regardai autour de moi. Pas âme qui vive. Seul le bruit de petites gouttes de pluie rompait le silence. J'entraperçus la femme-oiseau avec son chapeau à plume tourner au coin de la rue et disparaître. Que faisait-elle donc là ?

Un carrosse très cossu s'arrêta devant moi. La porte s'ouvrit et un homme vêtu d'un manteau noir en descendit. Son chapeau masquait la moitié de son visage. Je ne l'avais jamais vu. Il s'avança vers moi et instantanément, je sus qu'il me voulait du mal. Je pris peur.

« Je vous ai enfin trouvée, Enchanteresse Rouge !
dit-il d'une voix rauque et cassante.

Il me prit fermement par le bras. La pluie se mit à
tomber drue et froide. Sa main glissa sur ma peau.

— Si nous avions un petit entretien au sujet de vos
pièces de théâtre ? reprit-il. Elles font scandale chez la
noblesse. Nous ne voulons pas de scandale, n'est-ce
pas ?

— Elles ne sont que pur divertissement. Rien
d'autre ! répondis-je.

J'essayai de me dégager, mais il était plus fort que
moi. Je hurlai du plus fort que je pouvais. Il me mit
une main sur la bouche et mes cris restèrent étouffés
dans ma gorge.

— Je suis bien plus fort que vous, Madame. Cela ne
sert à rien de lutter. Économisez vos forces.

Son sourire se figea. Son regard devint méchant. Il
me poussa violemment dans le carrosse.

— Quand j'en aurai fini avec vous, vous aurez
besoin de toutes vos forces pour rester en vie… Dans
le cas, bien sûr, où je vous laisse vivre. »

38

Mon assaillant ordonna au cocher de démarrer et le carrosse s'ébranla aussitôt. Il roulait vite sous la pluie dans les rues étroites de la capitale. Les rideaux étaient tirés mais j'entendais les éclats de voix des passants et des charretiers qui, surpris par l'allure de l'attelage, s'écartaient in extremis et tempêtaient.

« Où m'emmenez-vous ? Que me voulez-vous ?

Je m'agitais dans tous les sens pour me libérer de son emprise.

— Ferme-la, sale putain ! répondit-il.

Il s'étendit de tout son poids sur moi et mit une main sur mon visage. Je ne pouvais plus bouger. Mes joues me brûlaient. Mon visage était rouge et me brûlait sous l'effet de ma fierté blessée autant que des efforts que je produisais pour me dégager. Il prit une corde et attacha mes poignets ensemble. Le souvenir de la Salpêtrière me revint instantanément en mémoire. Les gardiens aussi m'attachaient les mains avant de me mettre sur le tabouret tournant. Comme tous les prisonniers, presque par réflexe, j'insérai un pouce dans la paume de l'autre main.

— Ce n'est que l'acte un, ma petite enchanteresse, reprit-il.

Son visage se tenait tout près du mien et je remarquai ses rides brûlées par le soleil et ses grosses bajoues. Je compris qu'il n'était qu'un simple petit criminel, paré de beaux habits.

— Tu y réfléchiras à deux fois avant de mettre en scène une nouvelle pièce, ajouta-t-il. Et si je coupais ces mains, tu ne pourrais plus écrire du tout ?

Je regardais intensément mon ravisseur. J'avais peine à croire ce qui était en train de m'arriver. J'avais eu vent des menaces sur ma personne, mais quel écrivain n'en avait jamais reçues ? Pas une minute, je ne les avais prises au sérieux.

Ma satire de la noblesse ne pouvait qu'offusquer les nobles et le marquis avant tout. Avait-il fini par savoir qui se cachait sous l'identité de l'Enchanteresse Rouge, et m'avait-il envoyé ce malfrat ? En tout cas, j'avais bien vu la femme-oiseau au coin de la rue d'Artois. Était-elle impliquée dans cette affaire ? Mon cerveau était empreint de doutes et d'inquiétudes.

Les chevaux lancés au galop, mon assaillant et moi étions bringuebalés de tous les côtés dans la voiture. Il était toujours sur moi et il appuyait de tout son poids sur ma vessie qui, pleine, me faisait mal au point d'en avoir les larmes aux yeux. Il ne fallait pas que je pleure ni que je lui montre que j'avais peur.

— Bientôt, il n'y aura plus de nobles dans ce pays ! criai-je.

Les gens dehors ne pouvaient pas m'entendre. Le bruit de la pluie percutant le toit du carrosse était tellement fort qu'il couvrait le son de ma voix.

— Les pauvres meurent de faim, continuai-je. Le peuple de Paris est en pleine rébellion. Les beaux jours de l'aristocratie sont comptés.

L'homme mit la main dans sa poche et en sortit un couteau.

— Je t'ai dit de la fermer, sale putain ! répondit-il.

Il appuya la pointe de la lame sur mon cou. Je pris une grande respiration et me recroquevillai sur moi-même. Un cahot me projeta sur l'un des montants de la voiture. J'étais certaine de pouvoir dégager mes mains en tirant très fort, mais à quoi bon si c'était pour qu'il les attache de nouveau. Il me fallait attendre le bon moment. L'homme esquissa un sourire empreint de suffisance. Il tira sur le haut de ma robe et mit mon épaule droite et un sein à nu. Je restai pétrifiée, incapable de respirer.

— Tu vois, reprit-il, inutile de lutter.

Il dessina un cercle autour de mon téton avec la lame de son couteau, puis il me repoussa au fond de la banquette et passa son genou entre mes cuisses. Je me mis à crier, mais le bruit de la pluie et des chevaux au galop était toujours aussi assourdissant. Une mèche de cheveux se dégagea de sa queue de cheval et tomba sur son visage. Une de ses mains descendit vers sa culotte et sortit sa verge, dure et grosse.

L'image du marquis me revint à l'esprit et mon sang se glaça. Il se serra contre moi. Sa main chercha à soulever ma robe. J'essayai de lui donner des coups de pied mais le tissu de ma robe, pris sous lui, m'en empêcha. Il m'attrapa le pied et le leva. Il glissa sa main le long de ma jambe relevée et retroussa ma robe et mon jupon. Je sentis son sexe prêt à me pénétrer.

De toutes mes forces et sans aucune gêne, je poussai sur ma vessie. Un gros jet d'urine, résultat d'un après-midi entier passé à boire du vin et du thé, aspergea sa main, son sexe et la banquette en cuir. Un sentiment grisant de supériorité m'envahit et je me vidai complètement sur lui.

— Salope ! dit-il en gardant son calme. Tu nettoieras tout cela avec ta langue jusqu'à la dernière goutte. »

Son sang-froid me fit plus peur que ses cris. L'expression de son visage était dure. La rage assombrissait son regard devenu glacial. Je crus bien, à ce moment-là, qu'il allait me tuer. Il ne disait mot. Je tirai de toutes mes forces sur mes poignets attachés derrière mon dos. Doucement, sans bruit, je dégageai mes mains. Alors qu'il s'écartait de moi pour maintenir sa main dégoulinante d'urine le plus loin possible de son corps, je lui donnai un bon coup de genou dans les parties génitales. L'homme gémit de douleur, vacilla et tomba sur le plancher. Ma respiration était rapide et saccadée. J'attrapai vite sa canne et lui assénai des coups sur le côté du crâne jusqu'à ce qu'il pousse un grognement étouffé. Un petit filet de sang coula de sa tempe ouverte, descendit sur son œil à moitié fermé, longea sa joue et finit sa course dans sa bouche entrouverte.

Je me calmai en respirant profondément puis restai sans bouger à le regarder. Après une longue minute, je posai une main tremblante sur son cou et je sentis tout de suite son pouls.

« Cocher, arrêtez le carrosse, je vous prie. Arrêtez-vous. Il y a eu un…, un accident », hurlai-je.

Le cocher ne m'entendait pas, mais mes cris durent effrayer les chevaux car je les entendis hennir. Le conducteur leur répondit aussitôt par des insultes. Je m'assis en équilibre au bord de la banquette, soulevai le rideau et jetai un coup d'œil dehors. Le carrosse arrivait à un carrefour. Je le sentis ralentir pour prendre le virage. J'en profitai pour ouvrir la porte et sauter de la voiture en marche.

Je retombai mal et laissai échapper un petit cri de douleur avant de m'étaler de tout mon long dans une flaque de boue. Je me relevai vite et courus sous la pluie battante. Je n'eus pas à aller bien loin. Sous la lumière d'un lampadaire, un homme d'une vingtaine d'années se dirigeait vers moi à grandes enjambées. Il marchait la tête basse et tenait son parapluie très bas pour mieux protéger son visage de la pluie. Il faillit me percuter.

« Oh, Madame ! Je suis désolé, je ne vous avais pas vue. Êtes-vous blessée ?

— Non, ça va ! répondis-je. Je vais bien.

Nos regards se croisèrent.

— Vous ne semblez pourtant pas aller bien. Vous avez l'air inquiète et votre tenue est, comment dirais-je…, pour le moins débraillée.

— Tout va bien, je vous assure. Je voudrais seulement rentrer chez moi me mettre au sec.

« — Que faites-vous donc, Madame, seule, dehors, par un temps pareil ?

— Eh bien, une roue de mon carrosse s'est cassée et j'ai pensé qu'il serait plus rapide de rentrer chez moi à pied.

— Par sécurité, il serait préférable, avec votre permission bien sûr, que je vous escorte jusque chez vous, ne croyez-vous pas ?

— Je vous remercie, mais je crois que ça ira. En revanche, pouvez-vous me dire, Monsieur, où nous nous trouvons ?

— Nous sommes rue Neuve des Petits Champs, non loin de la place Louis le Grand.

Il me tendit son parapluie.

— Je vous en prie, prenez-le. Il vous protégera de la pluie. »

J'étais rassurée. La place Louis le Grand n'était pas très loin du Faubourg Saint-Honoré. Je pris le parapluie, remerciai ce galant homme et continuai mon chemin. Arrivée sur la place qui avait été inaugurée sous le règne de Louis XIV, je m'arrêtai.

Je subissais le contrecoup de mon aventure : la peur de ce qu'il aurait pu me faire, ma fuite quasi miraculeuse, le malfrat couvert d'urine. Je fus prise de fou rire. Je réalisai aussi que la chance était de mon côté car la pluie rinçait ma robe souillée. Des dizaines d'idées traversaient mon esprit et j'essayais de toutes les adapter à la scène. J'aurais bien aimé pouvoir les mettre sur papier tout de suite afin de ne pas les oublier.

Je levai la tête, fermai les yeux et laissai la pluie froide cingler mes joues. Je tremblais de froid, de fatigue et d'excitation. J'étais en état de choc mais en moi irradiaient la force de vivre et la détermination d'assouvir ma vengeance de la meilleure façon possible pour moi : sur une scène de théâtre.

Je rouvris les yeux et levai la pointe de mon parapluie vers le ciel sans lune. Je portai mon autre main à mon cou et caressai ma peau à l'endroit même où, jadis, se trouvait la figurine d'ange. Ma mère me manquait atrocement. J'aurais tant aimé, durant les longues soirées pluvieuses d'automne, pouvoir me réfugier dans ses bras protecteurs, me réchauffer par sa présence. Je frissonnais dans la nuit, mais au fond de moi je brûlais. Rien ne pouvait plus m'atteindre, ni les malfrats, ni la pluie.

***

Le jour suivant, monsieur Jefferson arriva sur le pas de ma porte.

« Quelle surprise, Monsieur, de vous trouver ici, dis-je. Je ne vous ai plus vu depuis la représentation des *Barreaux de la Liberté* et la fête qui la suivit. Je suppose que vous étiez en colère contre moi pour avoir proféré toutes ces critiques contre la monarchie, n'est-ce pas ?

— Oh non ! Je vous prie d'excuser mon absence mais j'ai été très occupé ces derniers temps, répondit-il. Je suis venu vous dire de ne pas vous inquiéter. Je ne vous en veux pas du tout. Simplement, comprenez que vous m'avez mis dans une situation délicate. Ma position d'ambassadeur me demande un devoir de réserve et de neutralité, surtout en présence de tierces personnes. Le restaurant était bondé de gens du théâtre, il y avait très probablement aussi des espions parmi eux.

J'acquiesçai.

— Je comprends tout à fait votre peur des espions. J'en ai fait moi-même la triste expérience hier dans un salon où l'on m'avait invitée. Une des femmes s'est avérée être une espionne. Elle m'a conduite tout droit à mon ravisseur.

— Ravisseur ? Vous avez été kidnappée ? Êtes-vous blessée ? Que vous a-t-il fait ? demanda-t-il, les yeux écarquillés.

— Ma foi, j'ai eu beaucoup de chance. J'ai réussi à lui échapper, répondis-je d'un ton rassurant. Je suis saine et sauve et j'ai très vite récupéré de mes émotions.

— Mon Dieu ! J'aurais dû m'en douter. Le théâtre et le libertinage sont les deux grandes passions des Français de nos jours. Aucun dramaturge à succès ne peut se croire à l'abri. Des incidents de ce genre sont fréquents. Cela peut vous arriver de nouveau à tout moment. Avez-vous pensé à avoir une protection ?

— Je suis flattée, Monsieur, que ma personne puisse avoir autant de valeur à vos yeux. J'ai pris à ma solde quelques petits voyous qui m'escorteront dorénavant lorsque je sortirai non accompagnée.

— Me voilà bien soulagé d'entendre cela, mademoiselle Charpentier. Je voudrais que les choses soient claires. Continuez d'être franche avec moi en ce qui concerne la royauté française. Moi aussi, je considère que les abus de la cour du roi de France, surtout ceux de Marie-Antoinette, sont à la fois ridicules et scandaleux. Il n'y a rien de surprenant à ce qu'ils soient la cible de tant de calomnies. Tout cela serait inimaginable dans les autres cours d'Europe.

— Inimaginable, en effet. Donnez-vous la peine d'entrer, je vous prie. À moins, bien sûr, que vous ne préfériez le palier.

L'Américain secoua la tête.

— Ce serait avec grand plaisir. Hélas, je suis attendu.

Je ne pus m'empêcher de sourire. Même s'il était toujours aussi charmant et inquiet du bien-être des autres, ce cher ambassadeur restait, comme à l'accoutumée, évasif dans ses propos. Il se pencha, me prit la main et la baisa.

— J'espère donc vous revoir très bientôt, mademoiselle Charpentier. Peut-être auriez-vous l'amabilité de m'accompagner à une autre représentation théâtrale hors de Paris ?

— J'en serais ravie, répondis-je. Je vous remercie pour votre visite. À bientôt. »

Il tourna les talons et repartit vers son carrosse qui l'attendait en bas.

***

Chère madame Wollstonecraft,

J'espère que vous ne prendrez pas cette lettre pour de l'impolitesse ou de l'impertinence. J'ai eu récemment le plaisir de lire votre livre, Thoughts on the Education of Daughters. *Je suis une dramaturge française, connue sous le nom d'Enchanteresse Rouge. En cette période bouillonnante et tumultueuse que nous traversons, votre livre est une source d'inspiration précieuse, autant pour l'écriture de mes pièces que dans ma vie personnelle et l'éducation de ma propre fille, Madeleine.*

Je partage entièrement votre point de vue. Les femmes demeurent trop souvent idiotes et superficielles, alors qu'elles réaliseraient de grandes choses si les hommes ne les privaient pas de leur droit à l'éducation. Il nous faut impérativement les convaincre que nous, les femmes, sommes des êtres humains à part entière, méritant les mêmes droits fondamentaux qu'eux.

Cet automne, j'ai fait la connaissance d'un groupe de femmes qui partagent les mêmes opinions que moi. Nous nous rencontrons régulièrement pour discuter du rôle que la femme éduquée et la mère doivent tenir dans la lutte pour l'effondrement de notre système monarchique si archaïque.

J'ai bien l'intention d'être présente à chaque bataille que nous aurons à mener, Madame, et de me faire entendre. Je serai une voix pour toutes ces femmes qui apporteront les nourritures spirituelles à cette nation en train de naître sous nos yeux.

Très respectueusement.
Mademoiselle Rubie Charpentier

39

L'hiver 1788 et le printemps qui suivit furent d'un calme tout relatif, comme peut l'être une matinée ensoleillée avant l'orage de l'après-midi. Tout le monde attendait l'assemblée des États généraux qui devait se tenir à Versailles et où seraient lus les cahiers de doléances. Le 4 mai, jour de l'ouverture de la réunion, les Parisiens ne parlaient que de cela et de ceux qui les représentaient. Quelques jours plus tard, les premières personnes ayant assisté aux débats rentrèrent à Paris. Aurore, Sophie, Olympe, Manon et moi vînmes gonfler la foule de gens massés au Palais-Royal pour entendre les premiers comptes-rendus.

« Cette assemblée aura changé la donne, dit Aurore en sautillant sur place d'excitation. Jamais plus nous n'aurons à vivre dans ce système injuste et corrompu. Nous ne l'avons que trop longtemps subi.

— Les choses ne sont pas si simples, fit remarquer Olympe. Le chemin est long et périlleux, surtout pour nous, les gens du peuple, et nous n'en sommes qu'au début.

— Quel dommage qu'aucun représentant ne soit une femme, ajouta Sophie.

— Les femmes n'en ont pas le droit, expliqua Manon, dépitée.

— Rousseau disait, ajoutai-je, que "l'homme est né libre et partout il est dans les fers". Moi, je dis que ça devrait plutôt être : "l'homme est né libre et partout la femme est dans les fers".

— Il paraît qu'un des cahiers de doléances a été écrit par une femme, ajouta Olympe. J'aimerais bien la rencontrer pour la serrer dans mes bras et la remercier d'avoir autant de courage.

Le groupe d'hommes fraîchement arrivé de Versailles fit son entrée.

— Que disaient les cahiers ? cria un homme dans la foule.

— Est-ce que les choses vont changer ? lança un deuxième.

— Les trois États ont d'abord réaffirmé leur loyauté et leur amour pour le Roi, commença l'un des rapporteurs, mais ils ont vite déclaré que la monarchie absolue était une chose du passé. Les cahiers de doléances demandent que la noblesse et l'Église soient assujetties à l'impôt, que la justice coûte moins cher, que les lois soient plus humaines et que les condamnations soient moins lourdes et moins sévères.

— Bravo ! cria la foule.

— Ne vous réjouissez pas trop vite ! hurla un homme ressemblant en tous points à un noble. Cela ne présage rien de bon pour la France, croyez-moi.

— Qu'il aille se faire pendre, celui-là ! rétorqua quelqu'un dans l'assistance.

Plusieurs personnes éclatèrent de rire.

— Que l'on pende haut et court tous les nobles du royaume, lança Aurore.

— Modérez vos ardeurs, Aurore, lui dis-je. La colère est mauvaise conseillère et vous pousse à bien des imprudences.

— S'il en est une qui devrait se sentir concernée par l'imprudence, rétorqua Sophie, c'est bien vous, chère Enchanteresse Rouge. Surtout après la tentative d'enlèvement dont vous avez été victime, ne croyez-vous pas ? N'avez-vous donc pas peur que quelqu'un vous réduise pour de bon au silence ?

— Peut-être serait-il bon aussi que vous arrêtiez d'inviter des espions chez vous ? répondis-je. Ne vous inquiétez pas, je ne vous en veux pas. Cette dame était très maligne et nous a toutes bien trompées. En plus, c'était il y a presque huit mois et je n'ai eu aucun ennui depuis.

— L'archevêque d'Aix a parlé au nom du clergé, continua le rapporteur. Il a montré à l'assemblée un quignon de pain moisi pour expliquer ce que les pauvres en étaient réduits à manger de nos jours. Un membre du tiers état, un jeune avocat très éloquent du nom de Robespierre, lui a alors suggéré que le clergé s'allie aux patriotes et que, s'ils voulaient vraiment aider, ses membres abandonnent leur train de vie si luxueux.

— Je connais ce Robespierre, dit un homme dont les cheveux longs ondulaient avec le vent. Je parie qu'on va entendre souvent parler de lui.

— Tous les cahiers reprennent les mêmes doléances, dit un autre membre du groupe. Les impôts, les corvées de réfection des routes, les hôpitaux dans lesquels personne ne peut aller bien que tous payent de lourdes taxes pour y avoir accès, l'obligation de loger les troupes avec leurs chevaux, la police jugée inefficace…

— Mais la plus importante de toutes concerne le droit de chasser, reprit le premier rapporteur. Voir un festin sur pattes gambader dans un champ et savoir que l'attraper implique une condamnation à mort par pendaison, voilà bien là une chose insupportable pour des paysans affamés. Pour peu que le seigneur des lieux passe le plus clair de son temps à la ville ou ne chasse pas, son domaine regorge de gibier. Le peuple demande le droit de pouvoir chasser et la liberté de se protéger contre l'appauvrissement des terres, la grêle, les incendies, les inondations et les loups ; en quelques mots, de pouvoir lutter contre la famine.

— Parle-nous des doléances écrites par une femme, une héroïne, une courageuse, demanda Olympe.

L'homme s'éclaircit la voix pour se laisser un peu de temps de réflexion.

— Oui, il semblerait qu'une dame ait trouvé l'audace de demander qu'une femme représente les femmes aux États généraux.

— Regardez-le, il a l'air aussi choqué que si elle avait demandé à se faire prendre par le roi dans son lit, fit remarquer Manon.

— Franchement, qui demanderait une chose pareille ? répliqua Aurore. Tout le monde sait bien que le roi est un piètre baiseur. »

Dans la foule, toutes les femmes éclatèrent de rire.

✳✳✳

Chère mademoiselle Charpentier,

Je connais votre travail satirique et ce fut un grand plaisir pour moi de lire votre lettre et d'apprendre l'identité de l'Enchanteresse Rouge. J'ai été très touchée par vos compliments sur mon livre et ravie qu'il puisse vous être de quelque inspiration dans la rédaction de vos pièces de théâtre.

Je vous admire pour l'audace que vous montrez d'avoir choisi une carrière d'écrivain. Il s'agit là d'un choix radical que peu de femmes, hélas, font. Rares sont celles qui s'aventurent à vouloir vivre de leur plume, et encore plus à écrire sur nous, notre condition, nos vies. Les hommes considèrent qu'il n'est pas convenable pour une femme d'être écrivain, et qu'en plus, c'est une carrière bien trop hasardeuse pour elle. Tout cela est ridicule, nous devrions avoir le droit de nous exprimer au même titre que les hommes.

Néanmoins, je suis aussi admirative de votre choix d'écrire que je crains pour vous. Vous allez vous faire de nombreux ennemis chez les hommes. Ils n'auront de cesse de vouloir vous réduire au silence. Je parle d'expérience car cela s'est passé de la sorte pour moi. Cependant, je suis sûre que vous êtes persuadée, comme moi, que si nous passons outre leurs menaces et gardons la tête haute et la plume bien taillée, nous pouvons montrer le chemin à suivre aux femmes de demain.

Je présume, chère mademoiselle Charpentier, que les hommes vous ont fait souffrir, vous aussi. L'origine de mon combat se trouve dans mon enfance. J'ai souffert d'un père violent qui, à chaque fois qu'il rentrait ivre à la maison, battait ma mère.

Sur un autre registre, nous, ici en Angleterre, avons été peinés d'apprendre la mort du Dauphin. Il s'agit là d'un terrible drame, surtout après avoir attendu une naissance pendant si longtemps, et je compatis sincèrement à la mort de cet enfant. Néanmoins, je trouve choquant que la mort de sa sœur, Marie-Sophie-Béatrice, rencontre une telle indifférence, tant de la part de la cour que de sa propre famille. La vie d'une femme, sa naissance, sa mort, n'ont-elles donc aucun poids, aucune importance ? Comment se fait-il que deux sexes, pourtant formés dans le même moule, tous deux créés par Dieu, pratiquant la même religion, ne soient pas égaux et que l'un ait tout et l'autre rien ? En tout cas, tout cela n'augure rien de bon, et surtout pas pour Marie-Antoinette.

J'espère de tout cœur que notre correspondance ne s'arrêtera pas à cette lettre et que vous me tiendrez au courant de vos dernières créations artistiques ainsi que des nouveaux développements politiques et sociaux qui surviendront dans votre pays.

Je nourris le projet de me rendre bientôt en France et je serais très honorée de faire votre connaissance.

Très respectueusement.
Mary Wollstonecraft

Alors que je pliais la lettre, je laissai mon esprit vagabonder. Je me souvins des soirées près de la cheminée, à Lucie-sur-Vionne, avec Armand à mes côtés ; plus loin encore, de Papa qui nous avait expliqué, un jour, tous les terribles présages qui entouraient la vie de Marie-Antoinette. J'étais si heureuse, si insouciante à l'époque, tandis que j'écoutais, au coin du feu, ces histoires pourtant prémonitoires de mon regretté père.

40

Le 12 juillet 1789 était une journée si belle, si chaude, si ensoleillée qu'il était impossible d'imaginer que les jours suivants seraient aussi noirs, violents et sanglants. Les jardins et les terrasses des cafés du Palais-Royal étaient noirs de monde. Aurore et moi étions assises à déguster une glace en attendant l'heure de la représentation de la *Lanterne Magique*. Nous étions en plein soleil et nous avions chaud. Le canon de la place sonna midi. C'était un canon surmonté d'une loupe dont le verre était disposé de telle manière que les rayons du soleil, en convergeant sur le haut du canon, allumaient la poudre à midi pile. Les hommes sortirent leurs montres pour les régler. Un inconnu vint s'asseoir à la table à côté de la nôtre.

« L'hiver dernier fut le pire qu'on n'ait jamais eu, dit-il. Ce fut un désastre pour les récoltes. La Seine était gelée. Les gens avaient faim. Il n'y avait plus rien à manger, ni en ville, ni dans les campagnes. Allons-nous rester les bras croisés et laisser notre roi nous affamer jusqu'à la mort ?

Il leva le poing. Les gens crièrent « non » en chœur. Il continua son discours, mais sa phrase suivante fut noyée dans un torrent d'applaudissements. Je me souvenais bien des hivers de mon enfance ; à l'époque aussi, nous avions faim et froid. Pourvu que la famine ait épargné Lucie-sur-Vionne !

— La réunion des États généraux n'a servi à rien, reprit l'orateur.

— Pendons les fermiers généraux et autres collecteurs d'impôts, lança un passant qui s'était arrêté pour écouter. Comment osent-ils imposer une taxe sur la nourriture en ces temps de famine ?

— Le mur des Fermiers généraux agit comme un nœud de pendu autour du cou de notre ville affamée ! dit un client du café.

La discussion était très animée. Pendant ce temps, des pamphlets fraîchement imprimés circulaient de main en main. J'en feuilletai un. Il mettait en avant une redéfinition des droits, une nouvelle conception de la royauté et le besoin pour la France de se doter d'une constitution.

— Combien diable peuvent-ils encore en écrire ? m'exclamai-je. C'est à croire qu'à chaque heure qui passe, il en sort un nouveau.

— On m'a dit qu'il y en a eu quatre-vingt-dix différents rien que la semaine dernière, répondit Aurore. De toute façon, plus il y en a, mieux c'est.

— Il y a quand même quelque chose de bizarre, répondis-je. Les imprimeries tournent à plein régime et sortent les publications les plus révolutionnaires qui soient sans aucune forme de censure venant du roi ou du gouvernement.

Un jeune homme au teint blafard et aux longs cheveux bouclés sauta sur une des tables en face du Café de Foy.

— Je reviens de Versailles, cria-t-il. Le roi a montré son vrai visage de traître en congédiant Necker. C'est le signe d'une Saint-Barthélemy pour les Patriotes.

La foule se tut peu à peu. Tous les yeux se tournaient vers le jeune orateur.

— Qui est donc cet homme ? demanda Aurore.

— Camille Desmoulins, je crois, répondis-je. C'est un avocat, pauvre mais passionné de politique. Il a suivi avec passion la réunion des États généraux.

— Ce soir, continua le jeune homme, les soldats du roi qui entourent actuellement Paris, deux bataillons suisse et allemand, soit vingt-mille hommes, quitteront le Champs-de-Mars et marcheront sur la ville pour nous égorger !

Un cri d'horreur s'éleva du Palais-Royal. Les verres se remplissaient, les esprits s'échauffaient. Le soleil inondait la place qui ressemblait à une plaie béante dans un Paris qui se préparait à saigner.

— Allons-nous laisser ces cavaliers allemands nous saigner comme des cochons ? reprit-il. Nous n'avons qu'une seule ressource : les armes.

Camille Desmoulins cueillit une feuille sur une branche d'arbre qui était à sa portée et l'accrocha à son chapeau.

— Aux armes ! Aux armes ! Portez tous une cocarde verte, couleur de l'espérance, afin que nous nous reconnaissions.

— Aux armes ! scanda la foule, tandis que l'orateur sautait de la table pour se jeter dans les bras de son auditoire.

— Il nous faut des piques, des bâtons ! » cria quelqu'un dans la foule.

Excités, les gens cueillaient des feuilles et hurlaient à en perdre la voix. Aurore cassa une branche d'arbre entière et me la tendit. Un coup de feu se fit entendre, suivi d'un roulement de tambour. Je restai pétrifiée d'inquiétude. Les idées révolutionnaires lancées dans un café paraissaient soudain fades comparées à la dure réalité du combat qui allait commencer.

Le soir même, depuis notre fenêtre, Aurore et moi regardâmes passer les troupes dans la rue. Le bruit des bottes sur les pavés était assourdissant et effrayant. Au loin, le vent chassait l'épaisse fumée noire qui montait des barrières en feu. Je me demandais jusqu'où irait mon patriotisme.

« Tant de violence, dis-je, c'est insoutenable !

— Je pensais que vous aussi, vous vouliez vous battre, me répondit Aurore.

— Bien sûr que je veux me battre, mais cette brutalité bestiale est absurde et me déchire le cœur.

— Je ne vous comprends pas, Rubie. Je pensais que le feu de la révolution brûlait aussi fort dans votre cœur que dans le mien. Nous en parlions depuis des mois. Nous n'attendions que cela. Ça y est, le moment est venu et tout ce que vous voulez, c'est vous cacher dans votre appartement ?

— J'ai envie de me battre, vraiment. C'est seulement que… je ne sais pas.

— Écoutez ! Vous pouvez rester au fond de votre lit si cela vous chante, mais moi, j'y vais. »

Aurore sortit en claquant la porte et alla se fondre dans la foule des manifestants qui remplissait la rue Saint-Honoré.

La nuit tombait vite. Le ciel menaçait et le tonnerre grondait. On entendait des coups de feu venant de tous les coins de la ville, mélangés à des éclats de voix et des bruits de verre brisé. La chaleur ne diminua que lorsque l'orage éclata, à une heure avancée de la nuit. Les éclairs permirent alors de voir les hordes de soldats déchaînés charger les manifestants. J'avais toujours bien aimé les orages, même à Lucie quand j'étais petite. J'aimais le souffle du vent qui chassait l'air étouffant et chaud que l'on respirait des semaines durant. Cet orage-là, en revanche, me faisait peur.

Blottie au fond de mon lit sans pouvoir m'endormir, j'imaginais des scènes d'horreur. Aurore, le ventre ouvert par un coup de baïonnette, était allongée par terre et perdait son sang tandis que, dans sa marche effrénée pour mettre la ville à sac, la foule la piétinait. J'avais beau crier, tempêter, personne ne faisait attention à moi et les gens continuaient de lui marcher dessus jusqu'à ce que, sous mes yeux, mon amie meure.

***

La nuit suivante, Aurore me tira de mon sommeil. Ses yeux noirs brillaient d'excitation. Ses cheveux nus et encore emmêlés tombaient sur ses épaules.

« Allez Rubie, levez-vous ! me dit-elle.

Je sortis de mon lit et me frottai les yeux. La cloche de Notre-Dame sonnait le tocsin à toute volée. C'était la plus grosse et la plus bruyante cloche de Paris. Sa cadence rapide annonçait un désastre, un incendie ou tout autre cas d'urgence grave. Aurore m'en expliqua la raison : l'orage avait duré toute la nuit et le jour suivant. Il avait été d'une violence inouïe ; la pluie et le vent avaient cogné sur les fenêtres et les portes comme jamais on n'avait vu.

— Dépêchez-vous ! Il nous faut trouver des armes, reprit-elle. Il faut prendre de quoi nous défendre.

Elle se coupa une tranche de pain et un morceau de fromage qu'elle ingurgita aussitôt avant de se servir un verre de bière. Des perles de sueur coulaient sur mon front.

— Vous savez que nous partageons le même idéal, Aurore, mais pas dans un bain de sang, c'est trop pour moi.

— Rubie, il s'agit de faire la révolution. Cela implique forcément morts d'homme et destruction.

— Peut-être y a-t-il une meilleure solution ?

Aurore haussa les épaules. Elle me prit par le bras et m'entraîna hors de l'appartement. Toutes les cloches de la ville carillonnaient maintenant et le bruit était assourdissant. Mon cœur battait fort dans ma poitrine.

— Restez près de moi, me conseilla-t-elle.

Elle me prit la main et nous sortîmes dans la rue. Très vite, nous fûmes entraînées par le flot des gens.

Mes cheveux détachés flottaient doucement au rythme de mes pas.

— Ça va ? » me demanda-t-elle.

Je fis oui de la tête et nous continuâmes notre course sur le faubourg Saint-Antoine. Dans la foule se mélangeaient les déshérités, les marchands, les avocats, les taverniers, les cochers, les prostituées, toutes sortes de gens. Excités par la rumeur de révolte et bravant leurs inquiétudes, les Parisiens sortaient nous rejoindre, et plus nous avancions, plus la foule grossissait. À un moment, je crus voir Sophie, Manon et Olympe, mais la foule était trop dense pour pouvoir les rejoindre. Nous marchâmes ainsi jusqu'à l'aube sous le ciel couvert de ce matin du quatorze juillet. Le nombre impressionnant de manifestants me rassurait et mes angoisses s'atténuaient peu à peu.

Vers six heures, la foule en ébullition et en quête d'armes arriva aux Invalides. Les Gardes françaises, qui marchaient avec nous, accédèrent sans encombre à l'arsenal du vieil hôpital militaire et s'emparèrent sans violence de fusils, de lances, d'épées ainsi que d'un petit nombre de canons.

« Il n'y a pas de munitions, cria l'un des gardes. Allons à la Bastille.

— À la Bastille ! scanda la foule. À la Bastille ! »

Dans les yeux d'Aurore se lisait un mélange de ressentiment, de patriotisme et de désir de changement. Excités, les manifestants prirent tout de suite la direction de la rue Saint-Antoine. Leurs cris et leurs hurlements me procuraient une vive émotion. J'étais galvanisée, mais en même temps, j'avais l'estomac noué par la peur. Je décidai de me laisser emporter par le flot comme on se laisse aller sur un carrousel. Le soleil fit son apparition entre les nuages au moment où nous atteignions la vieille forteresse.

« Ouvrez la prison ! crièrent les manifestants, arrêtés devant l'enceinte baignée maintenant par le soleil du matin.

— Enlevez vos canons ! demanda un homme à l'avant du cortège. Et donnez-nous de la poudre.

— Demandez au gouverneur de donner l'ordre de retirer les canons, lança un deuxième.

Deux personnes furent choisies pour représenter la foule en colère et entamer des négociations. Les autres manifestants restèrent dehors et attendirent. Dans le milieu de l'après-midi, comme rien ne se passait, les gens perdirent patience. Ils cassèrent les chaînes du pont-levis, le franchirent et envahirent la cour intérieure laissée sans défense. On entendit des cris venant des toits. Je fus immédiatement prise de panique.

— Attention ! Ils vont nous tirer dessus ! Fuyons ! »

J'attrapai Aurore pour la pousser hors de la forteresse, mais il y avait trop de monde et il nous était impossible de partir. Nous étions prises au piège. La garnison ouvrit le feu. Je fermai les yeux et retins ma respiration. Je m'attendais à tout moment à recevoir une balle qui me mettrait à terre. Autour de nous s'élevaient des cris de terreur et de douleur. Des corps ensanglantés tombaient comme des mouches. Une fumée noire remplissait la cour. Nous n'y voyions plus rien et les yeux nous piquaient. Accroupis, la tête baissée, nous avions du mal à respirer. J'étais agrippée à la robe d'Aurore et je pleurnichais comme un enfant accroché au jupon de sa mère. Ce furent les moments les plus terrifiants de ma vie. J'avais de tout mon cœur et depuis longtemps aspiré au changement, espéré une amélioration dans la vie des petites gens, mais jamais, jamais je n'aurais cru que le prix à payer puisse être aussi élevé, et que tout cela déboucherait sur un tel bain de sang.

Tout fut fini en un instant. Les valeureux gardes français massacrèrent la garnison et le gouverneur de Launay n'eut d'autre choix que de se rendre. La peur déformait son visage livide. Les gens lui crachèrent dessus, lui déchirèrent son bel uniforme gris, le jetèrent par terre et le rouèrent de coups.

Je faillis m'évanouir à la vue d'un homme qui s'approcha de lui un fusil à la main et lui enfonça sa baïonnette dans le ventre. Au moment où il la retira, le gouverneur eut un dernier sursaut, tandis qu'une autre baïonnette venait lui transpercer le corps. Je serrais fort le tissu de la jupe d'Aurore.

Un autre homme lui donna un coup de crosse derrière la tête. Je regardais autour de moi, paniquée, ne sachant que faire. Il était trop tard pour arrêter cette violence gratuite. Le gouverneur était mort depuis un moment déjà. Un troisième homme ajusta son fusil et tira à bout portant sur ce corps tuméfié et sans vie. Un grand gaillard à l'allure patibulaire sortit un couteau, prit la tête par les cheveux, la tira en arrière et approcha la lame de sa gorge pour le décapiter. Je détournai les yeux. La scène était horrible. J'avais envie de vomir.

J'aurais aimé trouver un chemin à travers la foule et fuir cette scène de boucherie, mais il était impossible de sortir de la cour. De plus, je ne suis pas certaine qu'Aurore m'aurait suivie. Elle avait les yeux brillants et le regard comme ensorcelé. Elle était fascinée, galvanisée par ces actes de violence à l'état pur.

La Bastille, symbole de ce régime intolérable, était tombée. La tête du gouverneur fut mise au bout d'une pique. Les gens défilaient derrière ce trophée macabre en hurlant.

Notre révolution venait de recevoir le baptême du sang. Au bord des larmes, trop choquée pour pleurer, j'étais dans un état de stupeur qui m'interdisait tout sentiment. En fait, je ne savais pas si je devais ressentir de la joie, de la peine ou de la fierté. Peut-être les trois à la fois ?

« Nous les avons battus ! Nous avons gagné ! cria Aurore avant de se joindre à la foule.

Les gens dansaient, buvaient, se congratulaient, s'embrassaient. Ils en pleuraient même de joie.

— Oui, nous avons gagné, lui répondis-je. Mais qu'importe ce qui se passera ensuite, les choses ne seront plus jamais pareilles. »

***

De tous les quartiers de la ville, les Parisiens convergeaient vers la forteresse en feu. Une épaisse fumée flottait dans le ciel tel un étendard de victoire.

Des familles entières avec hommes, femmes, enfants et chiens descendaient dans les rues pour venir assister au spectacle. J'observais Aurore du coin de l'œil. Elle chantait, dansait, riait et ne montrait aucune envie de quitter ce lieu pourtant jonché de cadavres. Je m'étais résignée à partir seule et je me dirigeais vers elle pour le lui dire lorsque j'entendis une voix m'appeler.

« Rubie, venez par ici ! »

Je me retournai, cherchant à savoir qui m'appelait ainsi. Mes yeux scrutèrent un moment la foule, mais aucun visage ne m'était familier. À l'exception d'Aurore, je ne connaissais personne. De nouveau, la voix prononça le nom de Rubie.

C'est alors que j'aperçus une petite fille aux longs cheveux bouclés couleur cannelle, habillée d'une robe rouge. Stupéfaite, je portai les mains à ma bouche. Elle était assez loin dans la foule, mais je distinguais bien son visage. Elle était mon portrait craché, quand j'avais dix ans. Il me sembla aussi qu'elle portait un collier, peut-être un pendentif avec une figurine d'ange, tenu par un lacet de cuir.

Je fus prise de vertige. J'avais la gorge sèche. J'allais m'évanouir. Je m'agrippai au bras d'Aurore pour ne pas tomber. La fillette me tourna le dos et disparut dans la foule. J'essayai de la rattraper, me frayant tant bien que mal un chemin entre les gens. Je criai plusieurs fois son nom de toutes mes forces.

« Rubie, attends ! Ne me laisse pas ! Ne m'abandonne pas encore ! » hurlai-je, pleine de désir et d'espoir, mais aussi de peur, la peur de ne pas pouvoir la rattraper. Comme l'eau de la rivière qui s'évapore sous le soleil de l'été, elle s'éloigna de plus en plus de moi, puis disparut.

41

Chère madame Wollstonecraft,

C'est avec un très grand plaisir que j'ai reçu votre lettre. Je suppose que vous êtes déjà au courant de notre premier fait d'armes. Nous, les patriotes, avons pris la Bastille. Bien que ce fut pour moi une épreuve terrible que d'assister à de telles scènes de destruction et de violence, je sais qu'il nous faut continuer le combat et faire entendre la voix des femmes de Paris.

Je puise dans cette lutte l'inspiration pour écrire, et ma détermination de centrer mon travail d'écriture sur le rôle des femmes s'en trouve renforcée. Je suis contente de pouvoir dire que, malgré les récents événements, les pièces de l'Enchanteresse Rouge rencontrent toujours le même succès.

Quant à votre commentaire sur Sophie-Béatrice, sa mort m'a aussi beaucoup attristée. Je crois que, contrairement à la croyance populaire, Marie-Antoinette en a été profondément affectée et a pleuré la mort de sa fille en privé. Si elle a fait beaucoup d'erreurs en tant que reine, elle n'en reste pas moins mère, et c'est une qualité que personne ne peut lui enlever.

Vous me demandez, dans votre lettre, de vous tenir informée de la situation politique. Sachez que notre roi a capitulé. Il porte même maintenant la cocarde tricolore arborant le blanc royal au milieu des couleurs bleu et rouge de Paris. L'Assemblée a rédigé une Déclaration des droits de l'Homme et du Citoyen, qui proclame les libertés de parole et de culte, la résistance à l'oppression, interdit les emprisonnements arbitraires et confère aux accusés la présomption d'innocence et l'égalité devant la loi. La justice est maintenant gratuite, les juges sont nommés selon leur mérite et la charge de juge ne peut plus être achetée. Aucune profession n'est plus interdite aux gens du peuple.

Sur le papier, cela paraît magnifique, mais hélas, les femmes sont les grandes oubliées. Pour ce qui est de l'égalité, elles n'ont toujours pas droit à la parole, travaillent toujours pour un salaire plus de deux fois inférieur à celui des hommes, et n'ont pas le droit de voter. Nous sommes toujours considérées comme des êtres inférieurs.

J'ai pris beaucoup de plaisir à lire votre livre, Mary, A Fiction. *Les opinions bien tranchées de l'héroïne du roman, son indépendance, la capacité qu'elle a de définir pour elle-même sa féminité et sa vie maritale sont en tous points admirables.*

Je souhaite que cette lettre vous trouve en bonne santé.
En attendant d'avoir le plaisir de vous lire.
Respectueusement.
Rubie Charpentier

***

Après la prise de la Bastille, je n'avais plus de raison de craindre le marquis et son épouse, ni aucun noble d'ailleurs. L'ancien régime avait vécu. Les privilèges de la société féodale avaient été abolis. Nous commencions une nouvelle ère de joie et de liberté.

Bien que peu à l'aise devant la porte cochère de la rue du Bac, je ne ressentais aucune appréhension. Je

423

savais le marquis parti loin de Paris. Je jouais avec une mèche de mes faux cheveux en pensant que mon déguisement ne servait plus à grand-chose maintenant. Mais comme j'étais connue sous le nom d'Enchanteresse Rouge, surnom dont j'étais fière, je me dis qu'il serait bien de le garder.

Une servante m'ouvrit la porte. À peine entrée, je remarquai que rien n'était comme avant. Quelques domestiques seulement étaient restés et ils ne portaient pas la livrée. Les armoiries du marquis de Barberon qui, du temps où je travaillais là, se trouvaient un peu partout dans la maison, avaient toutes été effacées. Je ne sentis pas non plus le parfum de fleurs écœurant de la marquise. Dans l'air régnait un silence bizarre, une sorte de vide. En revanche, la cuisine de Claudine était toujours le même havre de paix, aussi resplendissant que dans mes souvenirs. Roux dormait sur son coussin à sa place habituelle.

« Dieu merci, tu es saine et sauve, mon enfant ! dit Claudine en me serrant dans ses bras. Je me suis fait beaucoup de mauvais sang pour Aurore et toi. On m'a rapporté que des centaines de personnes avaient perdu la vie ou avaient été grièvement blessées à la Bastille.

Elle fit partir Roux de la chaise et je pris sa place, tandis qu'elle mettait l'eau à chauffer pour le thé. Dès que je fus assise, Roux sauta sur mes genoux et se coucha en boule. Je le caressai doucement.

— Toujours le meilleur chasseur de souris de Paris ? demandai-je. Ton message disait que le marquis et sa femme étaient partis ?

Claudine acquiesça.

— Oui, ils ont fui dans leur château de famille loin d'ici. Ils ont demandé aux domestiques de les suivre s'ils le désiraient, mais j'ai refusé. Je me voyais mal devoir m'habituer à un nouveau lieu à mon âge. Marie est partie, mais pour elle, c'est différent. Elle est jeune.

Elle vint s'asseoir en face de moi.

— Je sais, reprit-elle. Tout le monde saute de joie et embrasse des étrangers dans la rue. Les jeunes filles portent des couronnes de fleurs orange en hommage à la prise de la Bastille, mais je suis trop vieille pour tout cela, Victoire. Je peux t'appeler de nouveau Victoire, n'est-ce pas ?

— Eh bien… oui ! Mais tu es trop vieille pour faire quoi ?

— La maison va être mise en location, répondit-elle en soupirant. Des gens vont s'y installer, et je n'ai aucune idée de ce que les autres employés de maison et moi allons devenir.

Je lui mis la main sur l'épaule.

— Je ne te laisserai jamais dormir dehors ou mourir de faim. Je n'ai pas oublié tout ce que tu as fait pour la pauvre petite servante de cuisine sans le sou que j'étais.

Roux leva la tête pour que je lui caresse le menton.

— Puisque nous parlons de mourir de faim, continuai-je, je ne sais quoi penser des rumeurs qui disent que, pour tuer nos élans de révolte, le roi et la reine bloquent l'approvisionnement en pain et nous affament volontairement. Les gens parlent d'une armée de femmes qui marcherait sur Versailles.

Claudine versa le thé fumant dans deux tasses.

— J'imagine qu'Aurore et toi serez de la partie, n'est-ce pas ?

— Aurore certainement, répondis-je. Quant à moi, je ne supporte pas la violence. Mes parents en ont trop souffert avec ce système brutal et sans pitié. Je n'arrive pas à me faire à l'idée d'utiliser la force d'une manière si immodérée.

Je bus une gorgée de mon thé.

— Pourtant, continuai-je, mon sang bout dans mes veines et je veux lutter contre ce système, mais pas comme cela. Qu'importe le combat, à mes yeux, la barbarie et la violence sont impardonnables.

— Je te comprends, mon enfant. Tu n'es pas d'une nature violente.

— De toute façon, dis-je, je ne suis pas venue pour parler de cela. J'ai quelque chose d'important à te dire.

Pendant que Claudine buvait son thé à petites gorgées, je lui racontais comment j'avais vu Rubie à la Bastille, et comment j'avais essayé en vain de la rejoindre avant qu'elle ne disparaisse dans la foule.

— Je suis certaine que c'était elle. Elle me ressemblait, elle portait la figurine d'ange en pendentif et elle avait une robe rouge.

Claudine fronça les sourcils.

— Une robe rouge, et alors ?

— Je sais ! Cela ne prouve rien. C'est juste que, dans ma tête, à chaque fois que j'imagine ma fille, elle porte une robe rouge. Son nom aussi correspond. Non, je sais ce que j'ai vu. C'était bien Rubie.

— Ma chère, dit Claudine, il y a tellement d'enfants à Paris, tellement d'orphelins.

— Ils l'ont appelée Rubie. Claudine, crois-moi. C'était ma fille.

Je levai ma tasse de thé pour boire une gorgée, mais je me brûlai les lèvres.

— Aurore et toi deviez être épuisées, répondit mon amie. Vous n'aviez ni dormi, ni mangé. Peut-être était-ce seulement le fruit de ton imagination. L'esprit humain peut jouer de vilains tours parfois.

— Non ! J'avais les idées claires et je sais ce que j'ai vu. Plus tard, je suis allée à l'église devant laquelle j'avais déposé le panier. J'ai parlé au curé. C'est le frère du curé de Lucie, mon village. Il m'a confirmé avoir pris Rubie et l'avoir amenée à l'hôpital des enfants trouvés de la Salpêtrière, comme tous les autres enfants abandonnés. Tu n'imagines pas le choc que cela m'a fait d'apprendre que ma Rubie avait séjourné dans cet horrible endroit.

Mes mains tremblaient et, lorsque je reposai ma tasse, elle cogna plusieurs fois contre la sous-tasse.

— Je ne connais que trop bien la salle de la Salpêtrière où étaient gardés les bébés orphelins. Personne ne s'occupait d'eux. Nombre d'entre eux étaient livrés à eux-mêmes, tout seuls, à attendre la mort.

— As-tu découvert ce qu'il est advenu de Rubie ?

— Tu te doutes bien que je ne peux plus rien trouver à la Salpêtrière, ils ont détruit tous les registres. De plus, même s'ils ont ouvert les cellules et libéré tous les prisonniers après la prise de la Bastille, le souvenir du cachot est encore bien présent et douloureux dans ma mémoire, et je n'ai aucune envie de retourner dans cet enfer où j'ai le malheur d'avoir vécu.

Je baissai la tête et caressai doucement le chat entre les oreilles.

— Ah oui, ton évasion mystérieuse !

J'écartai la remarque d'un simple geste du bras.

— Tu sais, il n'y a rien de très mystérieux dans tout cela. J'ai réussi à m'échapper de l'enfer grâce à une autre détenue avec qui j'avais sympathisé. Elle était riche et a eu la générosité de me laisser de quoi vivre plus que confortablement. C'est pour cela que je peux t'aider, tout comme je peux aider Aurore aussi. J'ai suffisamment d'argent pour nous trois. Voilà ! Maintenant tu sais tout.

Claudine me resservit une tasse de thé.

— Eh bien, je suis rassurée d'apprendre que tu n'es pas une femme entretenue au service des désirs d'un homme.

— Je t'avais dit que je n'avais pas d'amant, Claudine.

— Je pensais que peut-être tu ne voulais pas me l'avouer. Tu fais tellement de secrets pour tout. C'est vrai que je sais tout maintenant, mais toi, tu ne sais toujours rien de ta fille, et j'en suis profondément désolée, mon enfant.

— Je peux néanmoins deviner ce qui s'est très probablement passé. Une nourrice de la Salpêtrière m'a expliqué qu'ils ne gardaient les enfants qu'une semaine. Ensuite, ils les envoyaient chez des nourrices à la campagne.

— J'ai hélas eu le même son de cloche que toi sur le triste sort des enfants trouvés, répondit Claudine. C'est terrible. Il paraît même que peu d'enfants survivent au voyage.

— Oui, mais Rubie a survécu, puisque je l'ai vue ici, à Paris. Et j'entends bien la retrouver. Après tout, ne vivons-nous pas une époque spéciale, empreinte de bonheur et de liberté, où rien n'est impossible ? »

***

Ce matin d'octobre, une tranquillité anormale régnait sur Paris, comme si la prise de la Bastille, vieille de trois mois déjà, n'avait été qu'une petite rébellion et qu'un énorme séisme se préparait à secouer le royaume tout entier, et à tout emporter sur son passage. Je n'avais pas retrouvé la trace de Rubie. J'avais pourtant demandé à tout le monde et les réponses résonnaient continuellement dans ma tête : périe… morte… décédée. J'en arrivais presque à être convaincue de sa mort. Peut-être qu'elle n'avait pas survécu au voyage depuis l'hôpital jusqu'à la nourrice de campagne et, comme l'avait dit Claudine, qu'à cause de la fatigue et de la faim, mon esprit m'avait joué un vilain tour. J'avais tout bonnement imaginé la scène. Voilà tout.

Il faisait encore nuit. Le matin était silencieux et froid. Les échoppes n'étaient pas encore ouvertes. Aurore et moi venions de rejoindre mes amies Sophie, Olympe et Manon dans le cortège de femmes qui marchait sur les pavés mouillés. Un seul tambour leur

429

ouvrait la marche. Même au lever du jour, nous ne vîmes aucun carrosse dans les rues. À part quelques employés qui couraient à leur travail, il n'y avait pas âme qui vive. Les jardiniers, sur leur vieux canasson, se dirigeaient doucement hors de la ville en regardant passer, bouche bée, ce cortège de plusieurs centaines, voire de plusieurs milliers de femmes.

« Ni notre maire, monsieur Jean Sylvain Bailly, ni le général Lafayette ne peuvent nous assurer qu'on aura du pain ! cria Olympe, notre représentante autoproclamée en s'adressant au groupe rassemblé devant l'hôtel de ville. Ils réquisitionnent le pain pour nous affamer et pensent ainsi nous briser. La preuve est ce panneau sur la porte de cette boulangerie où il est écrit « plus de pain ».

Elle montra du doigt la boulangerie sur le côté de la place.

— Qu'on les attache tous en haut des réverbères, cria une femme.

— Puisque, dans notre ville, nos hommes sont incapables de trouver du pain, continua Olympe, les femmes de Paris iront à Versailles en demander.

— Réveillons le boulanger et sa femme et montrons-leur de quel bois on se chauffe, lança une autre femme.

Des applaudissements suivirent ses propos. Des enfants soufflèrent dans leur clairon, d'autres firent sonner leurs clochettes. Un rassemblement de femmes encore plus gros se forma dans les jardins des Tuileries. Notre cortège se remit en mouvement. Nous descendîmes le cours de la Reine en exhibant nos armes de fortune : fourches, bâtons, manches de pioche, épées... Six tambours nous ouvraient maintenant la voie, suivis de deux canons tirés par des femmes. Nous arborions toutes fièrement la cocarde tricolore et tenions en mains des branches feuillues, rappel de ce jour de gloire où nous avions pris la Bastille.

— Allons-nous vraiment tirer au canon sur le château ? demanda Aurore.

— Bien sûr que non, répondis-je en souriant. Nous n'avons même pas de poudre. Mais ces canons sont du plus bel effet, non ?

— C'est quand même dommage, dit-elle. J'aurais bien aimé voir l'Autrichienne exploser en mille morceaux.

Aurore ressemblait au personnage de la lionne enragée des *Barreaux de la Liberté*. Elle donnait constamment des coups de queue et semblait toujours prête à bondir.

— Qu'est-ce que je peux faire pour calmer cette haine qui est en toi ? demandai-je.

— Je me calmerai quand je verrai la tête de la reine rouler dans le panier, répondit Aurore.

Arrivée à la hauteur de la Barrière des Bonshommes, elle allongea le pas pour passer devant moi.

— Aurore ! lui dis-je. Nous devons nous battre pour ce qui nous appartient de droit, mais comme des femmes, c'est-à-dire avec notre tête, et non comme les hommes qui, eux, ne pensent qu'avec leur gros pénis. »

Mes propos déclenchèrent l'hilarité autour de moi. Le cortège continua sa route et maintint l'allure toute la journée malgré la petite pluie fine qui tombait. À la nuit tombée, Sophie sortit de son sac un gros bout de fromage et quelques morceaux de viande froide qu'elle partagea avec les autres femmes. Bien qu'entièrement mouillés, ces aliments étaient les plus délicieux que j'aie jamais mangés. Entourée de mes amies, je me sentis, durant toute la journée de marche sous la pluie, pleine d'énergie et de détermination. Bientôt nous arrivâmes aux abords du château de Versailles et j'eus un mauvais pressentiment.

« Si la calomnie et la méchanceté pouvaient tuer, dis-je, cet endroit baignerait dans une mare de sang et nous en aurions jusqu'aux genoux.

— Et c'est sans compter les trahisons et autres tromperies, renchérit Sophie. Celles du roi et de la reine étant les pires de toutes.

Nous étions transies de froid et mouillées jusqu'aux os, mais notre pas ne faiblit pas lorsque nous empruntâmes dans la grande allée qui menait à la cour du château.

— Regardez ! Ils ont fermé les grilles de l'entrée, s'exclama Manon. On a dû les prévenir de notre arrivée.

— Tant mieux ! répliqua Aurore. Qu'elle tremble dans sa robe de chambre cousue d'or, notre reine ! Et qu'elle en salisse ses jupons de peur ! »

Nous éclatâmes toutes de rire, mais d'un rire nerveux, puis nous commençâmes à scander d'un ton monocorde avec les autres contestataires pour nous réchauffer un peu. « Du pain ! Du pain ! Du pain ! »

Une quinzaine de femmes, parmi lesquelles Olympe, furent désignées pour entrer dans le château, demander audience au roi et savoir si les rumeurs concernant de grosses réserves de grains qu'il nous aurait confisquées étaient fondées. Les autres devaient attendre dehors, mais au bout d'un long moment, comme nous n'avions aucune information sur ce qui se passait à l'intérieur, un petit groupe de femmes plus excitées que les autres se détacha du reste du cortège. Armes à la main, essentiellement des bâtons et des couperets, elles franchirent les grilles. Nous les suivîmes dans la cour tandis que le premier rang des révoltées pénétrait dans le château.

« Nous lui arracherons le foie à cette Autrichienne ! cria l'une d'elles.

— Je ferai des lacets avec ses boyaux, lança Aurore.

— Non, n'y allez pas ! C'est trop dangereux ! lui criai-je.

J'essayai de la retenir par la manche, mais elle me repoussa et entra. Rien ne pouvait plus l'arrêter tant sa folle détermination était grande. Des coups de feu retentirent et me firent sursauter. Je posai une main sur mon cœur et priai tout bas pour qu'elle n'ait rien, pour que personne ne soit blessé.

— Ne vous inquiétez pas ! Aurore est une battante, me dit Sophie en s'essuyant le front avec sa main toute crottée.

Sa robe mouillée lui collait à la peau. La Sophie qui était devant moi n'avait plus grand-chose à voir avec celle qui avait reçu ses amies dans un bain de lait. Nous entendîmes encore plusieurs mousquets faire feu. Les premiers rangs du rassemblement reculèrent et des corps ensanglantés furent balancés dans la cour. J'eus un haut-le-cœur. Je m'armai de courage et passai entre les corps sans vie pour vérifier qu'aucune de mes amies ne gisait parmi eux. Manon fit de même.

— Je ne vois ni Aurore, ni Olympe, cria-t-elle. Elles doivent encore être à l'intérieur.

— J'avais tellement espéré que les choses se dérouleraient dans le calme, répondis-je, que nous aurions la chance d'être entendues par le roi en toute sérénité.

— En toute sérénité ? répéta Manon en secouant la tête. Non, Rubie, ces femmes sont trop en colère et elles meurent de faim.

Les manifestantes scandèrent « Le roi ! Le roi ! » pour qu'il se montre. Celui-ci apparut tout sourire au balcon. Il s'adressa à la foule massée en bas dans la cour. Il promit du pain pour tous ses loyaux sujets. De tous côtés montèrent des cris de « Vive le roi ! ».

— C'est absurde, dis-je. Nous acclamons le roi alors que plusieurs des nôtres viennent de perdre la vie. »

« La reine au balcon ! La reine au balcon ! » scanda la foule, et la reine apparut en robe de chambre. Le marquis de Lafayette se tenait à ses côtés. Il était pourtant de notoriété publique qu'elle le détestait, qu'elle le prenait pour un traître révolutionnaire. Cet aristocrate libéral se retrouvait donc dans la position peu enviable de devoir réconcilier la reine avec un groupe de révoltées déterminées.

Marie-Antoinette était verte de peur et son visage poudré crispé de terreur. Quelle ironie ! Durant toute mon enfance, mon rêve avait été de rencontrer une vraie princesse. Aucune petite paysanne ne rêverait d'être cette princesse-là.

« Tirez sur la putain ! Tuez-la ! » cria une femme.

Mousquets et piques furent immédiatement pointés en direction du balcon. Le temps s'arrêta. Le silence se fit. La tension était palpable. Lafayette ne bougeait pas. Il savait bien que son devoir l'obligerait à se mettre devant la reine pour lui servir de bouclier si les émeutiers ouvraient le feu.

Après un long moment, d'un geste théâtral inédit, il se tourna vers la reine, lui prit la main, fit la révérence et termina par un baisemain. « Vive Lafayette ! » cria la foule. Puis, sans autre raison que d'avoir été impressionné par le courage de cette souveraine qui osa affronter une foule haineuse et hostile, tout le monde cria en choeur: « Vive la reine ! ». Rassurée, Marie-Antoinette recula d'un pas. On eut l'impression que le marquis la soutenait. Un garde sortit sur le balcon et la fit vite rentrer.

Ce jour-là, le roi accepta de venir s'installer à Paris avec la famille royale. La plupart des femmes entamèrent péniblement leur long voyage de retour pour informer les Parisiens que le roi avait promis du pain pour tous. Elles chantaient : « *Nous ne manquerons plus de pain, nous ramenons le boulanger, la boulangère, et le petit mitron !*».

« Où sont Aurore et Olympe ? demandai-je. Il faut les trouver, nous ne pouvons pas rentrer sans elles.

— Elles doivent être là, quelque part, répondit Sophie.

— Elles ne peuvent pas être loin, ajouta Manon. Tout s'est passé ici.

— J'espère qu'elles ne sont pas encore à l'intérieur, dis-je paniquée.

Nous partîmes les chercher dans les jardins du château. Les émeutiers partis, les recherches étaient plus faciles. Nous marchions chacune dans une direction différente en criant leur nom. Au loin on entendait les femmes qui partaient pour Paris chanter à tue-tête.

Nous trouvâmes Olympe. Sa robe était entièrement déchirée et couverte de sang. Heureusement, ce n'était pas le sien.

— J'ai perdu les autres de vue dans la cohue devant les appartements de la reine, expliqua-t-elle.

— Il fait nuit et nous sommes toutes éreintées, dit Sophie. Nous devrions dormir ici quelques heures dans un coin de l'étable. Nous avons beaucoup de chemin à faire pour rentrer chez nous.

— D'accord. Et demain, je louerai un carrosse, ajoutai-je. Je n'ai pas la force de refaire à pied toute cette route.

Olympe hocha la tête.

— De plus, nous aurons plus de chance de trouver Aurore de jour ».

J'aurais bien continué les recherches, mais je savais qu'elles avaient entièrement raison. Il était impossible de voir quoi que ce soit dans cette obscurité. En plus, j'avais mal partout. Mon corps entier était courbaturé. Parce que nous avions froid dans nos habits mouillés, nous nous blottîmes les unes contre les autres sur la paille pour chercher le sommeil. Où pouvait-elle être, ma grande amie ? J'espérais qu'elle s'était trouvé un endroit au sec pour la nuit. Sur cette pensée, je sombrai dans un sommeil profond.

∗∗∗

Quand je me réveillai, une étrange quiétude régnait dans les jardins du palais. L'impitoyable violence de la veille au soir avait laissé place à une petite agitation désordonnée de femmes en haillons et de spectres de rois depuis longtemps partis. J'enjambai sans bruit les corps de mes amies encore endormies et sortis de l'étable en quête d'un endroit discret pour faire mes besoins du matin.

Alors que je m'enfonçais dans une allée bordée de buissons épais, je l'aperçus. Aurore était allongée sur le côté contre une large pierre, comme si elle avait roulé jusque-là. Sa robe toute trempée et couverte de boue était enroulée autour de ses longs membres d'acrobate. Ses bras étaient tendus tous les deux du même côté, comme cherchant à toucher des spectateurs prêts à applaudir. Les larmes me montèrent aux yeux. Une grosse mare de sang entourait sa chevelure noire et bouclée, dessinant un halo macabre. Mon sang se figea dans mes veines. Mes jambes cédèrent sous mon poids et je m'affalai à côté

d'elle, les yeux fixés sur son regard sans vie. Je
remontai ma robe sur mon visage et éclatai en
sanglots, hurlant telle une louve qui aurait perdu son
petit.

42

Ma très chère Jeanne,

Comme vous le voyez, je ne m'embarrasse plus de noms de code. Le Cabinet noir n'existe plus. De toute façon, depuis la mort d'Aurore, assassinée par les gardes du palais, je suis trop lasse et trop triste pour me soucier de quoi que ce soit.

Mon impétueuse panthère partie, il n'y a plus de vie dans l'appartement. Il y règne même un silence pesant. La perte d'Aurore, ajoutée à nos combats révolutionnaires et à mon incapacité à retrouver ma fille, a eu raison de moi, et je n'ai plus goût à rien. Je suis toujours, aux yeux des gens, l'Enchanteresse Rouge, mais j'ai l'esprit vide et j'ai beau me mettre à mon écritoire, la page reste désespérément blanche. C'est à peine si je trouve l'énergie pour me nourrir, alors écrire est au-dessus de mes forces. Je me traîne toute la journée. J'ai peur que, de nouveau, la mélancolie me gagne.

Mon grand ami, monsieur Jefferson, est retourné dans les Amériques en septembre et je n'ai plus ni l'envie, ni le courage de voir Sophie et mes autres amies. Je me sens si vieille que, dans ma tête, il me semble avoir quarante-sept ans et non vingt-sept. Il me faut à tout prix combattre ce profond état de tristesse et de solitude. C'est pourquoi j'ai pris la décision de quitter Paris et de rentrer à Lucie. Retrouver mon frère que je n'ai pas vu depuis si longtemps me fera le plus grand bien. Et je verrai

Madeleine aussi. Je sais qu'elle est entre de bonnes mains, mais j'ai tellement hâte de la serrer dans mes bras.

Le bruit court que la reine s'est entendue avec la petite noblesse pour tuer les paysans et affaiblir ainsi le tiers état. Je crains pour mon village. Depuis que les prisons ont été ouvertes et que la liberté a été rendue aux prisonniers, je suis officiellement libre et je n'ai plus à craindre d'être renvoyée à l'asile. D'ailleurs, tous les prisonniers, mendiants, voleurs, meurtriers et autres personnes peu fréquentables de Paris sont descendus dans le sud ; ce qui est pour moi une source de grande inquiétude. Les Parisiens disent que, depuis cet été, tous ces voyous se cachent dans les forêts et profitent de chaque occasion qui leur est donnée pour voler les récoltes, tuer les bêtes et brûler les documents qui donneraient aux paysans le droit à la terre. C'est à croire que le début triomphal de notre révolution a corrompu leur esprit et attisé leur colère au point qu'ils ne pensent plus qu'à piller et voler sans aucune retenue tous ceux qu'ils trouvent sur leur chemin. Dans certains villages, les femmes et les enfants sont mis à l'abri dans les églises et on sonne le tocsin en cas d'attaque. Personnellement, je pense qu'il n'y a rien de pire pour effrayer les gens que de les enfermer dans une église avec les cloches qui sonnent à toute volée au-dessus de leur tête.

La révolution s'étend maintenant à tout le royaume. Ma place n'est plus ici à Paris, chère Jeanne. Je peux retourner dans mon village et continuer là-bas notre combat révolutionnaire.

Je n'ai pas oublié ce traître de Léon Bruyère qui m'a envoyée à la Salpêtrière, mais je ne suis pas obligée d'aller à l'auberge des Anges, ni de lui parler. Pourquoi cet homme m'empêcherait-il de résider dans mon village ? Les biens de l'Église vont bientôt *devenir la propriété de la nation. Il me suffira d'acquérir une petite demeure et de m'y installer.*

Enfin je suis libre de reprendre mon identité ! Je peux vivre au grand jour sous le nom de Victoire Charpentier et respirer à nouveau l'air de Lucie. Il reste que je croule toujours sous le poids de ma tristesse. La joie de retrouver Madeleine et l'assurance que Lucie ne tombe pas sous le joug des brigands me donneront un nouvel élan ; et qui sait, peut-être me remettrai-je à écrire ? Les satires anti-aristocrates ne sont heureusement plus d'actualité, mais je pourrai consacrer mes écrits à la cause des femmes, un sujet toujours aussi cher à mon cœur.

Votre tendre et dévouée amie.

Victoire Charpentier

***

« Je prends la diligence demain, annonçai-je à Claudine. J'ai déjà écrit à Grégoire pour le prévenir de mon retour.

— Ton frère va être très content de te voir après tout ce temps, répondit-elle, et surtout soulagé d'apprendre que sa sœur n'est pas folle à lier.

Elle se leva pour prendre la théière sur le fourneau. J'avais la mine désespérément triste mais j'esquissai quand même un sourire.

— Tu vas me manquer, reprit-elle. Mais je comprends très bien pourquoi tu t'en vas. La recherche vaine pour trouver Rubie et la mort d'Aurore t'ont beaucoup affectée. Tu as le teint livide et les traits tirés. Le retour à Lucie te redonnera la joie de vivre, du moins je te le souhaite.

441

— Oui. Il y a aussi les groupes de pillards qui déciment la campagne. Ce ne sont sûrement que des rumeurs sans fondement ou très amplifiées par nos peurs, mais j'ai besoin d'en être sûre. Toi aussi, tu vas me manquer.

Claudine retourna s'asseoir en face de moi et haussa les épaules.

— Ne t'en fais pas pour moi. Les nouveaux maîtres de la maison, un riche banquier et sa femme, sont gentils. Ils ont été très heureux de nous prendre à leur service, moi et…

Elle respira profondément et caressa Roux qui se frottait contre ses chevilles.

— … et mon nouvel ami, dit-elle en baissant la voix.

— Ton nouvel ami ? repris-je, l'air surpris.

— Eh oui, mon enfant ! Qui aurait cru possible qu'une vieille dame comme moi se trouve un homme pour partager sa vie ? Il était majordome dans une maison un peu plus loin, rue du Bac, chez un noble aujourd'hui décédé. Il a pris le poste de maître d'hôtel ici.

Elle me fit un clin d'œil.

— Toi aussi, Victoire, reprit-elle, tu devrais te trouver quelqu'un qui te fasse oublier ta tristesse. Je sais bien qu'elle te consume de nouveau et t'empêche de vivre.

Elle me servit une grande tasse de thé.

— Je suis contente pour toi, répondis-je en souriant. Tu mérites d'être heureuse dans les bras d'un homme bien.

Je sortis un journal de mon sac, l'ouvris et le posai sur la table.

— Avant de partir, je voudrais te montrer quelque chose.

Je commençai à lire :

— *Au mois d'octobre est sorti des imprimeries le deuxième tome des* Mémoires *de madame Jeanne de Valois de la Motte. Censé justifier les exactions de la comtesse, ce livre est encore plus acerbe et plus haineux que le premier et soulève les foules. L'auteur attaque directement la reine. Certains vont même jusqu'à affirmer que ces écrits seraient à eux seuls responsables du soulèvement du quatorze juillet et de l'horreur qui en suivit, ainsi que de la marche des femmes sur Versailles qui eut lieu en octobre dernier, débouchant sur le massacre des gardes du roi. Voici ce que dit Madame la comtesse…*

Je fis une pause pour boire une gorgée de thé avant de reprendre ma lecture.

— *Depuis mon arrivée à Londres, je n'ai cessé de penser à me justifier. Moi aussi, j'aurais préféré préserver l'honneur de la reine, et j'avais mis sa majesté en garde à plusieurs reprises, l'informant que je tenais en ma possession certaines lettres qui la comprommettaient mais qui, par ailleurs, me disculpaient. En retour, je demandais seulement que me soit restitué ce qui est mien de droit et qui me fut confisqué au profit du trésor royal. Jamais je n'aurais pensé que la justice capitulerait si vite. Mon seul but était de pouvoir m'expliquer publiquement. C'est pour cette même raison que j'ai pris ma plume. Je me suis donnée corps et âme à la rédaction de mes mémoires. Je n'ai eu de repos tant que mes écrits n'étaient pas publiés. Cinq mille copies en français et trois mille en anglais viennent juste de sortir des imprimeries.*

Je refermai le journal.

— Pour ce qui est des mémoires de la comtesse, ajoutai-je, il semble que les lecteurs en redemandent, tant en France qu'en Angleterre.

Claudine but une gorgée de thé. Ses yeux brillants se plissèrent et donnèrent à son visage cette expression malicieuse que je connaissais si bien.

— Ah ! Je commence à comprendre, mon enfant. Cette comtesse n'était-elle pas emprisonnée à la Salpêtrière ? N'est-elle pas une des rares personnes à s'en être échappée avec sa servante ?

— Je t'avais promis de tout te dire lorsqu'il n'y aurait plus de danger », lui dis-je.

Au moment de partir, je posai sur la table de cuisine, sous la théière, une belle somme d'argent. Je lui promis d'écrire, l'embrassai tendrement et sortis.

***

En ce jour de novembre, il faisait froid et humide. Une toute petite pluie fine tombait sans discontinuer. Je montai vite dans la diligence. Cinq minutes plus tard, les sabots des chevaux claquèrent sur les pavés mouillés et le lourd attelage s'ébranla doucement.

Je ne prêtais aucune attention aux autres passagers, préférant regarder défiler par la fenêtre les rues de la capitale. Elles étaient désertes. La révolution avait certes apporté de la joie au peuple, mais Paris n'avait plus la même agitation. Peu de carrosses et moins de charrettes circulaient, la majorité des restaurants et des cafés avaient fermé, partout fleurissaient les panneaux à vendre ou à louer. Peu de gens flânaient dans les rues, et les quelques piétons que l'on voyait encore marchaient vite et ne s'attardaient pas. Les voitures magnifiquement décorées, qui avaient donné tant d'éclats à la ville, transportant des hommes et des femmes si richement habillés qu'on les aurait dit sortis tout droit d'un conte de fées, avaient à jamais disparu. Paris était lugubre. Avec son allure martiale, la garde nationale qui patrouillait dès le lever du jour pour protéger les habitants des voleurs accentuait ce sentiment de tristesse.

La diligence arriva au Palais-Royal. Peut-être à cause de l'absence du duc d'Orléans qui s'était réfugié à Londres avec sa suite, peut-être aussi parce que le commerce avait périclité, le lieu semblait à l'abandon. Les rideaux des échoppes étaient tous tirés, les grandes grilles étaient fermées, seule la petite porte sur le côté de la place permettait encore d'accéder aux jardins et aux arcades. L'endroit n'était plus qu'une sorte de chapiteau de cirque vide longtemps après la fin du spectacle. Très vite, nous franchîmes les limites de la ville. Alors que je regardais Paris s'éloigner, j'eus le sentiment étrange que jamais je n'y retournerais.

Une ligne d'arbres bordait maintenant la route. À travers leurs branches, on distinguait à perte de vue des champs nus gardés par des épouvantails. Je me sentais aussi triste que ce paysage automnal qui défilait sous mes yeux. Un rapace, perché sur une haute branche, scrutait patiemment les alentours. Je le vis prendre son envol, planer un instant dans la bruine avant de plonger vers sa proie. La nature, toujours aussi majestueuse, nous offrait son spectacle immuable. Je risquai un regard furtif dans la cabine. À côté de moi, un homme au ventre proéminent et au regard lubrique en profita pour entamer la conversation. Il se pencha vers moi et je sentis instantanément son odeur fétide.

« Allez-vous jusqu'à Lyon, Madame ? demanda-t-il.

Je me redressai vite et hochai la tête. Tel était le prix à payer pour voyager sans l'escorte d'un homme. La femme assise en face de moi avait plus de chance car elle était accompagnée de son mari.

— J'espère que nous n'allons pas être attaqués et dévalisés, continua-t-il. J'ai entendu beaucoup d'histoires de bandits de grands chemins qui volent les passagers et violent leur femme.

La diligence arriva au pied d'une colline. Elle ralentit puis s'arrêta. Le gros homme remit correctement sa veste noire alors qu'un à un, les passagers descendaient de la cabine. Il fallait alléger l'attelage pour soulager les chevaux pendant la montée.

— Pour la protéger des bandits, Madame me permettrait-elle de marcher à ses côtés ? demanda-t-il.

Ses dents de devant étaient si proéminentes qu'elles lui donnaient un air comique. Son visage faisait penser à la tête d'un petit cochon. Néanmoins, l'offre était tentante, considérant tous les diamants cachés dans l'ourlet de ma robe.

— Je vous remercie, Monsieur, mais ce ne sera pas la peine », répondis-je d'un ton assuré.

Durant tout le voyage, chaque fois que nous nous arrêtions pour la nuit, je faisais bien attention de ne pas traîner dans les salles communes. Je demandais que mon repas me soit monté dans ma chambre. J'avais pleinement conscience aussi qu'espions, voleurs et bandits pouvaient se cacher parmi les passagers et prendre les apparences les plus trompeuses.

Lucie-sur-Vionne

Novembre 1789 – Juillet 1794

43

La diligence arrivait à Lucie-sur-Vionne. La ville de Lyon se dessinait dans le lointain avec, derrière, le Mont-Blanc facilement reconnaissable à son chapeau de neige éternelle. Je ne tenais plus en place. J'avais hâte d'arriver mais je ne voulais rien laisser transparaître. Les muscles de mon cou et de mon dos me faisaient mal tant ils étaient contractés.

Une fois arrivée à destination, je sortis de la voiture et regardai autour de moi. La lumière automnale donnait aux monts du Lyonnais une couleur verte très particulière tirant sur le violet. La place de l'église ronronnait comme dans mes souvenirs. On entendait les coups de marteau du forgeron et du sabotier, les aboiements des chiens, les caquetages des canards et les conversations des villageois autour de la fontaine. De la boulangerie montait une odeur familière et rassurante de pain chaud et de farine. À part la statue du roi Louis XV qui avait disparu, rien n'avait changé ; aucun signe apparent de pillages ou d'incendies.

J'avais mes beaux habits de citadine et je fus choquée de voir combien la misère des lieux était flagrante. Les gens portaient des habits grossiers coupés dans de la grosse toile teintée à l'écorce de bois et des sandales ou des sabots, quand ce n'était pas une simple corde entourée autour de leurs pieds. À Paris, tout le monde portait les habits dont les riches ne voulaient plus. La pauvreté se voyait moins.

La place était toujours la même et pourtant elle me paraissait différente. Je m'attardai longuement devant l'église Saint-Antoine. Qu'était donc devenu le père Geoffroy maintenant que le clergé n'était plus propriétaire des biens ? Pauvre curé ! Il avait été si gentil avec moi.

Au-delà des maisons s'étalaient à perte de vue les champs, les bois et les monts. Il flottait une odeur d'automne, un mélange de feuilles en décomposition et de terre humide. Le fond de l'air était très froid, signe avant-coureur de l'arrivée de la neige. Je m'étais bien habituée à la ville et je ne m'étais jamais rendu compte à quel point tous ces petits détails de la vie à Lucie m'avaient manqué.

Je compris aussi à ce moment-là que je n'étais plus cette jeune paysanne naïve et que mon retour chez les pauvres et simples villageois n'allait pas être si simple. Comment allaient-ils paraître à mes yeux ? Et eux, me regarderaient-ils d'un air soupçonneux ? Auraient-ils peur de moi, la folle revenue de l'asile ? J'avais hâte de le découvrir, alors je quittai la place à grands pas et pris le chemin qui montait à la chaumière de Grégoire et de Madeleine.

En montant la colline, je vis devant moi, sur le chemin, une femme qui traînait doucement les pieds. Elle avait un panier dans une main et portait un petit enfant avec l'autre bras. Je reconnus tout de suite Noémie, la miséreuse à qui j'avais prêté des outils pour construire sa cabane dans les bois. Je me souvins que, quand j'étais enfant, elle me faisait penser à la sorcière qui m'effrayait.

« Noémie ! appelai-je en allongeant encore plus le pas pour arriver à sa hauteur.

Elle se retourna tout de suite et je remarquai que, même si elle était toujours aussi maigre, elle avait pris des couleurs et perdu l'air misérable et débraillé que je lui connaissais.

— Madame Victoire ? Vous voilà revenue au pays ?

Son regard s'attarda sur mon visage poudré puis descendit sur mes habits et enfin mes escarpins brodés.

— Je suis ravie de vous voir aussi belle et élégante, continua-t-elle.

— Vous aussi paraissez en pleine forme, répondis-je. La chance semble vous avoir enfin souri et je m'en réjouis.

— Mes fils et mon mari ne sont plus de simples journaliers. Ils ont trouvé du travail la saison dernière. Nous avons pu construire une vraie maison en dur au bord de la rivière, non loin de celle de votre frère.

— C'est justement là-bas que je vais, dis-je en passant mon bras sous le sien. Faisons le chemin ensemble, voulez-vous ? Je suis si pressée de voir mon frère et sa famille, ainsi que ma petite Madeleine. Elle a dû bien grandir.

Nous prîmes le chemin des bois qui contournait l'auberge des Anges par la rivière. Avant d'entrer dans la forêt, je fermai bien mon manteau pour mieux lutter contre le brouillard froid et humide. Nous marchions maintenant sur un épais tapis de feuilles mortes. À plusieurs reprises, il nous fallut baisser la tête pour passer sous les branches d'arbres couvertes de lierre. J'avais mis ma capuche autant pour me protéger du froid que pour éviter d'être reconnue. La descente abrupte vers la rivière arriva vite. Je détournai les yeux, mais je ne pus m'empêcher de voir la Vionne qui s'écoulait rapidement, formant d'énormes tourbillons aux endroits profonds. J'aperçus alors deux petites têtes qui flottaient à la surface, puis plus rien. Tout disparut autour de moi. Le silence se fit. Seuls les pleurs de l'enfant de Noémie s'entendaient encore.

— Il a faim, dit-elle. Je dois m'arrêter pour le nourrir.

Nous nous assîmes sur une grosse pierre en bordure du chemin. Noémie déboutonna le haut de sa robe et mit son enfant au sein. Celui-ci ne se fit pas prier et téta goulûment.

—Je suis heureuse de vous savoir de retour, dit-elle. J'ai bien essayé de leur dire que vous n'aviez pas noyé vos enfants, que vous êtes une personne bonne et aimante, mais ils n'ont rien voulu entendre. Qui se soucie de ce que dit une mendiante en haillons qui ne peut être que folle, elle aussi ?

— Vous leur avez dit ? répétai-je dans un total désarroi. Comment le saviez-vous ? Pourquoi ont-ils cru que, dans un accès de folie diabolique, j'avais perdu la raison et que je les avais tués ?

— Je le sais parce que j'ai vu ce qui est arrivé, répondit-elle en mettant son bébé à son autre sein.

Croyez-moi, j'ai bien essayé de leur dire, mais personne...

— Qu'avez-vous vu, Noémie ?

— Vous deviez être endormie, répondit-elle. Je venais vers vous lorsque votre petite fille a trébuché et est tombée dans la rivière. J'étais encore trop loin pour venir à son secours. J'ai vu son frère prendre le même chemin. Il était petit mais il a dû sentir que sa sœur était en danger et il a voulu l'aider. Vous avez fait tout ce que vous pouviez mais le courant était trop fort et les a emportés avant que vous ne puissiez les attraper. C'est une terrible tragédie, mais c'était bien un accident.

Ses mots m'allaient droit au cœur. Sous le choc, je restai silencieuse, sans bouger. Après un long moment, je lui demandai :

— Pourquoi est-ce que je ne me souviens de rien ?

Noémie secoua la tête et me regarda avec ses grands yeux noisette empreints de pitié.

— Il se peut que votre esprit ne puisse supporter un souvenir aussi douloureux.

J'essayai de me lever, mais en vain. Mes jambes tremblaient et je n'avais plus d'énergie. Je fourrai mes mains froides et moites sous mon manteau.

— Merci, lui répondis-je. Merci de m'avoir dit la vérité.

— Je n'ai pas cessé de leur dire qu'ils faisaient erreur, que vous n'étiez pas possédée par le démon, mais personne ne prêtait attention à moi, la sorcière folle qui habite au fond des bois. Après que vous... Enfin, après votre départ, votre frère et Léon Bruyère ont dressé une croix en souvenir des deux petits, en bas du vallon, juste au-dessus de la rivière.

Il fallait que je bouge, que j'aille voir cette croix, mais je restais assise. J'avais de plus en plus de mal à respirer. Après un long moment, je réussis enfin à me lever.

— Il faut que je me dépêche, dis-je en faisant tout mon possible pour garder une voix normale. Je ne veux pas faire attendre Grégoire.

— Prenez bien soin de vous, madame Victoire. Il faudra venir prendre une tisane chez moi un jour. Je vous montrerai ma nouvelle maison.

— Entendu, ce sera avec grand plaisir », répondis-je.

Titubant comme un ivrogne, je quittai Noémie et son bébé et suivis le sentier serpentant jusqu'à la Vionne qui avait volé mes enfants. Dans ma tête, le cheminement de mes pensées était tout aussi sinueux. Mon pouls s'accéléra à la vue de la croix de pierre qui se dessinait en contrebas. Le pied peu assuré, je quittai le chemin et foulai le sol détrempé en direction du petit mémorial. Les noms de Gustave et Blandine, joliment gravés, dessinaient un cœur. Je suivis chaque lettre avec le doigt.

Blandine
Gustave
1785

Certes, c'était un accident, mais ils étaient mes enfants. Ils étaient sous ma responsabilité. Je me sentais aussi coupable que si je leur avais moi-même mis la tête sous l'eau. Comment avais-je pu les laisser se noyer ? Comment avais-je pu faire une chose aussi atroce ? J'avais chaud et en même temps je grelottais. Soudain, l'obscurité m'envahit et m'écrasa de tout son poids. Je m'affalai sur le sol humide en suffoquant. Mes doigts s'agrippaient désespérément à la croix. Je me relevai tant bien que mal et pris le terrible chemin que je ne connaissais que trop bien. Haletante, je passai entre les saules pleureurs et atteignis le bord de l'eau à l'endroit fatidique. Je me laissai tomber sur un gros rocher froid.

« Juste quelques minutes pour me reposer et reprendre mes esprits », pensai-je.

Le vent venu des monts du Lyonnais redoubla d'intensité et souffla son air glacial sur mon visage fatigué. L'odeur automnale de pourriture arrivait par bouffées écœurantes. Recouvert de mousse, d'herbe et d'arbres, le vallon vert et marron se rapprocha de moi et m'encercla méchamment. Un corbeau décrivit une folle spirale dans le ciel. L'eau de la rivière prit une couleur gris clair et se mit à scintiller. Plus je restais là sur le rocher, plus le murmure de l'eau bouillonnante devenait fort. La Vionne m'appelait.

***

Blandine se débattait tel un papillon pris dans un filet. Ses yeux grands ouverts étaient marqués d'une peur instinctive. Elle me tendit la main, essaya d'attraper ma jupe et mon bras tendu. Nos doigts se frôlèrent. Nous étions si proches. Mais le courant redoubla de force et l'emporta hors d'atteinte. Ma main se referma dans le vide. Le visage de Blandine prit la couleur d'un ciel d'hiver. Ses yeux sortirent de leurs orbites. Sa robe blanche se mit à tournoyer autour d'elle. Gustave hurlait si fort que ses cris pouvaient s'entendre au-delà de la forêt, jusqu'au village. À moins que ce ne fût moi qui criais.

Je me retournai vers mon fils et remontai le courant en pagayant avec les mains. L'eau le poussait vers moi. Hélas, après quelques secondes, sa tête s'enfonça et disparut sous la surface. Je touchai son petit corps du bout des doigts, mais le courant était si fort qu'il me glissa entre les mains. J'étais paniquée. Jamais mon cœur n'avait battu aussi vite. Sa petite tête réapparut à la surface une dernière fois avant de disparaître à jamais. Je restai dans l'eau, impuissante, à regarder la rivière qui venait de me voler mes deux anges chéris.

✳✳✳

Je me levai d'un bond, sans réfléchir. J'avais dépassé le stade de la réflexion consciente, et j'entrai dans l'eau sans une once de peur. Je ne sentais pas l'eau glaciale entre mes jambes. Mes pieds glissaient sur les pierres qui jonchaient le fond. Je marchais droit devant, vers le milieu de la rivière. L'eau était de plus en plus profonde. Poussé par le courant, mon manteau flottait à la surface comme du linge sur un fil par grand vent. La force du courant me tenait prisonnière. Un cri rauque me fit lever les yeux. La lavandière de la nuit, le fantôme de la mère qui avait tué ses enfants, se tenait sous les branches d'un saule. Elle se pencha par-dessus un gros rocher, trempa ses petits linceuls dans l'eau et les frotta.

« Venez m'aider, Victoire ! dit-elle d'une voix venue du fond de la grande capuche noire qui couvrait partiellement son visage lacéré et ensanglanté. Il faut que vous m'aidiez, sinon vous aussi serez couverte du sang de vos enfants ! »

Elle gloussa. Je vis ses gencives édentées et compris qu'elle avait fini par m'attraper. Je ne pouvais plus lui échapper. Je m'étais beaucoup battue dans ma vie et j'avais gagné de nombreuses batailles mais, pour ce combat-là, je me trouvais sans défense, totalement anéantie. La mort était la seule issue possible, le seul moyen de soulager mon esprit et de m'absoudre d'un tel péché. Tant que je serais vivante, il me dévorerait de l'intérieur, me consumerait comme la gangrène. En tuant mon corps, je tuerais aussi le démon qui vivait en moi. Je me sentais étrangement calme. Je marchai doucement au milieu de la rivière, puis je me laissai aller avec le courant. La berge s'éloignait vite. Je n'avais déjà plus pied.

Je dois partir, maintenant !

Ma tête plongea sous l'eau. J'arrivais dans un monde secret et silencieux. Le froid m'enveloppait. Je portai la main à mon cou à la recherche de ma figurine d'ange. Où était-elle ? J'eus une pensée pour toutes les femmes qui l'avaient portée avant moi. Toute l'eau qui me passait sur la tête était le torrent des larmes nées de leurs chagrins et de leurs souffrances. Elles m'invitaient à les rejoindre dans le fond de la rivière, et le courant qui m'entraînait se dirigeait droit vers elles. Je jetai un dernier regard vers le haut, vers la surface. Dans un rayon de lumière blanche, une tache écarlate apparut. Serait-ce la fille en robe rouge et à la longue chevelure rousse ? Ma tête remonta à la surface. Je pris une grande bouffée d'air. La demoiselle en rouge me sourit et me fit un grand signe de la main.

« Rubie ! C'est toi ? »

Je fus prise de panique. Mes gestes devinrent désordonnés. Je luttais de toutes mes forces contre le courant. Peu à peu, je me rapprochais de la rive, mais plus j'avançais, plus la silhouette rouge s'estompait et devenait floue. Au moment où j'allais toucher la berge, elle finit par disparaître. Pourtant son bras était toujours tendu vers moi. Une de mes mains agrippa la rive boueuse tandis que l'autre attrapait du bout des doigts le bras salvateur.

« Accroche-toi ! dit une voix venue de nulle part. Accroche-toi à moi ! Voilà ! Je te tiens, Victoire ! »

Deux grosses mains me prirent sous les bras et me levèrent hors de l'eau glacée. J'écartai les cheveux mouillés collés sur mon visage et la seule chose que je vis avant que tout s'assombrisse fut le regard ténébreux de Léon Bruyère.

44

Une voix douce me tira de mon cauchemar d'eau glacée et de dangereux courants qui attrapent et maintiennent les gens au fond de la rivière. Je m'assis sur le matelas de paille et regardai autour de moi. Je me trouvais dans la chambre que j'avais partagée avec Armand.

« Eh ! Tu es réveillée !

— Léon ? Que … comment suis-je arrivée ici ? Depuis quand suis-je là ?

— Tu ne te souviens donc de rien ?

Il s'assit sur mon lit. Dans mes souvenirs, son odeur était un mélange de terre, de paille et de cheval, et je fus surprise qu'il ne sente rien de tout cela. C'était plutôt une odeur de marais et de linge humide, une odeur de maison jamais aérée.

— Tu es arrivée hier, me répondit-il. J'avais aperçu deux femmes qui marchaient sur le chemin derrière l'auberge. J'ai tout de suite reconnu Noémie. En revanche, je ne savais pas qui était l'autre. Sa démarche m'était familière quoique différente, plus sophistiquée. J'avais bien une idée, mais je ne pouvais pas en être sûr.

Il prit ma main et caressa mes doigts avec son pouce calleux.

— Alors je vous ai suivies jusqu'à la croix de pierre, reprit-il. Quand tu es entrée dans l'eau de la rivière, je me suis dit que je ne pouvais pas te laisser faire cela.

Je me laissai retomber sur l'oreiller.

— C'est dur pour moi de vivre après ce qui leur est arrivé, expliquai-je. Noémie m'a dit que c'était bien un accident, mais quand même… Blandine, Gustave, ils ont dû avoir si peur ! Mon devoir était de les protéger !

J'allongeai mes jambes sur le lit. Mon cœur battait vite. J'étais prise de panique. Léon et sa perfidie me revenaient en mémoire. Voilà que maintenant il me ramenait ici. Je brûlais de savoir pourquoi il m'avait envoyée dans cet horrible asile. Je voulais le regarder droit dans les yeux et lui dire qu'il avait eu atrocement tort. Je voulais qu'il soit rongé de remords et qu'il en tombe malade de honte. La rage me faisait trembler de tous mes membres. Tous ces horribles souvenirs que je croyais enfouis à jamais dans ma mémoire remontaient à la surface.

— Tu vois, lui dis-je en retirant ma main de la sienne, je n'étais pas la folle meurtrière que tu as chassée de Lucie il y a cinq ans, cette folle à lier que tu as cru bon de faire interner dans le pire enfer que Dieu ait fait sur la terre !

Le visage de Léon se durcit. Ses yeux devinrent noirs.

— Je ne savais pas quoi faire. Tu étais si… enfin… tu avais complètement perdu la raison. Tout le monde s'accordait pour dire que, lorsque la mélancolie consume autant quelqu'un, il ne peut qu'être possédé par le démon, et que, lorsqu'une personne est dans cet état-là, il n'y a rien d'autre à faire que de l'enfermer. Il fallait t'interner pour faire sortir de toi la folie démoniaque qui t'habitait.

— Seuls les idiots confondent folie et possession démoniaque, Léon ! Je serais morte là-bas si je ne m'étais pas échappée. La Salpêtrière ne guérit pas les gens. C'est seulement un endroit où on enferme ceux dont on veut oublier l'existence.

Il posa sa main sur mon bras. Je la repoussai violemment.

— Lorsque j'ai réalisé que c'était toi qui m'avais envoyée là-bas, continuai-je, je ne voulais plus retourner à Lucie, et surtout ne plus jamais te revoir.

— Tout le monde disait que dans un moment de folie, tu avais noyé Blandine et Gustave, rétorqua Léon. Le démon de la folie nous fait peur à tous. Personne ne prêtait attention aux vociférations de Noémie, la mendiante. Personne ne savait quoi faire.

Il soupira bruyamment et se passa la main dans les cheveux.

— Je ne suis pas seul à avoir pris cette décision, continua-t-il, mais je t'en supplie, pardonne-moi.

— Pardonner n'est pas si facile, répondis-je. Cela demande du temps et je ne suis pas certaine d'y arriver. Cet asile de fous et tout le reste, c'est du passé maintenant. Tellement de choses ont changé. Le pays a changé. Moi aussi, j'ai changé.

Léon leva un bras décharné.

— Oui ! Rien n'est plus pareil depuis les pillages.

— Les pillages ? Les brigands, ceux que tout le monde craint, sont venus à l'auberge ? m'exclamai-je

— Non, pas ceux-là, répondit Léon. Ces brigands-là n'existent que dans l'imagination des braves gens apeurés. Il s'agissait plutôt de petits voleurs sans envergure, mais le résultat est le même. Tu verras par toi-même quand tu seras assez forte pour te lever. Ils ont tout pris : les récoltes, les animaux, le mobilier et même le peu de nourriture qui se trouvait dans la cuisine. Et comme un orage de grêle a détruit les récoltes de cette année, nous n'avons plus rien. Il est fort probable qu'aucun de nous ne voie le printemps.

— Qui, nous ? demandai-je

— À part moi, il reste Adélaïde et Pauline. Tous les autres sont morts de faim, de maladie ou de je ne sais quoi.

Le visage de Léon se durcit à nouveau. Il fixa par la fenêtre les monts du Lyonnais, mais son regard était vide.

— La ferme m'appartient, c'est vrai, ajouta-t-il, mais je ne suis pas en mesure de subvenir aux besoins de mes sœurs, ni de les protéger comme j'en avais fait la promesse à mon père. Elles sont si faibles qu'elles n'osent plus sortir de la maison.

— Je me sens mieux maintenant, Léon. Je vais me lever et aller voir les dégâts dans la ferme d'Armand, dans notre auberge. »

***

Escortée par Léon, j'entrai dans la cour de l'auberge des Anges. Les bâtiments étaient à l'abandon. Les volets, dont la peinture s'écaillait et manquait par endroits, étaient complètement fermés ou pendaient sur un seul gond dans l'attente de tomber. Les champs étaient en friche et le verger couvert de mauvaises herbes. La cour baignait dans un silence terrifiant. Aucun aboiement de chien, aucun cancan de canard, aucun caquètement de poule. La gorge serrée, je regardais ce sinistre spectacle de désolation.

Malgré la grosse couverture que j'avais mise sur mes épaules, le froid transperçait mes habits et je grelottais. En traînant les pieds, je me dirigeai lentement vers l'étable. Elle était vide ; pas un ballot de paille, pas un sac de grains. Quelques barils éventrés et des fûts vides traînaient en plein milieu près du soc de charrue. Des fourches et d'autres outils, tous aussi rouillés et tordus les uns que les autres, avaient été jetés pêle-mêle sur le sol.

Cette triste vision m'était insoutenable. Les voleurs n'avaient pas seulement pris la nourriture, ils avaient emporté la vie et la grandeur des lieux, tout ce qui faisait l'auberge des Anges. Le choc était trop fort, la scène trop horrible, le silence trop pesant. Des larmes coulèrent le long de mes joues. Le pâle soleil déclinait à l'horizon. Les cloches de l'église Saint-Antoine sonnèrent au loin dans la vallée. Je me tournai en direction de la chaumière de Grégoire.

« Comment va Madeleine ? Je suis impatiente de revoir tout ce petit monde.

— Elle a bien grandi chez son oncle et sa tante, répondit Léon. Tu vas voir, elle est heureuse de vivre. Elle ne semble pas avoir trop souffert de l'absence de sa mère. Ils viennent d'avoir un bébé il y a quelques semaines à peine. Ils sont d'autant plus heureux qu'ils avaient auparavant perdu un enfant à la naissance.

Il baissa la tête.

— Le plus grand regret que j'aie, ajouta-t-il, c'est de ne pas avoir eu d'enfant, et j'en ai beaucoup, des regrets, Victoire !

— Grégoire doit nous attendre », répondis-je sans même lui jeter un regard.

Léon semblait être dans le même état que ces ruines qui avaient été l'auberge des Anges. Je sortis de la cour.

***

Il ne me fallut que quelques jours de la cuisine de Françoise pour me remettre de ma baignade dans l'eau glacée de la rivière. Assise devant la fenêtre avec Madeleine sur les genoux, je me sentais bien. Si elle avait été timide au début parce qu'elle n'avait que de vagues souvenirs de sa mère, elle était maintenant beaucoup plus à l'aise. Je passais le plus clair de mon temps à caresser ses beaux cheveux noirs bouclés et à lui sourire. Elle avait hérité de son père sa joie de vivre et ses manières simples, et elle riait de bon cœur avec ses cousins, Émile et Mathilde, quand Grégoire racontait les histoires de mon père.

« Regarde, Papa, ce bel oiseau, dit Émile en pointant du doigt un rouge-gorge qui lissait ses plumes sur une branche d'arbre.

— Pourquoi a-t-il le ventre rouge ? demanda Madeleine.

— Eh bien, expliqua Grégoire, lorsque Jésus était sur la croix, un oiseau vint retirer la couronne d'épines qui lui rentrait dans la peau et une goutte de sang tomba sur sa poitrine. Celui-ci, c'est le premier rouge-gorge que l'on voit de la saison. Vite ! Faisons un vœu avant qu'il s'en aille.

Ils joignirent leurs mains et fermèrent les yeux quelques secondes. À cet instant, l'oiseau déploya ses ailes comme s'il récoltait les vœux de chacun avant de s'envoler dans la brume automnale. Mon frère prit le bébé dans son berceau et le confia à Françoise pour qu'elle le nourrisse. Puis il montra, d'un signe de tête, l'auberge des Anges qu'on apercevait par la fenêtre.

— C'est bien triste de voir cela ! soupira-t-il. Quand je pense à la bonté d'Armand Bruyère envers notre famille, et envers toi, Victoire... Sans lui et sa générosité, je n'aurais pas pu construire cette chaumière et jamais je n'aurais pu devenir maître-charpentier.

Le bébé tétait bruyamment. Je le regardais en souriant. J'avais été heureuse avec Armand à mes côtés. Je passai ma main sur le bas de ma robe pour tâter les diamants cachés dans l'ourlet.

— Grégoire ! Je pense qu'il est grand temps de lui rendre la pareille. »

Je fermai les yeux pour mieux me souvenir de l'auberge du temps de sa splendeur. Avec sa façade chaleureuse dressée au milieu des bois, elle était toujours prête à accueillir comme des princes les voyageurs guidés par l'odeur succulente de rôti de veau au romarin, de légumes frits et de pommes de terre à la braise mélangée à des relents amers de café. Ils se reposaient avec délectation dans sa grande pièce éclairée par de nombreux chandeliers et chauffée par un bon feu de bois. Dès qu'ils entraient, les clients se voyaient offrir, outre le sourire de bienvenue, un pichet de vin et un lit propre et bien chaud. Ces souvenirs me rendaient nostalgique, mais je me refusais à sombrer dans la mélancolie.

Ma respiration redevint normale et je rouvris les yeux. Je n'étais pas revenue seulement pour Grégoire et Madeleine, mais aussi pour quelque chose qui me tenait tout autant à cœur : l'auberge des Anges.

<h1 style="text-align:center">45</h1>

« Le garde-manger sera de nouveau rempli, dis-je à Pauline et Adélaïde. Nous aurons des draps et des couvertures. Nous pourrons même acheter de nouveaux lits.

— Nous aurons des canards et des poules ? demanda Pauline qui, tout excitée, sautait sur elle-même.

Je hochai la tête.

— Oui, et des chevaux, des cochons, des vaches, des moutons, ajoutai-je en me retournant vers Léon qui arborait un large sourire. Il nous faudra aussi reconstruire l'étable et la grange.

— Mais, Victoire, comment veux-tu… ?

Je lui pris la main.

— J'ai demandé qu'on ne me pose aucune question à ce sujet. Trouver l'argent est mon problème. Allez, mettez-vous au travail. Il nous faut une liste de tout ce dont nous allons avoir besoin.

— Il faut aussi dessiner les plans du nouvel hôtel ! dit Adélaïde dont les yeux brillaient pour la première fois depuis mon arrivée.

— Nous avons besoin de bois, de bougies et de lard pour l'hiver, repris-je. Les travaux commenceront dès le début du printemps.

— Et toi, Victoire, resteras-tu à la ferme, avec moi… avec nous ? demanda Léon dont les joues devenaient cramoisies. Après tout, c'est ta maison, tu es chez toi, ici.

— Notre frère n'a jamais voulu prendre une autre femme, lança Pauline. Il dit que tu es et seras toujours la seule femme de sa vie.

Léon lança un regard furieux à sa sœur.

— Je ne fais pas tout cela pour Léon, dis-je, mais en mémoire de votre père, un homme si bon et si généreux, et en souvenir de tout ce que nous avions quand nous étions ensemble. Maintenant, il est vrai que les choses seront plus faciles si je reste ici… pour superviser les travaux, bien sûr. »

***

Chère madame Wollstonecraft,

Je vous prie de m'excuser de ne pas avoir écrit depuis la lettre que je vous ai envoyée dès mon arrivée à Lucie.

Les travaux de réfection de la ferme et de l'auberge occupent tout mon temps mais me donnent du baume au cœur. Ils me font énormément de bien. La dure épreuve de la mort de ma chère et tendre amie à Versailles m'avait plongée dans un état de mélancolie sensiblement pareil à ce que vous appelez « votre propre ennemi ».

Nous, les femmes contestataires, sommes fières de ce que nous avons fait, et je suis très heureuse de vous dire que, dans le premier numéro des Étrennes Nationales de Dames, Marie de Vuigneras, la courageuse rédactrice du seul cahier de doléances féminin, salue les Parisiennes, leur courage et leur esprit d'initiative qu'elle juge au moins égaux à ceux des hommes. Elle écrit ceci :

« Le 5 octobre dernier, les Parisiennes ont prouvé aux hommes qu'elles étaient pour le moins aussi braves qu'eux, et aussi entreprenantes. L'Histoire et cette grande journée m'ont convaincue de vous présenter une motion très importante pour l'honneur de notre sexe. Séduction des charmes et pouvoir de l'esprit ! Remettons les hommes dans leur chemin, et ne souffrons pas qu'avec leurs systèmes d'égalité et de liberté, avec leur déclaration de droits, ils nous laissent dans l'état d'infériorité – disons vrai, d'esclavage – dans lequel ils nous retiennent depuis si longtemps. »

Et elle ajoute : « S'il se trouvait quelques maris assez aristocrates, dans leur ménage, pour s'opposer au partage des devoirs et des honneurs patriotiques que nous réclamons, nous nous servirions contre eux des armes qu'ils ont employées avec tant de succès.»

Le travail de reconstruction de la ferme commencé il y a trois mois est presque terminé. Nous avons fait appel à de nombreux ouvriers. Le printemps fut très plaisant. Nous étions entourés de cris de joie, de bruits de chantier et de travailleurs qui chantonnaient un air qui vous reste dans la tête pour le restant de la journée :

Ah ! Ça ira ! Ça ira ! Ça ira !
Les aristocrates à la lanterne,
Ah ! Ça ira ! Ça ira ! Ça ira !
Les aristocrates, on les pendra !

L'auberge est magnifique avec ses murs blanchis à la chaux, qui font ressortir le marron des poutres. Nous avons de nombreux clients pour qui je cuisine et prépare des confitures. Nous vendons aussi du fromage, de l'eau de vie et du pain. Je me sens fière et heureuse quand je vois que l'auberge des Anges a retrouvé toute sa grandeur et sa beauté.

Heureusement, la grande peur qui a traversé tout le pays l'année dernière après la prise de la Bastille s'est estompée. À Lucie, malgré tout le sang que la révolution fait couler, la panique a laissé place à un sentiment de relative sécurité.

L'Assemblée a un grand besoin d'argent pour renflouer ses finances. Elle a émis des titres, appelés assignats, représentant les biens de l'Église. Les patriotes qui ont de l'argent liquide peuvent les acheter. Plus tard, lors de la distribution des biens de l'Église, ils pourront échanger ces assignats contre des lopins de terre. Ainsi vais-je pouvoir acquérir une jolie propriété ayant appartenu à un évêque et dans laquelle j'envisage de loger une troupe de théâtre cet été. Mon enthousiasme est tel que j'ai même renoué avec l'écriture. Ma nouvelle pièce s'intéresse à la santé mentale d'une femme ; un sujet qui, comme vous l'imaginez certainement, me tient beaucoup à cœur.

J'espère que vous nous ferez le plaisir et la grâce de votre visite lorsque vous vous déciderez à franchir la Manche. Comme vous l'avez probablement remarqué, j'ai pris la liberté de réutiliser mon vrai nom.

Avec toute mon amitié.
Victoire Charpentier

Derrière moi, j'entendis des pas qui approchaient. Après six mois à travailler quotidiennement, à jouir d'un régime alimentaire conséquent et à passer de bonnes nuits de sommeil, Léon avait récupéré ses muscles et son teint buriné. Bien avant qu'il ne mette ses mains sur mes épaules, je savais que c'était lui à son odeur caractéristique de terre humide.

« Tu écris tellement bien, Victoire, dit-il. Et tu connais tellement de choses.

— J'ai lu quelques livres, répondis-je. Ou plutôt beaucoup de livres, devrais-je dire. Il faut reconnaître aussi que les Parisiens sont bien différents des gens d'ici. Ils ont une telle soif de savoir, discutent de tout et pas uniquement des animaux de la ferme, des récoltes et des derniers ragots. Ils se passionnent pour la vie au-delà de notre petit monde étriqué.

— Oui, tu parles bien maintenant, plus du tout comme les habitants de Lucie, renchérit-il en esquissant un petit sourire ironique. Une telle transformation est à n'y rien comprendre, surtout pour ceux qui s'imaginent encore que tu étais restée enfermée à l'asile.

— Oh, je sais ! J'ai bien vu leur air soupçonneux. Ils ne se sont même pas donné la peine de cacher leur surprise ni leur méfiance à mon égard.

— Il ne faut pas leur en vouloir, dit-il. L'important, c'est qu'ils aient fini par t'accepter comme tu es.

— Peut-être, mais il leur a fallu six mois. J'ai dû à maintes reprises leur montrer que je n'étais plus folle et que j'étais capable de remettre la ferme en état.

Léon passa une main sous mon menton et me souleva doucement la tête.

— Je serai éternellement reconnaissant de tout ce que tu fais pour nous. À moi aussi, un jour, il faudra que tu pardonnes. Il se fait tard, il est temps d'aller au lit.

Ses yeux marron brillèrent et m'invitèrent à le suivre. Je secouai doucement la tête pour lui faire comprendre gentiment que je déclinais son invitation.

Il relâcha mon menton et se passa la main sur le front.

— J'espérais que, peut-être, nous…

Il s'arrêta et regarda par la fenêtre. Il faisait nuit depuis un moment déjà. Il reprit :

— Je pensais que maintenant que les grands froids sont passés, nous pourrions faire un tour à la rivière, revoir notre endroit préféré. Tu t'en souviens, n'est-ce pas ?

— Bien sûr que je m'en souviens.

— Nous pourrions nous baigner et pêcher des truites à la main. Plus rien ne nous l'interdit maintenant.

— Comme si les interdits nous avaient gênés dans le passé, répliquai-je. Tu sais, il y a tant de souvenirs douloureux attachés à la Vionne.

— Je serai avec toi. Tu verras. Tout ira bien si je suis à tes côtés.

— Un jour peut-être, mais pas tout de suite. Cet endroit me fait peur. Je ne me vois pas y retourner après…

Léon m'interrompit avec un gros soupir.

— Ce n'est pas la rivière, c'est moi, hein ? Tu ne veux pas y aller avec moi. Je suis sûr que tu ne me pardonneras jamais, même sur ton lit de mort.

Je lui pris les mains et le fixai droit dans les yeux.

— Comprends-moi. Ce n'est pas facile pour moi de pardonner, lui dis-je. De toute façon, depuis que je suis rentrée au pays, je travaille à l'écriture d'une pièce de théâtre que je voudrais finir avant l'été. J'ai décidé d'écrire sur ma propre vie. Je ne sais pas si beaucoup de gens seront suffisamment intéressés pour vouloir me lire, mais il est plus facile pour moi d'écrire que de parler. Cela me ferait le plus grand bien si je pouvais… si je pouvais sortir tout ce que j'ai enfoui en moi : les jumeaux, l'asile, l'épisode de la rivière.

— J'apprendrai à lire rien que pour pouvoir connaître ton histoire, répondit-il. Naturellement, je connais déjà la première partie, mais je ne sais rien ou presque de ta vie après ton départ, de ton séjour à l'asile, de Paris. C'est comme si je te connaissais à peine.

Je lui lâchai les mains.

— Si j'étais restée à Lucie, si je n'étais jamais allée à l'asile, je n'aurais pas eu l'envie d'écrire, je n'aurais pas appris à parler l'anglais, ni même le bon français, je n'aurais pas pu parfaire mon éducation au Palais-Royal ou dans les salons parisiens, et je n'aurais certainement pas pris la Bastille.

Du bout des doigts, je caressai la joue de Léon et sa peau si joliment burinée.

— Tu vois, continuai-je, ce sont les hasards de la vie, mais il me semble que plutôt que te pardonner, je devrais te remercier. »

46

Cela faisait maintenant deux ans que j'étais revenue à Lucie et je ne me sentais toujours pas complètement à l'aise. Assise sur le lit que j'avais jadis partagé avec Armand, je regardais par la fenêtre, pensive, le mont Blanc dont la cime enneigée avait pris comme chaque automne une couleur orangée. Tant d'eau était passée sous les ponts depuis le temps où j'étais folle amoureuse de Léon. Quelle ironie ! Notre amour aurait pu être si fort, si beau, si le terreau sur lequel il avait poussé ne s'était asséché, si ses profondes racines n'avaient pourri sous nos pas. J'eus aussi une pensée pour Jeanne qui continuait d'empoisonner la vie de la reine avec ses écrits.

Le jour se levait et le ciel devenait blanc. J'entendais Madeleine, Pauline et Adélaïde rire aux éclats dans la cuisine. La maisonnée se réveillait doucement. Les vaches meuglaient dans l'étable avant la traite, le cochon s'agitait et les chiens aboyaient dans la cour. Un début de journée typique. Je sortis du lit, me passai de l'eau sur le visage et brossai mes cheveux avant de les remonter sous mon bonnet.

Je me fis du café et mangeai un morceau de fromage avec du pain avant de m'asseoir à mon bureau. Dehors, les oiseaux chantaient et, devant ma fenêtre, de nombreux papillons voletaient. Je trempai ma plume dans l'encrier et commençai à écrire le dernier chapitre de mes mémoires. J'essayais de me souvenir de chaque événement, de chaque personne qui m'avait façonnée comme on modèle l'argile et avait fait de moi celle que j'étais maintenant. Dès que je finissais une page, je soufflais sur la feuille pour en sécher l'encre, puis la posais à côté sur la pile.

« Une lettre pour toi », me dit Léon.

Je rangeai les feuilles manuscrites dans le coffret de bois que Grégoire avait fabriqué spécialement à cet effet et je pris la lettre. Je reconnus tout de suite l'écriture de Claudine. J'esquissai un sourire de joie qui disparut vite à la lecture.

Ma chère Victoire,

Il y a des mois que je n'ai pas écrit. J'espère que tu es en bonne santé. Tout Paris ne parle que de l'article du journal anglais The Chronicle *rapportant une information qui, j'en suis persuadée, t'intéressera au plus haut point. Le 23 août de cette année, an de grâce 1791, Jeanne de Valois-Saint-Rémy, comtesse de la Motte, a fait une chute mortelle du balcon de sa chambre d'hôtel à Londres. Elle a été inhumée en l'église St-Mary, à Lambeth, trois jours plus tard.*

Certains disent qu'il s'agit d'un accident mais d'autres pensent plutôt qu'elle a été tuée par des royalistes. Il y en a même qui affirment que, couverte de dettes, elle essayait de fuir ses créanciers. En revanche, une autre rumeur avance l'idée qu'elle ne serait pas morte mais aurait tout simplement disparu. Quelqu'un d'autre serait enterré à sa place. Quoi qu'il en soit, nous ne sommes pas près de connaître la vérité.

Jeanne morte, cela semblait peu probable. Elle m'avait toujours paru trop intelligente, trop talentueuse pour une mort aussi banale. Mon chagrin était immense et oppressant. Je continuai de lire.

Je suis contente de voir que ta troupe de théâtre et tes pièces ont beaucoup de succès et attirent une foule de spectateurs. C'est une chance pour les habitants de Lucie, surtout pour les femmes, de pouvoir mener une carrière théâtrale. Comme tu l'as très bien dit, attirer des visiteurs et de l'argent dans le village ne peut pas être une mauvaise chose, surtout en ces temps difficiles.
Ton amie dévouée.
Claudine

47

Je ne sus la vérité sur ma chère et tendre amie que trois ans plus tard, lorsque je reçus une lettre en tout point surprenante qui me remplit de bonheur.

Ma chère Victoire,

Je sais que votre succès en tant qu'Enchanteresse Rouge ne vous laisse que peu de temps et je ne suis pas sûre qu'il y ait encore de la place pour une vieille amie. De mon côté, je pense souvent à vous et aux délicieux moments que nous avons passés dans cet établissement parisien d'exception. Vous devez être contente que cette révolution, qui fit tant couler le sang, touche à sa fin. Ce n'est pas comme si Marie-Antoinette pouvait encore nous faire du mal, n'est-ce pas ?

Contrairement à la reine, j'ai toujours bien la tête sur les épaules. Il est vrai cependant que j'ai été blessée et temporairement immobilisée à la suite d'un fâcheux accident, mais je vais très bien maintenant. J'ai trouvé le bonheur dans une petite vie paisible sur les côtes de Crimée. Les gens d'ici sont charmants, surtout les hommes je dois dire, et je les distrais en leur racontant mes histoires de bal masqué, de bijoux volés et d'évasion audacieuse.

Je souhaite de tout mon cœur avoir un jour le plaisir de vous revoir, ma chère Victoire. Il y a si longtemps que le temps et les événements de la vie nous ont cruellement séparées.

J'éclatai de rire en repliant la lettre.

« Oui ! m'esclaffai-je. Ma douce et tendre amie est bien trop intelligente pour mourir prématurément ! »

***

Le chaud soleil d'été donnait à la campagne des dégradés de vert et de bleu. Quelques petits nuages blancs flottaient, immobiles, dans le ciel. Devant l'église, les villageois chantaient et dansaient pour célébrer la mort de Robespierre. Des odeurs de gâteaux, de tartes, de fruits frais et de saucisses grillées embaumaient la place. Le fils du forgeron jouait de la flûte tandis que son frère s'essayait au jonglage. Madeleine courait entre les gens avec les autres enfants et les chiens du village.

Tout juste descendue de la diligence, la jeune fille se tenait au milieu de la foule. Je l'observais intensément lorsque j'aperçus le pendentif avec la figurine d'ange en os. Je portai la main à mon cœur, dont les battements s'accéléraient. C'était la même fille que j'avais vue la nuit de la prise de la Bastille et que j'avais tant cherchée, désespérément. Elle avait seulement quelques années de plus. Son regard se tourna vers moi. Elle me remarqua, me sourit et s'avança dans ma direction. Ses longs cheveux bouclés se soulevaient à chacun de ses pas, comme l'herbe haute près de la rivière ondule sous la brise légère.

« Bonjour Madame, dit-elle. Je m'appelle Rubie Charpentier. Je suis venue ici pour rencontrer ma mère. »

Très vite, elle prit conscience de notre ressemblance : les mêmes traits, la même forme ovale du visage, la même couleur de cheveux. Elle écarquilla les yeux et prit une profonde respiration. Aucune de nous deux ne bougea, ni ne parla.

Après avoir recouvré mes esprits, je lui pris la main et l'emmenai loin de la foule. Nous nous assîmes sur un rocher à l'ombre d'un grand saule au bord de la Vionne, non loin de mon endroit préféré. L'eau de la rivière coulait en cascades successives sur un lit de gros cailloux avant de tomber dans un large trou d'eau très profond. Une multitude d'insectes volaient autour de nous. J'essayai de ne pas trop montrer mon impatience et mon brûlant désir de tout connaître d'elle, mais je ne me sentais pas mal à l'aise, comme si m'asseoir là, avec ma fille, était quelque chose de naturel, une habitude que nous avions toujours eue.

« Comment m'as-tu trouvée, Rubie ?

— Avec la lettre laissée dans mon couffin, répondit-elle.

Pas le moindre petit reproche ne s'entendait dans sa voix et le ton n'était pas accusateur. Elle jouait doucement avec la figurine d'ange de son pendentif, le tournant et le retournant entre ses doigts.

— C'est comme cela que j'ai su qui j'étais et comment je m'appelais. Pendant longtemps, je me suis posé des questions à votre sujet, vous, ma mère qui m'aviez abandonnée. Un jour, j'ai trouvé quelqu'un pour me lire la lettre. Je me suis ensuite rendue rue du Bac et j'ai frappé à toutes les portes. C'est ainsi que j'ai fait la connaissance de Claudine.

— Comment va ma vielle amie ?

— Elle est vieille, c'est vrai, mais elle est en bonne santé. Elle vous envoie ses amitiés et espère que vous aussi allez bien. Son charmant mari et elle ont été très gentils avec moi. Ils m'ont hébergée dans leur maison et, comme ils me trouvaient un peu maigrichonne, ils me préparaient toujours de succulents repas. Ils m'ont même donné l'argent pour acheter mon billet pour Lucie.

— Oui, ils m'ont beaucoup aidée, moi aussi, dis-je en souriant.

Perché sur une branche près de nous, un oiseau chantait à tue-tête. Il s'arrêta et un autre se mit à lui répondre. Sa mélodie était plus gaie et plus jolie encore. Je les écoutais tandis que mon cerveau s'emballait. Je voulais tout savoir de la vie passée de ma fille, mais j'avais trop peur qu'elle ne soit que tristesse et chagrin. Néanmoins, je ne pus m'empêcher de la questionner de nouveau.

— Et comment était ta vie, avant que tu rencontres Claudine ?

— Je n'ai aucun souvenir de ma vie avant d'arriver chez madame Coudray, car j'étais bien trop jeune. Cette dame recueillait beaucoup d'enfants dans sa grande maison, rue du Faubourg Saint-Antoine.

— Je connais bien la rue du Faubourg Saint-Antoine, j'y suis souvent passée. Et dire que nous étions si près l'une de l'autre…

— Madame Coudray faisait de son mieux. Mais elle avait tellement d'enfants à nourrir et un mari soûlard qui la battait souvent, parfois si fort, qu'elle était trop mal en point pour s'occuper de nous. Mais au moins, je dormais dans un lit avec les autres filles et non par terre, et nous étions au chaud. Enfin, la plupart du temps…

Elle parlait vite et s'arrêtait à peine pour reprendre sa respiration, comme si tout sortir d'un seul coup atténuerait la dureté de sa vie.

— Il faut reconnaître, reprit-elle, que parfois nous avions froid en hiver. En fait, quelques-uns d'entre nous en sont morts, mais seulement trois ou quatre enfants par an, pas plus.

— Mon Dieu ! m'écriai-je.

J'imaginais la ribambelle d'enfants allongés sur la paille, crasseux, mal nourris, blottis les uns contre les autres pour voler à leurs voisins le peu de chaleur que leur corps dégageait. Je me sentais tellement coupable. Une petite rafale de vent frais vint caresser mon visage.

— Je suis désolée, Rubie, lui dis-je. Jamais je n'ai voulu que tu vives de telles atrocités, mais je n'avais vraiment pas d'autre choix. Le marquis nous aurait jetées toutes les deux à la rue, et nous n'aurions pas survécu.

— Je sais, dit-elle.

Elle posa gentiment une main sur mon bras. Elle avait pourtant tellement de choses à me reprocher. Je lui avais donné si peu, moi, sa mère. Et voilà que c'était moi qui avais besoin d'être réconfortée et rassurée.

— La vie n'était pas si dure, Mam…

Elle s'arrêta et esquissa un demi-sourire.

— Je peux vous appeler Maman, n'est-ce pas ? Je me suis un peu entraînée avec Claudine.

Je lui pris les mains, des mains calleuses, marquées de cicatrices qui en disaient long sur les conditions de sa vie passée qu'elle n'avait pas osé me raconter entièrement.

— Je ne suis pas sûre de mériter un tel titre, mais j'en serais très honorée.

Un sourire illumina son joli visage.

— Très bien, Maman ! Comme je vous le disais, la vie n'était pas si horrible. J'avais deux amies : Louise et Belle. Nous étions inséparables. Nous partagions tout, y compris nos petits secrets. Un jour, nous avons décidé que madame Coudray avait beaucoup trop d'enfants à sa charge, et nous nous sommes enfuies.

— Enfuies ? Pour aller où ? Vivre dans la rue ?

Je me souvenais de tous ces enfants crasseux que l'on voyait mendier et traîner dans les rues froides et humides de la capitale, et qui logeaient sous les ponts avec les vieux ivrognes.

— Les débuts ont été difficiles, mais nous nous en sommes bien sorties. Louise n'avait pas son pareil pour nous trouver de quoi manger et des vêtements chauds. Belle nous dénichait toujours un ou deux morceaux de bois pour nous réchauffer. Quant à moi, je suis vite devenue la meilleure voleuse à la tire de nous trois.

Rubie éclata de rire mais ses yeux gris-vert reflétaient toute la dureté et la peine endurées durant cette période de sa vie où il lui avait fallu redoubler de ruses et de stratagèmes pour survivre dans la rue. Je me répétais en moi-même de ne pas aller trop vite, que je n'avais pas à tout savoir tout de suite car je risquais de la faire fuir avec mes questions, mais je continuai quand même.

— Où sont Louise et Belle maintenant ?

— Elles ne sont plus de ce monde, soupira-t-elle. Mortes de maladie ou de je ne sais quoi d'autre.

Elle détourna le regard vers les cimes ensoleillées des monts du Lyonnais dont la blancheur contrastait avec le bleu pur du ciel. Je compris qu'elle essayait de masquer sa peine. J'aurais tant aimé la prendre dans mes bras, la serrer très fort pour faire sortir toute la souffrance et tout le chagrin accumulés durant ces quinze années. J'avançai doucement la main et relevai les quelques mèches de cheveux qui étaient tombées sur son visage, puis je lui caressai doucement la joue.

— Comme tu as dû souffrir, lui dis-je. Mais cette vie-là est finie. Tu peux vivre ici, à Lucie. Je voudrais tellement que tu restes. Tu pourras te faire de nouveaux amis. Qu'en penses-tu ?

Elle acquiesça timidement.

— Oui, ce serait bien, mais seulement si c'est ce que vous voulez.

— Bien sûr ! Rien ne me ferait plus plaisir que de t'avoir près de moi et de ta demi-sœur, Madeleine. Elle est très gentille, tu verras, et elle t'aimera tout de suite.

N'étant pas sûre de pouvoir supporter d'en savoir plus sur le lourd passé de ma fille, je changeai de sujet.

— Je suppose que Claudine t'a parlé de ton père, n'est-ce pas ? demandai-je.

— Je suis contente de ne plus avoir de père, répondit-elle. Même s'il avait survécu à la révolution, je n'aurais initié aucune relation avec lui.

— Le marquis est mort ?

Le vent forcit légèrement et fit trembler les feuilles des saules environnants. Un corbeau croassa puis s'envola.

— Oui, lui et sa femme, répondit-elle. Claudine m'a dit qu'ils avaient fui Paris après la prise de la Bastille.

— Oui, je savais.

— Leur château a été attaqué et brûlé pendant la Grande Peur, continua Rubie. Ils sont revenus à Paris déguisés en roturiers, mais quelqu'un les a reconnus, la sœur d'une ancienne servante que le marquis avait fait condamner à mort et brûler sur le bûcher. Ils ont été tous les deux guillotinés sans même un procès.

Je laissai échapper un rire étouffé. S'il y avait bien une mort que je pouvais célébrer, c'était celle du marquis. J'avais déjà eu ma revanche avec mes pièces de théâtre et leur franc succès, mais la mort restait néanmoins la vengeance ultime. J'étais contente aussi pour Margot qui, finalement, s'était vengée elle aussi, mais hélas post mortem.

— Le marquis de Barberon n'était pas un père dont on pouvait être fière, Rubie.

— Je m'en fiche complètement. J'ai une mère dont je suis très fière.

— Tu es fière de moi ?

— Oui, répondit-elle. Claudine m'a parlé de l'Enchanteresse Rouge dont le succès ne doit rien à personne, et de votre mère qui était sage-femme, une si belle et si noble profession. J'aimerais bien, moi aussi, exercer ce métier-là un jour.

— C'est tout à fait possible, Rubie. Tu pourras être ce que tu voudras.

Le large sourire sur mon visage ne semblait plus vouloir s'en aller. Je pensais à ma mère courant dans tout le village pour mettre au monde des bébés et soigner les malades. Je me revoyais sur ses genoux, respirant son odeur de musc et de lavande pendant qu'elle nous lisait les *Fables* de Jean de la Fontaine. Attentive, je regardais alors chaque mot magique en rêvant de princesses et de destins fabuleux.

— Ta grand-mère aurait été si contente de te voir nourrir un tel désir.

Dans la douce lumière du soleil radieux qui baignait les monts du Lyonnais, nous restions là, assises, silencieuses. Le temps s'était arrêté et je savourais mon bonheur, un bonheur dont j'avais à peine osé rêver. Doucement, je me levai, secouai ma robe pour faire tomber la poussière et regardai ma fille.

— Tu dois être affamée, assoiffée et fatiguée aussi. Rentrons. J'ai tellement de choses à te faire découvrir. Je dois te présenter à Madeleine et à tes cousins. Tu meurs sûrement d'envie de voir l'auberge des Anges, ta nouvelle maison. Tu rencontreras aussi ma troupe de théâtre et tu visiteras le village de Lucie. Viens, je vais tout te montrer.

Je m'avançai vers elle et touchai du bout des doigts la figurine d'ange entourée d'un léger halo de lumière qui éclairait la peau blanche de son cou. Mes doigts s'attardèrent sur les ailes et la longue robe qui descendait jusqu'aux pieds de la statuette. Je sentais la chaleur douce qui émanait de l'os.

— J'avais prié pour que cet ange veille sur toi pendant ton périlleux voyage dans ce monde.

— Il a bien fait son travail, Maman.

— Il contient la force de toutes celles qui l'ont porté avant toi. Il est l'âme des femmes de l'auberge des Anges.

— En quoi est-il fait ? demanda Rubie.

— Probablement en os de phoque, de bœuf, ou de morse, à moins qu'il n'ait été sculpté dans un os de mammouth.

— Un os de mammouth ! s'esclaffa-t-elle. C'est passionnant ! »

L'ange me brûlait le bout des doigts. Je sentais toute l'énergie de celles qui n'étaient plus de ce monde, l'esprit des anges perdus mais toujours présents parmi nous.

Message de Liza

Si cette histoire vous a plu, n'hésitez pas à écrire un court article critique sur le site où vous avez acheté le livre. Ainsi vous aiderez à mieux faire connaître le livre et son auteur. De plus, une bonne critique ne peut qu'aider les lecteurs en quête d'une bonne lecture.

Autres ouvrages du même auteur

La série historique *L'Auberge des Anges* :

Chaque histoire est indépendante mais explore les drames et les réussites d'une famille de sage-femme-guérisseuse dans un village français durant trois périodes mouvementées de l'histoire de France : la grande peste au XIVème siècle (*Blood Rose Angel*), la révolution de 1789 (*L'Auberge des Anges*) et l'occupation allemande pendant la deuxième guerre mondiale (*Wolfsangel*).

Wolfsangel et *Blood Rose Angel* n'ont pas encore été traduits en français.

Liza a également publié une série de drames psychologiques ayant pour cadre l'Australie des années soixante-dix.

Le premier opus, *The Silent Kookaburra*, a été publié en novembre 2016. Le deuxième, *The Swooping Magpie*, est sorti en octobre 2018. Le troisième, *The Lost Blackbird*, est sorti en août 2020.

Les romans australiens n'ont pas encore été traduits.

Note de l'auteur

Les personnages et les situations de ce récit étant purement fictifs, toute ressemblance avec des personnes ou des situations existantes ou ayant existé ne saurait être que fortuite.

Remerciements

Un grand merci à tous ceux qui m'ont aidée à la rédaction de ce roman et notamment :

Lorraine Mace, Gillian Hamer, JJ Marsh, Barbara Scott-Emmett, Catriona Troth, Tricia Gilbey, Sheila Bugler et Sharon Hutt de *The Writing Asylum* pour leur expertise, conseils et encouragements ; Pauline O'Hare pour le thé et l'entretien du jardin et pour avoir toujours répondu présent ; Claire Morgan et Gwenda Lansbury pour leur contribution lors de la l'élaboration du récit ; Jane Dixon-Smith pour la création de la couverture ; les personnes de l'association *l'Araire*, groupe de recherches historiques de Messimy dans le Rhône, ainsi que Jean-Yves, Camille, Mathilde et Étienne Perrat pour leur patience et leur compréhension.

Bibliographie

De nombreux écrits, romans, films ainsi que d'autres formes de publication ont aidé à la création de l'ambiance historique de l'Auberge des Anges.

Livres :

ANDERSON, James M. *The French Revolution*

DOYLE, William. *The Oxford History of the French Revolution*

HIBBERT, Christopher. *The French Revolution*

JANIN, Jules. *The Dead Donkey and the Guillotined Woman*

LEVER, Maurice. *Beaumarchais a Biography*

MERCIER, Louis-Sébastien. *Panorama of Paris*

MOORE, Lucy. *Liberty*

RICE, Howard C, Jr.. *Thomas Jefferson's Paris*

RATTNER GELBART, Nina. *The King's Midwife*

ROBB, Graham. *The Discovery of France*

XENAKIS, Mâkhi. *Les folles d'enfer*

Livrets de *l'Araire* (Groupe de Recherche sur l'histoire, l'archéologie et le folklore du Pays Lyonnais) :

Foires et Marchés en Pays Lyonnais : N° 148—Mars, 2007

Soins et Santé en Pays Lyonnais : N° 157—Juin, 2009

L'auteur

Liza Perrat est née en Australie où elle a travaillé successivement comme infirmière puis sage-femme. Elle vit en France dans le Lyonnais depuis maintenant plus de vingt ans et travaille en tant que romancière et traductrice médicale.

Website : *https://lizaperrat.com/*

Blog : *http://lizaperrat.blogspot.com/*

Facebook : *https://www.facebook.com/Liza-Perrat-232382930192297*

Instagram : LizaPerrat